U0069690

愛情到處流傳

付秀瑩

人間出版社
中國作家協會

目錄

愛情到處流傳

那時候，我們住在鄉下。父親在離家幾十里的鎮上教書。母親帶著我們兄妹兩個，住在村子的最東頭。這個村子，叫做芳村。芳村不大，也不過百十戶人家。樹卻有很多，楊樹，柳樹，香椿樹，刺槐，還有一種樹，到現在我都不知道它的名字，葉子肥厚，長得極茂盛，樹幹上，常常有一種小蟲子，長鬚，薄薄的翅子，伏在那裡一動不動。待要悄悄把手伸過去的時候，小東西卻忽然一張翅子，飛走了。

每個週末，父親都回來。父親騎著那輛破舊的自行車，在田間小路上疾駛。兩旁，是莊稼地。田埂上，青草蔓延，野花星星點點，開得恣意。植物的氣息在風中流蕩，濕潤潤的，直撲人的臉。我立在村頭，看著父親的身影越來越近，內心裡充滿了歡喜。我知道，這是母親的節日。

在芳村，父親是一個特別的人。父親有文化。他的氣質，神情，談吐，甚至，他的微笑和沉默，都有一種與眾不同的東西。這種東西把他同芳村的男人們區別開來，使得他的身上生出一種特別的吸引力。我猜想，芳村的女人們，都暗暗地喜歡他。也因此，在芳村，我的母親，是一個很受人矚目的人。女人們常常來我家串門，手裡拿著活計，或者不拿。她們坐在院子裡，說著話，東家長，西家短，不知道說到什麼，就嘎嘎笑了。這是鄉下女人特有的笑，爽朗，歡快，有那麼一種微微的放肆在裡面。為什麼不呢，她們是婦人。歷經了世事，她們什麼都懂得。在芳村，婦人們，似乎有一種特權。她們可以說葷話，火辣辣的，直把男人們的臉都說紅了。可以把某個男人捉住，褪了他的衣褲，出他的醜。經過了漫長的姑娘時代的屈抑和拘謹，如今，她們是要任性一回了。然而，我父親是個例外。

微風吹過來，一片樹葉掉在地上，閒閒的，起伏兩下，也跑不到哪裡去。我母親坐在那裡，一下一下地納鞋底。線長長的，穿過鞋底子，發出嗤啦嗤啦的聲響。對面的四嬸子就笑了。拙老婆，紉長線。四嬸子是在笑母親的拙。怎麼說呢，同四嬸子比起來，母親是拙了一些。四嬸子是芳村有名的巧人兒，在女紅方面，尤其出類。還有一條，四嬸子人生得標緻。丹鳳眼，微微有點吊眼梢，看人的時候，眼風一飄，很媚了。尤其是，四嬸子的身姿好，在街上走過，總有男人的眼睛追在後面，痴痴地看。在芳村，四嬸子同母親最親厚。她常常來我們家，兩個人坐在院子裡，說話，說著說著，兩個腦袋就擠在一處，聲音低下來，低下來，漸漸就聽不見了。我蹲在樹下，入迷地盯著螞蟻陣，這些小東西，牠們來來回回，忙忙碌碌。牠們的世界裡，都有些什麼？我把一片樹葉擋在一隻螞蟻面前，牠們立刻亂了陣腳。這小小的樹葉，我想，在牠們眼裡，一定無異於一座高山。那麼，我的一口口水，在牠們，簡直就是一條洶湧的河流了吧。看著牠們驚慌失措的樣子，我格格地笑出了聲。母親詫異地朝這邊看過來，妮妮，妳在幹什麼——

在芳村，沒有誰比我們家更關心星期了。在芳村，人們更關心初一和十五，二十四節氣。星期，是一件遙遠的事，陌生而洋氣。我很記得，每個週末，不，應該是過了週三，家裡的空氣就不一樣了。到底有什麼不一樣呢，我也說不好。正彷彿發酵的麵，醺醺然，甜裡面，帶著一絲微酸，一點一點地，慢慢膨脹起來，讓人有一種說不出的喜悅，還有隱隱的不安。母親的脾氣，是越發好了。她進進出出地忙碌，根本無暇顧及我們。我知道，這個時候，如果提一些小小的要求，母親多半會一口答應。假如是犯了錯，這個時候，母親也總是寬宏的。至多，她高高地舉起巴掌，然後，在我的屁股上輕輕落下來，也就笑了。到了週五，傍晚，母親派我們去村口，她自己，則忙著做飯。通常，是手擀麵。上馬餃子下馬麵，在這件事上，母親近乎偏執了。我忘了說了，在廚房，母親很有一手。她能把簡單的飯食料理得有聲有色。在母親的一生中，廚藝，是她可以炫耀的為數不多的幾個資本之一。有時候，看著父親一面吃著母親的飯菜，一面讚不絕口，我就不免想，學校裡的食堂，一定是很糟糕。一週一回的牙祭，父親同我們一樣，想必也是期待已久的了。母親坐在一旁，欹著身子，隨時準備為父親添飯。燈光在屋子裡流淌，溫暖，明亮，油炸花生米的香味在空氣裡瀰漫，有一種肥沃繁華的氣息。歡騰，跳躍，然而也安寧，也妥帖。多年以後，我依然記得那樣的夜晚，那樣的燈光，飯桌前，一家人靜靜地吃飯，父親和母親，一遞一句地說著話。也有時候，什麼也不說，只是沉默。院子裡，風從樹梢上掠過，簌簌響。小蟲子在牆根底下，唧唧地鳴叫。一屋子的安寧。這是我們家的盛世，我忘不了。

芳村這個地方，怎麼說呢，民風淳樸。人們在這裡出生，長大，成熟，衰老，然後，歸於泥土。永世的悲歡，哀愁，微茫的喜悅，不多的歡娛，在一生的光陰裡，那麼漫長，又是那麼短暫。然而，在這淳樸的民風裡，卻有一種很曠達的東西。我是說，這裡的人們，他們沒有文化，卻看破了很多世事。這是真的。比如說，生死。村子裡，誰家添了丁，誰家老了人，在人們眼裡，彷彿莊稼的春天和秋天，發芽和收割，是再平常不過的事情。往往是，靈前，孝子們披麻戴孝，紅腫著一雙眼，接過旁人扔過來的菸，點燃，慢慢地吸上一口，容顏也就漸漸開了。悲傷倒還是悲傷的。哭靈的時候，聲嘶力竭，數說著亡人在世的種種好處和不易，令圍觀的人都唏噓了。然而，院子裡，響器吹打起來了，悲涼的調子中，竟然也有幾許歡喜。還有門口，戲台子上，咿咿呀呀唱著戲。才子佳人，花好月圓。峨冠博帶，玉帶蟒袍。大紅的水袖舞起來，風流千古。人們喝彩了。孩子們在人群裡跑來跑去，尖叫著。女人們在做飯，新盤的大灶子，還沒有乾透，濕氣蒸騰上來，裊裊的，混合著飯菜的香味，令人感到莫名的歡騰。在這片土地上，在芳村，對於生與死都看得這麼透徹，還有什麼看不開的呢？然而，莫名奇妙地，在芳村，就是這麼矛盾。在男女之事上，人們似乎格外看重。他們的態度是，既開通，又保守。這真是一件頗費琢磨的事情。

父親回來的夜晚，總有人來聽房。聽房的意思，就是聽壁角。常常是一些輩分小的促狹鬼，在窗子下埋伏好了，專等著屋裡的兩個人忘形。在芳村，到處都流傳著聽來的段子，經了好事人的嘴巴，格外地香豔撩人。村子裡，有哪對夫妻沒有被聽過房？我的父親，因為長年在外的緣故，週末回來，更是被關注的焦點。為了提防這些促狹鬼，母親真是傷透了腦筋。父親呢，則泰然得多了。聽著母親的嘮叨，只是微笑。現在想來，那個時候，父親不過才三十多歲，正是一個男人一生中最好的年華。成熟，篤定，從容，也有血氣，也有激情。還有，父親的眼鏡。在那個年代，在芳村，眼鏡簡直意味著文化，意味著另外一種可能。父親的眼鏡，它是一種標誌，一種象徵，它超越了芳村的日常生活，在俗世之外，熠熠生輝。我猜想，村子裡的許多女人，都對父親的眼鏡懷有別樣的想像。多年以後，父親步入老年，躺在籐椅上，微闔著雙眼，養神。旁邊，他的眼鏡落寞地躺著。夕陽照在鏡框上，一線流光，閃爍不已。我不知道，這個時候，父親會想到什麼。他是在回想他青枝碧葉般的年華嗎？那些肉體的歡騰，那些尖叫，藏在身體的祕密角落裡，一經點燃，就噴薄而出了。它們曾那麼真切地存在過，讓人慌亂，顫慄。然而，都過去了。一片陽光從樹葉的縫隙裡漏下來，落在他的臉上，他微微蹙了蹙眉，把手遮住額角。

週末的午後，母親坐在院子裡，把簸箕端在膝頭，費力地勾著頭。天熱，小米都生蟲子了。蟬在樹上叫著，一聲疾一聲徐，剎那間，就吵成了一片。母親專心揀著米，也不知想到了什麼，就臉紅了。她朝屋裡張了張，父親正拿著一本書在看，神態端正，心裡就罵了一句，也就笑了。她頂喜歡看父親這個樣子。當年，也是因為父親的文化，母親才絕然地要嫁給他。否則，單憑父親的家境，怎麼可能？算起來，母親的娘家，祖上也是這一帶有名的財主。只是到後來，沒落了。然而架子還在。根深蒂固的門戶觀念，一直延續到我姥姥這一代。在芳村，這個偏遠的小村莊，似乎從來沒有受到時代風潮的影響。它藏在華北平原的一隅，遺世獨立。這是真的。母親又側頭看了一眼父親，心裡就忽然跳了一下。她說，這天，真熱。父親把頭略抬一抬，眼睛依然看著手裡的書本，說可不是——這天。母親看了父親一眼，也不知為什麼，心頭就起了一層薄薄的氣惱。她閉了嘴，專心揀米。半晌，聽不見動靜，父親才把眼睛從書本裡抬起來，看了一眼母親的背影，知道是冷落了她，就湊過來，伏下身子，逗母親說話。母親只管耷著眼皮，低頭撿米。父親無法，就叫我。其時，我正和鄰家的三三抓刀螂，聽見父親叫，就跑過來。父親說，妮妮，妳娘她，叫妳。我正待問，母親就噗嗤一聲，笑了，說妮妮，去喝點水，看這一腦門子汗。然後回頭橫了父親一眼，錯錯牙，你，我把你——很恨了。我從水缸子的上端，懵懵懂懂地看著這一切，內心裡充滿了莫名的歡喜，還有顫動。多麼好。我的父親和母親。多年以後，直到現在，我總是想起那樣的午後。陽光。刀螂。蟬鳴。風輕輕掠過，揮汗如雨。這些，都與恩愛有關。

週末的時候，四嬸子很少來我家。偶爾從門口經過，被我母親叫住，稍稍立一下，說上兩句，很快就過去了。看得出，此時，母親很希望別人同她分享自己的幸福。母親紅暈滿面，眼睛深處，水波蕩漾，很柔軟，也很動人。說著話，常常忽然就失了神。人們見了，輩分小的，就不禁開起了玩笑。母親輕聲抗辯著，越發紅了臉。也有時候，四嬸子偶爾來家裡，同我母親在院子裡說話。我父親在屋子裡，靜靜地看書。我注意到，這個時候，他看得似乎格外專心。他盯著書本，盯著那一頁，半晌，也不見翻動。我輕輕走過去，倒把他嚇一跳。說妮妮，搗什麼亂。

事情是什麼時候開始發生變化的呢，我說不好。總之，後來，記憶裡，我的母親總是獨自垂淚。有時候，從外面瘋回來，一進屋子，看見母親滿臉淚水，小小的心裡，既吃驚，又困惑。母親看到我，慌忙掩飾地轉過身。也有時候，會一把把我攬在懷裡，低低地啜泣不已。我伏在母親的胸前，不知道究竟發生了什麼。母親的身體微微顫抖著，我能夠感覺到，來自她內心深處的強烈的風暴，正在被她竭盡全力地抑住。我想問，卻不知道該問些什麼，如何開口。在我幼小而簡單的心目中，母親是無所不能的。她能幹。這世上，沒有什麼能夠難倒她。後來，我常常想，當年的母親，一定知道了很多。她一直隱忍，沉默，她希望用自己的包容，喚回父親的心。她裝作什麼都不知道。平日裡，家裡家外，她照常操持著一切。每個週末，她都會像往常一樣，迎接父親回來。對父親，她只有比從前更好，溫存，體貼，甚至卑屈，甚至諂媚。而且，一向不擅修飾的母親，竟也漸漸開始了打扮。多年以後，我才發現，原來，母親的打扮是有參照的。當然，你一定猜到了，這個參照，就是四嬸子。

怎麼說呢，在芳村，四嬸子是一個特別的人物。四嬸子的特別，不僅僅在於她的標緻。更重要的是，四嬸子有風姿。這是真的。穿著家常的衣裳，一舉手，一投足，就是有一種動人的風姿在裡面。你相信嗎，世上有這樣一種女人，她們天生就迷人。她們為男人而生。她們是男人的地獄，她們是男人的天堂。直到後來，我常常想，父親這樣一個讀書人，敏感，細膩，也多情，也浪漫，偏偏遇上四嬸子這樣的一個人物，什麼樣的故事是不可能的呢？我忘了說了，四叔，四嬸子的男人，早在新婚不久，就辭世了。據說是患了一種怪病。村子裡的人都說，什麼怪病。醜妻，近地，家中寶。這是老話。也有人說，桃花樹下死，做鬼也風流。聽的人就笑起來，很意味深長了。

關於父親和四嬸子，在芳村，有很多版本，流傳至今。在人們眼裡，這一對人兒，一個郎才，一個女貌，真是再相宜不過了。然而——人們嘆息一聲，就把話止住了。然而什麼呢？人們搖搖頭，又是一聲嘆息。我說過，芳村這個地方，對於男女之事，向來是自相矛盾的。保守的時候，恨不能唾沫星子把犯錯的人淹死。開通的時候，怎麼說呢，在芳村，莊稼地裡，河套的林子間，村南的土窯後面，在夜色的掩映下，有多少野鴛鴦在那裡尋歡作樂？有時候，我想，父親和四嬸子，他們之間，或許真的熱烈地愛過。也或許，一直到老，他們依然在愛著。我不願意相信，當年，父親只是偶一失足，犯了男人們常犯的毛病。當然，這一樁風流事惹惱了很多人。男人們，對我的父親咬牙切齒。女人們，則恨不能把四嬸子撕碎。她們跑到母親面前，聲聲詛咒著，替母親不平。在她們眼裡，父親是無辜的。是四嬸子，這個狐狸精，勾引了父親，壞了他的清名。母親只是聽著，也不說話，臉上淡淡的，始終看不出什麼。

週末，父親照常地回家。我和哥哥受母親的委派，在村口迎他。夕陽在天邊慢慢融化了，緋紅的霞光一片熱烈，簡直就要燃燒起來了。遠處的樹啊莊稼啊都被染上一層薄薄的金紅。遠遠地，有一個黑點漸漸移過來，越來越近，越來越近。是父親。我們歡呼起來。暮色一點一點籠罩下來，黃昏降臨了。我們跟在父親身旁，雀躍著，回家。淡紫色的炊煙在樹梢上纏繞，同向晚的天色融在一起，很快就模糊了。至今，我老是想起那樣的場景。黃昏，我們同父親回家。家裡，有溫暖的燈光，可口的飯菜，還有，忙碌的母親，她似乎從一開始就在那裡，永遠在等。

一家人靜靜地吃飯。父親和母親，照常說說閒話。我和哥哥，為了什麼爭執起來，打著嘴仗，手裡的筷子也成了兵器，說著說著就糾纏在一起。父親喝斥著我們，罵我們不懂事。你們兩個，能不能讓你娘少操些心？我們都住了口，默默地吃飯。母親卻忽然扭過頭去，我驚訝地發現，她的眼裡，分明有淚光。父親不說話。他的半邊臉隱在燈影裡，燈光跳躍，我看不清他的表情。那一天，晚上，我半夜裡醒來，聽見母親低低的啜泣，壓抑地，卻洶湧，彷彿從很深的地方，一點點升上來。父親也例外地沒有了鼾聲。夜色空明，我想掙扎著睜開眼睛，然而，一不小心，又一腳跌入夜和夢的深淵。我實在是太睏了。

現在想來，那個時候，父親和母親，或許正在經歷著一生當中最致命的一場危機。他們在人前若無其事，尤其是，在我和哥哥面前，幾乎從來沒有流露過什麼。然而，可以想像，在他們的內心深處，正在經受著怎樣的海浪，潮汐，以及颶風。他們站在歲月的風口處，聽任那些襲擊降臨，一次又一次。當然，平日裡，他們也吃飯，睡覺。逢紅白喜事，一起出禮。他們端正，平和，像天下大多數夫婦一樣，昵近，親厚，也淡然，也家常。一個眼神，一個手勢，一句欲言又止的話，不待開口，全都心領神會了。人們見了，非常詫異了。當然，這裡面，也有隱隱的失望和釋然。因笑道，怎麼樣——我早說過的——

對這件事，母親一直保持沉默。她沒有像大多數女人一樣，找上那個狐狸精的門，撒潑，示威，直唾到她的臉上，出盡胸中的那一口惡氣。在家裡，也沒有跟父親鬧。母親照常把家裡家外收拾得清清爽爽，然後，把自己打扮整齊，等父親回家。我記得，母親甚至託人買了雪花膏。在那個年代，在芳村，雪花膏簡直是天大的奢侈。一種精巧的小瓶子裡，盛了如玉如脂的東西。我曾經趁母親不注意，偷偷地嘗試過，那一種香氣，芬芳馥郁，令人想起所有跟美好有關的一切。後來，只要想到愛情，我總是想起多年前的那一種香氣，穿越時光的塵埃，它撲面而來，讓人莫名的心疼，黯然神傷。

四嬸子，幾乎再也不來我家串門了。不是萬不得已，總是繞開我家的門口，寧願多走一段冤枉路。有時候，在街上遇見，也是趕忙把眼睛轉向別處，只作沒有看見了。有一回，是個傍晚吧，我們幾個孩子捉迷藏，繞來繞去，我看見一個麥秸垛。在鄉間，到處都是這樣的麥秸垛。麥秸垛已經被人掏走一塊，留下一個窩，正可以容身。經了一天的日曬，麥秸垛散發出一種好聞的氣息，夾雜著麥子的香味，熱烈，乾燥，烘烘的，把人緊緊包圍。小夥伴的聲音由遠而近，看到了，早看到妳了——妮妮——我躲在麥秸垛裡，一顆心怦怦直跳，緊張，不安，還有模模糊糊的興奮，我的心簡直要蹦出來了。忽然，我聽見一陣腳步聲，很輕，但是很急。在麥秸垛前面，停住了。我的心跳得更厲害了。一定是三三，他識破我了。可是，卻遲遲沒有動靜。許久，一個女人說，天，黑了。是四嬸子。這個時候，四嬸子是來抽麥秸吧。可不是，天都黑了。父親！竟然是父親！我記得，下午，母親派父親去姥姥家了。姥姥家在鄰村。這個時候，父親，和四嬸子，在這麥秸垛後面，他們要做什麼呢？我支起耳朵，卻再也聽不見什麼。沉默。沉默之外，還是沉默。然而，在這黏稠的沉默裡，卻分明有一種異樣的東西，它潮濕，危險，也嫵媚，也瘋狂，像林間有毒的蘑菇，在雨夜裡潛滋暗長。也不知過了多久，腳步聲，一前一後，漸漸地遠了，遠了，再也聽不見了。我躲在麥秸垛裡，一動不動。心頭忽然湧上一種莫名的憂傷，還有迷茫。我不知道這是為什麼。暮色越來越濃了，四下裡一片寂靜。一個孩子，她無知，懵懂，彷彿一隻小獸，塵世的風霜，還沒有來得及在她身上留下痕跡。然而，在那一天，蒼茫的暮色中，她卻生平第一次，識破了一樁祕密。這是真的。父親和四嬸子，幾乎是沉默的，可即便是片言隻語，也能夠使一些隱祕一瀉千里。這是多麼奇怪的事情。那一年，我只是個孩子，五歲。那一年，我什麼都不懂。

想來，那一天，一定是個週末。我回到家的時候，夜色已經把芳村淹沒了。屋子裡，燈光明亮，一家人坐在桌前，桌上，是熱騰騰的飯菜。看見我回來，父親微笑了，說，來，吃飯了。母親罵道，又去哪裡瘋了，看這一身的土。我坐在燈影裡，靜靜地吃飯。父親和母親，偶爾說上兩句。哥哥呢，始終不怎麼開口。我忘了說了，從小，哥哥就是一個寡言的人。然而，長大以後，也不知道從哪一天開始，他忽然就變了。變得——怎麼說——甚而有些油嘴滑舌了。他風趣，靈活，會說很多俏皮話。跟他相熟的人，誰不知道他那張嘴呢。想想都覺得不可思議。在我的童年記憶裡，哥哥一直是沉默的。我無論如何努力，都聽不見他的聲音。當然，我們總有吵架的時候。吵架的時候不算。父親和母親說著話，不知說到了什麼，父親先自笑起來。我疑惑地看了一眼他的臉，平靜，坦然，笑的時候，眼角已經有了細細的魚尾紋。英俊倒還是英俊的。也不知為什麼，我忽然感覺到了父親的不平常。他在掩飾。那些從容後面，全是驚慌。他微笑著，有些艱難，有些吃力——至少，我是這麼認為的。他慢慢地喝了一口湯，強自鎮定。母親也笑著。她正把一筷子菜夾到父親碗裡。我停下來，看著父親，忽然跑到他的身後，把一根麥秸屑從他的頭髮上擇下來。父親驚詫地看著飯桌上的麥秸屑，它無辜地躺在那裡，細，而且小，簡直微不足道。然而，我分明感覺到父親剎那間的震顫。我是說，父親的內心，劇烈地搖晃了一下。燈光也倏忽間亮了，也只是一瞬間的事。那一根麥秸屑，襯了烏沉沉的飯桌，變得是那麼的觸目。那一刻，似乎一切都昭然若揭了。母親抬眼看了一下電燈，咕噥道，這電壓，不穩。一隻蛾子在燈前跌跌撞撞，顯得既悲壯，也讓人感到蒼涼。

夏天過去了。秋天來了。秋天的鄉村，到處都流蕩著一股醉人的氣息。莊稼成熟了，一片，又一片，紅的是高粱，黃的是玉米、穀子，白的是棉花，這些繽紛的色彩，在大平原上盡情地鋪展，一直鋪到遙遠的天邊。還有花生，紅薯，它們藏在泥土深處，蓄了一季的心思，早已經膨脹了身子，有些等不及了。芳村的人們，都忙起來了。母親更是腳不沾地。父親的學校不放假，我們兄妹，又幫不上忙。收秋，全憑了母親一個人。那些日子，母親簡直要累瘋了。她穿著幹活的舊衣裳，滿臉汗水，疲憊，邋遢，萎頓。然而，週末，父親回家的時候，他看到的，卻是另外一個母親。母親已經仔細洗了澡，頭髮濕漉漉的，還沒有完全乾透。米白的布衫，煙色褲子，渾身上下，無一處不熨帖得體。她把飯菜端上來，笑盈盈的。轉身的時候，就有一股雪花膏的香氣淡淡地散開來，芬芳而馥郁。父親看著她的背影，在剎那間，就怔忡了。他在想什麼？或許，他是想起了當年。那時候，他們還那麼年輕。他最不能忘記的，是她那一頭黑髮，在頸後梳成兩條辮子，烏溜溜的，又粗又長，一直垂到腰際。走起路來，一蕩一蕩，簡直要把他的心都蕩飛了。那一回，也是個秋天吧，他們在通往鎮上的鄉間小路上，一前一後地走。忽然，一隻野兔從田野裡跑出來，把她嚇了一跳。那是他第一次拉她的手。玉米正吐纓子。青草的氣息潮潤潤的，帶著一股溫涼。風很輕，拂上發燙的臉頰。這一晃，多少年了。母親把一雙筷子遞過來。父親默默接了，半晌，嘆一口氣。

一直到現在，我都無法明瞭，我的母親，是如何獨自走過了那一段艱難的歲月。那個年代，物質上，當然是貧乏的。她也曾經為了柴米而犯愁，忍受過旁人的輕侮。也尷尬過，帶著兩個年幼的兒女，捉襟見肘。然而，那個時候，她再想不到，物質上的貧乏，到底不能把人打倒。同精神上的磨難相比，它簡直不值一提。那個時候，她再想不到，人生更大的不如意，還在後面。她還遠遠沒有觸及。這是真的。多年以後，母親老了，坐在院子裡，偶爾，抬頭看一眼樹巔，一片流雲輕輕飄過去了。蟬在叫。忽然之間，就恍惚了。這還是多年前的蟬聲嗎？她也不知道，當年，自己怎麼會那麼——那麼什麼呢，她抬手攏一攏頭髮，微笑了，非常難為情了。父親這個人，怎麼說呢，自己的男人，她怎麼不知道？當年，那麼多，那麼多的磨難，她竟然都一一承受了。有時候，想起來，她自己都不免要驚訝。這驚訝裡有得意，也有疼惜。當年，她竟然去找那個女人，四嬸子，主動同她交好。她若無其事地叫她，同她說笑，約她一道趕集，下地。請她到家裡來，在週末。她和四嬸子坐在一處，嘰嘰咕咕地說著女人間的體己話兒，忽然就吃吃笑了。陽光從側面照過來，給四嬸子鍍上了一層淡淡的光暈。她臉頰上的絨毛微微顫動著，說話的時候，偶爾一擺頭，眼波流轉。母親從旁看著，心裡感嘆一聲。難怪。現在想來，那個時候，四嬸子也不過剛滿三十，也許，還不到。正彷彿清晨的花朵，經歷了夜雨的洗禮，純淨而嬌嬈，也成熟，也單白。也寧靜，也恣意。母親入神地看著，不知道想到什麼上去了，忽然就紅了臉。這兩年，也可能，是有些委屈他了。然而——母親在心裡恨一聲，自己的男人，她怎麼不知道？當然，也不止這些。她知道。她不識字。可是，這怪不得她。在芳村，有幾個女人識字？四嬸子，也不過是勉強能寫寫自己的名字罷了。然而——母親在心裡暗想，也許，這些，都不重要。陽光在院子裡盛開，滿眼輝煌，也有些頹敗。母親坐在椅子上，隔著幾十年的時光，靜靜打量著當年的一切。她嘆了一口氣，然而也微笑了。她是想起了那一天，想起了父親。她小孩子一般，得意地微笑了，眼睛深處，卻分明有東西迅即無聲地淌下來，她抬手擦一把，看一眼四周，自己也不好意思了。

那一天，母親和四嬸子，在院子裡說話。父親不出來，他在屋裡看書。眼睛緊緊盯著書上的一行字。那些字密密麻麻，像螞蟻，一點一點，細細的啃齧著他的心。院子裡傳來兩個女人的輕笑，弄得他心神不寧。他的一隻手握著書本，由於用力，都有些痠麻了。他盯著眼前的那一群螞蟻，彷彿什麼都沒有看見，他看到虛空裡去了。母親在院子裡叫他，揚著聲，他這才猛然省過來，答應著，卻不肯出去。母親就派我叫，妮妮——父親無法，慢吞吞地站起身，他來到院子裡，從小井裡提出水筲，把冰鎮的西瓜拿出來，抱著，去廚房。他從四嬸子身旁走過，輕輕地咳一聲，把容顏正一正。他在掩飾了。四嬸子呢，她坐在那裡，半低著頭，一團線繞在她的兩個膝頭，她的一雙手靈活地在空中繞來繞去。眼睛向下，待看不看的。我母親從旁看著這一切，微笑了。她把一牙瓜遞過來，眼睛卻看著父親，問道，甜不甜，這瓜？父親搭訕著走開去，心裡恨得癢癢的。她這是故意——簡直是——然而——父親眼睛盯著書本，黯淡地笑了。

四嬸子一輩子沒有再嫁，也沒有生養。我一直不敢確定，四嬸子，這麼多年不肯再嫁，是不是為了父親。在她漫長的一生中，尤其是，當她紅顏褪盡，漸漸老去的時候，在無邊的夜裡，或者，昏昏欲睡的午後，我不知道，她是否還會想起我的父親。想起當年，那一個意氣風發的青年，英俊，儒雅，還有些羞澀，如何見識了她的嫣然百媚。那些驚詫，狂喜，輕憐密愛，盟誓和淚水，人生的種種得意，以及失意，如今，都不算了。

關於我的父親，和我的母親，他們的婚姻，他們的愛情——如果還稱得上的話，他們之間的種種糾葛，物質的，情感的，肉體的，精神的，他們之間的掙扎，對峙，相持，以及妥協，以及和解，其實，我並不比芳村的任何一棵莊稼知道得更多。我單知道，他們攜了手，在那個年代，在漫長的歲月中，相互攙扶著，走過了許許多多的艱難，困厄。也有悲傷，也有喜悅，也有瑣碎的幸福，出其不意的擊打。然而，都過去了。記得倒還是記得的。然而，大部分，差不多都已經忘記了。當然，或許，他們是不願意再去想了。他們的時代，早已經遠去了。而今，是我們，他們的兒女的天下了。他們風風火火，來了又去。他們活得認真，沒有半點敷衍。這很好。

院門開了，想必是孩子們回來了。他們在躺椅裡欠一欠身，就又不動了。他們是懶得動了。

舊院

一

村子裡的人都知道，舊院指的是我姥姥家的大院子。為什麼叫舊院呢，這個問題，我一直沒有想過。當然，也許有一天，我想了，可是沒有想明白。甚至，也可能問了大人，一定是沒有得到滿意的答案。我歪著頭，發了一會呆，很快就忘記了。是啊，有那麼多有趣的事情，爬樹，掏螞蟻窩，黏知了，逮喇叭蟲。這些，是我童年歲月裡的好光陰，明亮而跳躍。我忘不了。

舊院是一座方正的院子，在村子的東頭。院子裡有一棵棗樹，很老了。巨大的樹冠幾乎覆蓋了半個房頂。春天，棗花開了，雪白的一樹，很繁華了。到了秋天，累累的果實，在茂密的枝葉間，藏也藏不住。我們這些小孩子，簡直饞得很，吮著指頭，仰著臉，眼巴巴地看著表哥攀上樹枝，摘了棗子，往下扔。我們銳叫著，追著滿院子亂跑的棗子，笑。每年秋天，姥姥總要做醉棗，裝在陶罐裡，拿黃泥把口封嚴。過年的時候，這是我們最愛的零嘴了。

姥姥是一個很爽利的老太太。年輕的時候，大概也是個美人。端莊的五官，神態安詳，眼睛深處，純淨，清澈，也有飽經世事的滄桑。頭髮向後面攏去，一絲不苟，在腦後梳成一只光滑的髻。在我的記憶裡，似乎，她一直就是這種髮式。姥姥一生，共生養了九個兒女，其中，有三個，夭折了。留下六個女兒。我的母親，是老二。

誰會相信呢，姥姥這樣一個人，竟然會嫁給姥爺。並且，一生為他吃苦。說起來，姥爺祖上原是有些根基的，在鄉間，也算是大戶人家。後來，到了姥爺的父親這一輩，就敗落了。姥爺的母親，我不大記得了。在姥姥的描述裡，是一個刁鑽的婆婆，專門同兒媳婦過不去。姥爺是家裡的獨子，幼年喪父。寡母把獨子視為命，視為自己一世艱辛的見證。兒子是她的私有物，誰都不允許分享，即便是兒媳婦。有堅硬強勢的母親，往往有軟弱溫綿的兒子。在姥爺身上，有一種典型的紈絝氣質。當然，我不是說姥爺是吃喝嫖賭的紈絝子弟——以當時的家境，也當不起這個字眼了。我是說，氣質，姥爺身上有一種氣質，怎麼說，閒散，落拓，樂天，也懦弱，卻是溫良的。在他母親面前，永遠是諾諾的。而對姥姥，卻有一種近乎驕橫的依賴。裡裡外外，全憑了姥姥的獨力支撐。姥爺則從旁冷眼看著，袖著手，偶爾從衣兜裡摸出一把炒南瓜子，或者是花生，嘎巴嘎巴剝著，悠閒自在。老一輩的說法，不孝有三，無後為大。姥姥生養了九個兒女，竟沒有給翟家留下一點香火，真是大不孝了。只為這一條，姥姥在翟家就須做小伏低。作為一個女人，她欠他們。姥姥日夜辛勞，帶著六個女兒，不，是五個——大女兒，也就是我的大姨，被寄養在姨姥姥家。姨姥姥是姥姥的姐姐，嫁給了一位軍人，膝下荒涼，就把我大姨要了過去，做女兒。姨姥姥家境殷實，把大姨愛如掌上明珠。雖如此，後來，大姨成人之後，始終對這件事耿耿於懷。甚至，有一回，她來看望姥姥，言語間爭執起來，大姨說，我早就知道妳不喜歡我，那麼多姐妹，單單把我送了人。姥姥一時氣結，哭了。她再沒想到，有一天，自己的女兒會這樣指責自己。當然，這是多年以後的事情了。

那時候，還有生產隊[1]。生產隊。我一直對這個詞懷有深厚的感情。在鄉村生活過的人，那一代，有誰不知道生產隊呢？人們在一起勞動，男人和女人，他們一邊勞動，一邊說笑。陽光照下來，田野上一片明亮，不知道誰說了什麼，人們都笑起來。一個男人跑出人群，後面，一個女人在追，笑罵著，把一把青草擲過去，也不怎麼認真。我坐在地頭的樹底下，饒有興味地看著這一切。那時，我幾歲？總之，那時，在我小小的心裡，勞動，這個詞，是世界上最美好的事情了。它包含了很多，溫暖，歡樂，有一種世俗的喜悅和歡騰。如果，勞動這個詞有顏色的話，我想，它一定是金色的，明亮，坦蕩，熱烈，像田野上空的太陽，有時候，你不得不把眼睛微微瞇起來，它的明亮裡有一種甜蜜的東西，讓人莫名地憂傷。

我很記得，村子中央，有一棵老槐樹，經了多年的風雨，很滄桑了。樹上掛了一口鐘，生滿了暗紅的鐵鏽。上工的時候，隊長就把鐘敲響了。噹噹的鐘聲，沉鬱，蒼涼，把小小的村莊都洞穿了。人們陸續從家裡出來，聚到樹下，聽候隊長派活。男人們吸著旱菸，女人們拿著納了一半的鞋底子。若是夏天，也有人胳膊底下夾著一束麥秸稈，手裡飛快地編小辮。水點子順著麥秸淌下來，哩哩啦啦灑了一路。村子裡驟然熱鬧起來。說話聲，笑聲，咳嗽聲，亂哄哄的，半晌也靜不下來。我姥姥帶著女兒們，也在這裡面。這些女兒當中，只有小姨上過學，念到了六年級，在當時，很難得了。有人重重咳嗽一聲，清清嗓子，人群漸漸安靜下來。生產隊長開始派活了。

生產隊，是記工分[2]的。姥姥是個性格剛強的女人，時時處處都不甘人後。多年以後，人們說起來，都唏噓道，幹起活來，不要命呢。我至今也不明白，姥姥那樣一個秀氣的身子，怎麼能夠扛起那麼重的生活的重擔。姥爺呢，則永遠是悠閒的，袖著手，置身事外。我姥爺最喜歡的事情，是扛上他那支心愛的獵槍，去打野物。我們這地方，沒有山，一馬平川的大平原。有河套。河套裡面，又是另一番世界。成片的樹林，沙灘，野草瘋長，不知名的野花，星星點點，絢爛極了。夏天的清晨，剛下過雨，我們相約著去河套裡拾菌子。在我們的方言裡，這菌子有一個很奇崛的名字，帶著兒化音，很好聽。我到現在都不知道是哪兩個字。這種野菌子肥大，白嫩，採回來，仔細洗淨沙子，清炒，有一種肉香，是那個年代難得的美味。河套裡，還有荊條子，人們用鋒利的刀割了，背回家，編筐。青黃不接的時候，人們也去河套裡挖掃帚苗，摘蒺藜。村裡的果園子也在河套。大片的蘋果樹，梨樹，一眼望不到頭。秋天，分果子的時候，通往河套的村路上，人歡馬叫，一片歡騰。對於我姥爺來說，河套的魅力在於那片茂密的樹林。常常，我姥爺背著獵槍，在河套的樹林裡轉悠，一待就是大半天。黃昏的天光從樹葉深處漏下來，偶爾，有一隻雀子叫起來，跟著一片喧嚣。忽然就靜下來。四下裡寂寂的，光陰彷彿停滯了。我姥爺抬頭看一看樹巔，眼神茫然。他在想什麼？我說過，我姥爺的身上，有一種紈絝氣質。這是真的。彎彎的村路上，一個男人慢慢走著，肩上扛著獵槍，槍的尾部，一隻野兔晃來晃去，有時候，或者是一隻野雞。這是他的獵物。夕陽照在他的身上，把他的影子拉得很虛，很長。

通常情況下，我姥姥對我姥爺的獵物不表達態度。幾個女兒倒圍上來，七嘴八舌地叫著，知道這兩天的生活會有所改善。姥爺把東西往地下一扔，舀水洗手，矜持地沉默著。這沉默裡有炫耀，也有示威，全是孩子氣的。在這個家庭中，以姥姥為首，姥爺除外，全是女將。姥爺這個唯一的男人，在性別上就很有優越感。姥姥比姥爺大。姥爺的角色，倒更像一個孩子，懶散，頑劣，有時候也會使性子，耍賴皮。對此，姥姥總是十分地容讓。當然，也生氣。有一回，也忘了因為什麼，姥姥發了脾氣，把一只瓦盆摔個粉碎。姥爺呆在當地，覷著姥姥的臉色，終於沒有發作。

二

在我的記憶裡，舊院，總是喧嘩的。我的幾個姨們，像一朵朵鮮花，有的正在盛期，有的，含苞欲放。她們正處在一生中最光華的歲月。她們白天下地幹活，晚上，回到家，她們湊在一處，在燈下繡鞋墊。誰不知道鞋墊呢？可是，你一定不知道，鞋墊這樣東西，在我們這個地方，被賦予了超越實用價值的審美性和情感性。姑娘們繡的鞋墊，尤其如此。我們這個地方，男女訂親以後，女方是要給男方繡鞋墊的。一則是表情達意的方式，二則呢，也有顯示女紅工夫的意思。為此，女孩子在很早的時候，就開始跟在姐姐們後面，細細揣摩鞋墊的事情了。花樣，顏色，針法。她們從旁仔細觀察著，暗暗記在心底——比如，是鴛鴦戲水呢，還是燕雙飛？是純色呢，還是雜色？是剪絨呢，還是十字繡？她們看著，比較著，一面在心裡反覆思量。這是天大的事。她們把一生的夢想和隱祕的心事，都託付給這小小的鞋墊了。直到現在，我依然記得，在舊院，一群姑娘坐在一處，繡鞋墊。陽光靜靜地照著，偶爾也有微風，一朵棗花落下來，沾在髮梢，或者鬢角，悄無聲息。也不知道誰說了什麼，幾個人就吃吃笑了。一院子的樹影。兩隻麻雀在地上尋尋覓覓。母雞紅著一張臉，咕咕叫著，驕傲而慌亂。

姥姥家女兒多，因此，舊院成了村子裡姑娘們的根據地。她們喜歡扎在一堆，說悄悄話。誰剛剛相看了一個，誰訂親了，誰的婆家今年正月裡要擺席，誰的女婿生得排場，出手也大方。我們這個地方，只要訂了親，就稱女婿了。誰誰的女婿，說起來，比對象這個詞更多了幾分昵近和家常。女婿們，在沒過事之前，總是遭打劫的目標。方言中，過事就是結婚的意思。這地方的人喜歡就近，再遠，也出不了鄰近的幾個村子。有時候，在路上碰上一個小夥子，只要有人喊一聲那姑娘的名字，小夥子就得乖乖地束手就擒。姑娘家，免了菸酒，左不過押著那個慌亂的女婿，去村子裡的供銷社買些零食，水果糖，花生米，也有黑棗——一種棗子，黑褐色，甜而黏，有極小的核，這東西我已經多年沒吃到了。大家捧著繳獲的戰利品，跑進舊院，吃著，評判著。逢這個時候，我就格外高興，在人群裡鑽來鑽去，橫豎不肯離開半步。

我說過，舊院只有小姨上過學，在姑娘們當中，算是有文化的人了。小姨生得好看，為人也溫厚，在村子裡，很得人緣。那時候，村子裡老是開會。各種各樣的會，叫得上名目的，叫不上名目的，大的，小的。每次開會，總有我小姨。開會的時候，小姨總帶上我。我現在依然記得，大隊部的一間屋子，牆上掛滿了獎狀和錦旗，讓人眼花繚亂，木頭的長椅，斑駁的綠漆，我依在小姨身旁，開會。講話的人是大隊幹部，叫做老權的。我看著他的嘴，一張一合，很用力，可是，我聽不懂。我心想，他在說什麼呢？忽然，從他嘴裡蹦出一個詞，他說，起碼，我們要——我心裡一閃，騎馬。這回我聽懂了。我一下子來了興趣。騎馬。這事情有趣。我等著他的下文，他卻再也不提騎馬的事了。可能是他忘了。我失望極了。下午的陽光從窗子裡照過來，細細的飛塵，在明亮的光束裡活潑潑地游動。我把頭歪在小姨身上，我睏了。後來，直到現在，一提起開會，我就會想到那間屋子，掛滿了錦旗和獎狀，木頭的長椅，陽光裡的飛塵，還有，騎馬。真的。起碼。我只要一看見這個詞，就會想起另一個詞。騎馬。這真是沒有辦法的事。

在鄉下生活過的人，一定知道露天電影。那時候，公社[3]裡有放映隊，農閒時節，就下來，挨著村子放。早在幾天前，消息就已經傳開了。放什麼電影，好看不好看，有沒有副片。副片的意思，就是在正式放電影之前的小片，比如，科教片，宣傳片，總之，副片往往枯燥，無趣，遠遠不及正片的動人心魄。我們都憎恨副片。然而，憎恨裡也有希望，因為，我們知道，副片之後，正片就會如期而至。有時候，禁不住電影的吸引，我們也會跑到鄰村，先睹為快。小姨抱著我，把我放在一段矮牆上，前面，是黑鴉鴉的人群，密密的腦袋，在遙遠的銀幕前晃來晃去。輪到在自己村子放的時候，就從容多了。然而也慌亂。早早地吃過飯，姑娘們呼朋引伴，去占地方。遠遠的，在村子的場地上，一面白的幕布已經懸掛起來了。正反兩面，擺滿了各種各樣的板凳，高高低低。性急的孩子們坐在板凳上，維護著自己的地盤。小姨她們擠在一條長凳上，說著閒話，吃吃笑著，偶爾，妳推我一下，我捶妳一拳。一股淡淡的雪花膏的香味瀰漫開來，很好聞。後排，不知什麼時候，就有了一群小夥子。他們說話，哄笑，接人物的台詞，怪聲怪氣，有時，吹一聲口哨，響亮，佻達，讓人臉紅心跳。姑娘群中，就有人輕輕罵一句，然而也就笑了。空氣裡有一種東西在慢慢發酵，變得黏稠，甜味中，帶著微酸。我坐在小凳子上，第一次，我感覺到，男女之間，竟然有那樣一種莫名的東西，微妙，緊縮，興奮，不可言說，卻有一種蝕骨的力量。其實，我全不懂。然而，當時，我以為，我是懂得了。

有一個姑娘，同小姨極要好，叫做英羅的。英羅的父親在縣城的藥廠上班。因此，英羅家裡就常常有一些新鮮的東西。比如，《大眾電影》。這真是一本漂亮的雜誌。彩色的插頁，那些演員，神仙一般的人物，他們的衣著，氣質，神情，讓人迷戀，讓人神往。《大眾電影》在姑娘們中間傳來傳去，她們爭論著，讚嘆著，那樣子既豔羨，又虔誠。英羅到底是有見識的。對於那些電影演員，她頂熟悉。誰多大了，誰演了什麼角色，誰和誰，正在鬧戀愛，這些，她都知道。英羅講這些的時候，她平凡的臉上有一種動人的光芒。我喜歡這個時候的英羅。

英羅很早就訂了親。婆家在旁邊的村子，叫閻村。人們見了英羅，都開玩笑，叫她閻村的。有時候，小姨她們鬧起來，就說，英羅，去妳家閣村噢，賴在我們這裡，算什麼。英羅就惱了。把一張臉掛下來，誰都不理。英羅的女婿，我一直沒有見過。只是聽人說，家境很好，人卻有那麼一點呆。究竟怎麼個呆法，我就不知道了。

三

我一直沒有說我的四姨。怎麼說呢，在姥姥家，四姨是一個傷疤，大家小心翼翼，輕易不去碰觸。在舊院，四姨是一個忌諱。

如果你對鄉村還算熟悉，那一定知道鄉村裡的戲班子。在鄉間，總有人迷戀唱戲，收幾個徒弟，吹拉彈唱，排練一番，一個戲班子就誕生了。鄉間的習俗，逢喪事，但凡家境過得去的人家，喪主總要請戲班子唱上幾天。期間，酒飯是少不了的，此外，還有酬金。在當時，算是可觀的收入了。然而，當四姨鬧著要去學戲的時候，姥姥堅決不依。姥姥的看法，唱戲是下九流的行當。戲子，更是為樸直本分的莊戶人家所不齒。四姨一個好端端的閨女，怎麼能夠入了這一行。四姨哭，鬧，撒潑，絕食。姥姥只是不理。小孩子，示一示威罷了。況且，在這幾個女兒中，四姨的孝順乖巧，向是出了名的。按照姥姥的盤算，是想把這個四女兒留在身邊，養老送終。可是，姥姥再想不到，四姨會喝了農藥。當終於救過來的時候，四姨睜開眼，頭一句話就是，我要唱戲。姥姥長嘆一聲，淚流滿面。

農閒的時候，晚上，村南老來祥家的矮牆裡，就會傳來咿咿啊啊的戲聲。這是老來祥在教戲。據說，老來祥的父親是地方上有名的旦角兒，人送綽號小梅蘭芳。唱起梅蘭芳的段子來，簡直出神入化，名動一時。後來，小梅蘭芳因情自盡，身後，落下一片唏嘘，人們都說，這是顛倒了，錯把戲台當作人間了。論起來，老來祥也算是有家世的了。自小，老來祥就迷戀唱戲。一個男孩子，說話，走路，卻全是女兒態度。人家的一句玩笑，就飛紅了臉。就連笑，也是蘭花手指掩了口，嬌羞得很了。為此，村子裡的人，尤其是男人們，常常拿他調笑。老來祥一直未娶。誰願意把自己女兒嫁給這樣一個人呢。公正地講，老來祥人生得周正，標緻倒是標緻的。穿了家常的衣服，舉手投足，也自有一種倜儻的風姿。但是，卻從來沒有聽說過，有關他的風流韻事。因此，對於老來祥的態度，村人們是含糊的。感嘆，也寬容。這樣的一個人，你能拿他怎麼樣呢。

有時候，我也跟著四姨去學戲。老來祥坐在太師椅上，懷裡抱著胡琴，微閉著眼睛，唱一句，四姨學一句。四姨站在地下，拿著姿勢，唱到委婉處，看不見的水袖就甩起來，眉目之間，顧盼生情。燈光照下來，把她的影子映在牆上，一招一式，生動得很。我看得呆了。眼前這個四姨，忽然就陌生了。這個唱戲的四姨，不是我平日裡熟悉的四姨了。平日裡，四姨是羞澀的，內向，寡言，近於木訥。而且，四姨也算不得好看。四姨的鼻子扁了一些。四姨的臉龐也寬了一些。女孩子，總是瓜子臉，才來得俊俏，我見猶憐。可是，唱戲的四姨，就不一樣了。就有了一種特別的光彩。真的。後來，直到現在，我還記得四姨唱戲的樣子。痴迷，沉醉，燈光下，她的眼睛裡水波跳蕩，流淌著金子。

四姨天生是塊唱戲的材料。扮相甜美，嗓子又好，在台上，只一個亮相，不待開口，台下就轟動了。老來祥微閉雙眼，把胡琴拉得如行雲流水。四姨輕啟朱唇，慢吐鶯聲，台下霎時風雷一片。我姥姥坐在家裡，撿豆子。我姥姥拒絕去看四姨唱戲。可是，她卻無法阻擋四姨的聲音。四姨的聲音像細細的游絲，一點點蜿蜒而來，飛進舊院，飛進姥姥的耳朵裡，飛進姥姥的心裡。姥姥撿豆子的動作明顯慢下來，慢下來，凝住，嘴裡罵一句，這死妮子——長長地嘆一口氣。

流言是慢慢傳開的。說是四姨跟老來祥。這怎麼可能。村裡人都說，按輩分，老來祥當是叔叔輩，雖說早出了五服，可再怎麼，人家是水滴滴的黃花閨女，嫩瓜秧一般，老來祥一個老光棍——也有人說，唱戲，能唱出什麼好來？戲文裡，才子佳人，演慣了，就弄假成真了。有人就唱道，假作真時真亦假——人們就笑起來。

那些天，舊院出奇地安靜。我姥姥照常下地，忙家務，臉上卻是淡淡的，什麼也看不出來。自己養的閨女，自己怎麼不知道呢。她早該想到的。自從唱戲之後，四姨就不一樣了。原是說這四姑娘性子木一些，調教一下，也好。可是，誰想得到這一層。其時，老來祥，總有五十歲了吧，或者，四十九，唱了一輩子戲，諳盡了風月——四姑娘又是這樣的年紀——怎麼就想不到呢。姥姥很知道，一個女人，最不能在這上面有閒話。姥姥家裡，舊院，出嫁的，待嫁的，全是女兒家。這種閒話，尤其具有殺傷力。我姥姥坐在院子裡，手裡的棒子一起一落，把豆秸砸得颯颯響。四姨躲在屋子裡，只是沉默。

這個冬天，四姨再沒有去唱戲。臘月，四姨出嫁了。嫁到河對岸的一個村子。四姨父，我是見過一面的。個子矮一些，跟高挑的四姨站在一起，尤其顯得矮小。人卻老實。姥姥說，人老實，這是頂要緊的一條。出嫁那天，是臘月初九。雪後初晴，格外的冷。四姨穿著大紅的喜襖，勾了頭，坐在炕上。響器班子站在院子裡，賣力地吹打。新女婿早被人塗了一臉的黑鞋油，像包公，嘿嘿笑著，只露出白的牙齒。陪送的人再三勸道，走吧——不早了，路遠。四姨這才慢慢站起來。院子裡，嗩吶更熱烈了。四姨推著披紅掛綠的自行車，一步一步，走出舊院。四姨化著嚴妝，那一刻，我看不清她的表情。四姨在想什麼呢?戲裡戲外，天上人間。四姨再不會想到，這一點小小的挫折，跟後來漫長的人生磨難相比，不值一提。真的，不值一提。

後來，我總是想起四姨唱戲的樣子。那是她生命中盛開的花朵，嬌嬈，芬芳，迷人，也危險。作為一個女孩子，從那時候開始，我就隱隱地認識到，美好的，總是短暫的。我開始害怕看姑娘們出嫁。而在此前，我是那麼熱衷於看熱鬧，擠在人群裡，心神激蕩。相比之下，我喜歡那些繡鞋墊的日子。描畫著，憧憬著，然而，都在遠處。我喜歡這樣的感覺。

舊院又平靜下來。我姥姥立在院子裡，看著滿地的鞭炮的碎屑，空氣裡還有硫磺的刺鼻的味道，雪地上，亂七八糟的腳印，一道道車轍，交錯著，糾結著，終是出了舊院。姥姥把胸中的一口氣慢慢吐出來，長長的，在眼前纏成一團白霧，也就一點一點散了。

姥爺是照常地無所事事。田地裡，難得見他的影子。他多是扛著獵槍，在河套的樹林子裡消磨光陰。家裡的事情，他懶得管。他只知道，即便天塌下來，有姥姥頂著。他放心得很。經了四姨的事，姥姥的脾氣漸漸大了。這麼多年，她是受夠了。男人，都是遮風擋雨的大樹，可是，在舊院，姥爺卻先自縮起來，把她這柔軟的性子，生生地百煉成鋼。是誰說的，一個家裡，如果男人不是男人，女人，也就不是女人了。這是真的。先前，姥姥是一個多麼溫柔的女子，在娘家，雖小門小戶，卻也是嬌養得很，大門不出，二門不邁，見了人，不待開口，先自飛紅了臉。說起這些，誰會相信呢。姥姥大鬧一場。她坐在炕上，哭，只覺得委屈得不行。四姑娘的事，要不是姥姥做事果決，怎麼能夠這麼乾淨爽利。是她，把這杯苦酒，自斟自飲了，還不露一絲痕跡。她知道，這種事，在女方，最是張揚不得。尤其是，舊院一大群女兒家，人們的嘴巴不濟，張口閉口，不經意間，就傷了這個，帶了那個。她知道其中的厲害。她必得把這一口氣，咽回肚子裡。也有好事的人來探口氣，既然事已至此，不如順手推舟——老來祥人還不錯。姥姥心裡冷笑一聲，怎麼可能。不要說年紀輩分不對，把一對活生生的例子擺在眼皮子底下，這後半生，可怎麼做人？姥姥臉上不動聲色，暗地裡卻託了人，把男方家底都一一摸清，自忖閨女過去受不了委屈，就下了決心。這其中的坎坷煎熬，能跟誰講？姥姥坐在炕上，哭道，聘了這幾個閨女，哪一個不是我，一應的瑣事攬下來，日夜撐著——要他這個男人做什麼？

後來，我常想，可能是從那一回，姥姥才鐵了心要招一個上門女婿，以壯門戶。

四

現在，我得說一說我的母親。我說過，我母親排行老二。可是，在舊院，母親卻是老大的角色。大姨被寄養在姨姥姥家，再沒有回來。母親人長得俊俏，在姐妹中，很是出類。又做得一手好針線，甚至，比姥姥的工夫還勝一籌。人也伶俐，很能替姥姥分憂。幾個妹妹，都是在母親的背上長大的。母親沒念過書。對人情世故的判斷，全憑了天生的悟性。起初，姥姥是立意要把母親留在身邊的。那時候，在鄉下，上門女婿，是很丟臉的事情。想想看，有誰願意把兒子養大，白白地送給別人呢？就只有找那些外路人。外路人，就是外地人的意思。山裡人，娶不起親，又嚮往平原上的好光景，做上門女婿，是一條不錯的出路。也有本地人。兄弟多，家境窘迫，父母往往就把牙咬一咬，捨了臉面，把兒子送給人家做女婿。我父親就是這樣到了舊院。

我父親也是本村人。家裡兄弟五個，日子的艱難是可以想見的。我的奶奶是一個小腳女人，好吃懶做，沒有什麼心肝。不討男人喜歡，在婆婆跟前受了一輩子的氣。可是卻會刁難媳婦。她漫長的一生，是一部豐富的婆媳戰爭史。其中，我的母親，是最為曲折的一章。父親到了舊院，自然是處處恭謹，這樣的情勢，他也不得不把自己剛烈的性子屈抑了。好在，父親和母親，相處還頗融洽。姥姥的意思，是想讓父親改姓，隨著翟家。父親哪裡肯。我說過，父親是一個性格剛硬的男人。改姓，在他看來，簡直是辱沒門楣的事情，是一種恥辱，是對宗族的叛逆和玷汙。大丈夫行不更名，坐不改姓。這是一個不能妥協的立場。可是，姥姥自有她的邏輯。既然是上門女婿，父親就是翟家的人。翟家的人，自然要姓翟。這是一個不容爭議的問題。矛盾就是這樣，從一開始就播下了種子。舊院，迎新的氣氛尚未散去，一場戰爭，已經風雷在耳了。雙方僵持，對峙，在其間，最為犯難的，是我的母親。母親比父親小五歲。新婚的喜悅還未及細細品味，漫長的煎熬就已經開始了。能怎麼樣呢，一面，是自己的男人，一面，是自己的母親。母親坐在院子裡，看著一朵棗花慢慢落下來，落在印著紅喜字的臉盆裡，在水面上悠悠轉著。母親的眼淚淌了一臉。在舊院，姥姥是說一不二的人物。如今，在女婿面前，竟是碰了壁。她惱火得很。然而，女婿畢竟是女婿，雖說是上門，終究不比兒子，可以當面鑼對面鼓，直來直來。姥姥病了。姥姥的病是虛病。這地方，管莫名其妙的病叫做虛病。據說是被什麼東西附了體，病人身不由己。那時候，家家戶戶都有紡車。你見過紡車嗎？在鄉村，怎麼能沒有紡車呢？農閒的時候，或者，晚上，女人們盤腿坐在草墩子上，紡棉花。一隻手搖著紡車的把手，另一隻手捏著棉條子。紡車嗡嗡唱著，長長的棉線就從棉條子裡慢慢扯出來，扯出來，纏繞在錠子上，半天工夫，就出落成一只豐滿的線穗子。女人們拿這線穗子搓繩，織布，一家人的衣裳鞋襪，就從一架紡車上來。姥姥是紡線的高手，我母親她們姐妹的紡藝，都是姥姥手把手教出來的。姥姥病了以後，不再下地，家務也不理，只是坐在紡車前，整日整夜地紡線。姥姥嘴上叼著菸袋，手搖紡車，唱戲。一家人都心驚肉跳，不知如何是好。我母親跪在一旁，流淚。姥姥微閉著雙目，不看母親一眼。父親在屋裡坐著，對著牆，一臉的鐵青。其他的人，誰敢勸？姥爺是這樣一個人，醉心於河套裡的樹林子。家裡的這場混戰，他是懶得問。幾個姨們都年幼，只知道一味擔心著姥姥。有誰懂得母親的苦楚？那一年，母親十九歲。姥姥逼著母親同父親離婚，其時，母親已經有了身孕。多年以後，母親臨終前的那段日子，不知為什麼，總是提起這段舊事。母親嘆口氣，說，妳姥姥，可真會逼人，可真會——後來，我常常想，姥姥的強硬，父親的固執，當年，十九歲的母親，是怎樣在這種處境中左右為難，進退失據。或許，也正是從那個時候開始，母親一生的病痛暗然生成，這病痛，令母親飽嘗煎熬，最終讓她撒手塵世。

改姓的風暴還沒有平息，母親臨產，大姐出世了。這對姥姥無疑是一個更加沉重的打擊。姥姥一生養育了六個女兒，她絕不希望看見下一代再有女嬰降臨舊院。姥姥招了上門女婿，原是想替翟家接續香火的。如今，改姓不成，又生了女孩，姥姥的病症越發重了。月子裡，母親終日以淚洗面，她覺得欠了姥姥。在這個家，在舊院，她沒有顏面。姥姥讓大姐稱她奶奶。她是把大姐當成了孫女。由於父親的堅持，最終還是沒有改姓。日子似乎就這樣過下去了。然而，有時候，世間的事就是如此難料。母親又生下了二姐。姥姥的病又犯了一回。比先前更甚。那時候，大姐不過兩歲多，在院子裡趺趺撞撞地走著，走著，一不小心，就摔倒了。姥姥在紡線，唱戲，不孝兒在眼前心肝欲碎——母親躺在炕上，看著二姐皺巴巴的小臉，只有流淚。父親也更加沉默了。在舊院，輕易不說一句。

兩年以後，當我出世的時候，姥姥已經徹底絕望。她決定讓父親和母親走。或許，她早已經萌生了此意，只是礙於臉面，無法出口。父親和母親離開了舊院，帶著三個女兒。也就是說，姥姥招了上門女婿，現在，又不要了。父親和母親一時找不到住處，就借了人家一間房，暫且棲身。後來，直到現在，我都無法想像，我的父母親，兩個年輕人，帶著三個孩子，如何憑著一雙手，白手起家。也正是從那時候開始，父親和姥姥的關係降到了冰點。我說過，我的奶奶是這樣一個人，懶惰，自私，少心沒肺。面對自己兒子的困厄，非但沒有母慈之心，竟是袖手旁觀。兄弟們，也都擔心父親回來分割微薄的家產，齊了心要冷落他們。父親和母親，至此，嘗盡了人情的冷暖，世態的炎涼。貧賤夫妻百事哀。這話是真的。父親和母親，在我兒時的記憶裡，常常是硝煙瀰漫。有時候，從外面瘋玩回來，看見家門口擠滿了人，有的在看，有的在勸，知道是父母又吵了架。母親的嗚咽一陣陣傳來，夾雜著父親粗重的喘氣聲。一顆小小的心就立刻縮緊了。

那時候，父親是生產隊長。我沒有說，父親讀過高小，識文斷字，打得一手好算盤，在鄉間，算是知識分了了。父親原是二隊，到了舊院，就跟了姥姥所在的一隊。那時候，生產隊長是有一定權力的。派活，是這種權力體現之一種。派什麼樣的活，輕與重，忙與閒，工分的多與少，這裡面頗有說法。據說，父親常常給姥姥她們派重活。拉糞車，砍秸子，鑽高高的莊稼地薅草。姥姥和幾個姨，就只有默默受了。母親知道了，自然要跟父親鬧。經了艱難歲月的碾磨，比起當年，父親的脾氣越發烈了。對母親，他全忘了是年幼他五歲的妻子，一點都不懂得容讓。多年以後，當母親纏綿病榻，父親長年細心服侍的時候，我不知道，父親內心深處，是否有過深深的悔恨。那樣健康活潑的一個女人，硬是生生落下了一身的病痛。也許是有過，可是，從來不曾聽他說起。那時候，常常，半夜裡，被姐姐推醒，說是母親不見了。母親不見了。鄉村的夜，寂靜，深遠，姐姐打著燈籠，我跟在後面，滿村子找母親。燈光一漾一漾，映出我們的影子。母親，妳在哪裡？我的一顆小小的心充滿了憂懼，竟然忘記了哭泣。母親和父親吵了架，跑了。從一開始，母親就夾在姥姥和父親中間，歷盡了煎熬。強硬的姥姥，暴烈的父親，婆婆一家的歧視和輕侮，貧困的日子。母親不知該如何面對。她只有逃離。有時候，我們會在深深的玉米地裡找到母親，她披散著頭髮，滿臉淚痕，露水把她的鞋子打濕了，走起路來，孜孜響。有時候，滿村子找，也找不著，母親是去了幾十里之外的大姨家。這個時候，我的四姨把我叫過去，讓我去找父親，央他去接母親。至今，我還記得，黃昏，父親在田野裡放羊，我立在一旁，低聲哀求，我想娘了。微涼的風從田野深處吹過，吹乾了我臉上的淚痕，緊繃繃的，澀而疼。夕陽慢慢地從樹梢上掉下去了，野地裡漸漸升騰起薄薄的霧靄。父親的臉一點一點模糊了。半晌，是一聲長長的嘆息。

現在想來，那時候，大姨家，是母親的一個避風港了。大姨是一個心直口快的人，嘴巴向來不饒人。我母親坐在灶邊，只是低頭垂淚。我大姨立在當地，衝著我說，小春子，妳回吧。妳娘就在這裡——不回去了。早晚有一天，她得讓你們氣死。這話是說給父親聽的。我扭頭看看父親，他悶頭吸菸，一張臉在煙霧中陰晴不定。

直到現在，回到老家，看見父親孤獨的背影，在老屋的院子慢慢地踟躕，我總是忍不住要流淚。我的父親母親，他們走過了那麼艱難的歲月，有淡淡的喜悅，更多的，是漫無邊際的傷悲。而如今，母親去了，只留下父親一人。所有的喜悅，怨恨，還有傷悲，都不算了，都不算了。

我不知道，我的父親和母親，他們之間，是怎樣的一回事。他們一定互相怨恨過，世事是如此的艱難，他們，有過抗爭，也有過妥協，他們軟弱無力，然而，終究是堅忍。他們一生，生養了三個女兒，無子。那時候，在鄉村，叫做絕戶。很小的時候，我就知道這個字眼的涵義。它後面包含的種種，歧視，淩辱，哀傷，無奈，我全懂。為此，我的父親和母親，受夠了煎熬。可是，他們愛過嗎？我很記得，有時候，早晨醒來，聽見有人在院子裡說話。我知道，是我的父親和母親。母親在灶邊坐著，燒火，父親吸著菸，他們說著閒話。有點漫不經心，甚至，有點索然。我在枕上聽著，半閉著眼睛，心裡卻蕩起一種溫情。我喜歡這樣的早晨。也有時候，我歪在母親身旁，睡午覺。父親走過來，俯下身，看看我，轉而逗母親說話。母親闔著眼，只是不理，父親把手指在母親下頷上挑一下，母親就惱了，佯罵一句，父親覺出了無趣，微笑了。這個時候，我緊閉著眼睛，裝睡，心裡卻是充滿了喜悅。多麼好，我的父親和母親，至少在那一刻，他們恩愛著。直到現在，我所理解的愛情，也不過如此了。

大概我上小學的時候，是我們家最好的時光。那時候，我的父親是生產隊的會計，號稱財神爺的，在當時的鄉村，這是一個很榮耀的職位。而且實惠。新屋已經蓋起來了。母親素來喜歡乾淨，把裡裡外外收拾得整潔清爽。八仙桌子，靠背椅，大衣櫃，帶抽屜的梳妝台，都有了。我母親坐在炕沿上，和三嬸子說著閒話。我父親伏在桌上，劈劈啪啪地撥算盤。我和小夥伴在院子裡跳房子，笑著，叫著，鼻尖上都是汗，有些聲嘶力竭了。姐姐們擠在裡間，咬耳朵，已經是有祕密的年齡了。陽光從窗子裡照過來，慢慢爬上牆，把相框上的玻璃照得閃閃爍爍。相框裡，都是我們一家的照片。大姐的最多，也有小姨的，還有表哥。那是他們的年代，就連在照片裡，都是笑著的，一臉的意氣風發。算起來，那時父親不過三十多歲，掌握著一個隊的財權，算是事業的巔峰了。平心而論，父親是個美男子，劍眉朗目，周正而端方。到了這個年齡，更平添了成熟男性的風度。我猜想，村裡的女人們，都暗暗喜歡他。就連三嬸子，正和母親說著話，看見父親走過來，就有些言不及義了，訥訥的，有時候，像少女一般，竟然紅了臉。那時候，我母親也不過三十出頭，正是好年華，穿著暗格的對襟布衫，一笑，露出一口耀眼的牙齒。我的父親和母親，在離開舊院之後，迎來了他們一生中最好的歲月。三個女兒尚未長成，他們自己呢，青枝碧葉的年華，在自己的屋簷下，過自己的小日子。從前的困厄，如同一場舊夢，都過去了，他們不願意去想了。未來的日子，誰知道呢——終究還很遙遠，遙不可及。他們來不及去想。他們再想不到，磨難，已經在未來的某處，靜靜地潛伏著，窺伺。僅僅在幾年以後，母親的病痛來襲，初現端倪，生活全然變了模樣。全變了。

在這段日子裡，我依然常常往舊院去。我的父親和姥姥，依然有齟齬，但是卻好多了。怎麼說，孩子們都漸漸大了；還有，我的父親，那幾年，也算是有頭臉的人物。大姨家的表哥，是舊院的常客。表哥是大姨的兒子，人生得好，文秀，單薄，白皙，一點也沒有鄉下孩子的粗野和魯莽。為此，表哥深得姥姥的疼愛，她常常把他帶在身邊，拾花生，摘棉花，起紅薯。表哥和小姨同年，兩個孩子在一起，常常是，小姨處處讓著表哥。表哥也確是招人疼愛。他總是安靜地待在大人身邊，從不惹禍生事。他也懂得體貼。對姥姥，對我的母親，感情尤其深厚。有一度，我的母親差點就想把表哥收養過來，做兒子。我現在依然記得，在我們家最好的時候，表哥來了，我母親給他做手擀麵，烙餅。那時候，白麵，是很珍貴的稀罕物。表哥歪在炕上，我跪在一旁，把他的一頭黑髮揉來揉去，趁他不注意，我把它們編成小辮，一條一條。我格格地笑出聲來了。後來，表哥去了部隊，當兵，提幹。常常有信來。我母親坐在炕沿上，聽父親唸信：大姨，姨父，你們好……這時候，我母親的眼睛深處閃著淚光。我母親，是把表哥當作兒子了。直到現在，隔壁的玉嫂，還老是提起來，新婚的時候，表哥常常到她的新房，也不鬧，就坐著，安靜地坐著，一坐就是半宿。這個孩子，就是不一般呢。看看，果然。玉嫂說這些的時候，眼神柔軟，她是想起了她的好年華。如花似錦。現在，都過去了。

我一直不肯承認，在我的童年歲月，表哥的存在，對我，是一種安慰。真的。對表哥，我懷有一種靜靜的情感，美好，無邪，它在我的內心深處，珍藏著。我始終不肯相信，在我未來漫長的歲月中，我所喜歡的男人，竟或多或少有表哥的影子。在潛意識裡，我是把表哥，這個我童年生活裡唯一的異性，當作了理想男子的標竿。父親不算。父親是另外一回事。

五

那時候，五姨已經到了談婚論嫁的年紀。姐妹中，五姨算不得最好看，卻是最能吃苦的一個。五姨也是孝順的。她順從了姥姥的心意，招了上門女婿，留在了舊院。多少年過去了，我還記得他們結婚時候的情景。五姨穿著棗紅條絨布衫，海藍色褲子，脖子上，是一條粉底金點的紗巾。她半低著頭，在人群裡羞澀地笑著。新女婿是外路人，跟著母親嫁過來，下面又有了眾多的兄妹。自然是不一樣的。如今，來到舊院，就是另一個家了。我在旁邊看著他，他長得算得高大，然而清瘦，眼睛不大，卻很明亮。一看就知道，是一個精明的人。姥姥教著我，讓我喊舅。這是一個陌生的字眼。從小到大，在舊院，我沒有喊過。舅很爽快地應著，攬過我，摸摸我的小辮子。我高興起來。從此，我有舅了。

對這個舅，我姥姥顯然汲取了我父親的教訓，凡事都覷一覷他的臉色，很小心了。她不再逼他改姓，由他姓劉，吃著翟家的飯。然而，孩子必得姓翟。同我父親比起來，我舅，是一個通達的人物。在鄉間，尤其是那時候的鄉間，很難得了。我舅大概早已經把這些看破了，他微笑著，在舊院裡出出進進，自如得很。我舅在人事上也圓通，家裡家外，敷衍得風雨不透。甥男孫女的去了，總是笑著，熱絡地攬過來，讓人說不出的溫暖受用。在我的記憶裡，我舅，真的同這舊院融合在一起了。這是他的家呢。街坊鄰里，我舅更是打理得風調雨順。村子裡，翟家本就是個大姓，院房龐大，枝幹錯雜，其間的深與淺，薄與厚，近與疏，都容不得走錯半步。在鄉村，看似平和的外表，其內裡的錯綜複雜的派系，委實是根深蒂固，牽一髮而動全身。對於外來人，尤其如此。然而，這難不倒我舅。真的。現在想來，在這方面，我舅是有很高的秉賦的。自從我舅來了之後，舊院裡，所有的內政外交，全是他了。我姥姥暗自鬆了一口長氣，夜深人靜的時候，竟悄悄流了眼淚。她是真的喜悅，這喜悅裡，又有著難以言說的憂傷。這些年，她是受夠了。如今好了。如今好了。然而——然而什麼呢，黑暗中，我姥姥不好意思地微笑了。還能怎樣，如今，她該知足了。我姥爺也高興。這一回，他是徹底沒有了後顧之憂，可以安心把自己隱在河套的樹林子裡，不問世事。再不用聽姥姥的嘮叨和抱怨。在舊院，他是心寬體胖的老爺子，從容，篤定，閒適得很了。人們都說，什麼人，什麼命。看人家大井。大井是我姥爺的名字。

五姨卻不開心。怎麼說呢，對男人，五姨是滿意的。我舅是這樣一個人，聰明，風趣，最知道如何討女人歡喜。五姨卻煩惱得很。五姨的新房，在東屋。姥姥依然按照老派的規矩，住著北屋，正房。新婚，因為是上門女婿，自然人們的目標是新女婿。至於新娘，自家的閨女，總不至於放下臉來胡鬧。因此，五姨的新房就清靜多了。新婚燕爾，夜裡，小倆口關了門，自然少不得夫婦之禮。有一回，是個月夜，五姨滅了燈，卻發現窗櫺上映出姥姥的影子。她在往屋裡看。五姨的一顆心亂跳起來，像驚了的馬車。這怎麼可能。一個母親，在自己女兒的新房外偷窺。這怎麼可能。她想幹什麼？五姨一夜未眠。自此，她就經了心。這是真的。她想。老天，這竟是真的。五姨同姥姥的芥蒂，大概就是從那個月夜開始埋下了種子。白天，她注意觀察姥姥的言談舉止，卻什麼都看不出來。姥姥，還是那個爽利的老太太，在舊院，她溫和，敏銳，也威嚴。她是一家之主。可是，她是為什麼呢？有時候，五姨就想，是不是自己看錯了，或者，只不過是一場夢？然而，那個月夜，窗櫺上清晰的影子，至今想來，她還心有餘悸。她忘不了。五姨把頭埋在被子裡，無聲地哭泣。她是她的母親，她怎麼能夠這樣。這輩子，她都無法原諒她。她不原諒。很快，五姨臨產，生下了一個男孩。我姥姥趴在炕上，看著這個降臨在舊院的第一個男嬰，翟家的後代，她的眼睛裡閃著淚光。這是翟家的香火啊。五姨躺在那裡，耷著眼皮，待看不看的，臉上始終是淡淡的。姥姥問話，也有一句沒一句。姥姥想，五丫頭這是乏了——這麼大一個胖小子。

孩子滿月的時候，照例要擺酒。孩子的親奶奶，我舅的母親，也過來看望。姥姥嘴上不說，內心裡，對我舅的母親，對劉家人，是很忌諱的。等客人散盡，我姥姥來到東屋，對五姨說，既然是進了翟家的門，劉家的人，紅白喜事，就不往來了吧。這樣清爽。五姨仄著身子，給孩子餵奶，半晌，扔了一句，這我管不了。姥姥再想不到，自己的閨女會這樣同自己說話。她呆在那裡，一時氣結。剛要發作，覺得閨女剛出月子，弄不好傷了身子，回了奶，就不好了。

孩子一日日長大了，五姨的脾氣也一日日古怪了。有時候，看著女兒的背影，姥姥想，這是怎麼了？簡直莫名其妙。為了劉家的事，姥姥沒少跟五姨鬧。比如說，孩子回家來，手裡舉著一串糖葫蘆，問誰給的，孩子說，奶奶給的，或者說，是叔叔。姥姥就頗不高興。覺得自己的孫子，平白地吃劉家的東西，她委屈得不行。憑什麼？這一來二去，怎麼說得清。五姨卻不作理會。她知道姥姥的心病。她偏要讓她疼。她恨她。可是，她是她的母親。能怎麼樣呢，她只能把這恨埋在心裡，跟誰都不能提起。跟我舅，不能。跟姐妹，也不能——她跟姥姥，原是母女，可如今，卻是婆媳。跟外人，更不能。這是家醜。夜裡，五姨看著黑暗中的屋頂，把一腔怨恨緊緊咬住。孩子的腦袋拱在懷裡，毛茸茸的。耳畔，是我舅的鼾聲。

偶爾，我的三姨和四姨，回到舊院，湊在一處，說著說著，就說起了各自的婆婆。五姨從旁聽著，心裡是又羡又妒。多好。所有的女人，都能在人前說說婆婆的是非，唯獨她不能。有些事情，她只能藏在心底，讓它慢慢變得堅硬，像刀子，一點一點切割她的心。

六

那時候，小姨正在忙於相親。作為家裡最小的女兒，小姨活潑，美麗，又有文化，是舊院最亮眼的一朵花。那時的鄉村，風氣已經漸漸開化。男女青年，經人介紹，也可以在一起說說話了。有一回，我記得，小姨帶上了我。

是個春天的夜晚，月亮在天邊掛著，又大又白。小姨和那個青年，一前一後，在村路上慢慢走著。我跟在小姨身旁，心裡充滿了隱隱的激蕩。兩旁，是青青的麥田。夜風從村莊深處吹過來，帶著莊稼微腥的澀味，夾雜著青草溫涼的氣息。不知名的小蟲子鳴叫著，夜晚的鄉村，寂靜，清明。小姨和那個青年，就這樣走著，幾乎不說話。偶爾，青年問一句，小姨就低聲答了，就又沉默。我走在旁邊，卻被這沉默深深感動了。我覺得，這沉默裡面，所有的微妙的情感，喜歡，羞澀，緊張，不安，萌動的愛意，欲言又止的試探，小心翼翼的猜測——都在裡面裡了。多年以後，我依然記得，那個春風沉醉的夜晚，莊稼的氣息，蟲鳴，月亮在天上，靜靜地走。一對男女青年，一前一後，甜蜜的沉默。一個孩子，她懵懂，迷茫，還來不及經歷世事，然而，她卻親眼見證了一場愛情。那個青年，後來成了我的小姨父。多年以後，有一回，我偶爾提起此事，小姨茫然地看著我，是嗎——我怎麼不記得了——其時，小姨已經兒女成行，成了一個地道的鄉村婦人，正在為女兒的婚事操勞。年輕時代的那個春天的夜晚，她努力想了想，竟是真的記不起來了。

在舊院，小姨是老閨女，仗著姥姥的疼愛，有時候，就難免有些任性。然而，小姨終歸是個乖順的姑娘，即便任性，也是女孩家的任性，帶著一種孩子氣。舊院裡向來是女人的天下，小姨一向是慣了的。穿衣裳，也少有避諱。可是，現在不同了。舊院裡多了我舅。雖然叫舅，卻是外人。而且，是一個年輕男人。這讓小姨頗不習慣。有一回，是個夏天，小姨從地裡回來，一身的汗，就把房門關了，沖涼。沖完，把耳朵貼在門上聽了聽，院子裡靜悄悄的，小姨想都沒想，就把門打開，端起一盆水就潑出去。只聽哎呀一聲，是我舅。門裡門外，兩個人都愣在那裡。小姨只穿了一件花短褲，小小的胸衣，雪樣的肌膚，在昏暗的屋子裡，格外醒目。那個時候，即便聰敏如我舅，也呆了。小姨捂住臉，尖叫一聲，把門咣噹關上。

那回以後，小姨和我舅，再不像從前那麼自然了。從前，他們一起吃飯，下地幹活，一起說笑，偶爾，我舅還開開小姨的玩笑。問她最近相親的事，什麼時候把自己嫁出去。趕緊嫁啊，我還等著吃妳婆家的酒席呢。小姨就笑，說，怎麼，多嫌我了？我就不嫁，這輩子都不離開舊院。這樣的嘴仗，是常常有的。姥姥從旁聽著，也只是笑。可是，那個黃昏以後，再也沒有這樣的嘴仗了。小姨和我舅，忽然就變得客氣起來，陪著小心，像陌生人。晚上，乘涼的時候，只要有我舅在院子裡，小姨就搬個凳子，走到南牆根，絲瓜架底下，抱著戲匣子，聽廣播。或者，躲在屋子裡，關了門，悄悄的，也不知道在做什麼。也有時候，英羅她們來，幾個姑娘擠在一處，嘰嘰咕咕地說著，說著說著就笑起來。小姨也跟著笑，只是，比先前安靜多了。那時候，五姨正在懷孕，她腆著笨重的肚子，坐在籐椅上，慢慢搖著，冷眼觀察著這一切。其實，從那個黃昏，那個黃昏的一聲尖叫，她就留了意。她是過來人，也年輕過，她懂。更要緊的是，小姨是她的妹妹。她這個妹妹，年輕，美麗，活潑，惹人喜歡。沒錯，她是她的妹妹。然而，她也是女人。而她的丈夫，我舅，是男人。她怎麼不知道自己的男人？五姨晃著躺椅，一隻手在隆起的肚子上輕輕地撫摸著。院子裡的苦瓜正在開花，香氣浮動。夜晚的霧氣一蓬一蓬的，直撲她的臉。在舊院，在這個家，她是一日日沉默下來。她在這沉默裡慢慢思忖。她是後悔了。當初，悔不該答應留在舊院。她怨恨。她不怨恨別人，她怨恨姥姥。是姥姥一手定下了她的婚事。這麼多年，在這個家裡，在舊院，姥姥說一不二。可是，現在不同了。五姨把一隻手撫一撫自己的肚子，另一隻手把嘴巴握住，讓一個長長的哈欠慢慢打出來，眼睛裡就有了一層薄淚。一天的繁星，霎時模糊了。

那一年，小姨出嫁了。小姨父就是那個月夜的青年。

我是一直到後來才知道，此前，小姨其實已經心有所屬。那個人家在鄰村。對於小姨的這段愛情，我一直深感好奇。他們是如何認識的？是在深夜的電影幕布前，還是在春日趕集的村路上？平日裡，小姨和他，如何見面，如何聯繫？或許，很多時候，小姨自告奮勇地去鄰村趕集，私心裡，其實是懷著不為人知的小祕密。可以想像，走在青草蔓延的小路上，風吹過來，拂上一個姑娘發燙的臉龐，甜蜜，膽怯，慌亂，然而強自鎮定。對面的村莊隱隱在望了，她的心跳了起來。我不知道，這段愛情為什麼無疾而終了。也許，是那個鄰村的人薄情，或者怯懦——要想娶到舊院的老閨女，姥姥這一關，是一定要過的。也許，是姥姥。姥姥的意思，是要把小姨留在村子裡，守著。總之，後來，有了那個月夜。後來，小姨嫁給了小姨父。

你知道壓車嗎？我們這地方，辦喜事的時候，女方的嫁妝車上，是要有小孩子壓車的。這小孩子一般是娘家人，或者是至親。嫁妝車在娶親隊伍前面，先到，男方須得給喜錢，壓車的小孩子才肯下來。這個時候，往往是臘月的清晨，天邊剛剛泛出一絲微明的曙光。如果時候還早，或許能夠看到淡淡的月牙的影子。小孩子坐在車上，接過男方遞過來的紅包，摸一摸厚薄——這是行前大人們反覆叮囑過的，如果薄，就不下車。也有的孩子，又冷又睏，只要有紅包，外加上一把糖果，就懵懵懂懂地被抱下來。周圍看熱鬧的人都笑了。他們呵一呵手，開始卸嫁妝了。

在我的童年歲月裡，因為是家裡最小的孩子，壓車的機會就格外多。最不能忘記的，就是給小姨壓車。這地方的風俗，姑娘出嫁前的晚上，村裡同齡的姑娘們要來家裡，吃酒席，然後，留宿，陪伴新嫁娘度過姑娘時代的最後一個夜晚。其實，哪裡睡得著？姑娘們擠在一處，對著滿屋子的嫁妝，評頭論足。那個時候，英羅還沒有出嫁。她的婚期，也在那一年，比小姨稍晚。她們說著，笑著，偶爾就鬧起來，妳推我一下，我搡妳一把。舊院裡燈火通明，人們進進出出，忙碌，一臉喜色。有時候往這邊的窗子望一望，並不輕易過來。這個夜晚，即便是做父母的，也不便過多打擾。這是姑娘們的夜晚。這個夜晚，是一個分界，一個里程的轉折。此後，為人婦，為人母，人生的種種境遇，喜悅或者艱辛，幸或者不幸，都由它去了。由它去了。小姨坐在炕沿上，兩條腿耷下來，把腳後跟輕輕地磕著，一下，又一下。她的半邊臉隱在燈影裡，有些看不真切。她在想什麼？或許，她是想起了那條青草蔓延的村路。也或許，是那個月夜，到處都是蟲鳴。她扭頭望了望院子裡的燈火，心裡不知什麼地方就細細地疼了一下。

這些日子，她算是看出了，五姨的很多話鋒，很多的臉色，竟都是為著她的。從什麼時候開始，這個家，這個舊院，就不一樣了？二十多年了，她在這裡出生，一點一點長大。這是她的家。在這裡，她自在，坦然，為所欲為。可是，事情忽然就不一樣了。五姨對她，竟是很客氣了，這客氣裡有疏遠，陌生，也有暗暗的敵意——這是小姨不願意承認的。我舅，也忽然間不肯說笑了，凝著一張臉，端著架子，即便說一句，也是訕訕的，很不自在了。就連我姥姥，也是小心覷著小姨的顏色，留意著她的一舉一動。有一回，小姨起夜，蹲了半晌，從茅房出來，聽見門吱呀一響，一個人影一閃，進了北屋。小姨嚇了一跳，正待回屋，聽見北屋姥姥的咳嗽聲，壓抑的，然而卻劇烈。小姨心裡就一凜，呆在了當院。直到這一刻，她才算懂了。她想起了那個黃昏，那一聲尖叫。原來如此。小姨把雙臂抱在胸前，慢慢地摩挲著。夏夜的風，竟然很涼，她感覺一粒粒的小東西在裸露的皮膚上簌簌地生出來。她撫摸著它們，靜靜地打了個寒顫。屋子裡，有誰笑起來，她吃了一驚，方才回過神來。一屋子的嫁妝，在燈光下閃閃發亮。她這才知道，自己與它們，是息息相關的。今晚，她是這場戲的主角。還有明天。明天，會是什麼樣子——誰知道呢。

一大早，我就被哄起來，準備壓車。大人們圍過來，摸摸我的辮子，把我的圍巾緊一緊，叮囑著。左不過還是那些話：紅包少了，別下來。吃飯的時候，看著旁人，該端碗的時候端碗，該撂箸的時候撂箸。要看人的臉色。要懂規矩。我母親特意把我叫到一旁，囑我把紅包放進棉襖的內兜裡。我舅站在車前，指揮著人們搬嫁妝，一面大聲同人指點著，一一評説著。我舅的神色，全然是舊院的主人。如今，他把小姨嫁出去，他要讓人知道，這些嫁妝的品質，價格，他託人去訂做，也親自去挑選。為了翟家聘姑娘，他費了很多心血。我的五姨，身子不便，把一隻手扶著腰，一手托著肚子。靜靜地看著這一切。臉上淡淡的，始終看不出什麼。

那一天的事，現在想來，已經很模糊了。只是依稀記得，我被人抱下來，手裡緊緊握著一個紅包，立在晨風中，等小姨。天色漸漸明亮了，披紅掛綠的隊伍迤邐而來，和著高亢的嗩吶，在冬日的村路上格外鮮明。小姨在眾人的簇擁下，推著車，慢慢走著，走著，一直走進她未來的悠長歲月。

七

舊院是真的安靜下來了。陽光靜靜地晒著，把棗樹的枯枝畫在地上，一筆一筆，很分明的樣子。西牆上，掛著紅薯的藤蔓，黑褐色，已經乾透了。一隻羊正在努力地拿嘴巴夠著，卻夠不著。姥姥坐在門檻上，看了一會羊，又抬頭看了一會天。太陽光照過來，像金子，有幾粒濺進她的眼睛裡了。她瞇起眼，不知怎麼，就漸漸有了淚光。她疑心是自己打了呵欠，拿手背擦一擦，自己倒先笑了。這回好了。六個女兒，全都嫁了。有時候，她自己都不明白，這是怎麼一回事。分明地，剛才，還熱熱鬧鬧的一處，說著，笑著，鬧著，也氣惱，把牙恨得癢癢的——怎麼這一霎眼，就全散了。只留下這個院子，這個舊院，寂寂的，讓人空落落的疼。村裡的姑娘們也都不來了。英羅，也出嫁了，嫁到了閻村。我蹲在地上，拿一根樹枝，百無聊賴地畫著，天知道我在畫什麼。

門吱呀開了，我舅和五姨回來了。姥姥似乎吃了一驚，慢慢從門檻上立起來。她是忘記了。這個家，這個舊院，還有她的五姑娘，她的上門女婿，半個兒子——豈止是半個，她是要拿他做一個兒子呢。姥姥看了一眼五姨的肚子，已經很笨了。她掐著手指，暗暗算了一下日子，快了，也就是月底月初的事了。

五姨的第一個兒子降生以後，皆大歡喜。我的父親卻始終鬱鬱的。怎麼說呢，其實，從一開始，對於我舅的入贅舊院，父親一直耿耿於懷。當初，他也曾是舊院的東床。他本是立意要在舊院成家立業，終其一生的。然而，他竟然還是走了，他不肯承認，其實是被逐出門。因為無子。父親是一個極要臉面的人。這件事，一直是他心頭的暗傷，是他的人生的恥辱。他和我姥姥日後的一切恩怨糾葛，自此開始。多年以來，父親和姥姥互不理睬。即便是當街碰上，走個面對面，也是視而不見。想來是多麼令人難堪，我母親夾在這樣一種關係之間，左右為難。

連襟之間，或者妯娌之間，往往是不動聲色的對手，其間的較量，往往是從最初開始。這種較量微妙，隱蔽，卻動人心魄。父親同我舅，這兩個男人，他們之間的較量，幾乎貫穿了漫長的後半生。父親和我舅，這兩個舊院的女婿，他們之間的恩恩怨怨，都和舊院有關。連襟兩個之中，相對我舅，父親是顯見的失敗者。父親恨我舅，恨我姥姥，恨那個哇哇哭叫的新生兒。總之，父親恨舊院。當年，他還是一個青澀的年輕人，一切才剛剛開始，是舊院，把他對生活的美好期待，揉碎了。父親恨恨地想。可是，他的期待是什麼？公正地講，離開舊院之後，他的日子倒漸漸好了。苦倒也是吃了不少。想到這裡，父親搖搖頭，嘆了口氣。然而，他還是怨恨。這些年，他和母親，鬧了多少回，他是記不清了。為了什麼，左右離不開舊院。我說過，我舅這個人，聰敏，精明，處事圓通。他隨母親再嫁，很可能，小小年紀，就已經歷了很多世事。他敏感，對於人與人之間的關係，他往往能夠一眼看破。父親的心思，他怎麼不懂？一進舊院，他看到的，都是笑臉，是歡喜，是對於未來頂門立戶的男主人的暗暗的期盼。除了父親。記得，我舅和五姨成親那天，父親去得很遲。母親幾番延請，求他，逼他，軟硬兼施，費盡了口舌。後來，父親是去了。喝多了酒，把酒盅摔碎了，說了很多莫名的醉話。我母親從旁急得直跺腳，只是哭。我舅把母親勸開，自己在父親身邊坐下來，父親滿上一盅，他乾一盅。也不說話。眾人都看呆了。姥姥過來，正待開口勸阻，我舅仰頭把一盅酒一飲而盡，說，兄弟給哥賠罪，賠罪了。

自此，我舅同父親很熱絡地來往，稱兄道弟，閒來喝兩盅小酒，敘敘家常，簡直親厚得很。我父親就不好把臉掛下來，自己本又好酒，也就半推半就地敷衍著。村子裡，誰不知道，我舅和父親，舊院的這一對連襟，好得像兄弟。我姥姥看在眼裡，嘴上不說，暗地裡卻更是佩服我舅的大度和通達。相比之下，父親就顯出那麼一點狹隘，固執，不招人喜歡。其實，父親是這樣一個人，心腸軟，耳根子也軟，見不得人家的一點好處，聽不得一句好話，眼窩子又淺，一個大男人，常常是，心頭一熱，眼圈先濕了。我舅這樣上趕著同他交好，尤其是，人前人後，給了他足夠的面子。這讓父親安慰。有時候，接過我舅遞過來的菸捲，剛叼在嘴上，一朵橘紅的火苗就湊過來，替他點燃了。他慢慢吸上一口，長長地吐出來。看著淡藍色的煙霧在面前徐徐升起，很愜意了。

那時候，父親是生產隊的會計。我說過，那些年，是我們家的盛世。我至今還常常記起，父親坐在八仙桌前，劈劈啪啪撥算盤。太陽光從窗格子裡照過來，父親身上，有一層毛茸茸的金色的光暈。黑褐色的算盤珠子閃轉騰挪，一線流光在上面閃閃爍爍。偶爾，父親抬起頭來，同旁邊的母親說上一句，就又埋下頭去，繼續算帳。帳本是一種很挺括的紙張，上面有紅的藍的格線，密密麻麻的，有很長一段時期，我的作業本就是這樣的帳本紙訂成的。這讓我在夥伴們中間很是驕傲。現在想來，這樣的作業本並不好，主要是線條太亂，遠不及白紙的乾淨清爽。可是，在當時，帳本紙代表了一種特權。幼小的我，竟也知道特權帶來的虛榮了。那時候，生產隊裡常常吃犒勞，吃犒勞的地點，就在我們家。所謂的吃犒勞，其實就是少數人的犒勞，生產隊長，會計，有時候還有倉庫保管員。我記得，生產副隊長是一位婦女，叫做然嬸的。算起來，當時，然嬸總也有三十出頭了。三十多歲，在女人一生中，該是最好的年華。像初秋的莊稼，飽滿，結實，豐饒，汁水充盈，渾身上下，洋溢著成熟女性的風韻。仔細想來，然嬸算不得好看，但卻是生動的。性格又活潑，人又能幹，在生產隊裡，很惹男人們喜歡。我不知道，對於然嬸，父親心裡有什麼想法。可是，看得出來，然嬸是很喜歡同父親在一起的。往往，只要有父親在，然嬸的笑聲就格外清脆，神情也格外嬌柔，不經意地，就飛紅了臉。很嫵媚了。生產隊長是魁叔，一個五大三粗的漢子，喜歡喝酒，大聲說話，走起路來，震得地面咚咚響。人們都說，魁叔和然嬸。男女共事，難免有閒話，在鄉村，尤其如此。有人說，看見他們鑽莊稼地了。也有人說，就在河套的樹林子裡。男人把女人抵在樹上，把一樹的雀子都驚飛了。說話的人眨一眨眼睛，壞壞地笑了。逢這個時候，我父親總是很沉默，專心忙著手頭的事，一言不發。我母親卻饒有興致的樣子，孜孜地追問著，發出一聲聲驚嘆。這驚嘆裡有譴責，惋惜，但更多的，還有安慰和滿足，甚至是薄薄的嫉妒和憤恨。

吃犒勞的時候，我家的廚房就熱鬧起來。然嬸拉風箱，我母親在灶前彎著腰，照料著鍋裡的烙餅。兩個人有說有笑，配合默契，簡直是一對姐妹了。有時候，母親就把聲音低下來，俯在然嬸的耳朵邊，悄悄地說些體己話，說著說著，就吃吃笑了。男人們在北屋，喝酒，吸菸，吹牛，偶爾，也說一說隊上的公務。說著說著就跑了題。不知說到什麼，他們笑起來。那是男人的笑聲，粗獷，爽朗，卻又意味深長。我在地下把一只陀螺抽得團團轉。陀螺是魁叔給我做的，染成鮮豔的紅色。我的眼裡只有陀螺，我還顧不上別的。飯菜端上來了。烙餅，炒茄子。全都是油汪汪的。生產隊庫房裡，有的是成甕的花生油。後來，我再也沒有吃到過那麼美味的飯菜。通常，第二天，我總是被母親派往舊院，給姥姥送剩下的飯菜。姥姥把飯菜收下，把空碗遞給我，一邊叮囑著，路上小心，別摔了。我也不知道，是別摔了我，還是別摔了碗。

總之，姥姥說這話的時候，神情慈祥。後來，我常常想，也許，是從那時候開始，姥姥把對父親的芥蒂，慢慢消融了。她開始以一種新的眼光，來打量這個被自己逐出門庭的女婿。姥姥看了一眼烀茄子，厚厚的一層油，已經凝住了。餅是千層餅，點著密密的芝麻粒。姥姥瞇起眼睛看了一會，輕輕嘆了一口氣。當年，也是嘗夠了獨力支撐的苦楚，一心要如何如何——仔細想來，當年，自己或許是過分了一些。

五姨生第二個兒子的時候，我已經是上了二年級。家丁興旺，姥姥自然很高興。就連母親，也是興高采烈的，同人閒聊的時候，說著說著，就說起了新生的嬰兒。大胖小子，哭起來，嗓門響得很呢。那樣子，彷彿是自己生了兒子。姥姥照例是忙裡忙外。看著一院子的尿片子，花花綠綠的，晒滿了鐵絲，紡車架，柴禾垛，甚至柳筐的彎背上，大模大樣的，都是。姥姥就微笑了。誰想得到呢。自己竟是有孫子的命。兩個孫子，生龍活虎的，把這舊院多年的陰氣，全給沖散了。姥姥承認，她喜歡男孩。對這兩個孫子，她真想把自己的心掏出來，餵給他們吃。生養了這麼多女兒，她是真的麻木了。當然，跟表哥比起來，還是不一樣的。怎麼說，表哥也是外人。鄉間有一句俗話，外甥狗，外甥狗，吃了就走。現在想來，這話是真的。小時候，對這個大外孫，自己是多麼疼愛。可是，現在，人家當兵，提幹，出息了，一年裡，能回來幾趟？孫子就不同。姓翟，走到天邊，都是翟家的根苗。再遠，也是走不出這舊院的。姥姥笑了。天是格外的好。姥姥抬起眼，看著舊院上方那一片湛藍的天，有一縷雲彩，拖著長長的尾巴，悠悠掠過。這輩子她最得意的事，就是把五丫頭留在身邊。起先，心裡還有一點忐忑，生怕蹈了我母親的舊轍。這回，姥姥是徹底放了心。她把手捏一捏尿片子，太陽真好，只這一會，差不多就要乾了。

陽光照過來，鋪了半張炕。五姨倚在被垛上，餵奶。屋子裡有一股暖烘烘的味道，奶香夾雜著尿腥，讓人昏昏欲睡。牆上，掛滿了花花綠綠的鎖錢。這地方，生了孩子，人家都要送鎖錢。用紅繩繫了錢，墜了各色各樣的玩物，女孩子，往往是花啊朵啊，小鹿啊，鳳凰啊，男孩呢，則是老虎，獅子，馬或者小熊。鎖送過來，都要在孩子的脖子上戴一戴，吉祥，避邪。然後就掛在炕牆上。鎖越多，孩子的命越好。五姨抬眼看了看鎖錢，層層疊疊的，讓人眼花繚亂。鎖錢不少。這一回，比老大那時候更多。鄉間的人，眼皮都活得很呢。兩個兒子，就是舊院的兩只膽，兩條梁。我舅人緣又好，又有手藝——我舅是很好的廚子，不知道跟誰學的，也許是無師自通，做得一手好飯菜。鄉間，婚喪嫁娶，過滿月，待乾親，誰家置辦酒席，都少不得請我舅幫忙。對於其間的繁規縟節，什麼開席茶，安席飯，掃席麵，七大碟子八大碗，幾葷幾素，幾深幾淺，我舅都懂。在鄉村，手藝人受人敬重。可別小看了這手藝，大凡辦酒席的，都是人生中的大事。一則是好壞，二則是奢儉。這其中的文章，就難念了。逢這個時候，就只有倚仗我舅。我舅這差事不錯。好酒好菜侍候著，最後，還少不得兩條好菸帶回來。錢倒是不收的。可是，也承了不薄的人情。受惠的人家，總念著什麼時候把欠下的這份情還上。比如說，有一回，我姥姥病了，也不是什麼大病，就是受了風寒。左鄰右舍都來看望。拿不拿東西倒在其次，要的就是這分敬重。再比如說，我舅生了兒子，這送鎖錢的，竟是絡繹不絕。五姨看著滿牆的鎖，心裡是百種滋味。有點甜，有點酸，又有點苦。說不清。真說不清。透過窗子，我姥姥的影子投過來，一伸一縮，正在晾尿片子。五姨閉了閉眼。怎麼說呢，對我姥姥，自從那回事以後，五姨心裡就有了結。這個結是個死結，一輩子，她都沒有再打開。其間，她也努力過。怎麼說也是自己的母親，骨肉血親，能怎樣呢。可是，沒用。她看著姥姥為兩個孩子操勞，她也心疼，姥姥是一年一年老了。然而，也還是怨恨。姥姥是真心疼愛這兩個孩子。她把老大尿尿，一隻手端著，一隻手撥弄著孩子的小雀子，嘴裡噓著哨子，孩子冷不防尿出來了，尿了她一手，她倒呵呵笑了。也有時候，她把孩子的小腳放在嘴裡，含著，孩子怕癢，格格地笑。五姨冷眼看著這一切，不知怎麼，心裡卻是惱得很。八輩子沒見過兒子。五姨恨恨地想。心裡有個地方就疼了一下。還有我舅。飯桌上，我舅坦然接過姥姥遞過來的飯碗，對姥姥，竟是連讓也不讓一下。當初，我舅是多麼的恭順有禮，說話，做事，全是晚輩的樣子。這些年，誰把他慣成了這副德行。當真是沒見過兒子。姥姥又給我舅添了一回飯，那神情，殷勤，近乎諂媚了。五姨吃著吃著，噹的把碗一放，回了東屋。

院子裡寂寂的。蟬聲熱烈，陽光爬上窗子，靜靜地盛開。五姨看了一眼懷裡的孩子，毛茸茸的小腦袋，把她的胸脯扎得直癢癢。她覺出自己是出了汗。一生氣就出汗，她知道自己的毛病。方才，也許自己是太不講理了。一邊是母親，一邊是丈夫，再怎麼，都是至親的人。她也不知道，自己怎麼就生了那麼大的氣。可是，她看不得這個。自小，姥姥，在她的眼裡，是多麼威嚴的一個人物。在舊院，姥姥就是王。她敏銳，決斷，果敢，在任何事上，都有一種懾人的氣勢。她是舊院的主心骨。是這女兒國裡的男人。姥爺不算。從很小的時候，姥爺在這個家，在舊院，就是可有可無的角色。他跟她們，是不相干的。相比之下，在女婿面前，姥爺倒是保持了一個長輩應有的威嚴。當然，姥爺向是只顧自己的人。在他眼裡，沒有旁的人。五姨伸手把孩子鼻尖上的汗揩去，在衣襟上擦了，看著炕角的一個包袱，發呆。那是我的幾個姨送來的，孩子的棉襖。這地方有個風俗，姨的褲，姑的襖。新添了孩子，都得按這規矩，送褲或者送襖。我的幾個姨，都送了襖。她們是把自己當作孩子的姑姑了。倒不全是一個稱呼。姐妹們，回到舊院，顯見得拘謹了。見了面，也沒有了往日裡的親密無間，說話，做事，總是覷著她的臉色，很生分了。鄉間有句話，媳婦越做越大，閨女越做越小。看來，大家是把她當作舊院的媳婦了。既是媳婦，就勢必不那麼同心同德。而且，姥姥的養老送終，也是五姨的事情。

這樣一來，就不一樣了。有時候，姐妹們回來，說著說著，就說起了各自的婆婆。在鄉間，這是女人們永恆的話題。婆婆的刁蠻，昏聵，自己的隱忍，或者機智。正說到有趣處，卻忽然緘了口。五姨把孩子往懷裡緊一緊，也沉默了。她怎麼不知道，在眾人眼裡，自己的角色變了。她和姥姥，是母女，但更是婆媳。這很微妙，也很尷尬。她恨這種關係。有時候，她就想，她這一生，總也不會有津津有味向人宣講婆婆的不是的時候了。而且，在村子裡，因為是本村的閨女，也幾乎少有人同她玩笑。再不像別的媳婦，孩子都老大了，還總是憶起當年的歷險。大都是新婚的時候，被誰輕薄了去，被誰差點占了便宜，被誰熬了幾個通宵，硬是把個鐵打的漢子熬倒了。數說起這些的時候，她們的眼睛閃閃發亮，臉上卻是紅的。她們是想起了自己的好時候。人的一生，誰沒有好時候？可是，五姨記起來的，卻總是東屋裡的壓抑和拘謹，還有，夜晚，窗子上那個模糊的影子。即便是現在，男人們，大都是本家，在她面前，總是一本正經，說話做事，深淺都不是。五姨嘆一口氣。她自問不是一個輕浮的人，然而，看見別的媳婦被男人們任意地玩笑著，臉上訕訕的，心裡卻覺出了無味。這算什麼，閨女不是閨女，媳婦不是媳婦。當初，她可再也想不到，在自家門口做媳婦的難堪。相形之下，我舅倒是自在得很。我舅人靈活，又風趣，本院的年輕媳婦們，少不得同他調笑起來，不覺就忘了形。逢這個時候，我舅總是涎著一張臉，很受用的樣子。五姨心裡就恨一聲，幾天都不給他好臉子。

關於我舅和桂桂的事，我是後來從大人們的隻言片語中聽來的。桂桂是本家的一個媳婦，女婿長年在外，把她一個人扔在家裡。說起來，桂桂算不得漂亮，尤其是同五姨相比。可是，天下就有這樣一種女人，她們天生是男人身上的肋骨。她們迷人。我很記得，當年的桂桂，穿著家常的小棉襖，胸脯鼓鼓的，腰是腰，屁股是屁股。她看人的時候，眼睛微微瞇起來，眼風一飄，很風情了。村子裡，有多少男人為她睡不著覺？他們有事沒事就往桂桂院子鑽，近不得身，哪怕看一眼也好。桂桂卻向來是落落大方的，給男人們倒水，遞菸，從來不厚此薄彼。女人們都恨得咬碎了牙。卻又抓不到什麼，也只好把這怨恨藏在心裡，暗地裡，卻把自家的男人盯緊，把自家的籬笆扎牢。五姨是一個細心人。有一回，夜裡，看見我舅的身上有抓痕。一看就是女人的指甲，趄著棱子，鮮明得很。五姨看了一眼自己剪得禿禿的手指，心裡咚的跳了一下。自此，她就留了意。對於我舅，五姨向是放心的。在自家門口，量他也不敢。可是，這一回，五姨再想不到，我舅就是在翟家的門口，在翟家院裡，同翟家的媳婦勾搭上了。五姨看著枕邊這個男人，他打著鼾，不疾不徐。月亮從窗格子裡漫過來，照著五姨腮邊的淚水。有好幾回，她恨不能把這個男人撕碎了。她想把他揪起來，唾到他的臉上，質問他。她想站到房上，罵那個不要臉的小妖精，讓一村子的人都知道他們的醜事。可是，她不能。五姨看了一眼兩個兒子，他們睡得正熟。北屋裡傳來姥姥的咳嗽聲。五姨心頭湧起一重很深的怨恨。她不能。在別人，這正是女人撒潑的時候，也趁機把男人枝枝杈杈的歪心思整一整。可是，她不能。我舅是舊院的上門女婿，卻在門外面偷了腥。只這一條，就會要了我姥姥的命。姥姥是一個極要臉面的人。還有我舅，很可能，因為這個，他在舊院，在人前，再也抬不起頭。五姨一夜輾轉，早上起來的時候，臉上已是平靜如水，心裡卻暗暗拿定了主意。她照常吃飯，幹活，逗孩子。在人前，對我舅，只有比先前更體貼殷勤。背後，卻不肯多看他一眼。村子裡，多的是百無聊賴的閒人。他們原希望能看一場轟轟烈烈的好戲，可是，卻失望了。五姨針插不入，水潑不進，閒話和流言，只有到舊院門前而止。我舅是個聰明人，什麼看不出？對五姨，又愧疚，又感激，他知道，從此，他欠了她。好在來日方長，漫漫的一生，且容他慢慢還來吧。

八

那時候，村子裡已經漸漸有了不一樣的氣息。新鮮，誘惑，蠢蠢欲動。田地都分到了各家各戶，再也沒有了生產隊。生產隊。或許沒有人知道，我，一個鄉村長大的女孩子，對這個詞懷有怎樣的一種情感。直到現在，多年後的今天，在城市，在北京，某一個黃昏，或者清晨，我會忽然想起這個詞，想起這個詞的深處所包含的一切。歡騰，明亮，喜悅，純樸。總之，鄉村生活的珍貴的記憶，都有了。而今，人們都忙忙碌碌，為了生活奔波。一切都是向前的，人們匆匆趕路，停不下來。再不像從前。從前，人們悠閒，從容，袖了手，在冬日的太陽底下，靜靜地晒著。或者是夏天，夜晚，搬了小凳，到村東的大樹下納涼。老人們搖著蒲扇，又講起了古。戲匣子裡，正在說評書。莊稼的氣息在空氣中流蕩，讓人沉醉。然而，現在，一切都變了。人們躁動，不安，心裡給自己定下一個目標，然後，用幾個月，幾年，甚至，半生，去追逐。有時候，他們什麼也沒有得到，除了一日日的衰老。有時候，他們得到了一些，可是，依然不快樂。付出了那麼多，得到的，卻永遠是這麼少。他們不滿足。他們的不快樂源於他們的不滿足。然而似乎，他們總沒有滿足的時候。不像從前。那時候，他們平和，簡單，也快樂，也滿足。這是為什麼呢？他們甚至沒有時間停下來，認真想一想。人世是變了。有一回，我父親嘆道。其時，我已經離開村子，在外地讀書。母親的身體一日不如一日。家裡家外，全憑了父親獨力支撐。我記得，父親在油榨坊做過，承包過麵粉廠，幹過皮革加工，總之，那些年，父親勤勉，辛勞，為了這個家，他用盡了心力。這其間，父親輝煌過，經歷過很多艱難，可是從來不曾落魄。父親是個要強的人，他愛面子。有兩年，剛興起萬元戶的時候，他被人喊做老萬。老萬。父親罵一句，也就笑了。有一回，整理舊書，發現了以前的帳本作業。一下子想起了當年。父親的算盤，也不知道丟在哪裡了。那些流逝的歲月，父親他，還記得麼？

舊院也不一樣了。怎麼說呢，這些年，我舅一直不大如意。彷彿是一夜之間，人們都自顧朝前衝去了。只留下他，在原地，怔怔的，半晌省不過來。人心也散了。對於他，對於他的手藝的敬重，越來越淡了。這是個什麼時代，物質如此豐盛，繁華，到處是商場，超市，什麼買不到？只要你有錢。天氣晴好的日子，我舅立在院子裡，看著頭頂樹葉縫隙裡的天空，發呆。他是這樣一個人，聰明，靈活，擅長處理各種關係，人與人的，事務的，他還識文斷字——這一點，我一直沒有來及說。早在來舊院之前，我舅在村子裡的小學教書，民辦教師，很多村裡的子弟，都曾是他的學生。後來，到了舊院以後，就不教了。有人說，是學校裡裁人，裁下去了。也有人說，是民辦教師也須得考試。我舅的說法是，沒意思——錢又不多，又操心。現在想來，可能我舅的話是真的。沒意思。在我舅眼裡，什麼是有意思？我舅喜歡侃。我至今仍記得他當時的樣子，穿著假軍裝，口若懸河，那神態，那語氣，有一種很特別的吸引力。在村子裡，他有著別的男人少有的見識和風度。我想，大概當初五姨就是看上了他的這種少有。還有桂桂。可是，這一生，我舅似乎總是耽於想像和清談。他幾乎從來都懶於實踐。或者是怯於。當村子裡的人都如火如荼地賺錢的時候，他照常守著舊院，守著舊院的寂寞和清貧。孩子們漸漸大了。姥姥姥爺也老了。家裡，花錢的地方越來越多。五姨也發愁，更多的是埋怨。我舅，眼見得一日日消沉了。幾個姨父，當初都被他貶損過的，如今都過得比他好了。尤其是小姨父，那個月夜的青年，一直被認為配不上小姨，老實，木訥，幾錐子扎不出一個屁，用我舅的話說，這兩個人，一輩子怕都翻不了身了，現在，竟也做起了生意，而且，越做越大，直至後來，自己開起了工廠，方圓幾十里的村子，都在他的手下謀生活，也包括我舅一家。甚至，幫舊院的兩個孩子蓋房娶親。當然，這都是後話了。現在，我舅立在院子裡，一隻黃蜂，環在他身畔，營營擾擾地飛。他也不去管牠。陽光靜靜地綻放，院子裡寂寂的，微風把樹影搖碎，零亂了一地。一朵棗花落下來，栽在他的肩上，只一會，就又掉下來，掉在水甕裡，悠悠地打著漩兒。我舅盯著那朵棗花，失神了很久。當初，來到舊院的時候，他也許再沒想到，怎樣一種命運，會降臨到他的頭上，他這個意氣風發的青年，舊院的嬌客，會經歷怎樣的生活的碾磨，其間，雖有不甘，掙扎，卻也漸漸學會了隱忍和屈從。在時代的風潮中，他漸漸被湮沒了。

姥爺去世以後，舊院愈發寂靜了。姥姥坐在棗樹底下，看著地下白金的影子，煌煌地晒著，彷彿整個院子，都是陽光的荒漠了。孩子們去上學了。五姨，給人家釘皮子。這地方的人，這些年，幾乎家家戶戶做皮革加工。算起來，還是我父親開的風氣之先。之後，漸漸普及了。村子裡，到處瀰漫著一股皮革的臭味。從人家院子的水道裡，流出一股股的汙水，匯在一起，在街上肆意淌著。然而，人們久在其中，不聞其穢，相反，倒是情不自禁的喜悅。弄皮革，和弄地相比，簡直是天上地下。機器訇訇響著，巨大的轉鼓隆隆滾動，難聞的氣味中，人們分明辨出了硬扎扎的鈔票的氣息。只有舊院，一如既往的安靜。釘皮子是一樁苦差。烈日下，曠野裡，蹲在地上，不停地釘啊釘，猛然站起來的時候，腦子轟的一聲，太陽都是黑的了，眼前卻是金燈銀燈亂走。想來，五丫頭也是四十好幾的人了，這分苦，怎麼受得了。可是，又能怎樣呢。原指望，招個女婿，頂門立戶，遮風避雨，誰想到，竟是這樣一種性子。世事難料啊。

如今，姥姥是老了。有時候，夜裡，睡不著，想起這麼多年，種種艱辛，磨難，不堪，像一場亂夢，她都不願去想了。早在五姨生老大的時候，她就知道，她的時代，是過去了。自此，舊院是年輕一代的天下。女兒女婿，也變了。人前倒不怎麼樣。沒人的時候，對她卻是淡淡的，有時候搭訕一句，也待理不理的，自己的一張臉倒先自漲紅了。這麼些年，她也不知道，怎麼就到了這樣一種光景。沒有理由。他們沒有理由。尤其是，姥爺去世以後。她更孤單了。這一輩子，她最後悔的事，就是嫁給了姥爺。這個男人，她恨他，怨他，輕視他，簡直咬碎了牙。可是，如今，他去了，她整個人卻迅速枯萎下來。自此，再沒有人讓她這樣切齒的傷心了。然而，終究還是恨。姥爺安閒了一生，到最後，自顧拂袖而去了，帶走了大半生的歲月，獨把她留在這個世上，繼續煎熬。姥爺的喪事，是姥姥一手操辦的。她堅持要我舅作為孝子，披麻戴孝。這是當初入贅的條件。管事的人磨破了嘴，僵持了幾日，終於沒能如願。一個折中的辦法是，我舅的大兒子亮子，也有十歲了，個頭也高，替父親給爺爺送終，總算不得特別難看。在鄉村，兒子這個角色，在這種時候，在父母百年之後的喪事上，格外觸目。那些日子，姥姥一直沉默。她是一個老派的人，她看重這些。然而，她還是妥協了。夜裡，睡不著的時候，她看著黑暗中的屋頂，為自己的妥協感到羞恥。然而，終究是無奈。有時候，她也會想起姥爺，這個狠心人，他的種種好處。想起年輕時候的一些事情，青草碧樹一般的年華，想著想著，就恍惚了。怎麼一下子，還來不及怎樣，就都過去了。她嘆一聲，翻個身，骨骼在在身體裡嘎吱響著。

直到如今，姥姥才明白，她可以任意地對待姥爺，但是，她不能任意地對待兒女。比如，我舅和五姨，比如我父親和母親。父親和母親是極孝順的，可是，她卻無法坦然接受他們的孝心。當年，她總覺得虧待了他們。

孩子們倒是對她很親厚。她們是她抱大的。在她身上尿過，拉過，吸過她乾癟的奶。現在她們長大了。像小鳥，撲棱棱飛出舊院。在她們面前，她再也不提起兒時的趣事。她怕她們難為情，怕她們煩。都是陳年舊事了。滿堂兒女，她還是感到孤單了。她這是怎麼了，真是身在福中，不知福了。

我的姨們也回來。都是匆匆的，帶著各自瑣碎的煩愁和傷悲。她們陪她坐著，說說家常，説著説著就沉默了。早些年，過年的時候，舊院裡最是熱鬧。女兒們都回來了，拖家帶口的。男人們在屋子裡喝酒，女人們在院子裡，坐著凳子，説話。姥姥穿著大襟的布衫，梳著髻，抱著個鑸子，給人們分醉棗。孩子們跑著，鋭叫著，一院子的歡聲笑語。我姥姥看看這個，瞅瞅那個，臉上是藏不住的心滿意足。她喜歡這種氣息，太平，安穩，歡樂，這是舊院的盛世。人這一生，還能有什麼奢望？可是，後來，都不同了。她老了。耳朵也背了。她盤腿坐在炕上，看著孩子們興頭頭説得熱烈，卻是聽不真切了。偶爾，插一句嘴，也全是錯。倒把人家的興致擾了。姥姥望望地下的兒孫，又望一望牆上的相框，那是她堅持留下來的。玻璃已經很模糊了，不是不擦，是擦不出來。裡面，全是孩子們的照片，影影綽綽的，看不真切了。這一晃，多少年了。

那時候，我已經在很遠的城裡讀書了。寒假回來，少不得要到舊院，看姥姥。我和幾個姨們説話，講起城裡的趣事，都笑了。姥姥很驚訝地抬起頭，看著我們，不知道發生了什麼，然而很快就釋然了。孩子們在笑。她張開沒牙的嘴，也笑了。我心裡一酸。我們都以姥姥的名義，聚到舊院，可是，我們卻把姥姥忽略了。我們明知道姥姥耳背，她聽不見，我們還是照常説笑。下午的陽光照過來，溫暖，悠長，讓人昏昏欲睡。無數的飛塵在光線裡活潑潑地游動著。姥姥坐在炕上，沉默地看著我們。我們這些兒孫，冷酷，自私，竟捨不得放棄一時口舌之快，走過去，坐在姥姥身旁，摸一摸她老樹般的手，她蒼老的面容，她的白髮，俯在她的耳朵邊，說一句她能夠聽清的話。我們把年邁的姥姥，排除在外了。

多年以後，我從京城回到村子，回到舊院，姥姥是越發蒼老了。我舅一家，早已離開了舊院，他們到新房安居了。舊院，在兒時的記憶裡，寬闊，軒敞，青磚瓦房，有一種說不出的氣派。可是，如今，在周圍樓房的映襯下，卻顯得那麼矮小，狹仄。這是當年那個舊院麼？在這裡，有我的迷茫的童年歲月，我的姨們，盛開的青春，我父親和母親，我舅和五姨，這兩對年輕人，攜著手，在舊院走過了他們的苦樂年華。當然，還有我的姥姥姥爺，他們一生的艱辛，困頓，微茫的喜悅，漫無邊際的傷悲，都在這裡了。

那棵棗樹還在。據說，有好幾回，我舅要刨掉它，遮了半間房子，糧食都不好晒。都被姥姥勸阻了。棗樹更茂盛了。開花的時候，如雪，如霞，繁華一片。引得蜜蜂在院子裡飛來飛去，一不小心，把我舅的孫子螫哭了。姥姥茫然地看著他，這是誰家的孩子？秋天，棗子掛了一樹，風一吹，熟透的棗子落下來，啪嗒一聲悶響，倒把昏睡的老貓嚇了一跳。醉棗，姥姥早已不做了。那個罎子，也不知道，到哪裡去了。這麼多年，走了這麼多的路，我卻再沒有吃到那麼好的醉棗了。香醇，甘甜，那真是舊院的醉棗。而今，都遠去了，再也尋覓不到了。

1 生產隊為中國大陸一九五八年至一九六〇年大躍進之後，人民公社時期的農業生產作業單位，也是當時大陸農村最基層的行政編組，所有農戶皆受其管轄。生產隊為生產大隊管轄下的獨立預算單位。每個農民的身分為社員，並設有隊長、副隊長、會計、出納、記工員等。

2 生產隊的報酬以「工分」的形式體現。每年會依照當年社員所獲得的工分進行分配。

3 農村人民公社，屬於當時計畫經濟體制下，農村政治經濟制度的主要特徵。人民公社既是生產組織，亦是基層政權，普遍存在於一九五八年至一九八四年。之後隨著市場經濟的建立而解體，全部被鄉、鎮取代。

笑忘書

冤家

怎麼說呢，我姥爺這個人，在舊院，也是一個有意思的人物。我姥爺比我姥姥小。關於這件事，我姥姥總是不太願意提起，有一些諱莫如深，我猜想，也有一些慚愧的意思在裡面。其實，有什麼可慚愧的呢。那個時候，在鄉下，多的是這樣的例子。女大三，抱金磚。鄉下人，都信這個。其實，單從容貌上說，我姥姥長得嬌小，我姥爺呢，高大健壯。兩個人站在一起，倒是我姥爺鬍子拉碴的一張臉，顯得老相了。當然，從心性上，在我姥姥面前，我姥爺更像是一個小孩子。我說過，我姥爺是家裡的獨子，祖上呢，也曾經繁盛過，到了我姥爺的父親這一代，已經衰落了。我姥爺的母親，我已經記不起她的模樣了。只是聽我姥姥講，是一個很厲害的婆婆。對我姥爺，管教極嚴，把家道中興的心願，都寄託在這棵獨苗身上。然而，世間的事，往往就是這樣奇怪。我姥爺的性情，怎麼說呢，卻是有那麼一種破落公子的散淡和放任，也有那麼一些看破紅塵的意思。我不知道這是不是源於他曾經繁華的家世舊夢。當然了，這只是我的胡亂猜想罷了。在舊院，我姥姥，包括六個女兒，一門的女將，舊院，簡直就是一個女兒國。我姥爺是一個很奇特的角色。我姥爺呢，因為性別的優勢，取一種超然物外的態度。他看著一幫女兒們嘰嘰喳喳吵作一團，我姥姥，為了雞毛蒜皮的事情，同女兒們生氣，他只是微微一笑，一臉的淡然。我姥爺全部的心思，都在他的那桿獵槍上。那可真是一桿好槍。據說，這桿槍，頗有些來歷，我也曾經苦苦追問過，姥爺卻總是神秘地一笑，想知道？我說想。姥爺卻忽然緘了口，沉默了，他的臉上，有一種遼遠的神色。這個時候，如果再問，我姥爺就會照例在我的頭上輕輕敲一個栗棗，叱道，小屁孩，刨根問底。

家裡的事，我姥爺基本上是放手的。有我姥姥和幾個女兒，似乎也用不著他操心。即便是地裡的莊稼，我姥爺也不是特別的熱心。你相信嗎？一個莊稼漢，莊戶人家的兒子，一家之主，一個鄉下的大男人，竟然對莊稼的事一知半解。這真是不可思議的事情。我姥爺這一輩子，能夠在鄉村裡活得優遊自在，說到底，都是一個奇蹟。如果是識文斷字的讀書人，仗著滿腹經綸，不事稼穡，也就罷了，可是，我的姥爺，他竟然是目不識丁的粗人。鄉下人，尤其是，鄉下男人，有誰不知道耕耙犁種的事，有幾個不懂得二十四節氣，不擅長使牲口趕車？可是，我姥爺偏不懂。關於鄉村農耕，關於一個鄉下人日常生存的這一套活計，他全不懂。他不是愚笨。他是無心於此。我很記得，姥爺在地裡鋤草，鋤一回，歇一回，鋤著鋤著，竟然被一隻黃鼬引跑了。我姥爺的說法是，那隻黃鼬鬼鬼祟祟，說不定，就是前天夜裡偷走蘆花雞的罪魁。還有，黃鼬的毛色極好，他正缺一頂禦寒的帽子。對此，我姥姥簡直氣得咬碎了銀牙。怎麼就嫁了這樣的男人！她恨恨地把鋤頭砍進地裡，只覺得委屈得不行。她想起了每年春耕秋種，人家的男人吆喝著牲口，在田野裡如魚得水，自在又神氣。可是，自己的男人，卻從來不敢指望。我的姥姥，剛剛嫁過來，不滿一年，便幾乎學會了地裡的全套活計。她耕耙，播收，像男人一樣，驅策著高大的牲口，引來四野裡一片叫好。後來，我的記憶常常回到芳村的田野上，那時候，我年輕的姥姥，俊俏，爽利，能幹，她站在耙犁上，一手揮著鞭子，口裡清脆地吆喝著。春天的陽光灑下來，有幾點濺進她的眼睛裡，她的眼睛濕漉漉，亮晶晶，她的鼻尖上也是亮晶晶的。她出汗了。三月的風，還有些寒意，把她的臉蛋子吹得透紅。芳村的人，似乎從一開始，就看慣了這樣的場景。田野裡的男人們，我猜想，一定有憐香惜玉的漢子，然而，他們竟然也不敢貿然地上前來，幫我姥姥掣一掣牲口那暴烈的韁繩。他們只是遠遠地看著，看著，暗中為她捏著一把汗。這些大男人，他們是被這個小女子臉上的神情給震懾了。有時候，他們也會暗地裡罵一罵我的姥爺。算什麼男人！這麼好的女人，他竟然忍心！然而，終究是沉默了，至多，不過是嘆一口氣。人家是夫妻。是苦是鹹，旁人，誰能夠嘗得分明？

這個時候，我姥爺往往是在河套的林子裡消磨。我們這地方，沒有山，一馬平川的大平原。這條河，據說早年間河水豐沛，只是，到我懂事的時候，已經基本乾枯了。只留下一片大河套。這個河套，在我的童年時代，是一個神祕而誘人的所在。我至今記得，河套裡，臨近河堤的地方，種滿了莊稼。多是花生和紅薯。這種沙土地，最適合種紅薯。紅薯有白皮，有紫皮。白皮的，往往是紅瓤。紫皮的呢，則一定是白瓤的。這兩種紅薯，紅瓤的甜，軟。白瓤的沙，麵。是那個年代鄉下離不開的食物。直到現在，我對紅薯的感情，糾纏不清，曖昧難名，我想，這該是童年時代留下的暗疾吧。還有花生。河套裡的花生，飽滿結實，跟岸上田裡的比起來，簡直懸殊得厲害。再往裡面走，是一望無際的沙灘。陽光下，銀色的沙灘閃閃發亮，讓人忍不住微微瞇起眼睛。我至今記得，姥爺第一次帶我去河套的情景。我在前面撒歡地奔跑，姥爺在後面慢悠悠地走，肩上，扛著他的獵槍。我赤裸的小腳踩在柔軟的沙灘上，沙子的細流從我的腳趾縫裡不斷冒出來，溫暖而熨帖。野花一片一片，散紫翻紅，絢爛得無法無天。我像一隻驚喜的小獸，一頭扎進這個神奇的世界，再也不願出來。後來，我常常想起那個河套。想起當時的陽光，微風，還有植物和泥土微涼的氣息，姥爺在後面喊，小春子——慢著點——當然，還有那片樹林子。那片林子，繁茂，深秀。各色樹木都有。楊樹，柳樹，刺槐，臭椿，棗樹，還有許多，我叫不上名字。林子裡，有各種各樣的野蘑菇，我姥爺對此，頗有心得。哪一種能吃，美味；哪一種危險，有毒；哪一種看起來誘人，卻最是碰觸不得。還有野物。林子裡，不時飛過一隻悠閒的錦雞，五彩的羽翅，漂亮極了。或者，走來一隻肥大的野兔，神態安閒，甚至，有幾分雍容的意思了。這個時候，我姥爺總是不理會我心急火燎的暗示，他把獵槍靠在一棵樹上，慢悠悠地吸一口旱菸。他的眼睛望著林子深處交叉的小徑，一瞬不瞬。我立在他身旁，忽然感到，河套裡的姥爺，河套林子裡的姥爺，忽然不是舊院裡的那個姥爺了。陽光從樹葉的縫隙裡落下來，夾雜著喧囂的鳥鳴，落在姥爺的肩頭，落在姥爺的臉上，落在姥爺的眼睛裡。姥爺長長地舒一口氣，他的神色裡，有一種很陌生的東西。姥爺他，究竟在想什麼呢？

在舊院，姥爺幾乎是可以忽略不計的。按照姥姥的吩咐，偶爾，他也去地裡拔一筐草，拉一車柴，或者，去挑一擔水——那時候，村子中央，有一口井。我姥爺挑著扁擔，扁擔兩端，兩只空水筲盪來盪去。人們見了，就說，大井，你還用挑水吃？我姥爺也不反駁，笑一笑，走過去了。我姥姥在家裡苦等。一大家子的衣裳，得在上工前洗出來。左等不來，右等不來，我姥姥只得叫年幼的母親和四姨去挑。兩個孩子用一根木棍抬著半筲水，終於跌跌撞撞走回來的時候，我姥姥忽然就流淚了。她看著自己隆起的肚子，恨道，就是把那口井背回家，也該有個影子了——更多的時候，我姥爺沉浸在他自己的世界裡，不問世事。小時候，我性子頑皮。因為是家裡最小的孩子，自然得到大人們額外的偏愛。姥爺最喜歡逗我。常常是，逗著逗著，我們就打起了嘴仗。姥爺喊我醜八怪，喊我多多。你知道，我是一個臭美的小姑娘，最怕人家說自己醜。至於多多，我是家裡的第三個女兒，可不就是多多麼？姥爺在我面前，伸著脖子，一句一個醜八怪，一句一個多多。笑著，聲音故意壓得很低，然而，在我看來，那聲音裡卻充滿了挑釁和嘲弄。我拼命還擊著，急得渾身是汗，有些聲嘶力竭了。喊著喊著，眼看著贏不過，就哇的一聲，哭了。我姥姥聞聲趕過來，一把攬過我，一面回頭橫了我姥爺一眼，恨道，哪裡像做姥爺的樣子。我姥爺難為情地撓一撓後腦勺，自嘲地笑了。我躲在姥姥的懷裡，從她胳膊的縫隙裡偷偷觀察我姥爺的窘態，心裡暗自得意，卻回頭看到我姥爺衝著我做鬼臉，我忍不住格格笑起來。現在想來，或許，姥爺不是一個喜歡孩子的人。在舊院，那麼多的孩子，還有後來的孫男弟女，他竟然都是淡然的。我是說，至少，表面上看起來如此。可是，我知道，他是真的喜歡我。多年以後，回到老家，回到舊院，姥姥還會偶爾提起此事。妳小時候，跟妳姥爺，可沒少打嘴仗。姥姥說這話的時候，神情柔軟。她是想起了那個狠心人嗎？

在我姥姥面前，我姥爺簡直就是一個孩子。常常使一使性子，嘔一嘔氣。有時候，為了一點小事，我姥爺就把臉拉下來，不肯吃飯。我姥姥多半先是不理，後來，到底還是拗不過，就把飯碗端過去，百般譬解，慢慢地把他勸開。姥爺的口味極輕，平日裡，都是遷就他，菜做得清淡，饒是這麼著，他還總是吃著吃著，就放下筷子，抱怨菜鹹。有一回，我姥姥做菜忘了放鹽，飯桌上，朝大家使個眼色，故意問姥爺鹹淡。姥爺嚐了一口，皺眉怨道，太鹹了——莫不是打死了賣鹽的？大家都掌不住大笑起來。我姥爺以為自己說話風趣，越發得了意，俯身對姥姥說，怎麼樣——妳這手重的毛病，得改一改了。大家簡直笑翻了天。後來，這件事成了一個典故，在舊院廣為流傳。只要誰皺著眉頭說一句，太鹹了。眾人便都會意地笑起來。這個時候，姥爺往往是不好意思地把手捏住脖子後面那一塊，捏一下，再捏一下，自己也難為情地笑。很尷尬了。

姥爺膽子小。這是姥姥常常抱怨的。姥爺牙疼，會大喊大叫，驚動一條街。有時候，對姥爺這一條，姥姥簡直是痛恨得很。一個大男人，沒有一點擔待忍耐。自己喊得痛快，倒教旁人跟著受煎熬。然而，一旦好了，姥爺也絕不掩飾，立刻就安靜了，甚至，談笑風生起來。姥爺終是死於喉癌。後來，姥姥說起這些的時候，總是神色黯然。想，也是平日裡他太作怪了，這痛那癢，喊得輕易。這一回，他喊了這麼些日子，竟然大意了。也是忖度他這種脾性，從來不知道忍耐。誰知道，這一回，竟然是真的了。等到姥爺不再喊痛，精疲力盡的時候，才慌忙送了醫院。然而，已經是晚期了。姥爺病重的時候，我在外地上學。等我聞知噩耗，趕回舊院的時候，我看到的，是滿院子烏鴉鴉的人群，帶著白的孝帽子，白色的靈幡在寒風中飄來飄去，我的母親，我的幾個姨們，滿身重孝，在靈棚外跪迎前來弔唁的鄉人。我一下子跪倒在姥爺的靈前，失聲慟哭。我不知道，病中的姥爺，是不是還能夠喊出他的疼痛，是不是還會想起我，他這個頑劣的外孫女，從小跟他打過無數次嘴仗，仗著他的疼愛，欺負他，騎在他的脖子上，把他當馬騎。我的姥爺，他終是等不及了。等不及這個被他喚作醜八怪的外孫女，這個多多，長大成人，在他膝下盡孝了。靈前的一對白燭，搖搖曳曳。院子裡，傳來嗩吶的嗚咽。鞭炮響起來了，是那種鄉下喪事常用的二踢腳，一聲近，一聲遠，帶著淒切的回聲。我長跪不起。

在姥爺的喪事上，姥姥表現出一種異乎尋常的鎮定。她一身黑布衣衫，坐在那裡，在滿眼縞素的人群裡，顯得格外沉靜有力。她按照芳村的習俗，指揮著一切，從容，篤定，有條不紊。這個時候，我舅，包括我的母親，還有我的幾個姨們，都仰著臉，望著我姥姥的臉色行事。這樣大的排場，他們還不曾經歷過。只是有一條，我姥姥堅持讓我舅披麻戴孝，充當孝子的角色，這也是當初入贅的承諾。我舅哪裡肯依。雙方陷入了僵局。五姨的哭聲從東屋裡隱隱傳來。我舅蹲在院子裡，默默地吸菸。蒼白的太陽照過來，在地上投下黯淡的影子。二踢腳的爆裂聲，清脆，悲戚，在寒冷的天宇中慢慢旋轉，旋轉，終是遠去了。我姥姥盤腿坐在炕上，緊閉著雙眼。管事的人一趟一趟地過來，催促道，時辰不早了——都是看好了的——嗩吶的嗚咽潮水一般湧進來，鞭炮聲，哭聲，震得窗紙簌簌響。我姥姥長嘆一聲，慢慢睜開雙眼，說，起靈——

最終，我舅的大兒子，充當了孝子的角色，為姥爺披麻戴孝，舉幡摔盆。我姥姥眼看著白茫茫的喪隊走出舊院，走出芳村，她一頭跪倒在空蕩蕩的靈棚，大放悲聲。

後來，我常常想，不知道，我的姥姥和姥爺，他們之間，到底是怎麼一回事。我的姥姥，一生吃苦，為了姥爺的不爭。在村子裡，她嘗盡了無助的滋味，帶著六個女兒，受夠了旁人的輕侮。她恨他。姥爺，這個狠心人。懦弱，懶散，無能，扶不起的軟阿斗。而且，他還竟這樣自私。在招贅了上門女婿，翟家有了香火之後，在她慢慢衰老，疲憊，忽然感到再也撐不住，正欲歇下來的時候，姥爺，這個狠心人，竟然自顧拂袖而去了。獨把她拋在這荒冷的人世上，繼續熬煎。她一生為他吃苦，他怎麼可以這樣待她？姥姥躺在黑影裡，旁邊的老貓打著呼嚕，一聲長，一聲短。想必是已經睡熟了。她是這樣一個極要臉面的人，滿指望，把喪事辦得風風光光，體體面面，讓芳村的人們都看一看，舊院的事，從來都不比旁人錯半步。因為是頭一宗大事，也是立規矩的意思。然而，誰想得到呢？在這場對峙中，她是輸家。或許，從一開始，就注定了這樣的結局。她早該想到的。她這一生，費盡了心機，吃盡了苦頭，到頭來，全是枉然。院子裡，寒風掠過樹梢，簌簌的響。我姥姥感到腮邊一片冰涼，伸手摸索一下，竟然都濕透了。恍惚中，她彷彿看見姥爺遠遠走來，扛著他那桿獵槍。她不由得恨道，到死都改不了的毛病。仔細一看，竟然是姥爺年輕時候的樣子，白淨的皮膚，一口的好牙齒，一雙眼睛笑起來，不知道有多壞。年輕時候的姥爺，穿一件白色竹布汗衫，顯得格外乾淨清爽。姥姥正要開口，卻見姥爺一下子把手掩在臉頰上，連聲喊痛。姥姥一時著急，上去把他的一隻手拿下來，要看他的牙齒。卻呆住了。年輕時代的姥爺不見了，眼前，是姥爺臨終時的樣子，被病痛折磨得越發蒼老，一直喊痛，喊得嗓子都啞了。我姥姥拍著姥爺的背，哭道，你喊，使勁喊，喊出來，就不疼了。忽然就醒了。原來是一場夢。姥姥把手裡的枕頭鬆開，呆呆地望著黑暗中的屋頂。也不知道怎麼回事，就做了剛才的夢。這個狠心人。走了，也讓人不得安寧。姥姥有些難為情地笑了。

從姥爺離世，到如今，也有十幾年了。這麼多年以來，每年清明，寒食，七月十五上元節，十月一送寒衣，忌日，生日，都是姥姥督著，張羅著，我的姨們去墳上燒紙，祭拜。我們這地方，除去過年，上墳的事，都是女人。女人們提著香火，紙錢，錫箔元寶，走在村旁野間。一路上，說著家常。不知誰說起了什麼，就笑起來。笑聲清脆，在野風裡輕輕蕩漾。也有時候，說不清為了什麼，小聲爭執起來，聲音越來越大，有些面紅耳赤了。到了墳前，卻立刻噤了聲。她們七手八腳地拔一拔墳頭的野草，培一培鬆散的泥土，把周圍的莊稼清一清——我們這地方，墳地多在人家的田裡。她們鄭重地做著這一切，神情肅穆。她們把剛才的玩笑和口角，大約都一併忘記了。

算起來，這麼多年，我幾乎不曾為姥爺上墳燒紙。只有一回，清明節，我回鄉祭掃，在母親的墳前拜完，我的小姨勸我回去。姥爺的墳地在村外，河套裡。我懂得小姨她們的意思。一則是路遠，她們擔心我細細的高跟鞋。二則是，她們不想讓我過度悲傷——當然，還有一層，這麼多年了，在外遊學多年的我，姥爺的外孫女，在姥爺的墳前，是不是還會有應有的悲傷？

四月的陽光無遮攔地照下來，已有些灼人了。麥田青翠，隨著微風洶湧起伏。火光瀲灩，照著我的淚眼。紛飛的紙灰彷彿一隻隻黑色的大鳥，在我們的頭頂盤旋不去。我的幾個姨們，她們跪倒在姥爺的墳前，默默地用木棍翻動著燃燒的紙錢。此時，她們已經沒有了哭聲。十幾年了。在這十幾年中，世事滄桑，她們經歷了太多。當年，在舊院，描繡鞋墊的時候，可能她們再想不到，有一天，她們會在光陰中，在塵世的風霜中，慢慢墮落，墮落，一直到生活的最底部。她們是被碾磨得近乎麻木了。而今，她們從各自紛繁的生活中掙脫出來，偷得半日清閒，來給姥爺上墳，面對這個小小的土堆，她們也不知道，怎麼會是這種情形。就在幾年前，姥爺剛剛離世不久，她們，尤其是我的小姨，撲倒在姥爺的墳前，號啕大哭，那情形，簡直就是一個在外面受了委屈的孩子。而今，我的姨們，她們揉一揉酸澀的眼睛，被我孩子般的嗚咽弄得眼淚汪汪。她們哭了。

四月的大河套，已經是滿眼繽紛了。我的姥爺，長眠在他生平最愛的河套，在那片林子近旁，也該感到寬慰了吧。他會看到他的兒孫嗎？他的不孝的外孫女，小春子，從遙遠的京城趕來，一路風塵，這僅有的一次，或許，也只是安慰一下她不安的良心。紙灰漫漫。我驚訝地感到，我的淚水洶湧而出。我的姨們慌忙架起我。她們是擔心弄髒了我優雅的長裙。

我的姥姥，這麼多年，從來不曾為我的姥爺上墳。她只是張羅著，不肯錯過任何一個節氣。那時候，鄉下還沒有現成的紙錢賣。那些紙錢，是姥姥一張一張印出來的。我記得，有一種木質的模版，上面塗上藍色的墨水，把裁好的白紙罩上去，來回用力按幾下，一張紙錢就印好了。還有錫箔，元寶，我姥姥捏得又快又好。後來，我常想，我姥姥不去看望姥爺，大約也有她自己的矜持，鄉村女人特有的矜持，還有羞澀。兩個人，怨恨了一輩子，在兒孫面前，她到底不願意對那個狠心人太兒女情長了。然而，她知道，姥爺身旁的那個位置，終究是留給她的。百年之後，終是長相廝守。她又何必計較這一時一地呢？

光陰慢慢流淌過去了。而今的舊院，又是一片喧嘩。然而，這喧嘩已經不屬於姥姥，更不屬於姥爺了。孩子們都長大了。五姨和我舅，也是做爺爺奶奶的人了。當年的那個哇哇哭叫的新生兒，舊院裡迎接來的第一個男嬰，而今，也是有家有業的人了。他站在舊院的棗樹下，兩隻胳膊抱在胸前，看著他的兒子騎在一只板凳上，嘴裡嘟嘟叫著，玩開火車。他微微皺著眉頭，臉上，是成年男人特有的威嚴，還有些淡然。他的妻子走過來，問了一句什麼，他看了一眼她蓬亂的頭髮，皺了皺眉。他有些不耐煩了。

我姥姥在炕上坐著，院子裡的喧鬧，她是聽不太分明了。也不光是耳背。她坐在昏暗的屋子裡，昏昏欲睡。也不知道怎麼回事，這幾年，精神是越來越不濟了。孩子們是偶爾來。他們住在村北的新房裡了。她也很想出去，逗一逗小孩子，看看他們，同他們說一說話。然而，卻有些力不從心了。勉力撐著要起來的時候，卻被小孩子的銳叫聲嚇了一跳，終於又坐下了，不留神倒把炕沿上的一個簸箕弄翻了，簸箕裡面，是黃燦燦的金元寶。姥姥掐指算了算，要不了幾天，就該送寒衣了。寒衣倒是有現成的。這金元寶，可得一個一個親手捏。真是老了。眼睛花不說，手也抖得厲害。捏一個，歪歪扭扭的，倒出了一身的汗。哪像當年。姥姥嘆口氣，很黯淡地笑了。

外面喧鬧起來。是小孩子頑皮，做父親的在訓斥他。姥姥坐在炕上，張了張口，想要勸阻，到底還是沉默了。

嬌客

在芳村，有誰不知道我舅呢。

我舅其實不是我舅。按理，我應該稱他姨父。我的五姨嫁給了他。他是我的五姨父。然而，從一開始，我姥姥就告訴我，他是我舅。因為，我舅是舊院的上門女婿。對於這件事，我一直弄不大懂。為什麼上門女婿就要改口叫舅呢？我忘了我是不是問過姥姥。也許是問了，我姥姥沒有說。總之，這個人，這個高個子的年輕男人，在那個遙遠的秋天的下午，便是我舅了。

我舅和五姨的婚禮，是在一個秋天。這令我記憶深刻。我們芳村這地方，凡有婚嫁，多在冬日。臘月裡，正是農閒，年關也近了，迎新和娶新，在鄉下，都是隆重而喜慶的大事。可是，我舅和五姨，卻有些不同。我很記得，有一天，正在街上瘋玩，被我母親叫住，她拉著我的手，到舊院去。一面走，一面幫我把額頭上的汗擦一擦，輕聲喝斥著，也不怎麼認真。我偷偷看了一眼她的臉。我看出來了。母親的臉上蕩漾著喜色。我高興起來。舊院的門前，擠滿了人。我母親拉著我，一路同人招呼著，步履輕盈。院子裡，屋門前，一個年輕男人正站在那裡，向人們散菸。看到我們，就走過來，俯下身，問，二姐，這就是小春子？彷彿是在問母親，卻又分明是在問我。我驚訝極了。這個陌生人，他竟然知道我的名字。我仰頭看著他，忽然從心底對他生出莫名的好感。我姥姥從旁笑著催促，還不叫舅。我猶豫了一下，就叫了。大家都笑起來。我舅摸了摸我的小辮子，也笑了。我注意到，我的五姨，穿著棗紅條絨布衫，海藍色褲子，脖子裡繫了一條粉地金點的紗巾。她站在人群裡，羞澀地笑著。我忽然靈機一動，恍然道，五姨，妳是新媳婦——眾人都笑起來了。

在我舅新婚的那段日子裡，我幾乎天天到舊院去。他們是旅行結婚。為此省去了很多繁文縟節。在那個年代的鄉村，旅行結婚，還是一個極新鮮的事物。一對新人出去玩一趟，回來，就算成了大禮？這未免有點太簡單了。尤其是老派的人，就有些看不慣。怎麼也是三媒六證的姻緣，總得要在親友面前，拜了祖宗天地，拜了高堂雙親，才能入洞房點花燭的吧。更不要提那些自古傳留下來的老風俗了。比方說，照妖鏡，邁馬鞍，翻年糕，這些新媳婦進門的種種規矩，而今，倒都省了。後來，我常常想，旅行結婚，一定是我舅的主意。在這場婚姻中，每個人的角色都發生了變化，這變化因為微妙，更不容易應對。在舊院，五姨是女兒，也是媳婦。我舅呢，是女婿，也是兒子。至於我姥姥和姥爺，角色當然也是多重的了。親戚本家，族人鄉鄰，此間種種複雜關係，就更深究不得了。索性就來一個旅行結婚。這真是一個好主意。我說過，我舅是一個通達的人，精明，敏銳，對人情世故的體會和諳熟，彷彿是一種與生俱來的本能。在舊院，我舅很快地就自如起來。在姥姥爺面前，他是兒子的角色，親厚倒是親厚的，然而也家常，也隨意。有時候，在話頭上，也頂撞上那麼一兩句，不輕不重地，像天下所有的兒子們那樣。對我的姨們，一口一個姐姐，很親昵了。姐夫們來了，則完全是小舅子的做派，殷勤有禮，也有那麼一點驕傲和任性的意思在裡面。當然，我小姨除外。在舊院，我小姨最小。我舅跟著大家，叫她少。少是我小姨的小名。對我小姨，我舅是把她當成了妹妹。甥男弟女的來了，也都是一把攬過來，把他們扛在肩上，或者舉上頭頂，讓叫舅。小傢伙們格格笑著，一迭聲地叫著舅，大人們都笑起來。

在芳村，翟家是個大姓。舊院裡，因為少男丁，顯得格外蕭條冷清。我姥爺呢，又是這樣一個性子的人，凡事都必得我姥姥從旁督著，點撥著，提醒著，時時處處，稍不留意，就不免短了禮數。我姥姥簡直為此操碎了心。然而，我舅來了就不一樣了。你相信嗎，在鄉村，真的有這樣一種人，他們似乎生來就是屬於鄉村的，他們聰敏，能幹，在鄉風民俗的拐彎抹角處，栩栩游動，他們如魚得水。他們是鄉間的能人。我說過，我舅廚藝好，做得一手好飯菜。尤其是，鄉村酒宴上的種種規矩，禮數，繁文縟節，他全懂。在那個年代的鄉村，手藝人頗受尊重。更重要的是，我舅人隨和，又熱心，最得人緣。紅白喜事，滿月酒，認乾親，下定，人們都喜歡請我舅。我舅戴著高高的白帽子，穿著連腰的白圍裙，坐在那裡，說不出的乾淨漂亮，他接過主家遞過來的菸捲，悠閒地叼在嘴上，完全是胸藏百萬雄兵的神氣。鄉下人，雖然日子艱難，卻極要臉面。人這一輩子，活的是什麼？是臉面。因此，凡有大事，人們對我舅便格外地倚重。我舅呢，從來都是笑咪咪的，不慌不忙的神態，吸著菸，心裡卻早已經盤算好了。他總是有本領讓賓主盡歡。翟家本院的事呢，就更不用說了。用我舅的話說，都是自家的事——放心好了。主家就把一顆心放回了肚子裡。怎麼會不放心呢，凡事，有我舅斟酌呢。

現在想來，那些年，是我舅一生中最好的年華。他年輕，有手藝，有才幹，人家都求著他，敬著他，在村子裡，算是有頭有臉的人物了。整日裡，穿得乾淨，體面，泥點不沾，草籽不掛，從東家的宴席，到西家的宴席，好酒，好菸，奉承，尊敬，滿滿的心意，厚厚的人情，什麼都有了。在翟家院房，人們更是對他親厚，稱兄道弟，那情形，倒不像是外來的上門女婿，竟真是嫡親的兄弟手足了。我姥姥從旁看著這一切，心裡又悲又喜。歡喜自然是歡喜，然而，夜深人靜的時候，想起來，怎麼就莫名地湧起一股辛酸，還有悲涼。真是沒有道理。在舊院，我舅是東床，是嬌客，是我姥姥的接任者，是舊院的脊梁骨和頂天柱。我舅是舊院的門面。

尤其是，我舅的大兒子降生之後，舊院裡一片歡騰。這是這麼多年以來，舊院迎來的第一個男嬰。一時間，舊院簡直是亂了陣腳。我舅立在院子裡，不慌不忙地吸著菸，看著我姥姥她們進進出出，忙忙碌碌，他微笑了。這一回，他總算是放了心。他有兒子了。其實，私心裡，如果是個女孩，他或許倒更喜歡些。他喜歡女孩子。然而，怎麼說呢，生了兒子，畢竟是好事。尤其是，尤其是在舊院。我舅吸一口菸，看著藍色的煙霧在眼前升騰，瀰散，嘆了一口氣。他怎麼不知道，這麼多年了，舊院早就盼著抱孫子了。關於我父親的故事，他也是聽說了一些的。他一直不肯相信，那樣的命運，會降臨在自己的頭上。他想起了他小時候，隨母親嫁到芳村，在那一個大家庭裡，他早早學會了看人的臉色。他吃過很多的苦。也曾經暗地裡咬牙，發誓，他要出人頭地。他常常想起他母親的淚水。當年，他就是受不了母親的淚水，還有她眼睛深處的哀求，才默默點了頭，來到舊院。直到現在，他才肯承認，這兩年多，他的一顆心，其實是一直懸著的，懸著，顫抖著，時時掙出一身的細汗。老天有眼。他終是沒有蹈了我父親的舊轍。

東屋裡傳來嬰兒的哭聲，很柔弱，也很嘹亮。我舅側耳聽了一時，又慢慢吸了一口菸。我母親端著一只大海碗走進來，顫巍巍的，熱騰騰的蒸汽從碗裡浮起，把她的一張笑臉遮得模模糊糊。我舅看著她的背影，心裡嘆了一聲。這幾天，恐怕是把我母親忙壞了。只是，不見我的父親。當然，這種事情，男人們多有不便。然而——我舅又慢慢吸了一口菸，半晌，才讓煙霧從鼻孔裡徐徐飄出來。

我說過，在同我父親的關係上，我舅一向是通達的。在我父親面前，他是顯見的勝利者。他不能夠太在乎我父親的偏執，狹隘，憤恨，種種不恭處，他都付之一笑，一一海涵了。村西的劉家，他是勢不能回去了。而今，舊院就是他的家。而父親，素受自家兄弟們排擠，他們連襟兩個，怎麼能夠再反目呢？還有一點，我父親雖然性子暴烈，爽直，但心地純良，人也仗義，耳根子又軟，臉皮又薄，一旦好起來，是可以割腦袋換肝膽的。那幾年，正是我們家最好的時候。我父親在生產隊任會計，掌握著一個隊的財務大權，我母親呢，還沒有生病，健康，活潑。三個孩子，都還小，在父母的羽翼下，無憂無慮。後來，我常常想，在我舅和我父親的關係上，似乎從一開始，我舅就占據了主動的位置，他時時觀察著，揣摩著，斟酌著，在種種細微處，進退，迎拒，遠近，親疏，其中的分寸與火候，怕是我父親一輩子都琢磨不透的。當然了，我舅心熱。在舊院的諸姐妹中，同我母親，尤其親厚。他常常到我們家裡來。如果遇上吃飯，也不用人讓，坐下就吃。那份自然與隨意，完全是親弟弟的做派了。逢我父母吵嘴，他也總是彈壓我的母親，言辭裡，話鋒卻是向著父親的。連我都聽出裡面袒護的意思了。對我舅，我母親也是格外的疼愛。同我父親吵架的時候，她的一句口頭禪是，你呀，讓我怎麼說，連她舅一個小手指頭都趕不上。我不知道，這個口頭禪對父親的打擊有多大。我常常猜想，在我舅同父親的關係中，我母親的這句口頭禪，恐怕也暗中起了不小的作用。

多年以後，我母親病重，在醫院裡，我舅一趟一趟，跑前跑後，跟醫生溝通，求人家用好藥，但最好不是太貴；去找我表哥，央他託關係，找主治醫生探探底。到附近的飯館裡，買了手包的韭菜餡餃子，端進病房來——他知道，我母親愛這個。而我的父親，那時候，早已經愁苦得近於麻木了。他蹲在地上，呆呆地望著病床上的母親。這麼多年了，母親的病，把他的暴烈脾性都生生揉捏得溫軟下來了。他順著她，處處加著小心，生怕哪裡忤逆了她的意思，讓她不痛快，讓她犯病。然而，怎麼最終還是落到了今天？他真是不懂。

夕陽從窗子裡照過來，落在我母親的枕邊，我父親看著我舅進進出出的身影，心裡計算著這幾天的藥費。這城裡的醫院，怎麼說，簡直是拿小刀子割人。太快了。簡直是太快了。

那時候，我已經在城裡上中學了。暑假裡，我舅用自行車帶著我，去坐長途車，到省醫院看母親。正是玉米吐纓子的時候。早晨的陽光灑下來，微風拂過，空氣中流蕩著植物和泥土的腥氣。我舅一面蹬著車，一面同我說話。說了一些別的，就說起了父親。也不知道從什麼時候開始，只要同我舅單獨在一起，話題總是轉向父親。自然是圍繞母親的病。這一向，我舅因為日夜不離左右，在這件事上，最有發言權。一路上，我舅說了很多關於我母親的病的事，現在，我都記憶模糊了。後來，我常想，在我母親病重的日子裡，在她即將離開這個世界的時候，我，作為她最疼愛的女兒，竟然一直是置身事外的。我為此感到羞恥。我在忙什麼呢？所謂的學業，前程，在那時候，像一座山，壓在我的頭頂。我的目光，短淺，自私，冷酷。那時候，我還看不到別的。僅僅為此，對我舅，我充滿了感激。這是真的。那一天，我舅說了很多話，當然，後來，他說起了父親。在他的描述裡，對母親的病，父親難辭其咎。而如今，在母親病重的時候，我的父親，彷彿一直是袖手旁觀的。儘管我舅的話說得盡可委婉，我還是聽出來了，我的父親，甚至，希望病人早走。這怎麼可能！我的心怦怦跳著，兩隻手緊緊攥著車後梁，由於用力，都痠麻了。這怎麼可能！我的父親和母親，我怎麼不知道！我舅照例慢慢踩著腳蹬子，他看不見我的臉。他嘆一口氣，說，久病床前無孝子——更何況——我感覺身上熱辣辣地出了汗，卻又分明感到一陣寒意，忍不住靜靜地打了個寒噤。太陽越來越高了，明晃晃的，灼人的眼。我把眼睛瞇起來。那條青草蔓延的小路，霎時模糊了。

後來，我常常想，我的父親，在愁苦煎熬中，或許難免說過一些氣話。這麼多年，他是看夠了母親在病榻上備受折磨的樣子。他不忍看她遭罪。他恨命運不公。這麼多年，為了母親的病，他咬緊了牙，把方圓幾十里的藥鋪都踏破了門檻。可是，到頭來，終是一場空。面對著強大的命運，他是氣餒了，還有絕望。然而，我舅，他為什麼要斷章取義，把我父親的氣話講給我聽？直到後來，我才不得不承認，我舅對我父親的芥蒂，是根深蒂固的。他怎麼能夠忘記，當年，父親給他的難堪。那時候，在舊院，他初來乍到，我父親年長於他，竟然在人前，讓他這個新人沒臉，讓他下不來台。幸好，他心眼靈活，凡事，他都勸自己看得開些。在人屋簷下，哪有不低頭的？他就低了這個頭，在眾人面前，只能落個大度，寬宏，顧大局，識大體。然而，這麼多年了，他們處得那麼好，簡直就是親兄弟了。他也不知道，這是怎麼一回事。他竟然還是忘不了。這真是沒有辦法的事。

我說過，我舅喜歡女孩。在舊院，眾多的孩子當中，我舅最喜歡的，就是我了。據說，很小的時候，我就很會疼人。有一回，我舅病了。當然，也不是什麼大病，或許是感冒，或者發燒。我在舊院裡玩，不知聽誰說了一句，就跑到東屋裡去。我舅躺在炕上，虛弱，無力，半空中懸著一個瓶子，裝滿了水。我看到一條細管彎彎曲曲地繞過來，通向我舅的一隻手。那隻手背上，黏了膠布，鼓起一個包。我不知道，那是在輸液。我走過去，摸了摸我舅的手，我的眼淚就淌下來了。我哭了。我舅一把拉住我的手，說，小春子——後來，這個情節，常常被我舅重提。小春子看我生病，心疼我呢。這孩子——如果我父親在，就會微微笑一下。我猜想，他心裡一定在說，我的閨女，我怎麼不知道。我母親則輕叱一句，小春子這丫頭，小嘴像抹了蜜——語氣模糊，聽不出是誇獎還是責備。

在舊院，我舅喜歡逗我。比起姥爺的孩子氣，我舅更多了一種長輩的疼愛。見到我，常常就抱起來，舉一舉，就放下來，微笑著看著我跑開。也有時候，走過來，拉一拉我的手，摸一摸我的小辮子，說，小春子，別走了——跟著舅。這話聽得多了。可我還是歪著頭，認真地想了一回，不說好，也不說不好，笑著跑走了。我知道，這種話，我舅也跟我父母提起過。當時，他們第二個兒子還沒有出世。而我呢，又是家裡的多多。我母親聽了這話，只是笑。我父親呢，先是笑著，後來聽多了，就不怎麼笑了。我父親是一個認真的人。最開不得這樣的玩笑。背地裡，我母親就笑他，還當真怕人家把你閨女要了去啊——真是榆木疙瘩。後來，我忘了是哪一回了，在舊院，我舅見了我，照例要抱起來，我卻把身子一扭，掙開了。我不知道，我是害羞了。我舅立在原地，兩隻手張著，有點尷尬，他把手放在另一隻肩上，慢慢地捏了捏，自嘲地笑了。從那以後，我舅便很少抱我了。見了我，頂多過來，摸一摸我的小辮子，說一句，小春子，又長高了。

那一年，我到縣城裡上中學。因為住宿，行李之外，帶了很多東西。我記得，其中，有一只搪瓷碗，是我舅送我的。那時候，在鄉村，這種搪瓷碗，也是稀罕物。我至今記得它的樣子。白地，勾著淺藍色的邊，碗身上，是豆綠色的圖案，水紋的形狀，一波一波，彷彿在微風中蕩漾起來了。我很喜歡這只碗。它一直陪伴著我，走過三載少年讀書的懵懂時光。後來，這只搪瓷碗，也不知道丟到哪裡去了。然而，我還是常常想起它，想起我當時捧著它，排隊打飯的情形。想起我舅，想起舊院，還有舊院裡的那些人和事。

那些年，在芳村，有誰不知道我舅呢。公正地講，我舅是一個儀表堂堂的男人。高高的個子，白皙的皮膚，眼睛不大，卻很明亮。頭髮又黑又密，梳著分頭——只這一點，就跟芳村的其他男人區分開來。他站在那裡，莫名其妙地，有那麼一種文質彬彬的氣質。這是真的。我忘了我是否說過，我舅當過老師，那時候，叫做民辦教師。當然，這都是來舊院之前的事情了。我至今記得，我舅年輕時候的樣子，穿著假軍裝，說起話來，微微瞇起眼，像是在思考，有些口若懸河的意思。我的五姨，進進出出地忙碌著，偶爾看一眼自己的男人，心裡罵一句，也就笑了。我猜想，對我舅，五姨是有那麼一些崇拜的。她總覺得，這樣一個男人，來舊院倒插門，是有一些委屈他了。然而——自己也是一個——好女人，並且，家裡人對他也這樣親厚，他自己呢，在舊院，也算是如魚得水，比她這個做女兒的，倒更自在了。在翟家，在芳村，他說話做事，處處得體，處處有分寸。凡事都不用她操心。只這一條，同姥姥比起來，她就該知足，就該念佛。然而——我五姨看一眼我舅的背影，心裡忽然竟煩亂起來。

我是在後來才慢慢知道，我舅的那一樁風流韻事。怎麼說呢，芳村這地方，在這種事上，態度曖昧。鄉下人，樸直，卻也多情。常常有這樣那樣的豔情段子流傳開來，讓人們津津樂道。那時候，我母親還沒有病，家裡常有女人們來串門。她們擠在一處，嘻嘻哈哈地說著閒話。無非是東家長，西家短，說著說著，聲音就低下來，很神祕了。我躺在炕上，緊緊閉著眼，裝睡。忽然，母親就輕輕咳一聲，嘀嘀咕咕的聲音就停止下來。我猜想，母親一定是朝越來越忘形的女人們使了個眼色，指一指炕上的我。她是在警告了。我閉著眼，心裡像有一支羽毛在輕輕拂動，癢梭梭的，很難受。我幾乎要笑出聲來了。

我記得，有一回，她們說起了我舅。說著說著，就住了口。一定是我母親打醬油回來了。臨近中午的時候，總有賣醬油醋的獨輪車在村子裡走過，敲著梆子，空空空，空空空，也不用吆喝，人們聽到了，自然會跑出去。我母親重新坐定的時候，女人的話題早已經變了，卻還是離不開我舅。她們的語氣裡，有一種明顯的讚美和欽慕。後來，我常常想，我舅這樣一個人，這一生，倘若沒有一兩樁風流事，怕是老天都覺得委屈了他吧。這麼些年，在舊院，在東屋，在姥姥的眼皮底下，在這個大家族裡，他是越發自如了。然而，再怎麼，也是在人家的屋簷下。這其中的滋味，他怎麼不知道？至於五姨，她真是一個好女人。可是，終歸是——怎麼說呢，在自家做媳婦的種種尷尬，他怎麼不懂？然而——我舅抬頭看一看那棵棗樹，都掛果了。他想起了某個人，某個細節，讓人止不住地心跳。他有些難為情地笑了。

說不清從什麼時候開始，世界就悄悄地起了變化。這是真的。這變化是那麼迅猛，讓人都來不及驚訝。我的父親，是這變化裡最早的覺醒者。怎麼說呢，我父親在這方面，嗅覺敏銳，同素日裡的他，簡直判若兩人。那時候，生產隊已經沒有了。我父親放下他用了多年的算盤，他開始做生意了。他勤苦，誠實，仁義，他成功了。算起來，那幾年，是我們家的第二個盛世。雖然，其時，我母親已經生了病，然而，還好。家裡的境況越來越好，我母親心情愉悅。她向我父親提出，應該帶上我舅。那幾年，我舅的生活，日漸寥落了。彷彿在一夜之間，外面的世界，向芳村的人們掀開了一角，那滿眼的光華，眩目，誘人，彷彿一束強光，把昏昏欲睡的人們晃醒了。漸漸地，人們見多識廣，我舅的手藝，越發寂寞了。有時候，想來都覺得奇怪，一個人，他所依恃的一樣東西，或者說，一種習慣，忽然間坍塌了，他會發生一些意想不到的變化。我是說，我舅整個人漸漸萎頓下來了。他抄著手，在舊院裡踱來踱去。一群麻雀在地上跳著，驚訝地看著他，唧唧叫著。他入神地看了一會，目光有些茫然了。他想起了什麼？他是想起了他的好時光吧。我舅同我父親合夥的時候，問題就來了。我舅是這樣一個人，好勝，自信，被人奉承慣了，戴慣了高帽，時時處處，他怎麼能屈居我父親之下？他常常不顧我父親的勸阻，自行其是。結果可想而知。我父親暴怒了。我母親從旁看了，知道這一對連襟之間的種種過節，而今，倘若非要把他們捆在一起，怕是最後都不得收場了。

後來，我舅也陸續同人家合夥過，做些小生意。往往是，最初的時候，一好百好。我說過，我舅是一個會處事的人，最善於打生場。然而越往後，分歧越大，終至散夥，各走各路。

我舅先前的長處，此時，都成了致命的短處。他過分地愛乾淨，耽於清談，卻往往不付諸行動。他不肯吃苦。他喜歡指揮人。他愛聽奉承話。可是，這年頭，誰還會抱著那分閒情，坐下來奉承一個閒人？後來，我舅終於氣餒了。他整天待在家裡，什麼也不做。周圍熱氣騰騰的氛圍，更襯托出他的落落寡合。在時光的河流裡，他慢慢墮落下去了。

那些年，倒是我的五姨，默默地承擔起了一切。能怎麼樣呢？孩子們都漸漸長大了。老人們也老了。花錢的地方，越來越多了。為了我舅的性子，她暗地裡流過多少淚，同他吵過多少嘴？若是在劉家，也就由他去了。他一個大男人，正當盛年，日子竟然過成這等光景。然而，在舊院，在自己家裡，她總不能眼睜睜地看著，袖手旁觀。她不能讓姥姥傷心。她再也想不到，自己的男人，竟然是這樣一個人。她恨他。然而，看著他一臉的蕭索，她又止不住地喉頭湧上一股東西，酸酸涼涼，被她極力抑住，眼睛卻分明模糊了。

那時候，我的幾個姨們，都慢慢發達起來。尤其是，我的小姨。小姨父，那個月夜的青年，一向是被我舅不大看在眼裡的。他憨厚，沉默，甚至，還有些木訥。當初，我舅為此沒少在背後貶斥他，甚至，當著小姨小姨父的面，他向來不曾客氣過。誰能想得到呢，這樣一個人，這兩年，竟然漸漸發達了。他忠直，無欺，講信用，肯吃苦。他們開辦了這地方的第一家工廠。汽車，樓房，簡直過起了城裡人的生活。我舅的兩個兒子，媳婦，都在小姨父的廠裡做工。我忘了說了，我舅的這兩個兒子娶親，多虧了我小姨父，當然，還有我的幾個姨們。為此，我五姨同我舅鬧，哭道，也多虧他們姓翟，要不然，我乾脆讓他們打一輩子光棍。

多年以後，我回到家鄉的時候，說起我舅，父親嘆一聲，說，如今，老了老了，倒賣起苦力了。聽說，我舅到城裡的工地上，做小工了。有好幾回，我到舊院去，都沒有遇上我舅。五姨說，前幾天剛回來過，抓了些藥，帶走了。你舅的腿老疼。我忽然就沉默了。半晌，才說，妳跟我舅說，別那麼苦了。一出口，才知道這話多麼蒼白無力。五姨笑了一下，說，小春子，妳甭心疼他。這人啊，總是這樣。一輩子吃的苦，總是有數的。要麼是先甜後苦。要麼是先苦後甜——小春子，妳信不信？

我不知道該怎麼回答。姥姥在門檻上坐著，在太陽地裡，昏昏欲睡。偶爾，她抬起頭來，看我們一眼，一臉的茫然。我想起前些年，我回到家鄉，在舊院，我挽了父親的胳膊，悄悄說著閒話。我舅走過來，我父親便有些忸怩了，叱道，看看，這麼大姑娘了——我舅笑了，說，小春子回來，橫豎不離你左右——我們都笑了。現在想來，那一回，我舅他，是吃醋了呢。有什麼辦法呢，人都老了。人老了，簡直就是小孩子了。

我忽然特別想見到我舅。

背影

我一直沒有說我的三姨。在舊院，三姨彷彿一個縹緲的傳說，美麗而遼遠。

怎麼說呢，在舊院的六姐妹當中，不，在芳村，三姨的美，是獨一無二的。鄉下女子，再怎麼，也會多少帶有一些村氣，她們的膚色過於紅潤，她們的頭髮過於漆黑，尤其是，她們的神情，舉止，她們的穿衣打扮，都會令人一眼便猜出她們來自鄉野。俊俏還是俊俏的。可是，你相信嗎，我的三姨不同。很小的時候，三姨便有一種與眾不同的氣質。是的，氣質。這個詞，是多年以後，我才慢慢找到的。它用在三姨身上，恰到好處。三姨皮膚很白，頭髮呢，卻有一點淡淡的金色，而且，莫名其妙地，微微有些卷。這令三姨顯得格外的洋氣。三姨也會穿衣裳。鄉村人家，日子艱難，難得做一件新衣，更多的時候，是一件衣裳輪流穿，老大穿了，給老二，依次傳下去，一直到最小的孩子。穿過了，依舊不肯扔掉，留下來，打袼褙，縫被裡，做鞋面，樣樣都使得，真正算是物盡其用了。三姨穿的，常常是我母親的衣裳。因為是第二代，看上去依然是新的。只是，同樣的衣裳，穿在三姨身上，就不同了。這真是神奇的事情。我至今記得，有一件淺灰布衫，帶著細細的粉的暗格子，小撇領，黑鈕扣，貼了一個明兜，是那個年代鄉間常見的服飾。女人們穿著它，如果不看頭髮，簡直辨不出性別。三姨穿著這件灰布衫，她的白皙的皮膚，淡金的微卷的頭髮，她的神情舉止，立刻令這件普通的布衫煥發出一種特別的光彩。我驚訝地發現，這種淺灰色，上面隱隱的細格子，同三姨是多麼的相配。灰布衫肥大，三姨穿著它，走起路來，每一個細碎的起伏和輕微的波瀾，都越發襯托出玲瓏的腰身，同如今的那些曲線畢露的緊身衣相比，更多了一種說不出的味道。我看著三姨在陽光下走過來，風把她的頭髮吹亂了，彷彿吹亂一匹淡金的綢緞。迎著太陽，她微微地瞇起眼。睫毛的陰影投下來。皮膚幾乎要透明了。那個時候，我還不知道氣質這個詞。我只知道，三姨美。三姨的美，在芳村極少見。三姨沒有上過學，可是，三姨聰慧，靈透。尤其是算帳，又快又準，簡直比我父親的算盤都厲害。有買賣往來的事，姥姥總是喊上三姨。在對方還伏在地上拿樹枝左畫右畫的時候，我三姨這邊早已經一清二白了。或許也因此，姥姥對這個三姑娘格外多了一層偏愛。

那時候，鄉間常來說書人。電影以外，這是人們最大的娛樂了。在村東的打穀場上，一張桌子，一盞玻璃罩的油燈，映著底下幢幢的人影。月亮又大又白，在雲彩裡靜靜地穿行。風很野，從田野深處吹過來，帶著泥土的腥氣，潮濕而新鮮，讓人忍不住鼻子癢癢。說書的是一對父子，父親是盲人，兒子呢，卻是一個很瘦小的青年，臉色蒼白，目光憂鬱。大多時候，是父親說書。父親立在桌子一側，桌子上，一隻搪瓷水缸，一塊驚堂木，此外，別無他物。父親說

《岳飛傳》，《楊家將》，《薛剛反唐》，《三國》。那時候，鄉下還沒有收音機。晚上，勞作了一天的人們，聚在打穀場上，聽書。很小的時候，我就對說書人懷有一種深深的敬意。金戈鐵馬，廟堂深宅，帝王將相，才子佳人。所有這些，說書人口裡的一切，超越了芳村人的日常生活，它們穿越歲月的風塵，從遼遠的古代，迤邐而來，令飽受風霜之苦的人們，忘卻了塵世的艱難與困頓，他們凝神屏息，沉浸到另一個世界裡去了。夜色清明，我坐在三姨的腿上，能夠感覺到她全身由於緊張而帶來的僵硬和緊縮。她的一隻手緊緊握著我，手掌心裡很熱，很潮，她出汗了。夜風吹過來，驚堂木啪的一響，我們都同時打了個寒戰。三姨把我往懷裡緊一緊，我的肩膀貼著她的胸，我能夠清晰地感受到她的心跳。這個時候，盲人的兒子，那個瘦小的青年，往往是坐在一旁，托著半邊腮，眼睛定定地看著某個虛空的地方。他在想什麼呢？或許，父親的這些書，他早已經不知道聽過多少遍了。他大約都能夠背下來了吧？我一直疑惑，這個憂鬱的青年，他為什麼沉默，為什麼，他一直都不說話？後來，我才知道，那個青年，是一個啞人。空聽了一肚子的古書，那些故事，那些人物，在他的心裡，怕是熟極而流了吧，然而，他卻一輩子都無法開口，把它們講出來。後來，我常常想起那種情景。父親立在桌旁，口若懸河。四下裡靜悄悄的，他很想看一眼他的聽眾們，可是，他不能。他的眼前，是一片黑暗。如同一塊黑色的幕布，無邊無際，那些遙遠的人和事，彷彿是這幕布上描繡的風景，他窮其一生，用語言，一遍一遍把它們擦亮。那個青年，坐在一旁，目光遼遠。他是在心裡說書嗎？繪聲繪色，只說給一個人聽。

在舊院，姥姥對幾個女兒管教極嚴。起初，她不讓我的姨們去聽書。姑娘家，總該要矜持一些才好，當然，也不至於如她們那個年代，大門不出，二門不邁，可是，也斷不能像如今這樣，壞了章法，亂了世道。然而，對三姨，姥姥總是不那麼固執己見。她從旁看著這個三姑娘，有時候，莫名其妙地，心頭會湧起一種很奇異的感覺。她的白皙的皮膚，淡金的頭髮，微微打著卷，她的神態，舉止，都有一種很特別的氣息，陌生而新鮮。這個孩子，她像誰？姥姥有些難為情地笑了。像誰。還能有誰？姥爺正坐在院子裡，細心地擦拭他的獵槍。這是他的愛物。陽光照過來，在他的手背上一跳一跳，他的影子映在地上，矮而肥，隨著他的動作，一伸一縮。姥姥看著看著，就叫姥爺，姥姥管姥爺叫做哎。姥姥說，哎。姥爺應了一聲，並沒有抬頭。姥姥又叫了一聲。姥爺正把頭俯下去，衝著他的愛物認真地哈氣，姥姥忽然就發了脾氣，兩步走過去，把那獵槍一把奪過來，姥爺沒防備，他手裡捏著那塊破舊的抹布，怔怔地看著自己的獵槍，它怎麼到了姥姥手裡？姥姥看著姥爺茫然的眼神，心頭驀地升上一股氣餒，還有絕望。這個人，在這個世界上，他只關心他的獵槍。她不明白，自己怎麼會嫁了這樣的男人。這是她這一生最為氣惱的事情。為這個，她流過多少回眼淚？如今，孩子們都大了。她也懶得同他計較了。然而，終究是氣惱。家裡的事，他幾時曾放在心上？這些天，三姑娘像是著了魔，天一黑，就往打穀場上跑。白天幹活，也是神思恍惚，常常莫名其妙地發呆，或者是，痴痴地出神，忽然就微笑了。姥姥冷眼看著這一切，心想，這是中了邪了。她細細思忖著那一對父子。總不至於吧。她想。那個父親，年紀總有四十多了，長年的風吹日晒，看上去，老，而且盲。戴了一副墨鏡，那黑洞洞的鏡片後面，藏著說不出的神祕。那個青年，也有二十歲了吧。瘦小，蒼白，憂傷，像一個沒有長成的孩子。這樣兩個人，對三姑娘，怎麼竟有那麼大的吸引力？姥姥看了一眼三姨的背影，暗暗嘆了一口氣。

這兩年，三姑娘也已經慢慢開始發變了。她特意為女兒們縫製的胸衣，三姑娘總是有很多怨言。那種胸衣，極緊，一側是一排鈕扣，穿的時候，須得深吸一口氣，才能夠費力地把它們一一繫上。在鄉間，母親們總是早早為女兒預備下這樣的胸衣。她們最見不得沒有出嫁的姑娘，舉著高高的胸脯，在人前走來走去。在她們眼裡，這是件很丟人的事情。姥姥看著三姨窈窕的身子，藏在肥大的布衫裡面，也能依稀看出其中的起伏和曲折。想起三姨繫鈕扣時呲牙咧嘴的樣子，她在心裡罵了一句。然而，也就微笑了。誰不是從年輕的時候走過來的？姥姥把手裡的玉米皮一張一張地理好，捆起來，堆在一旁。這地方，有專門來收玉米皮的，要撿潔白柔軟的好成色，收進工廠，據說能夠編織成漂亮的工藝品，賣得很好的價錢。姥姥又覷了一眼三姨的背影，想著要不要把她叫過來，讓她還是老老實實把胸衣穿好。陽光落在三姨的身上，給她整個人鍍上一圈毛茸茸的光暈。正躊躇間，卻聽得隔了牆頭，有人在叫她。三姨把手裡的東西一放，跑出去了。

直到現在，我都不太明白，我的三姨，她究竟如何離開芳村，到了省城。有人說，她是一個人，在一個有月亮的夜裡，悄悄地離家出走。也有人說，她是跟了那對說書的父子，私奔了。有人就眨眨眼，說，究竟是跟老的，還是小的？人們都嘎嘎笑了。我姥姥心裡彷彿滾了一鍋的熱油，煎熬得緊，臉上卻是一片死水，沒有一絲波瀾。個死妮子！她竟然敢！養了她十六年，竟然就這樣甩袖而去。真是白疼了她。她早該料到的。個死妮子！我姥姥埋著頭蒔草，有什麼東西順著臉頰不停地淌下來，也不知是汗水還是淚水，熱辣辣的，然而又有些冰冷，殺痛了她的眼。這個女兒，她是打定主意，不要了。就當她沒有生過她，養過她。就當是她養了一條白眼狼，養熟了，反過頭來，竟咬了她一口。她在心裡罵著，恨得牙癢癢。也不知道哪裡來的野草，怎麼就這麼多，割也割不敗，沒完沒了。陽光潑辣辣地照下來，讓人無處躲藏。有風吹過，一陣熱，一陣涼。一隻馬蜂在身邊嚶嚶嗡嗡地飛來飛去，落在我姥姥黏濕的頭髮上。她只覺得眼前金燈銀燈亂竄，野草黑綠的汁液飛濺開來，濺到她的臉上，濺到她的嘴角，她感到嘴裡又苦又澀，乾燥得厲害。個死妮子！她竟然敢！

後來，我常常想，三姨的失蹤，對姥姥，簡直是一場劫難。一個黃花閨女，竟然離家出走了。這真是一種恥辱。恥辱之外，她感到委屈。這麼多年，她勉力撐著這個家，在人前，從來是謹言慎行。她身後是舊院，是舊院裡的一群女兒家。她這個做母親的，必得處處端凝得體。可是，誰能料到，我的三姨，竟然給她演了這一齣戲，丟盡了舊院的臉。當時，我姥姥可能再想不到，這個三姑娘，我的三姨，有一天，會衣錦還鄉，成為舊院最大的榮耀。

三姨走後的很長一段時間裡，面對各種各樣的猜測和議論，我姥姥始終保持沉默。她照常下地，幹活，在人前，只有更加低伏，甚至謙卑。從來不多說一句話，不多走一步路。人們見了，暗地裡嘆一聲，說，也是個苦命人呢——我姥爺，則照常醉心於河套裡的樹林子。三姨的事，遠沒有費盡心機打不到一隻野兔更令他苦惱。我的幾個姨們，年幼無知，她們怎麼會懂得姥姥的心病？

三姨回到芳村，已經是十年以後的事情了。那時候，我的父親和母親，已經從舊院搬出，另立門戶。四姨呢，也早出嫁了。五姨的二兒子也已經出世，在舊院，我舅是內政外交的一把手。小姨正在忙著相親。我的姥姥，在舊院的歡騰裡，慢慢衰老下去。秋天的陽光照下來，柔軟，敝舊，讓人忍不住想靠在門框上，打個盹。門響的時候，我姥姥並沒有抬頭。想必是五丫頭他們回來了。這一向，五丫頭的話，是越來越少了。明明剛才還是微笑著，見到她，忽然就凝住了，剩下的，只是一臉的淡然。逢這個時候，我姥姥便揪心地難受。這是怎麼了？苦熬了一輩子，她怎麼到了這一步？我姥姥微闔著眼，感到一片陰影覆蓋在身上。她睜開眼一看，嚇了一跳。一個女子站在她面前。乳白色的風衣，鴿灰色的帽子，一頭淡金的長髮，在風中蕩來蕩去。我姥姥一下子呆住了。

多年以後，我常常想像當時的情景。闊別十年之後，我的三姨，這個當年的舊院的叛逆者，終於回到舊院。面對著茫然的姥姥，她蒼老的臉上驚懼的神情，面對舊院，這個她十年來魂牽夢縈的地方，她在想什麼？我很記得，當時，我從外面飛快地跑回來，遠遠地，我看見舊院前面擠滿了人。一個姑娘，她穿著入時，站在院子裡，落落大方地跟人打著招呼，把五顏六色的糖果，塞給怯生生的孩子們。我姥姥在棗樹下坐著，同人笑咪咪地說著話。廚房裡傳來剁肉餡的聲音，多多多，多多多，喜慶而熱烈。我母親正蹲在地上和麵，看到我，張著沾滿濕麵粉的手，一把把我拉過來，拖到我三姨面前。我感到我三姨的手溫柔地在我頭上摸來摸去，她摸著我的小辮子，彎下腰來，問我，妳叫小春子？誰給妳梳的小辮兒，這麼漂亮。我的臉一下子漲紅了，不知道是因為害羞，還是因為興奮。我驚訝地發現，我的三姨，她說的話和芳村人都不一樣。她說的話，後來我才知道，叫做普通話，簡直就是收音機裡的廣播，陌生而洋氣，很好聽。我呆呆地看著三姨的手，那可真是這世界上最美麗的手。它們潔白，嬌嫩，豐潤，修長的手指，竟然染著紅色的指甲油。左手的中指上，戴著一只亮晶晶的戒指。我簡直驚呆了。此刻，母親沾滿麵粉的手還懸在一旁，隨時防止我臨陣逃脫。我看了一眼那雙手。乾燥，粗糙，骨節粗大，如果沒有麵粉的遮掩，一定能夠看到上面厚厚的老繭。這雙手，平日裡是那麼的溫暖和親愛，而此時，我卻在那一剎那間感到了羞愧。是的，羞愧。多年以後，當我想到那一剎那的時候，我總是為自己的虛榮和冷酷而感到難過。當然了，那時候，我還只是一個孩子。我不懂事。可是，一個不懂事的孩子，他的冷酷，該是多麼真實，而且可怕。

那些日子，三姨的衣錦還鄉，對芳村來說，簡直就是一個打擊。這麼多年，三姨一直是母親們教育女兒的反面教材，誰家的姑娘閨中不馴，做母親的便會把十年前的三姨搬出來，咬牙恨道，可別學了舊院的三姑娘——可如今，三姨竟然回來了，全鬚全尾，而且，改頭換面。在很長一段時間裡，芳村的人們，對三姨的榮歸心情複雜。然而，終究還是豔羨。

誰不豔羨呢？三姨走在街上，她乳白色的風衣，鴿灰色的帽子，她的高跟鞋，細細的跟，像錐子，深深插入芳村的泥土裡，走起路來，如風擺楊柳。她美麗的臉，鎮定的神情，舉手投足之間，那一種特別的氣質，從容，優雅，高貴。她的紅色的行李箱，她的普通話，她身上那一種氣息，陌生而神祕。它來自遠方，不屬於芳村這塊土地。所有這一切，都令芳村的人們深深著迷。女人們都暗自感嘆，同時也有一種迷茫。遙遠的城市，該是怎樣一個世界？男人們呢，私下裡的議論就多了。這個三姑娘，舊院的人尖子，到底不尋常呢。

在經歷了種種起伏和風浪之後，舊院，由於三姨的榮歸，迎來了又一個繁華的盛世。那時候，在鄉下，凡有喜事的人家，都要吃夥飯。親戚本家聚在一處，是喜慶，也是好人緣的明證。那些日子，舊院裡高搭涼棚，男人們在屋裡喝酒，院子裡，是女人和孩子們。我姥姥微笑著，四處張羅著，偶爾，也到廚房裡去看一看。廚房裡的事，自然有我舅督著一切，她盡可以放心了。我說過，我舅是這地方有名的廚子。我姥姥四下裡轉一轉，人們的讚美和豔羡，看了滿眼，聽了滿耳，臉上不動聲色，心裡卻是長舒了一口氣。

她是想起了當年。當年，這個三姑娘，讓她咽下多少苦水，經受了怎樣的煎熬。十年了。這十年，她本是橫了一條心，權當這三姑娘死了。可是，誰能想得到呢，如今，她竟然又回來了。個死妮子！我姥姥看著三姨的身影，她正忙著給嬸子大娘們分布料。這種布料，輕軟，光滑，據說叫做的確良的，同鄉下的洋布比起來，簡直是一個天上，一個地下。比起家織的老粗布，更是沒有了遠近。外面的人不知道說了句什麼，都笑了。我姥姥看著三姨的背影，也微笑了。個死妮子。跟老頭子一樣，也是個敗家子。

那一段，是我最興奮的日子。有事沒事，我常常跑到舊院裡去，在我三姨後面，像個跟屁蟲。到了晚上，也不肯離開，賴在三姨的屋子裡，任憑母親如何威逼利誘，我都不為所動。我清楚地記得，有一回，我終於被准許同三姨睡在一起。晚上，我趴在被窩裡，看著三姨在地下轉來轉去，洗洗涮涮。屋子裡瀰漫著淡淡的肥皂的芳香。後來三姨關了燈，我聽到黑暗中傳來嘩嘩的水聲，輕柔，細膩。我不知道三姨在做什麼。月光從窗格子裡漫過來，影影綽綽，我看到三姨雪樣的肌膚。三姨在洗澡。然而，也不像。水聲像小溪，潺潺的，悠長，悦耳。黑暗中，三姨一直沒有說話。我猜想，三姨一定很享受這個過程，後來，我聽到窸窸窣窣的衣物聲。三姨終於躺下來的時候，我的眼睛已經睜不開了。朦朧中，我聞道一股好聞的氣息，讓人沉醉。我感到三姨在我的臉上輕輕撫了一下，後來，就什麼都記不起來了。現在想來，這是我唯一一次同三姨的親密接觸。

後來，當三姨再次離開舊院，不知所終的時候，我總是想起那一個夜晚。一個懵懂的孩子，第一次，懂得了女人的一些祕密。我感到一種來自內心深處的跳蕩。是的，跳蕩。當然，我是美麗的三姨的同性，她的外甥女。然而，不管你是否相信，我仍然固執地認為，我感到了那種最初的跳蕩。它來自一個孩子的內心深處。與美好有關。多年以後，當我長成當年三姨的年紀，長成一個成熟的女人，我總是一次次回到那個有月亮的夜晚。黑暗中，一些東西次第開放，迷人而芬芳。

三姨再次離開舊院。多年以來，一直杳無音訊。對此，我姥姥始終不肯相信。怎麼可能！三丫頭不是一個沒良心的孩子。她怎麼能夠扔下健在的父母，一去不回頭。村子裡，各種猜測都有，冷的熱的，涼的酸的，都被我姥姥篤定的神情堵回去了。私下裡，我聽到父親同母親談論起來，父親說，三妹她──也真不容易──鄰村的三生進城，彷彿是看到她了──不知道，是不是──母親的聲音悶悶的，有些啞，分明帶著哭聲。母親說，個死妮子。然後，是一聲長嘆。我側耳聽著，內心裡充滿了憂懼不安。我的三姨，妳到底在哪裡呢？

後來，我常常想，當年，我的三姨，孤身一人，在異鄉，不知道經受了怎樣的坎坷和磨難。她為什麼要離開呢？我猜想，我的三姨，她未必是戀上了說書的父子。或許，是說書人口中的故事，那些遙遠而陌生的世界，令我的三姨無限神往。那些心神激蕩的夜晚，第一次，令不識字的三姨看到，舊院之外，芳村之外，還有一個無邊的天地，超越了她十六年以來，對世界的全部想像。我不知道，當年，當她拋下一切來到外面的世界，她所有的夢想一一破滅的時候，她是不是懷念起了鄉下，芳村，那個舊院，想起了舊院裡貧瘠卻溫暖的親情。我的三姨，那樣一個美麗聰慧的女人，在那個動盪的世界，我猜想，她一定經歷了很多。我不知道，離家十年之後，那一回的衣錦榮歸，是不是她蓄謀已久的安排。面對姥姥，面對舊院的親人，她為什麼一直對自己十年的生活保持沉默？那最後一次離開舊院，她是不是早已經料到，此一去，將永不復返？當汽車絕塵而去，舊院，親人，芳村的樹木和莊稼，飛快地在視野裡消失的時候，那一刻，她是不是感到一絲眷戀，或者悲涼？

或許，三姨一直都不知道，她的短暫的榮歸，以及，她的故事，在一個孩子的內心深處，掀起了怎樣一場風暴。在我，我的三姨，她是一個傳奇。或許，從一開始，三姨，這個氣質特別的姑娘，她就不屬於舊院，不屬於芳村，不屬於我們。她有隱形的翅膀，她迷戀於飛翔。她屬於天空，屬於遠方。是的。這樣的人，我的三姨，她當然屬於遠方。不可知的神祕的遠方。

一直到現在，我的三姨杳無音信。多年以後，我離開芳村，來到京城。有時候，在某一個清晨，或者黃昏，我會忽然想到我的三姨。在大街上走著，我會忽然停下腳步，在茫茫的人群裡，忽然叫一聲三姨。前面那個美麗的女子回過頭來，詫異地看著我。人們一定以為我是瘋子。

我的淚水流下來了。

錦繡年代

我說過，在我的童年時代，我的表哥，是我唯一親密接觸的異性。我的意思是，年輕的異性。

我們家姐妹三個。舊院呢，又儼然是一個女兒國。表哥的到來，給這閨帷氣息濃郁的舊院，平添了一種紛亂的驚擾。這是真的。我記得，那個時候的表哥，大約有十來歲吧。他生得清秀，白皙，瘦高的個子，像一棵英氣勃勃的小樹。表哥是大姨的兒子。我說過，我的大姨，在很小的時候，就被送了人。其實，也不是外人。我姥姥的妹妹，我應該叫做姨姥姥的，嫁得很好，可是，唯一不足的，是膝下荒涼，就把我大姨要了去。大姨一共生了三個兒子，我的表哥，是老大。小時候，表哥是舊院的常客。他乾淨，斯文，有那麼一種溫雅的書卷氣。是的，書卷氣，這個詞，我是在後來才找到的。當然，現在想來，表哥念書終究不算多。初中畢業以後，他便去了部隊。一去多年。怎麼說呢，表哥身上的這種書卷氣，把他同村子裡的男孩子們區別開來。這使得他在芳村既醒目，又孤單。那時候，還有生產隊。我姥姥常常帶著表哥，下地幹活。我表哥挎著一只小籃子，或者背著一個小柳條筐，跟在大人們後面，很有些樣子了。生產隊裡的人，誰不知道我表哥呢？休息的時候，他們喜歡湊過來，逗我表哥說話。我表哥的村子離芳村不遠，卻有一些很有意思的方言，從小孩子的嘴裡說出來，既新鮮，又陌生。還有，我表哥會唱《沙家浜》。人們幹活累了，就逗他唱。這個時候，我姥姥總是不太樂意。她或許覺得，一個男孩子，唱戲，終究不好。然而，我表哥被人們奉承著，哪裡看得見我姥姥的眼色？他站在人群中間，清清嗓子，唱起來了。人們都安靜下來。我表哥唱得未見得多好。然而，他旁若無人。人們是被他的神情給鎮住了。在鄉間，有誰見過這麼從容的孩子？直到後來，我姥姥每說起此事，總會感嘆說，這孩子，從小就有一副官相呢。那時候，我表哥已經是家鄉小城裡的父母官了。

那幾年，是我們家最好的時候。表哥常到我家來。我母親總是變著花樣，給表哥做吃食。我母親喜歡表哥。曾一度，她想把表哥要過來，做她的兒子。這事情在大人們之間祕密地商談了一陣，後來，也不知道為什麼，不了了之了。在我的記憶裡，母親在廚房裡喜氣洋洋地忙碌的時候，十有八九，一定是表哥來了。食物的香味在院子裡慢慢繚繞，瀰漫，表哥坐在門檻上，同我母親，一遞一聲說著話。陽光照下來，很明亮。現在想來，或許，我表哥的存在，對我母親，是一種安慰。她命中無子，對這個外甥，自然格外地多了一份偏愛。後來，表哥參軍，去了部隊，常常有信來。信裡，夾著他的照片。一身的戎裝，英姿颯爽。我母親捧著照片，笑著，看著，簡直是看不夠。笑著笑著，忽然就哽咽了。我父親把手裡的信紙嘩啦啦抖一抖，警告道，還聽不聽唸信了——挺大個人了都——我母親便撩起衣襟，把眼睛擦一擦，不好意思地笑了。直到後來，我們家的相框裡，都有很多我表哥的照片。我母親把它們一張一張擺好，放在相框裡，掛在迎門的牆上。在我的幾個姨當中，表哥同我母親尤其親厚。甚至，超過了姥姥。甚至，超過了大姨，他的親生母親。我忘了說了，在家裡，大姨是一個強硬的人物，生平最痛恨酒鬼。我的大姨父呢，又簡直嗜酒如命。為此，兩個人打打鬧鬧，糾纏了一生。大姨脾氣剛硬，對孩子們，想必也少有柔情。心思細密的表哥，少年時代，有了我母親的疼愛，或許也是一種依賴和安慰吧。

對於表哥，我的記憶模糊而零亂。那時候，我幾歲？總之，那時候，在表哥眼裡，或許，我只是一個懵懂的小丫頭，淘氣的時候，給一根繩子就能上天。安靜的時候呢，跟在他的身邊，寸步不離。那乖巧的樣子，常常惹得他笑起來。表哥笑起來很好看，一口雪白的牙齒，燦爛極了。那些年，河套裡還有水。表哥常常帶著我，去捉魚。我們把魚放在一只罐頭瓶裡，捧著回家。村東，臨著田野，有一帶矮牆。表哥捧著罐頭瓶，在矮牆上蹣跚地走。我在牆根下，緊張地跟著。我看著他的兩條長腿在矮牆上小心翼翼地交替，身子左右擺動，極力保持著平衡。那一天，表哥穿了一雙黑色塑料涼鞋，是那個年代裡常見的樣式。他忍住笑，故作嚴肅，眼看就要到頭了，他一個魚躍，跳下來。我驚叫起來。罐頭瓶在他的手裡安然無恙。幾條細小的魚，驚慌失措，四下裡逃逸，終是逃不出我表哥的手心。表哥縱聲大笑起來。至今，我還記得他當時的樣子。十一歲的表哥，穿一件藍花的短褲，黑色塑料涼鞋裡，一雙腳被泡得發白，起著新鮮的褶皺。

表哥當兵走的時候，我已經上了小學。可是，依然不知道當兵的涵義。我以為，表哥是回了他的村子，過不了幾天，就會回來，像往常那樣。我再也想不到，此一去，山高水長。再見面，已經是多年以後的事情了。

有一天放學回家，一進門，看到屋裡坐著一個青年。看見我，他連忙站起來，笑道，小春子——我的心怦怦跳著，不知該如何是好，只聽母親從旁喝斥道，還不快叫哥哥——是表哥！我看著表哥，他站在那裡，微笑著，更挺拔更清秀了，只是，臉上的線條已經有了分明的稜角，下巴上，鐵青的一片，他早已經開始刮鬍子了。我站在地下，半晌說不出話。我母親朝我的額上點了一下，輕輕笑了，這孩子——表哥也笑了，小春子，長這麼高了。我忽然一扭身，掀簾子跑出去了。正是春天。陽光照下來，懶洋洋的，柔軟，明亮。也有風。我看著滿樹的嫩葉，在風中微微蕩漾著，心裡有一種莫名的悵惘。母親在屋子裡叫我。我躊躇著，不肯進屋。

我不知道，我是難為情了。

表哥到底是見過世面的。吃飯的時候，他已經非常從容了。比當年唱《沙家浜》的時候，更多了一種成熟和持重。他同我母親說起部隊上的事，說起他這次轉業，小城裡的新單位，說起來他的未來。我母親認真地聽著，微笑著，顯然，有一些地方，她聽不懂，然而，還是努力地聽著，臉上眼裡，盡是驕傲。她的外甥，終於回來了，要去城裡吃皇糧，做官。這真是天大的好事。在我母親簡單而有秩序的世界裡，上班，就是吃皇糧的意思，吃皇糧呢，自然就是做官的意思。這是鄉村婦人最樸素的判斷和認知。表哥在說起未來的時候，眼神裡有一種光芒，是自信，也是憧憬。剛從部隊回到地方，一切都是新鮮的。不同的環境，不同的規矩，不同的人事，在這個家鄉的小城，他是決意要施展一番了。那時候，他還沒有結婚。之前，我不知道，他是不是談過戀愛。不過，那些日子，家裡的門檻，早已經被媒人踏破了。大姨很著急。表哥呢，卻是漫不經心，彷彿這事與他無關。後來，我才知道，我的表哥，心裡曾經愛著一個人。那個人，不是別人。你一定猜不到，那個人，是我們隔壁的玉嫂。

對於表哥的這場愛情，我始終不明所以。我只是從大人們閃爍的言辭中，隱隱知道了一些模糊的片段。玉嫂是一個俊俏的小媳婦。你知道橘子糖嗎？一種硬糖，色狀如橘子瓣，上面撒滿了白色的糖霜。在那個年代的鄉村，這是我們最愛的零食。因為奢侈，偶爾才能得到。

在芳村，玉嫂的好模樣兒，是男人們含在口裡的一瓣橘子糖，每每咂摸起來，都是絲絲縷縷的味道，甜甜酸酸，讓人不忍下嚥。那時候，我們和玉嫂家，一牆之隔。表哥常常被玉嫂喚去，幫她把洗好的濕衣裳抻展，幫她到井上抬水，幫她把雞轟到柵欄裡去。表哥總是樂顛顛地跑過去，聽從玉嫂的吩咐。還有一回，我記得，玉嫂央我表哥把樹上的一只豬尿脬摘下來。我們這地方，殺豬的時候，小孩子們把豬尿脬撿來，吹了氣，當作氣球玩。玉嫂指著掛在樹上的豬尿脬，它在陽光中飄飄揚揚，彷彿是柳樹上長出的一個大果子。玉嫂臉色微紅，神情嬌柔，想必是有些難為情了吧。一個小媳婦，在家裡玩豬尿脬，這要說出去，還不讓人笑斷腸子。我表哥看了玉嫂一眼，又抬頭看了看樹上的大果子，他稍稍猶豫了一下，很快，他往手掌心裡吐了一口口水，像村子裡那些野孩子那樣，他開始了笨拙的攀爬。現在想來，當年，我的表哥，那樣一個安靜斯文的男孩子，酷愛乾淨，在我為了躲避懲罰，身手敏捷地爬上樹杈的時候，他也只能站在樹下，仰著臉，低聲下氣地請求我下來。那一回，他居然為了一個豬尿脬，玉嫂的豬尿脬，毅然地學會了爬樹，像村裡那些他鄙視的野孩子那樣。我不知道，是不是從那個時候，我的表哥，那個斯文的少年，就對俊俏的玉嫂萌發了愛情的尖芽。當然，如果那也可以稱為愛情的話。然而，多年以後，我依然能夠記起玉嫂當時的樣子，她的淘氣和羞澀，她孩子氣的神情，她眼睛深處的純淨和柔軟，在那個春天的下午，顯得那麼可愛動人。

當然了，也可能是更早的時候。當年，玉嫂剛剛嫁到芳村，洞房裡，少不得垂涎的男人們，說著各種各樣的葷話，把新娘子迫得走投無路。我表哥默默坐在角落裡，看著羞憤的新娘子，像一隻驚慌的小鹿，在獵人的圍攻下無力突圍。燈影搖曳，表哥心頭忽然湧上一股難言的憂傷。多年以後，表哥從部隊回到小城，青雲直上的時候，玉嫂還會跟母親提起，感嘆道，這孩子，就是不一樣呢。規矩。那時候，在我的屋裡只是坐著，一坐就是一夜。玉嫂說這話的時候，眼神柔軟，她是想起了那個羞澀的少年，還是追憶起自己如錦的年華？

我不知道，那麼多年，表哥是不是一直想著玉嫂，那個俊俏的小媳婦。那麼多年，他是不是曾經喜歡過別人。總之，表哥對大姨的熱心張羅，一直置身事外。大姨無奈，託我的母親勸他。我母親的話，表哥倒是聽進了耳朵裡。不久，他開始了漫長的相親。那一陣子，我們的話題，總是圍繞著表哥的婚事。表哥很挑剔。簡直要從雞蛋裡把骨頭挑出來。為此，委實得罪了不少人。大姨的長吁短嘆，常常路途迢迢地傳到芳村，傳到舊院，傳到我們的耳朵裡，紛擾著我們的心。後來，我姥姥出面威懾，表哥也不見動心。其時，我表哥已經在小城裡幹得風生水起。事業上的得意，更加襯托出情場的落寞。人們都感嘆，世間的事，到底是難求圓滿。也就由他去了。卻忽然有那麼一天，表哥帶回舊院一個姑娘。那個姑娘，後來成了我的表嫂。

那一天，是個週末。我趴在桌上寫作業。院子裡一陣摩托車響，表哥來了。我迎出去，卻看見，表哥的身後，帶了個姑娘。表哥沒有向我介紹，只是笑著問我，小春子，妳一個人在家？這時候，我母親從廚房裡迎出來，兩隻手上滿是麵粉。她在和麵。我母親慌忙把他們讓進屋，吩咐我去小賣部買瓜子和糖。她自己呢，忙著給客人倒水。看得出，我母親是有些亂了陣腳了。我知道，這慌亂，是因為那個姑娘。我表哥呢，倒是鎮定得多了。他坐在椅子上，同我母親說著話，東一句西一句的，並不怎麼看旁邊的姑娘。我母親敷衍著我表哥，極力勸那姑娘喝水，吃糖。她是怕冷落了人家。那姑娘坐在炕沿上，一直很溫和地微笑著，抿著嘴。也不怎麼嗑瓜子，只把一塊糖仔細剝開，放在嘴裡，靜靜地含著，偶爾，動一動，嘴角便隱隱現出兩個深深的酒窩。公正地講，這是一個好看的姑娘。圓潤，甜美，像一顆珍珠，靜靜地發出純淨的光澤。然而——然而什麼呢？我從旁看著，心裡忽然湧上一股難言的憂傷。陽光從窗格子裡照過來，懶洋洋的，半間屋子都有些恍惚了。表哥同母親說著話，不知說到了什麼，就笑起來。那姑娘也跟著笑了，露出一口雪白的牙齒。只這一瞬，我卻發現了一個祕密。那姑娘的一顆門牙，少了一角。這使得她的笑容看上去有些奇怪。我在心裡暗想，她的那顆牙，是怎麼一回事呢？是小時候不小心摔的，還是天生如此？總之，這顆牙，實在是白玉上的一點微瑕，讓人在惋惜之餘，有些隱隱的悲涼。這是真的。就在這之前的幾分鐘，我還在暗暗挑剔著她的容貌，她的舉止，她的一切，甚至，她的圓臉龐，也讓我覺得有一些——怎麼說——甜俗了。我的表哥，他是那樣一個倜儻的人兒，溫文爾雅，玉樹臨風。這世上，什麼樣的姑娘，才能夠配得上他？然而，現在，我卻已經暗暗原諒她了。原諒。我竟然用了原諒這個詞。你能理解嗎？你一定會笑我吧。陽光落在表哥的臉上，一跳一跳地，把他臉龐的稜角都鍍上了一圈毛茸茸的金邊。他鐵青的下巴，微微向前翹起，有著很男子氣的鮮明輪廓。我看著，看著，心裡一陣難過。我是在替表哥委屈嗎？

吃飯的時候，表哥一直在跟我父母說話。他甚至沒有同那姑娘坐在一起。他坐在我母親身旁。倒是我，同那姑娘緊挨著，我聞到一股淡淡的香氣，跟母親的好飯菜無關。那是姑娘身上特有的芬芳。我母親不停地給她夾菜，那姑娘紅著臉，謙讓著。表哥端著酒盅，對飯桌上的推讓不置一詞，只顧同父親聊天。他是在掩飾嗎？我忽然感到喉頭哽住了，鼻腔裡湧起酸酸涼涼的一片。我端起碗，去廚房盛飯。

一院子的陽光。風把白楊樹葉吹得簌簌響。蘆花雞無所事事地走來走去，偶爾，漠然地看我一眼。我立在院子裡，只感覺喉頭的東西硬硬的，橫在那裡，上不去，也下來。我的目光越過樹巔，天很藍，讓人心碎。在那一刹那，往事像潮水，洶湧而來。生平第一次，我感到了那種心碎。我是說，那一回，表哥，還有那個姑娘，他們的出現，對我，一個十幾歲的小女孩，是一種打擊。這是真的。後來，我常常想起當年，那一個秋日的中午，晴光澄澈，我立在院子裡，為失去表哥而傷心欲絕。真的。失去。當時，我以為，我失去我的表哥了。我的表哥，被那個姑娘搶走了。而且，她雖然好看，卻有著缺了半角的門牙。

然而，你相信嗎？兩年以後，在我表哥的婚禮上，我已經很坦然了。那時候，我已經上了中學。在學校裡，在書本中，我見識了很多。我長大了。有了女孩子該有的祕密。會莫名其妙地發呆，嘆氣，有時候，想到一些事情，也常常臉紅。喜歡幻想。也喜歡冒險。卻把這些小小的野心藏在心裡，讓誰都看不出來。表面上，我是一個文靜的姑娘，懂事，聽話，也知道用功。可是，有誰知道我的內心呢？那一天，我是說，我表哥的婚禮上，到處是喧鬧的人群。我表哥和表嫂——我得稱她表嫂了，他們站在人群裡，笑著。新娘子笑得尤其燦爛，她時時不忘拿手背掩一下口，她是擔心她的那顆牙齒嗎？新郎呢，則要矜持得多了，他穿著雪白的襯衣，打著紅領結，那樣子，真是標緻極了。我忘了說了，當時正是五一節。按說，鄉下的風俗，婚嫁的事情，大都在冬月農閒的時候。表哥和表嫂，據說是奉子成婚。當然，這些，我都是隱約從大人們口裡聽來的。

表哥常到芳村來。在舊院看看姥姥，然後到我家看母親。當然，有時候，尤其是過年的時候，表哥也會帶上表嫂。那一回，是過年吧，正月裡，表哥和表嫂到我家來。我母親正和玉嫂在院子裡說話，看見表哥他們，很高興，從他們手裡接過東西，招呼他們進屋。表哥卻立住了。冬天的陽光照下來，蒼白，虛弱，像一個勉強的微笑。空氣清冽，隱約浮動著硫磺嗆鼻的氣味。這地方，過年的時候都掛彩。如果你沒有在鄉下生活過，你一定不知道什麼叫做彩。紅紅綠綠的一種紙，剪成好看的樣子，用細繩串起來，院子裡，大街上，飄飄搖搖，到處都是。母親牽著表嫂的手，很親熱地說著話。那時候，表嫂已經懷了孕，酒紅色呢子大衣，下面卻是肥大的軍裝褲子，我猜想，一定是表哥當年的軍裝。她站在那裡，已經顯山露水了。不知道我母親問到了什麼，她點點頭，卻忽然紅了臉，很羞澀地笑了。玉嫂卻是大方多了。那時候，她已經生過兩個孩子，在這方面，顯然有著豐富的心得。她同表嫂熱烈地討論著一些細節，說著說著，就笑起來，是那種婦人才有的爽朗的笑。表哥立在那裡，一時有些怔忡。風把頭頂的彩吹得簌簌響。他在想什麼呢？或許，他是想起了當年，那個隔壁的小媳婦，俊俏，羞澀，還有一些孩子氣的調皮。那個豬尿脬，在多年前的那個下午的樹梢上，微微飄蕩。那個爬樹的少年，笨拙，卻勇敢，他的心怦怦跳著，他拼命抑住，不讓它蹦出來。陽光透過樹葉的縫隙，落在他的臉上，他不由地瞇起了眼睛。他的手心裡濕漉漉的，火辣辣地疼。他出汗了。那個少年，他的喘息聲，穿過重重光陰，在耳邊迴響。而今，卻已經是一個成熟的男人了，穩重，鎮定，握有一些權柄，在小城裡，也算是有些頭臉。娶妻，生子，中規中矩地生活。偶爾，也有幻想，然而，很快就過去了。街上傳來一聲鞭炮的爆裂聲，很清脆。表哥這才回過神來，剛要說些什麼，卻聽母親說，快進屋——外頭多冷——

那一天，我記得，表哥一直很沉默。當然了，很小的時候，表哥就是一個沉默的人。或者說，沉靜。表哥的話不多，可是，一句是一句。這是我母親的評價。母親在訓斥我的時候，總是把表哥拿出來做比較。小時候，我是一個話簍子。那一天，表哥一直同父親喝酒，而且，竟然在父親的勸誘下，也點了一支菸，夾在手指間，也不怎麼吸。裡屋，玉嫂正和表嫂說得熱烈。爐火很旺，歡快地跳躍著。陽光透過窗紙照進來，細細的灰塵在光線裡活潑地遊走。女人們的笑聲傳出來，我表哥猛地吸了一口菸，大聲地咳嗽起來。

吃完餃子，他們就要走了。自然又是一番推讓。我表哥把帶來的東西堆在桌上，罐頭，點心，其中有一種，叫做馬蹄酥的，狀如馬蹄，香甜酥軟，我已經多年沒有見過那種點心了。表哥他們的車筐裡，也裝滿了東西，南瓜，紅薯，小米，我母親一樣一樣地塞過來，摁著表哥的手，有些氣勢洶洶，彷彿在打架。表哥一直微笑著，連連說，夠了，夠了，盛不下了——我一直想不起來，那一天，表哥為什麼要帶上我。只記得，我坐在表哥的身後，表嫂騎著車，在我們旁邊慢慢走。冬天，衣裳厚，她已經很有些吃力了。夕陽照在她身上，酒紅的大衣彷彿要融化了。路兩旁是麥田。這個季節，麥田還在沉睡。不過，也許，在大地深處，正在一點一點萌動著，漸漸醒來。誰知道呢？畢竟，二月，即便寒意料峭，也算是早春了。表嫂忽然停下來，跟表哥輕聲說了兩句。表哥遲疑了一下，回頭讓我下來。

夕陽溫軟地潑下來，村路上，遠遠近近，浮起一片薄薄的暮靄。我跟在表嫂後面，往麥田深處走。不知誰家的洋薑，許是忘了收割，孤零零地在田埂上立著。表嫂躊躇了一會兒，很費力地蹲下去。我背對著她，擋在前面。村路上，表哥的身影有些模糊，然而依然挺拔。他背對著我們，站著，一動不動。他是有些難為情嗎？夕陽漸漸在天邊隱去了。暮色四合。一群飛鳥從空中掠過，彷彿一群流星。微風吹拂，帶著田野潮潤的氣息。多年以後，我依然記得那個黃昏。我站在表哥和表嫂之間，在某一瞬，我的心忽然柔軟下來。多年以來，對表哥懷有的那種靜靜的情感，變得純淨，澄澈，輕盈無比。它在那一個黃昏，生出了翅膀，飛進童年光陰的深處，在那裡長久棲落。

在姥姥家，在舊院，表哥一直是大家的驕傲，怎麼說，是一種象徵，象徵著城市和權力。一個小遠親近戚，誰家有了事，不去找表哥呢？那時候，表哥已經在城裡牢牢扎下了根鬚。一個小城的父母官，在人們心目中，就是當朝的宰相，甚至，是朝廷。翻手為雲，覆手為雨，有什麼事情能夠難倒他？他們的女兒，已經上了小學，聰明伶俐，是舊院裡的小公主，有關她的種種趣事，在舊院的親戚中廣為流傳。其時，表哥已經有些發福，很氣派的啤酒肚，在皮夾克下隆起。先前濃密的頭髮，開始微微謝頂。一如既往地沉靜，卻更多了一種志得意滿的篤定和從容。他是舊院的座上客。我父親，我舅，甚至，我姥爺，都從旁陪著，有些誠惶誠恐的意思了。這個時候，表哥往往把我叫過來，讓我坐在他旁邊，問我一些學校裡的事情。芳村這地方，有一些不成文的規矩，通常，女人是不能上酒席的。女孩子，尤其不能。我卻不同。那時候，我已經在城裡上大學。回到芳村，自然享有不一樣的待遇。而且，大家都知道，從小，表哥最是寵我。我坐在表哥身旁，卻忽然變得沉默了。我知道，我是感到性別的芥蒂了。當然，還有一種莫名的陌生感。表哥端著酒杯的手，白皙，肥厚。同我父親他們粗糙的大手遭逢在一起，簡直是鮮明的對照。我的表嫂呢，已經是泰然自若的婦人了。雍容，閒適，早已沒有了當年的羞澀不安。她微笑地看著一旁鮮花般的女兒，接受著旁人的奉承，很怡然了。我姥姥，還有我的母親，一直極力逢迎著那嬌蠻的小女孩，甚而，有些諂媚了。也不知道為了什麼，小女孩哭了起來，大人們立刻慌作一團。我表哥皺一皺眉頭，喝斥道，不像話！然而也就微笑了，語氣裡有著明顯的縱容。

大學畢業後，我在城裡工作。回芳村的次數，是越來越少了。同表哥，也有幾年不見了。偶爾，從母親的嘴裡，聽到一些表哥的事。據說，表哥的仕途一直通達，同所有事業輝煌的男人一樣，在那個閉塞的小城，他也時時有緋聞流傳。表嫂為此同他鬧，眼淚，爭吵，甚至威脅，也往往無濟於事。關於表哥和表嫂，他們之間的一切，我都不甚明瞭。只有一回，表嫂忽然打電話來，同我說些家常。說著說著，就說到了表哥。忽然就飲泣了。我一時不知如何是好。那一回，我們說了很多話，大都已經忘記了，只有一句，我依然記得。妳哥他——是變了——表嫂說這話的時候，我能感到語氣裡那一種悲涼和無助。我怔住了。多年前的那一個斯文的少年，從歲月的幽深處慢慢走來。面目模糊。那是我的表哥嗎？

那一年，母親故去。表哥連夜從城裡趕回來。他不顧人們的勸阻，一頭跪倒在母親的靈前，撲在母親身上，慟哭失聲，彷彿一個受盡委屈的孩子。我的淚水洶湧而下。往事歷歷。我的表哥。我的母親。

芳村有一句俗話，兩姨親，不是親。死了姨，斷了根。母親故去以後，表哥難得來芳村一回了。當然，也來舊院，看姥姥。每一回，都是來去匆匆。母親故去的那一年，中秋，表哥來看父親。一進院子，表哥就哽咽了。他是想起了母親吧。物是人非。表哥和父親，兩個男人坐在屋子裡，艱難地尋找著話題。更多的，是長久的沉默。秋天的陽光照過來，落在牆上的相框裡。那是母親的相框。如今，已經落上一層薄薄的灰塵。然而，依稀可以看出，有那麼多一身戎裝的青年，英姿勃發。那是當年的表哥。

從省城到京城，一路輾轉。離芳村，離舊院，是越來越遠了。其間，經歷了很多世事。有磨難，也有艱辛。一顆心，漸漸變得粗礪和堅硬了。不見表哥，總有五六年了。偶爾也聽到他的一些事情。說是因為什麼問題，免了職。姐姐們的話，因為不大懂得，總是含混不清。父親已經老了。對很多事都失去了好奇心，或者說，失去了關心的能力。總之是，在他們的傳說中，表哥是落魄了。我不知道，表哥和表嫂，究竟怎樣了。他們過得好嗎？他們，還算——恩愛吧？我一直想打電話過去。也不為什麼，只是想說一說話。拿起電話的時候，卻終於又放下了。我不知從何說起。後來，也就不了了之了。有時候，會想起表哥，總是他十一二歲的樣子。穿著藍花的短褲，黑塑料涼鞋，提著一罐頭瓶小魚，在矮牆上走著。忽然間，縱身一躍，把我嚇了一跳。他笑起來了。

我悲哀地感到，有些東西，已經悄悄流逝了。滔滔的光陰，帶走了那麼多。那麼多。令人不敢深究。真的。不敢深究。我不知道，從什麼時候，我已經變得越來越懦弱了。我一直不願意承認。可是，我知道，這是真的。

真的。表哥。

出走

從家裡出來，陳皮心裡輕輕舒了一口氣。週末的早晨，整個城市還沒有從睡夢中醒來，一切都是恍惚的。陽光從樹葉的縫隙裡漏下來，新鮮而凌亂，他仰起臉，有一點陽光掉進他的眼睛裡，他閉了閉眼。

在路邊的攤子上吃了早點，陳皮拿手背擦一擦嘴，打了個飽嗝。這個飽嗝打得響亮，放肆，無所顧忌。陳皮心裡有些高興起來。旁邊有個女人走過，穿著鬆鬆垮垮的睡衣，蓬著頭髮，臉上帶著隔夜的遲滯和懵懂，看了他一眼。陳皮沒有以眼還眼。他只是略略地把身子側了側，有禮讓的意思。其實，陳皮頂恨女人穿睡衣上街。睡衣是屬於臥室的，怎麼可以在大街上展示？簡直連裸體都不如。陳皮知道自己未免偏激了，也就搖搖頭，笑了。然而，他終究是有原則的人。旁的人，他管不了。可是艾葉，他一定要管。

想起半夏，陳皮的心裡就黯淡了一下。昨天晚上，他同艾葉吵了架。怎麼說呢，艾葉這個人，哪都好，就是性子木了一些。這個缺點，在做姑娘的時候，是看不出來的，甚至，還可以稱得上是優點。一個姑娘，羞怯，畏縮，反倒惹人憐愛了。當初，陳皮就是看上了她這一點。陳皮很記得，那一回，他們第一次見面，在濱水公園。是個夏天，艾葉穿一件月白色連衣裙，上面零星盛開著淡紫色的小花。夕陽把她的側影鍍上一層金色的光暈，毛茸茸的，陳皮甚至可以看得清她臉頰上細細的絨毛。陳皮深深地吸了一口氣，試探著去捉她的手，她沒防備，受了驚嚇一般，叫起來。附近的人紛紛掉過頭來，朝他們看。陳皮窘極了，簡直想找個地縫鑽進去。可是，艾葉的那聲尖叫，卻久久在他耳邊迴響。還有她滿臉緋紅的樣子，陳皮想起來，都要不自禁地微笑。真是一個可愛的姑娘。陳皮想。可是，從什麼時候，事情發生了變化呢？陳皮蹙著眉，努力想了想，也沒有想出來。

街上的市聲喧鬧起來，像海潮，此起彼落，把新的一天慢慢托起。陳皮把兩隻手插進口袋裡，漫無邊際地走。有小販匆匆走過，挑著新鮮的蔬菜瓜果，水珠子滾下來，淅淅瀝瀝地灑了一路。陳皮看一眼那成色，要是在平時，他或許會把小販喊住，討價還價一番，買上兩樣。可是，今天不同。今天，他決心對這些瑣事，漠不關心。郝家排骨館也開張了。老闆娘紮著圍裙，正把一扇新鮮的排骨鋪開，手起刀落，砰砰地剁著。骨肉飛濺，陳皮看見，有一粒落在她的髮梢上，隨著她的動作，有節奏地顫動。陳皮不忍再看，把眼睛轉開去。艾葉最愛郝家排骨。可是，又怎麼樣？陳皮有些憤憤地想。她愛吃，自己來買好了。反正，他不管。

一片樹葉落下來，掉在他的肩上，不一會，就又掉下去了。陳皮抬手擦了一把汗，他有些渴了。若在平時，週末，他一定是歪在那張籐椅裡，在陽台上晒太陽。旁邊的小几上，是一把紫砂壺。他喝茶不喜歡用杯子，他用壺。就那麼嘴對嘴地，呷上一口，絲絲地吸著氣，愜意得很了。通常，這個時候，艾葉在廚房裡忙碌。對於做飯，艾葉似乎有著非常的興趣。往往是，剛吃完早點不久，她就開始張羅午飯了。下午，陳皮一覺醒來，就聽見廚房裡傳來叮叮噹噹的聲響，他就知道，這一定是艾葉。算起來，一天裡，倒有一多半的時間，艾葉是在廚房度過的。有時候，陳皮很想跟她說上一句，卻又懶得叫。何況，廚房裡是那麼雜亂，叫上一兩聲，不見回應，也就罷了。晚上呢，艾葉督著兒子寫功課，不一會，母子兩個就爭執起來。陳皮歪在沙發裡，把電視的音量調小一些，枕著一隻手，聽上一會，左不過還是那幾句話。做母親的嫌兒子不專心，做兒子的嫌母親太絮叨。陳皮皺一皺眉，重又把音量放大。他懶得管。這些年，他是有些麻木了。有時候，陳皮會想起年輕的時候。那時，他們新婚，還沒有孩子。艾葉喜歡穿一件淡粉色的睡衣，一字領，後面，卻是深挖下去，橫著一條細細的帶子，露出光滑的背。讓人看了忍不住就想去觸摸。陳皮愛極了這件睡衣。他知道，艾葉最怕他吻她的背。他喜歡從後面抱住她，一路輾轉，吻她，只吻得她整個人都要融化了。陳皮想到這些的時候，心裡潮潤潤的。他和艾葉，有多久不這樣了？

前面，是一個街心花園。晨練的人們正醉心於他們的世界。陳皮在旁邊立了一時，找了張椅子坐下來。陽光從後面照過來，烘烘的，很熱了。一枝月季斜伸過來，橫在他的臉側。陳皮忍不住伸出鼻尖嗅一嗅。私心裡，陳皮不大喜歡月季。月季這種花，一眼看去，很像玫瑰，然而，再一深究，就知道，到底是錯了。不遠處，幾個人在練太極，都是上了年紀的人。穿著白色的綢緞衣褲，風一吹，颯颯地抖擻著，一招一式，很有些仙風道骨的氣度。有的還拿著劍，舞動起來，也是刀光劍影的景象，鵝黃的穗子飛濺開來，動盪得很。

陳皮掏出一支菸，點燃，並不急於吸，只是夾在兩指間，任它慢慢燒著，冒出淡淡的青煙。陳皮是一個很自制的人，在很多方面，對自己，他近乎苛刻。平日裡，他幾乎菸酒不沾。偶爾，在場面上，不得已也敷衍一下。當然，他也沒有多少場面需要應付。一個辦公室的小職員，天塌下來，有上面層層疊疊的頭們頂著。這麼多年了，陳皮早年的壯志都灰飛煙滅了。能怎麼樣呢，這就是生活。所謂的野心也好，夢想也罷，如今想來，不過是年少輕狂的注腳。那時候，多年輕。剛剛從學校畢業，放眼望去，眼前盡是青山綠水，踏不遍，看不足。他們幾個男孩子，騎著單車，把身子低低地伏在車把上，箭一般地射出去。滿眼的陽光，滿耳的風聲，車輛，行人，兩旁的樹木和樓房，迅速向後退去。路在腳下蔓延，他們要去往世界的盡頭。身後傳來姑娘們的尖叫，他們越發得了意，忽然直起身，來一個大撒把，任車子向前方呼嘯而去，整個人都飛了起來。陳皮喜歡那種飛翔的感覺。有時候，在夢裡，他還會飛，那一種致命的快感，眩暈，輕盈，羽化一般，令人顫慄。然而，忽然就跌下來，直向無底的深淵墜下去，墜下去。聲嘶力竭地叫著，驚出一身冷汗。睜開眼睛，卻發現是在自己的床上。微明的晨光透過窗簾漏進來，屋子裡的家具一點一點顯出了輪廓。空氣不太新鮮，黏滯，曖昧，有一種微微的甜酸，那是睡眠的氣息。陳皮在這氣息裡怔忡了半晌，方才漸漸省過來。艾葉在枕畔打著小呼嚕，很有節奏，間或還往外吹氣，帶著模糊的哨音。吹氣的時候，她額前的幾根頭髮就飄一下，再飄一下。陳皮重又閉上眼睛。如今，陳皮是再也不會像年輕時候那樣，騎著單車在大街上發瘋了。每天，他被鬧鐘叫醒，起床，洗漱，坐到桌前的時候，艾葉剛好把早點端上來。通常，兒子都是一手拎書包，一手抓過一根油條，急匆匆地往外趕。艾葉在後面喊，雞蛋，拿個雞蛋——早一分鐘都不肯起。這後半句早被砰的關門聲截住了。兩個人埋頭吃飯，一時都無話。吃罷飯，陳皮出門，推車，把黑色公事包往車筐裡一扔，想了想，又把包的帶子在車把上繞一下，抬腳跨上去。這條路，他走了多少年了？他生活的這個小城，這些年，也有一些變化。可是，從家到單位，這一條路，卻基本上還是原來的樣子。要說不同，也是有的。比方說，臨街的理髮店換了主人，聽說是溫州人，名號也改了，叫做亮魅軒。比方說，原來的春花小賣部，如今建成了好鄰居便利店。比方說，兩旁的樹木，當年都是碗口粗的洋槐，如今，更老了。夏天的時候，枝繁葉茂，差不多把整條街都覆蓋了。每天，陳皮騎車從這裡經過，對於街上的景致，他不用看，閉著眼，就能夠數出來。上班，下班，吃飯，睡覺。在這條軌道上，來來回回，這麼多年，陳皮都習慣了。

也有時候，下了班，陳皮一隻腳在車上跨著，另一隻腳點地，茫然地看著街上的行人，發一會呆。也不知怎麼，就一發力，朝相反的方向去了。他慢慢地騎著車，饒有興味地打量著周圍。行人，車輛，兩旁的店鋪，一切都不熟悉，甚至還有點陌生。他喜歡這種陌生。想來也真有意思，這座古老的小城，他在這裡出生，在這裡長大，娶妻，生子，這是他的家鄉。他以為，他對家鄉是很熟悉了。可是，他竟然錯了。現在，他慢慢走在這條路上，只不過是一條街的兩個方向，他卻感到了一種奇怪的陌生，一種——怎麼說呢——異鄉感。這是真的。他被這種陌生激勵著，心裡有些隱隱的興奮。忽然間，他把身子低低地伏在車把上，箭一般把自己射出去。夕陽迎面照過來，他微微瞇起眼，千萬根金線在眼前密密地織起來，把他團團困住，他胸中陡然升起一股豪情，他要衝決這金線織就的羅網。他一路搖著鈴鐺，風在耳邊呼呼掠過，他覺得自己簡直要飛起來了。在一個街口，他停下來。夕陽正從遠處的樓房後面慢慢掉下去。他感覺背上出汗了，像小蟲子，正細細地蠕動著。他大口喘著氣，想起方才風馳電掣的光景，行人們躲避不及的尖叫，咒罵，呼呼的風聲，皮膚上的絨毛在風中微微抖動，很癢。他微笑了。真是瘋了。也不知道，有沒有熟識的人看見他，看見他這個瘋樣子。他們一定會吃驚吧。他這樣一個靦腆的人，安靜，內向，近於木訥，竟然也有瘋狂的時候，在車水馬龍的大街上，飆車，簡直是不可思議。他們一定會以為認錯人了。陳皮想。暮色慢慢籠罩下來，陳皮感覺身上的汗水慢慢地乾了，一陣風吹過，皮膚在空氣裡一點一點收縮，緊繃繃的。他把周圍打量了一下，心裡盤算著，怎麼繞過一條街，往回走。還有，回到家，怎麼跟艾葉解釋——平日裡，這個點，他早該到家了。

一對夫婦從身旁走過。陳皮把菸送到嘴邊，吸上一口，閉了嘴，讓香菸從鼻孔裡慢慢出來。這種吸法，他還是年輕時候，刻意模仿過，結果自然是嗆了，咳起來，流了一臉的淚。可是如今，他竟然也變得很從容了。他冷眼打量著這對夫婦，想必是出來遛早了，順便去早市上買了菜。兩個人肩並著肩，穿著情侶裝，不過二十幾歲吧，一定是新婚。女人的身材不錯，走起路來，風擺楊柳一般。男人一隻手拎著袋子，一隻手攬著女人的腰，兩個人的身體一碰一碰，兩棵青菜從袋子裡探出頭來，一顫一顫，欣欣然的樣子。女人間或抬起眼，斜斜地瞟一下丈夫，有點撒嬌的意思了。陳皮看了一會，心裡忽然就恨恨的。誰不是從年輕走過來的？他們懂得什麼？未來，誰知道呢。然而，在這一刻，他們終究是恩愛著的。他們那麼年輕，且讓他們做些好夢吧。當年，他和艾葉新婚的時候，也是這樣，天天黏在一處。在家的時候，從來都不分時間和地點。每一分鐘都流淌著蜜，濃得化不開了。陳皮看著女人漸漸遠去的背影，忽然覺得有些似曾相識。這個女人，有點像小芍呢。尤其是，她走路的樣子，看起來，簡直就是小芍了。

小芍是他的同事，一個辦公室。陳皮的位置，正好在小芍的左後側。只要一抬眼，看到的就是小芍的背影。公正地講，小芍人長得並不是十分的漂亮。可是，小芍的姿態好看。是誰說的，形態之美，勝過容顏之美。這話說的是女子。陳皮以為，說得真是對極。小芍的一舉手一投足，就是有一種特別的韻味在裡面。小芍的背影，尤其好看。夏天的時候，小芍略一抬手，白皙的胳膊窩裡，淡淡的腋毛隱隱可見，陳皮的身上呼啦一下就熱了。真是要命。有誰知道呢，陳皮眼睛盯著電腦，手裡的鼠標咔噠咔噠響著，心思呢，卻早不知飛到哪裡去了。還有一點，小芍活潑，笑起來，脆生生的，像有一隻小手拿了羽毛，在人心頭輕輕拂過，癢酥酥的，讓人按捺不住了。有時候，陳皮就禁不住想，這個小芍，在床上，會是什麼樣子呢。想必會是活色生香的光景吧。他把手握住自己的嘴，裝作哈欠的樣子，在發燙的臉頰上狠狠捏了一把。自己這是怎麼了，一輩子中規中矩，戰戰兢兢地活著，到如今，都快五十歲的人了，卻平白地生了這麼多枝枝杈杈的心思。他都替自己臉紅了。然而，人這東西，就是奇怪。有時候，晚上，和艾葉在一起的時候，他卻總是要想起小芍。怎麼說呢，艾葉這個人，年輕的時候，就從來沒有熱烈過。總是逆來順受的樣子，一臉的平靜，淡然，甚至，還有那麼一點悲壯。讓人心裡說不出的惱火和索然。而今，年紀漸長，在這方面，她是早就淡下來了。有時候，白天，或者晚上，兒子不在家，艾葉坐在廳裡剝豌豆，一地的綠殼子。陳皮在沙發上看報紙，看一會，就湊過去，逗她說話。她照例是淡淡的。陳皮覺得無趣，就同她敷衍兩句，訕訕地走開去。逢這個時候，陳皮心裡就委屈得不行。他承認，艾葉算得上好女人，典型的賢妻良母，對老人也孝敬，在街坊鄰里，口碑不壞。可是，陳皮頂看不得她這個樣子。到底都是外人，他們，知道什麼？

也有時候，陳皮會耐著性子，跟艾葉糾纏一時。就像昨天。昨天是週末，晚上，吃過飯，看了一會電視，陳皮就洗了澡，準備睡覺。他是有些乏了。單位是個清水衙門，辦公室裡，總共才有五個人，卻也是整日裡勾心鬥角。頭兒是老鄒，都五十多歲的人了，卻一副油頭粉面的樣子。喜歡同女孩子開玩笑，尤其喜歡站在小芍的桌前，兩手捧個大茶杯，有一搭沒一搭地同她說話。前不久小芍剛剛度蜜月回來，一臉的喜氣，時不時地發出清脆的笑聲。陳皮冷眼看著他們，心裡恨恨的，卻又不知該恨誰。陳皮歪在床頭，閉著眼，想像著小芍的樣子。結了婚的小芍，倒彷彿越發平添了動人的味道。長髮挽起來，露出美好的頸子。有拖鞋在地板上走過來，托托的，然後，是窸窸窣窣的衣物聲，他聽出是艾葉過來了，就一把把她抱住，嘴裡亂七八糟地呢喃著，身上簡直像著了火。艾葉先是沉默著，後來，不知怎麼，啪地一下，她一巴掌打在他的臉上。在寂靜的夜裡，那個耳光格外清脆。兩個人一時都怔住了。

怎麼會這樣，怎麼會呢？陳皮盯著黑暗中的天花板，臥室裡，傳來艾葉的飲泣，像螞蟻，細細的，一點一點齧咬著他的心。黑暗包圍著他，壓迫著他，讓他艱於呼吸。在那一刻，他忽然覺得異常的萎頓和迷茫。這就是他的生活？他生活的全部？這一生，他小心翼翼地活著，不敢稍有逾矩。他在自己的軌道上，慢慢地往前走，一步一步，試探著，每一步都不敢馬虎。走了大半輩子，到頭來，他得到了什麼？一個小職員，快五十歲了，仕途無望，一生都看人臉色。他當年的雄心呢？至於家庭，看上去還算平靜，卻被一記耳光打破了。這記耳光，在他們之間，藏匿了多少年了？至於小芍，怎麼可能。如今的女孩子，他清楚得很。不過是白日夢罷了。天地良心，在女人方面，他一向是中規中矩的。就連同艾葉，自己的妻子，也沒有那麼——怎麼說呢——那麼放蕩過。還有兒子。從小，都是艾葉一手把他帶大。而今，嘴唇上已經長出了細細的絨毛，聲音也變了，像一隻小公鴨。有時候，看著高大的兒子在眼前晃來晃去，他就有些恍惚了。這才幾年。兒子都陌生得令他不敢認了。

天剛濛濛亮，陳皮就從家裡出來了。他害怕面對艾葉，害怕看見艾葉幾十年如一日的早點，害怕家裡那種氣息，昏昏然，沉悶，慵懶，一日等於百年。現在，陳皮坐在街心公園的長椅上，看野眼。太陽已經很晒了。空氣裡有一種植物汁液的青澀味道，夾雜著微甜的花香。一隻蜜蜂，在他身旁營營擾擾地飛。他揮揮手，把牠轟開。晨練的人們，不知什麼時候，都漸漸散了。公園裡，寂寂的，顯得有些空曠。陳皮抬頭看一眼天空，太陽都快到頭頂了。地上，他的影子矮而肥，就在腳下。快中午了。陳皮站起身，準備吃午飯。

附近有一家湯記燒麥，味道很是正宗。陳皮撿了張靠窗的桌子坐下來，慢慢地吃著。今天，他有的是時間。他不著急。他要了一瓶啤酒，兩道小菜，從容地自斟自飲。這要是在家裡，艾葉總會嘮叨兩句的。前段時間體檢，他是輕度的脂肪肝。這個年齡的人，該控制一些了。陳皮端起酒杯，慢慢地呷一口。窗外，有一個女人遙遙走過來，打著太陽傘，墨鏡，白皙而豐腴，一看就是一個養尊處優的婦人。對於女人，早些年，陳皮以為，一定要窈窕才好，而現在，陳皮卻寧願喜歡豐滿一些的了。豐滿嘛，不是胖，就像眼前這個女人。陳皮瞇起眼睛看了一會，端起酒杯，細細地啜了一口。這些年，艾葉確實是胖了些。穿起衣服，也沒有了形狀。不穿呢，就更沒有了。陳皮心裡笑了一下，也不知怎麼，就暗暗同艾葉做起了比較。他想起了昨天晚上，還有那記耳光。他不笑了。老闆娘遠遠地坐著，時不時抬頭朝這邊看一眼。她在看什麼呢。陳皮想。她一定是奇怪，這個男人，看起來有些面熟的，說不定就在附近住，從中午進來，要了一屜燒麥，一瓶啤酒，兩道菜，一直坐在那裡，慢條斯理地吃喝。臉上，卻是平靜得很。他一邊吃，一邊看著窗外，彷彿窗外有什麼好風景一般。抬眼看了看錶，都四點多了。下午，店裡也沒有多少生意，他坐在那裡，就由他去罷。若是在平時，顧客多的時候，她一定要過來問了。

夕陽在天邊漸漸燃燒起來，把一條街染成淡淡的緋紅。陳皮在街上漫無目的地走著。剛從空調房裡出來，整個人彷彿不小心掉進了熱湯裡，渾身暖洋洋的，毛孔一點一點打開，說不出的熨帖。向晚的小城，已經漸漸冷靜下來。大街上，人們都行色匆匆，急著趕回家。一個小孩子，踩著腳踏板，迎面衝過來，嘴裡呼嘯著，得意得很了。柔軟的頭髮在風中立著，緊抿著嘴巴，暗暗使著勁。夕陽在他臉上跳躍著。那張臉，純淨，稚氣，還沒有來得及經歷塵世的風蝕和碾磨。他咧開嘴，笑了，露出幾顆豁牙。陳皮心裡感嘆了一下。他想起了小時候。那時，他幾歲？跟這個孩子差不多吧。拿一根鐵絲彎成的把手，把一個鐵圈推得滿街跑。這一恍惚，都多少年了。而今，他的兒子都上高中了。父子們在一起，也不似小時候那麼親密了。小時候，他喜歡把兒子舉過頭頂，托在半空中，任他咯咯笑個不休，直到他都害怕了，討饒了，他才把哇哇亂叫的小人往空中一拋，讓他結結實實落在自己懷裡。現在，兒子在他面前，倒一本正經了，甚至，有那麼一點嚴肅。常常是，忽然間就沉默了。昨天晚上，那個耳光，那聲響，不知道兒子聽見沒有。陳皮竟有些慌亂了。

暮色漸漸濃了。站在自家樓下的時候，陳皮才發現，他是又回來了。也不知怎麼回事。早上，不，昨天夜裡，他就已經下定了決心，離開這裡，這個家，再也不回來。他在黑暗中暗暗咬著牙。他恨艾葉，恨這個家。他恨這麼多年的生活，他恨他這半生。他恨這一切。他要走。一去不回頭。可是，怎麼現在，他又回來了。他有些惱火，也有些釋然。屋子裡燈火明亮。廚房裡，傳來油鍋爆炒的颯颯聲。一只砂鍋坐在爐子上，咕嘟咕嘟冒著熱氣，雞湯的香味一蓬一蓬浮起來，窗玻璃上模模糊糊的，籠了一層薄薄的水氣。陳皮悄悄走進來，躡著足，為了不驚動廚房裡的人。一抬眼，兒子正坐在飯桌前，端著遙控器，劈哩啪啦地換頻道。看見父親進來，也不說話，只是一心一意盯著電視。陳皮怔了一時，轉身從冰箱裡拿出一聽可樂，啪地打開，喝了一口，沁人肺腑。他靜靜地打了個寒噤。艾葉端著盤子走過來，嘴裡嘶嘶哈哈地噓著氣，把菜放在桌上，兩隻手就不停地摸著耳垂。陳皮偷偷看了她一眼，眼睛紅腫，臉上卻是淡淡的，始終看不出什麼。陳皮把頭皮撓一撓，剛欲開口，只聽艾葉吩咐兒子擺碗筷。兒子應聲出去了。只把陳皮一個人扔在原地，很尷尬了。好在有電視，女播音員侃侃地宣講著，局部衝突，金融風暴，飛機失事，某大學發生槍擊案。世界原沒有想像的那樣太平。陳皮入神地聽著，心裡有嘆惜，有同情，也有安慰。飯菜的香味在空氣裡慢慢繚繞，把他們團團包圍。陳皮端起碗，試探著喝了一口雞湯，卻被燙了舌頭，也不好張揚，只有強自忍著。看一眼桌上的菜，也都是他素常喜歡的。還有綠豆稀飯，估計是下午就煮好的，上面結了一層薄膜，在燈下發著暗光。風扇一搖一擺，把桌上的一張報紙吹得一掀一掀。一家人誰都不說話，靜靜地吃飯。電視裡在播天氣預報。終於要下雨了，這些天，實在是太熱了。

陳皮靠在椅背上，他吃飽了。這一刻，他心滿意足。所有的那些小情緒，委屈，悲傷，怨恨，他都不願意去想了。他這一生，都毀了。然而，能怎樣呢。就連艾葉，也料定，他總會回來。他無處可去。

夜裡，醒來的時候，外面一片雨聲。雨打在樹木上，簌簌的響。外面的風雨，更襯出了屋裡的溫暖安寧。陳皮翻了個身，很快，又睡熟了。

醉太平

一

窗子半開著。綠蘿層層疊疊的，在牆上投下了斑駁的影子。不知道誰家的孩子在學琴，斷斷續續的，有一點生澀，有一點猶疑，還有那麼一點微微的負氣的意思，反反覆覆，十分的有耐心。老費歪在沙發上看手機報。世界真是不太平。到處都是壞消息。讓人覺得，眼前的這份生活，儘管有那麼一些不如意，但到底還算安寧。怎麼說呢，這些年，老費都是一個人，習慣了。

當然了，有時候，老費也會想起劉以敏。

劉以敏是一個安靜的女人。當初，老費就是喜歡上了她的這種安靜。骨子裡，老費有那麼一點大男子，覺得，安靜是女人的第一美德。女人家張牙舞爪，蠍蠍螫螫的，總歸不像話。所謂的貞嫻幽豔，是老費對女人的最高理想。而在如今這世道，卻可遇而不可求，簡直是個妄想了。

劉以敏是藥劑師，身上常年有一種微微的藥香。中藥這東西，奇怪得很，它的香氣是內斂的，低調的，沉靜的，不似脂粉香水，蠱惑人心，叫人迷醉，也叫人動盪不安。結婚十年，老費已經習慣了這種藥香，乾淨的，妥帖的，溫良的，讓人沒來由地感覺現世安穩，歲月平定，都在手掌心裡牢牢握著。劉以敏喜歡家務，家裡的一切都打理得橫平豎直。臥室的床頭櫃裡有一個小醫藥箱，預備著各種各樣的常用藥。沒事的時候，劉以敏喜歡把這些藥拿出來，逐個研究上面的說明。偶爾也淘汰一些，因為過了保質期。大多數時候，劉以敏只是認真地看，一看就是大半晌。老費對劉以敏的這個習慣倒不太奇怪。藥劑師嘛。自然對藥物滿懷興趣。就像廚師熱愛廚藝，建築師迷戀建築，有什麼大驚小怪的呢。況且，老費和女兒也從中得到了很多好處。有個頭疼腦熱，小病小災，一點都不慌張。有劉以敏呢。

一隻鴿子落在陽台的護欄上，咕咕咕咕叫著。白色的羽毛，肚子上隱隱有一痕淺灰。東四這一帶，鴿子多。老費把手機扔在一旁，摘了眼鏡，半閉上眼。週末，本來說好要看女兒的，但劉以敏說，數奧老師有事，臨時調課。計畫就亂套了。劉以敏在電話裡口氣照例是淡淡的。老費心裡惱火。也不好說什麼。可恨！老費總覺得，劉以敏這是故意。再給易娟短信，等了半晌，易娟才簡短地回覆：改日吧。老費猜測，這是不方便了。平日裡，易娟不是這樣的。易娟是一個活潑的女人。在老費面前，尤其生動。老費心裡酸酸的，澀澀的，說不出的複雜滋味。易娟有家庭。這一點，老費是知道的。老費不知道的是，易娟的家庭生活是不是如她所描述的那般，索然無味。誰知道呢。女人，大約是世界上最複雜的動物。霧裡看花水中望月，你永遠猜不透。就像劉以敏。

二

其實，在那一天之前，老費對劉以敏的事一點都沒有覺察。劉以敏的生活，怎麼說，簡直像鐘錶一樣規律：上班，下班，接送女兒，做家務，週末去看望父母——老費的父母。劉以敏江浙人，父母在老家。劉以敏的一顆心，便全長在費家二老身上了。費老爺子嘴巴刁，最喜歡劉以敏的紅燒肉。家裡那隻小黃，也同劉以敏要好。見了她，又是親又是蹭，不知道怎麼親熱才好。費家二老對劉以敏，簡直是依賴得不行。一口一個小敏，朝她抱怨著天氣，物價，訴說著自己的這兒疼那兒癢，那口氣，那神情，竟不像是兒媳婦，簡直是貼肝貼肺嫡親的閨女了。劉以敏呢，也有耐心，好脾氣地笑著，問長問短，問暖問寒，直把二老哄得歡天喜地。倒是老費，從旁無聊地看看電視，翻翻報紙，衣帽齊整，神態悠閒，油瓶倒了不扶——倒彷彿是這家的客人了。費老爺子在量血壓。費老太太又絮絮地說起老費小時候的那些事，也不知道說了多少遍了。劉以敏擇著菜，一面嗯嗯哪哪地應著，適時地驚嘆一下，哦，啊，是嗎？真的？十分地肯敷衍。費老太太越發眉飛色舞，笑得嘎嘎響。老費看了一眼她們婆媳二人的背影，衝著小黃做了個鬼臉。

三

老費所在的研究院，是一個虛實相生的文化單位。說虛實相生，虛，大約要占去十之八九。餘下的那一二，便是一本學術刊物。這刊物看上去並不出眾，薄薄的，面孔呆滯，但卻是國家核心期刊，有不少人的身家性命，都不鬆不緊地繫在上面。評職稱，晉教授，搞課題，發論文，哪一樣離得了核心期刊？老費呢，作為刊物的執行主編，少不得要出去應酬。各種人情關係，更是纏纏繞繞千迴百轉。老費性子是個好靜的，不喜酬酢熱鬧，但有什麼辦法呢，這是工作。出差也多。全國各地的會議，有的是繁多的名目由頭。實在推不得，老費就只有去。長恨此身非我有啊。感嘆之餘，老費也有那麼一點得意。大丈夫行世，不說有千秋情懷治國平天下，安身立命之所卻是必須的吧。老費的安身立命之所，便是他的學術。都講學術生命學術生命，學術就是老費的生命。沒有學術，哪裡有老費的今天？然而得意歸得意，老費怎麼不清楚，人們眾星捧月，捧的是他屁股底下的這把椅子。單憑他老費，怎麼可能！

對於功名這東西，老費是俗人，也不能免俗。從老北京大雜院裡頭破血流一路廝殺出來，為的是什麼呢？就算老費不熱衷此道，在冠蓋雲集的京城帝都，在弱肉強食的圈子裡，他也只有咬牙跺腳，不得不。不過，骨子裡，老費還是有那麼一點讀書人的清高。讀書人，拼的是什麼？是讀書。老費的書讀得過硬，文章呢，也委實厲害。在圈子裡，也算是個人物。不像那些同行，削尖了腦袋，投機鑽營，攻城掠地，浪得一些虛名，究其實，卻不過是一些學術混子。打著學術的幌子，到處招搖撞騙。眼看著他們一個個發達起來，老費再清高，心裡也是有那麼一些不甘。憑什麼呢？就憑他們肚子裡那半瓶子醋，那些個虛頭八腦狗屁不通的文章？這世道，當真是亂了。然而，不甘心歸不甘心，老費究竟還是書生本色。無欲則剛。老費信這個。在這一點上，老費倒是很感激劉以敏。結婚十年，劉以敏從來也不曾鞭策過老費，像天下那些望夫成龍的妻子們一樣，做著夫貴妻榮的好夢。劉以敏甚至從來不過問他單位裡的人事。當年，這個女人也是跟著他一窮二白地走過來的。住筒子樓，生煤爐子，幾戶人家共用廚房衛生間。一家三口擠幾平方的小屋，開門就是床。也不知道是怎麼熬過來的。記憶當中，彷彿劉以敏從來沒有抱怨過一句。倒是老費，清高之餘，覺得究竟委屈了老婆孩子，也害父母雙親憂心，枉為人夫人父人子，更枉為一世男人。痛定思痛，老費咬牙要改。說到底，人最大的敵人，還是自己。這話真是有理。在圈子裡看得多了，漸漸積累了心得。老費悟性好。智商加上情商，還有什麼是老費看不透的？書生之外，老費也懂得變通。外圓內方，老費深諳此中堂奧。因此上，老費的人緣極好。人緣是什麼？是群眾基礎。在領導那一方面，老費也知道尺度。太遠了不行。太近了呢，也不行。好在老費業務過硬，為人呢，又低調。是非又少，人前人後，從來都是不卑不亢。知識分子扎堆的地方，最容易內訌。院裡那兩派，爭權奪利，鬧得不可開交。自然了，都來拉攏老費。老費呢，雖則是面上一臉懵懂，可心裡明鏡似的。爭來爭去，還不是一個利字。老鴰笑話豬黑。刊物的執行主編，經過幾番廝殺，明爭暗鬥，幾敗俱傷的時候，一個大餡餅咣噹一聲，不偏不倚，正砸在老費頭上。驚詫之餘，兩個對立面倒都平靜下來。也好。如此也好。老費呢，心裡自然是得意，臉上卻是波瀾不興。一如既往的低姿態。大塊文章呢，卻是一篇接一篇，有一些春樹繁花開不盡的意味了。火借風勢，風助火威。牆裡牆外，花香一片。一些心思複雜的人也只有閉了嘴。老費的位子便穩穩地坐下了。那一年，老費四十歲，照說正是血氣方剛的年紀，卻是沉著淡定得很，從不見一句過火的話，一個忘形的舉止。誰不喜歡低姿態呢。高調做事，低調做人。人們說，老費這傢伙，看著不聲不響，是有韜略的。

四

五月的杭州，正是煙花爛漫。老費從會議上溜出來，走廊裡恰巧遇上萬紅。萬紅是院裡的同事，另一個所的研究員。老費摸出手機，裝作打電話的樣子。不料卻被萬紅叫住，費主編——老費只好停下來，對著手機說，那好，好，先這麼說，回頭聊回頭聊。萬紅看著他，嘴角抿著，笑。彷彿是看穿了老費的裝模作樣。老費趕忙說，煩，真煩。破事兒沒完沒了——怎麼，出來透透氣？

江南春光，別有一番風致。一眼望去，西湖的煙波浩淼，盡在一攬之中。微風吹拂，萬紅的裙子飛起來，還有絲巾，上面的流蘇一下子纏上了老費的西裝鈕扣。老費手忙腳亂地去弄，偏偏那蔥綠色的流蘇糾結不休。萬紅看他急得紅頭漲臉，卻並不幫忙，咯咯咯咯笑起來。隨著萬紅的花枝亂顫，老費的一雙笨手更是不得要領，心裡不由得咬牙恨道，小賤人！果然是名不虛傳。嘴上卻只好柔軟下來，央求道，求妳了——萬紅忍著笑，朝他飛了一眼，一雙十指尖尖的小手，三下兩下便把那流蘇和扣子的風流官司了結了。萬紅的頭髮像黑煙一般，有幾縷飄進老費的眼睛裡，香噴噴，癢梭梭的。老費就有些恍惚。萬紅把絲巾的流蘇看了又看，嗔道，瞧你，都給人家弄壞了。老費看她嬌嗔滿面，眼波流轉，就有點消受不起。想找個藉口回去。在圈子裡，萬紅可是一個明星人物，牽藤扯蔓的，瓜葛遍野。老費不想平白地招惹是非。

後半場的會就開得心不在焉。萬紅那蔥綠色的流蘇，把老費弄得心神不定。晚餐的時候，萬紅照例是眾人的焦點。圈子裡，本就陽盛陰衰，這種會議，女人更是那萬綠叢中一點紅。酒場上，自然少不得紅粉的點綴，要不然，男人們的豪氣干雲英雄氣概，演給誰看呢。萬紅已經換了裝。露肩低胸，春光乍現，十分的驚險。把一幫人都看得痴了。萬紅究竟是讀過博的，懂得文武之道，懂得張弛之理，從端正清麗的女學者，到煙視媚行的女妖精，她不費吹灰之力。火紅的小禮服燃燒起來，襯了粉琢般的肌膚，把男人們烤得暈頭轉向，都漸漸有些失了形狀。老費從旁看著那彩雲追月的樣子，心想，這幫傢伙，就這點出息！

開了兩天的會，餘下的活動便是玩了。遊完西湖，又到靈隱寺去燒香許願。老費頭天夜裡洗澡貪涼，加上終究旅途勞累，感冒了。一生病，就想家。這是人的通病。老費就改簽了機票，提前回了北京。

到家的時候已經是下午四點多了。老費一進門，卻發現玄關處的衣帽架上掛著劉以敏的外套。那雙米黃色高跟皮鞋，一隻端正，一隻趔趄。莫非，劉以敏今天不上班？老費腦子裡閃過無數電影小說裡出現過的畫面，飛快地，走馬燈一般，根本由不得他。心裡倒還是鎮定的。不知道怎麼回事，他有一種命中注定的預感。不祥的，宿命的，魔幻的，甚至有一點隱隱的興奮，一種類似萬事皆休般的——毀滅感。衣帽架上多了一件男人的西裝，卡其色，陌生的，侵略性的，帶著某種邪惡的氣息。老費的腦子裡空蕩蕩的，響著激烈的回聲，因為空曠，只留下模糊的倉促的轟鳴。他一隻腳從皮鞋裡拿出來，機械地習慣性地去找拖鞋。沒有拖鞋。劉以敏的也沒有。老費愣了片刻，轉身悄悄下了樓。

陽光明亮。明亮得有些虛假。到處都是欣欣然的樣子，人間的五月，萬物生長，萬木花開。樓前的草地裡，有割草機在訇訇響著。草木汁液的腥味在空氣裡流蕩，新鮮得有些刺鼻。海棠花已經開了。叢叢簇簇，不管不顧地，開得恣意。還有玉蘭。白玉蘭。紫玉蘭。花瓣肥美，汁水飽滿，美麗得頹廢，淡黃的花蕊在風中招搖，有一種瘋狂的放蕩的氣息。小區裡很安靜。人們上班的上班，上學的上學。偶爾也有幾個閒人。誰家的小保姆推著嬰兒車，只管想自己的心事。一樓的老先生在侍弄他那些花花草草，戴著老花鏡，費力地彎著腰。一個胖女人，蓬著頭，穿著疑似睡衣，懶洋洋地喝斥著她的狗。老費在附近樓前的涼亭裡坐著，默默地抽菸。藤蘿架蓊蓊鬱鬱的，遮住了半個亭子。太陽慢慢從樓後面墜下去了，只留下一片淡淡的緋紅，暈染了半邊西天。暮色漸漸升騰起來，一點一點地，悄悄包圍了他。老費眼睛緊緊盯著三單元的對講門。劉以敏。怎麼就沒有想到呢。劉以敏。

五

說起來，同劉以敏的認識，有那麼一點小小的傳奇。還是大學的時候，有一回到醫學院去找一個同學。醫學院很大，空曠安靜，樹木也繁茂，到處是綠蔭匝地。幾個人在校園裡散步，前面走著一個女孩子。正是夏天。女孩子穿一件棉布白裙，寬寬的，帶著自然的褶皺，走起路來，腰身一收一放，起伏不定，直把幾個青皮小子看得痴了。陽光穿過梧桐葉子，篩下點點光斑，明明暗暗的，叫人不安。一個人就捅捅老費的胳膊肘，說，怎麼樣——敢不敢？

後來，私心裡，老費總覺得有一些不甘。是誰說的，身姿之美，勝過容顏之美。簡直是胡話！怎麼說呢，這個劉以敏，容貌委實一般。自然，也不能算作醜。中人之姿吧。她當初那美好的背影，真是有欺騙性。要知道，那時候的老費，是文青，對愛情，還有婚姻，老費是抱有一些美麗的幻想的。老費心中的女子，究竟是怎樣的呢，老費想了半輩子，始終也沒有想好。想來想去，反正絕不是眼前的這一個。為了這個，老費總覺得委屈。尤其是，生了孩子之後，劉以敏的身材是大不如前了。更讓人心煩的是，隨著年紀漸長，劉以敏竟然越發胖了起來。寬袍大袖的家居服，更讓她顯得沒有形狀。有時候，看著劉以敏臃腫的身子在屋子裡轉來轉去，老費就懊惱得不行。有什麼辦法呢，人生就是這樣不講道理。老實說，先前，戀愛的時候，還是有一些美好的意味的。多少年了，老費有時候還會想起來，白裙的女孩子，低著眉心，腰間那盈盈一握的感覺。彷彿是一個夏天的黃昏，蟬在樹上叫。風微微吹過來，淡淡的芬芳，若有若無。一顆心跳得厲害。手心裡濕濕的，全是汗。也不知道什麼時候，生活把當年那個窈窕的女學生偷走了，丟給他一個肥胖的妻子。這真是沒有辦法的事情。然而，委屈歸委屈，老費認真想上兩回，也就把自己勸開了。賢妻，良母，孝順的兒媳婦，敬業的藥劑師。還要怎麼樣呢？真是人心不足了。可是，這世上的事——誰會想得到呢？

六

後來，關於那一天的事，老費一直沒有問起。生活照常進行。劉以敏把老費出差的衣服全都清洗了，晾乾，消毒，熨燙，折疊，收好。劉以敏把那只小旅行箱擦拭得一塵不染，用那個棉布套罩起來。劉以敏燉了雪梨銀耳羹，熬了綠豆百合薏米稀飯。劉以敏把小藥箱打開，仔細挑選了清火的感冒藥。窗子不敢大敞著，只留了一條窄窄的縫隙。屋子裡用著加濕器。細濛濛的水霧，在陽光下折射出一道斑斕的影子。北京的春天，實在是太乾燥了。老費靠在沙發上，看著劉以敏忙忙碌碌。劉以敏的頭髮隨意挽起來，露出雪白的脖子。劉以敏穿一件粉色家居服，胸前一跳一跳的，活潑得很。劉以敏在家不喜歡穿胸罩。老費看著看著，忽然就把眼前的一碗雪梨銀耳橫掃下去。碗掉在地板上，噹啷啷一陣亂響，並沒有破碎。劉以敏從廚房裡奔出來，看著地下那一只歪斜的空碗，湯湯水水流出來，黏糊糊的，淌得到處都是。又看了一眼老費的臉色，彷彿是沒有反應過來，又彷彿是，吃了一驚，怔忡了一時，便去拿拖把。老費坐在沙發上，只覺得胸口堵得難受，喘不上氣來。劉以敏扔下拖把，慌忙過來扶住他，直問怎麼了，怎麼了這是？老費說不出話。半閉著眼睛，呼哧呼哧喘著粗氣。劉以敏手忙腳亂地收拾殘局。電話響了半天，老費也不管。到底是劉以敏扎煞著一雙濕手跑過來接了。劉以敏對著話筒說，——沒事，媽，是老費——感冒，小感冒——藥剛吃了——老費看見劉以敏的鼻尖上細細的汗珠，心想，她怎麼不發火，嗯？她怎麼這麼好脾氣？

後來，老費出差，都是按時回京。回京前，他總是發短信告訴劉以敏。幾點的飛機，幾點落地，幾點到家。劉以敏回道，知道了——囉嗦。

自那回以後，老費經常做夢。夢見自己從外面回來，掏出鑰匙，半天也打不開門。或者，終於打開了，進去一看，竟然滿眼陌生，是旁人的家。老費冷汗淋漓地從夢中醒來，身旁的劉以敏睡得正香。也不知道從什麼時候開始，劉以敏居然也打起了小呼嚕。先前，劉以敏不是這樣的。是不是，胖人容易打呼嚕？屋子裡很靜。窗外，夜色無邊。老費靠在床頭，默默地吸菸。

七

這個圈子裡的人，都有那麼一些毛病。怎麼說呢，在浪漫和墮落之間。要說其中的邊界，卻是微妙而模糊，道不得。自古以來，有多少詩書文章，沒有紅袖添香的倩影呢。所謂風流才子，正是這個意思。讀書人，本就心思旖旎，對世界和人生的認識，要遼闊得多，豐富得多了。又逢上這麼一個大時代，鬧哄哄，有破有立，或許終究，破的竟比立的還要多。到處是斷壁殘垣，到處是塵土飛揚。人心呢，就有些俯仰不定。是真名士自風流。這年頭，名士風流是不必說的，一些個真真假假的文人，打著名士的幌子，也動不動鬧得彩霞滿天。彷彿沒有一些緋色的傳說，倒不像了。周圍人的浪漫或者墮落，看得多了，老費也只是一笑。作為知名學者，核心期刊主編，實在不乏暗送秋波的女人，然而，老費怎麼不知道，這其中的真真假假虛虛實實？不得不承認，這個時代，女人們是驍勇善戰的，遇百折而不撓。不說那些當面的薄嗔淺笑，媚眼如絲，單是那些個柔情繾綣的短信，就令人有些把持不住。這些女人不比那些庸脂俗粉，都是讀過書的，在大學的課堂上，也是不嗔自威的厲害角色，鎮得住下面那一堂的輕狂後生。在研究機構，也是目不斜視凜然不可侵犯的大女子，學者範兒，然而在老費這裡，卻是一池春水波光蕩漾。她們懂得唐詩宋詞的厲害，懂得自古以來男人們的軟肋，讀書的男人，她們尤其知道他們的癢處和痛處。一向年光有限身，等閒離別易銷魂。別來春半，觸目愁腸斷。欲見回腸，斷盡金爐小篆香。這些個春愁秋怨，嚶嚶嚀嚀，個中款曲，老費如何不懂？任是鐵石心腸，恐怕也不會心如止水吧。有時候，怦然心動之餘，老費也半真半假地敷衍她們一下，一面按鍵一面心裡罵道，什麼衷腸難表，錦書難託，電子傳媒時代，到處都是快捷方式，還有什麼是難的？老費不是柳下惠。但老費也沒有那麼好的胃口。大約是因為有了劉以敏的教訓，在女人方面，老費挑剔得很。

遇上易娟，完全是一個偶然。老費到D大去講座，易娟是研究生院外聯處主任，負責接待。老費由易娟引著，去學術交流中心的報告廳。D大校園很大，綠化也好。正是初夏，到處是草木青青。易娟的高跟鞋發出清脆的響聲。讓人沒來由地心情愉悅。旁邊的花圃裡，有一種粉色的小花，團團簇簇，開得熱烈。一隻喜鵲停在草地上，鎮定地朝這邊觀望。老費聽見易娟新鶯般的聲音，費老師，到了。

晚飯在D大貴賓樓，易娟也作陪。研究生院魏院長是老費的老同學。席間，老同學自然是推杯換盞，把酒敘舊。然而，老費注意到，魏院長看上去熱鬧鬧地喝酒聊天，一顆心卻似乎全在對面的易娟身上。魏院長自以為隱蔽，但是老費的一雙眼睛，不知道有多毒。說起來，老費同這個魏院長之間，還有那麼一段故事。當年，老費和魏院長同時喜歡上一個外文系的女孩子，莫名其妙地，那女孩子竟被魏院長追到了。當時少年純情，對老費的打擊不可謂不深。自那以後，老費對魏院長的感覺就有那麼一點微妙。自然了，魏院長和那女孩子也沒有最終修得正果。按說，老費應該高興，然而，也不知怎麼回事，對魏院長，老費的感覺卻更加微妙了。貴賓樓的菜不錯，酒也是好酒。老費不知不覺就有點高了。席間，易娟一直張羅著，把他照顧得滴水不漏。對那魏院長，倒是彬彬有禮的，十分的自持。老費醉眼朦朧地看過去，易娟彷彿剛剛沐浴過，頭髮濕漉漉的，燈光下，清新中有一種撩人的嫵媚。老費舉起杯子，衝著魏院長，臉卻朝著易娟，老魏，你們院裡真是美女如雲哪。

自那之後，老費偶爾給易娟發個短信。也沒有什麼事。不過是問候一下，說一些個不鹹不淡的廢話。易娟的短信回覆得很快。易娟是一個聰慧的女人。伶俐機巧，最宜於聊天。話鋒總是不偏不倚，正合適。漸漸地，就有那麼一點悠然心會的意思了，是啊，悠然心會，妙處難與君說。可是老費和易娟，卻是不必說的。他們心有靈犀。這就有一點意思了。老費常常拿著手機，一遍一遍地看那些短信。越看越覺得，這個叫易娟的女子，真真一個水晶心肝玻璃人兒。有時候，老費想著那些交鋒，語言的交鋒，你來我往，桃李投報，情不自禁地微笑了。短信這件事，好就好在這裡，比書信敏捷，比電話呢，迂迴。私心裡，當初，老費並沒有把易娟看在眼裡。作為女人，公正地講，易娟只能算得上七分顏色。看來，老魏的審美，比起當年，竟是大大不如了。學院裡，雖說是草長鶯飛，但圍牆高了，又有師道尊嚴的藩籬，終究有它的侷限性。然而——老魏感興趣的女人，想必是有她的過人之處吧。老魏。當年的那一箭之仇，雖說是時過境遷，但又因何不報呢。不過舉手之勞，而已。更何況，易娟又是這樣一個蘭質蕙心的人兒。老費仔細回味著那些短信，那種種得趣處，一顆心不由地搖曳起來。這一回，怕是由不得他了。

八

那一向，同劉以敏的關係有一點——怎麼說呢——有一點奇怪。夫妻之間，時間長了，便彷彿血肉相連的一個人了。即便不是心有靈犀，但一個人身上的痛癢，卻是同另一個人息息相關的。要說毫無覺察，是不可能的。那陣子，老費在家裡越發沉默了。而劉以敏，則以更加鎮定的沉默來回應他。兩個人彷彿是暗自較了勁，老費什麼都不問。劉以敏呢，什麼也不說。劉以敏照例安靜地上班，下班，接送孩子，給費老爺子做紅燒肉，給費老太太針灸按摩。對老費，也溫柔體貼。夜裡的劉以敏，與先前也並沒有什麼不同。劉以敏向來不是一個熱烈的人。在這方面，又有著醫務工作者常見的潔癖，輕度潔癖。老費呢，先前倒是興致勃勃的，年紀輕，又按捺不住，在劉以敏面前，不免有一點低三下四。後來，那一天之後，老費便漸漸萎頓了，懶洋洋的，清心寡欲，難得有閨房閒情。劉以敏呢，也正好落得清靜，有那麼一些自得其樂。有時候，老費看著劉以敏洗洗涮涮的嚕嗦樣子，便不由得一時性起，夾雜著無名的怒火，還有一些說不清道不明的情緒，老費就有些凶巴巴的，彷彿身下的女人正是自己的仇人。逢這種時候，劉以敏總是把眼睛一閉，顫巍巍地受了。也不反抗。劉以敏的反抗就是，沒完沒了地洗澡，一遍又一遍。床上一派凌亂，籠罩在一片檸檬色的燈光裡。浴室裡傳來嘩啦嘩啦的水聲。水氣把磨花玻璃門籠得嚴嚴實實。老費頹廢地躺在床上，半閉著眼睛。狂歡後的虛無，末日般的恐慌，疲憊，還有無助。空氣裡似乎有一種草木的腥味，新鮮得刺鼻。海棠花開了。還有玉蘭。白玉蘭，紫玉蘭。鵝黃的花蕊，微微抖動著，在風中招搖，有一種放蕩的瘋狂的氣息。

醒來的時候，身邊沒有人。劉以敏正坐在臥室的地毯上，各種各樣的藥攤了一地。燈光把她的影子畫在對面的牆上，虛幻的，誇張的，有一些變形。老費把兩隻手交叉著，枕在後腦勺下。這陣子，劉以敏越來越喜歡擺弄她那只小藥箱了。她把那些碼得整整齊齊的藥，從裡面一個一個拿出來，仔細研究它們的文字說明，然後，再一個一個放回去，重新排列整齊。劉以敏的神情專注，近於痴迷。守著那個小藥箱，劉以敏能夠一坐大半天。不動，也不說話。劉以敏的話不多。劉以敏是一個安靜的女人。

離婚是老費提出來的。

劉以敏看著老費的臉，足足有半分鐘。然後，劉以敏咬了咬嘴唇，說，好。

多年以後，老費有時候會冒出一個念頭，當初，是不是把劉以敏冤枉了？

九

鄰家孩子的琴聲不知什麼時候停下來了。空氣裡有一種餃子餡的香氣。應該是韭菜餡。老費最喜歡韭菜餡。這原是北方人的口味。韭菜餡，大白菜餡，包餃子蒸包子包餛飩，是老費從小就吃慣了的。劉以敏呢，卻是典型的南方人的胃。對韭菜，簡直是恨之入骨。只那股子氣味，就讓人討厭。劉以敏也包餃子，但是喜歡用韭黃，加點蝦仁，加點鮮肉，加點雞蛋，加點香菇。劉以敏的餃子自然是美味的，但是人這東西，就是這樣奇怪。味覺的記憶，就是這麼頑固。時間長了，劉以敏終於妥協了。劉以敏開始嘗試著包韭菜餡餃子，開始學著做大白菜，做紅紅亮亮的紅燒肉，竟是越做越出色了，害得一家老小，尤其是費老爺子，最是好這一口，越發離不開了。劉以敏興頭頭地忙活，老費津津有味地吃。老費倒是從來不曾問過，劉以敏是不是也真的熱愛上了韭菜和大白菜。

老費起身給自己沏了一杯茶。茶不能空腹喝。這是劉以敏的規矩。還有，每天晨起喝一杯白開水，晚上吃一粒金維他，每天叩齒多少下，每天提肛多少回，肉吃多了要清胃火，一週吃一次雜糧粥清腸子……一堆的繁文縟節條條框框。如今，老費是早已經不管這些了。一個人過的好處就是，自由。一個吃飽了，全家不餓。精神上的自由倒在其次。躺在床上，想什麼，不想什麼，全沒有人管。重要的，還是身體上的自由。就像平日裡人們調侃的，男人三大得意事，升官發財死老婆。老實說，在劉以敏時代，儘管老費有種種不如意，但還是沒有真正越過那條線。要說精神出軌，那就不好說了。老費也是血肉之軀，也是心思細膩滿腹才情，圈子裡，老費大小也是一個人物。老費的內心世界五彩斑斕豐富多姿，這不是老費的錯。比方說這茶，是上好的君山毛尖，便是那個漂亮的湘妹子寄來的。湘妹子是大學老師，在長江之畔仰望京華煙雲，仰望京華煙雲中的核心期刊主編老費，冠蓋滿京華，擔憂寄情不達，便寄了君山毛尖，並附一句：凝恨對殘暉，憶君君不知。老費一面品茶，一面品詩，舌尖心底，其中的百般滋味，就不足為外人道了。

老費一面喝著茶，百無聊賴地翻手機。看見易娟那條短信，潦草的，冰冷的，公事公辦的，沒有一絲感情色彩。改日吧。改日。他想起同易娟講過的一個段子。當時，易娟一下子就把臉飛紅了。易娟白嫩，是那種吹彈得破的皮膚。因此上，易娟的臉紅就格外的動人。如今的女人，尤其是這個年紀的女人，臉紅倒成了一種難得的顏色。女人們都很放得開。酒桌上，不僅僅是善飲，即便講起段子，都是不讓鬚眉的。直把男人們都講得啞口無言了。這世道，當真是不得了。老費心裡暗暗罵了一句。當初，知道了易娟有家庭，老費反倒有一種莫名其妙的放鬆。有家庭好啊，好極。這樣的女人，前瞻後顧，知道進退，懂得分寸。在這種事上，老費不想麻煩。老費看著易娟吞吞吐吐的樣子，一顆心就完全放下來了。真的。放鬆之餘，還有一種——怎麼說呢——隱祕的快感，邪惡的，瘋狂的，侵犯的，帶有一種摧毀什麼以及顛覆什麼的粗魯的豪情，還有悲壯。媽的。也不知道怎麼回事，真是莫名其妙。

這都是後來的事情了。

跟劉以敏離婚以後，有一度，老費覺得自己都快挺不過去了。婚姻這東西，真是奇怪得很。彷彿身體的一半被生生砍了去了，血肉模糊。又彷彿一顆蛀牙，被拔掉之後，依然會疼得鑽心，那種空洞的疼痛，讓人不由自主地拿舌頭去舔，卻一次次撲了空。舔過之後，只有更深刻的疼。這是老費沒有料到的。女兒判給了劉以敏。老費並沒有爭。女孩子，跟著母親，畢竟方便得多。沒有了劉以敏和女兒，這三居室的房子顯得格外的空曠。連電話鈴彷彿都有空洞的回聲，盤旋不去。鐘錶滴滴答答滴滴答答，分外清晰，連成一條線，帶著鋒利的硬度，把時間切割得七零八落，叫人驚心動魄。老費在屋子裡走來走去。拖鞋敲擊著木地板，在寂靜的房間裡響起，橐橐橐，橐橐橐。活了半輩子，空熱鬧一場，到頭來，還是剩了孤零零一個人。人這一生——怎麼說呢？

房子還是老費單位分的福利房。老費忙。裝修全是劉以敏的事。劉以敏心細，眼又高，房子裝修得十分的漂亮，引了很多人來觀摩，一時間成了朋友間流傳的樣板房。有話說，男人兩大累，離婚和裝房子。這兩樣，老費倒是都不曾有體會。婚離得手起刀落，乾淨利索。房子也沒有介入一個手指頭，一身輕鬆。有朋友提起來，不免有些眼紅，說老費這傢伙，真是便宜了他！

老實說，私心裡，老費不願意把易娟往家裡帶。老費不是矯情。真不是。老費是有障礙。心裡總有那麼一個小東西伸出藤藤蔓蔓，牽牽絆絆的。可是易娟不依，鬧著要去家裡看看。老費最看不得她嬌嗔的樣子，心裡一軟，就答應了。

第一回帶易娟回家，老費表面上從容，心裡卻是慌亂得不行。這房子裡，一桌一凳，寸布縷絲，怕是連一顆釘子，都有劉以敏的手澤吧。老費到底是心虛，總覺得，劉以敏的眼睛就在不知什麼地方，看著。還有女兒。女兒長得像老費。眼睛不大，卻黑漆漆的，棋子一般，特別的亮。

老費把燈都關掉了。易娟笑他老土鼈，笑得花枝亂顫。老費看著黑暗中那橫陳的玉體，山是山水是水，山重水複，忽然一下子惱羞成怒。

送走易娟，老費把家裡的床單枕套都洗了。老費學著劉以敏的樣子，清洗，消毒，熨燙。老費把家裡裡裡外外都清掃一遍。沙發套也換了。杯子放進消毒櫃。窗子半開著，夜風莽撞地吹過來，涼爽得很。老費大汗淋漓地坐在沙發上，累得直喘粗氣。空氣裡瀰漫著消毒水的味道。

易娟。真沒想到，易娟竟是這樣的好。想起易娟那個瘋樣子，老費心裡癢癢的，又恨恨的。這麼多年，看來真是白活了。洗過的床單在陽台上飄飄曳曳，像旗幟，欲望的旗幟。夜月一簾幽夢，春風十里柔情。所有這些，都超越了老費的人生體驗。老費半閉著眼睛，回味著方才的種種，覺得猶如新生。女人這東西，真他媽的妙不可言。老魏。難怪了。老魏是情場老手，在高校裡，是著名的灰太狼一匹，不知道有多少美羊羊落入過他的虎口。這易娟，難不成已經——不會，應該不會。老費想起老魏的那個光燦燦的禿頂，彷彿罩著一圈佛光。媽的老魏！

易娟。她現在做什麼呢？看來，這個週末，是沒有什麼意思了。

午睡起來，老費有一些萎靡。下午的陽光照過來，透過窗前的植物枝葉，一地亂影斑駁。老費木著一張臉，目光茫然。窗子半開著，有風從樹梢上掠過。對面工商銀行的招牌把陽光反射過來，落在鋁合金窗子上，兩個光斑亮亮的，晃人的眼。手機叮的一聲響。老費抓過來看，是師弟的短信。不用問，八成又是論文的事。師弟在一所高校當老師，一心想早日晉升教授。可是雜誌是雙月刊，用稿量有限。況且，前面有多少人排著呢。再細看時，才知道有好幾個未接電話，短信也有一堆，原來方才午睡，他設置了靜音。電話有的必須立刻回覆，有的呢，須得斟酌一下，還有一些陌生號碼，是根本不予理睬的。左不過是一些個人，輾轉託了關係，求他發稿子。也或者，是詐騙電話，也未可知。這年頭，什麼事情遇不到呢。短信也挑選著回覆了。這不能怪他。在這個位置上，他必得學會選擇，有所為，有所不為。要是來者不拒，那還了得！處理好這些電話短信，老費胸中的那一股子豪情又慢慢升起來。人於世當有為。男人嘛，總歸是要做一些事情。做事情，總歸要有一方陣地。就彷彿唱戲，總少不得戲台子。而今，這刊物就是他老費的戲台子。唱什麼，如何唱，老費胸中有數。不用思量今古，俯仰昔人非。一個人，尤其是，一個男人，把社會關係梳理好了，其他的都會迎刃而解。

袁爺的電話打過來的時候，老費正在練字。袁爺說晚上聚聚，六點，老地方。

老費一手拿著毛筆，一手叉腰，退後兩步，瞇著眼睛看剛寫好的那幅字。以德潤身。這個德字，用筆有些怯了。今天狀態不對。也不知道怎麼回事，不似平日裡心靜神定。袁爺在，一定會有萬紅。袁爺是誰？袁爺是圈子裡的老大，江湖上人稱袁爺，霸王一般的人物。坐著學界的頭一把交椅，又是官方的大紅人。各種頭銜一大堆，報紙刊物上的個人簡介，恐怕是幾行都排不下。在這個位子上，資源豐富，人脈極廣。輕易不說話。一言既出，一句頂一萬句。這個時代，精神和物質之間的相互轉化，超出了一般人的想像力。在京城，文化更是如魚得水，有多少人打著文化的幌子混飯吃？文化的冠冕之下，是叮噹作響白花花的銀子。文化中心的名頭，也不是浪得的。袁爺這個人，對同代人有些苛責，然而，在對待後學上，卻是十分的肯提攜。圈子裡那些個名字如雷貫耳的，有多少人沒有受過他的恩澤？那些初出茅廬的後生小子，更是對袁爺恭謹順服，持弟子禮。圍繞著袁爺，有一大批門生晚學，遍布全國各大高校學術重鎮，人稱袁派。這袁派相容包並，以學院派為主，吸收各流派之優長，少門戶之見，勢力極大。袁爺還有一個好處，是為人低調。然而在個位置上，再怎麼低調，氣焰卻是盛的，如何能壓得住？翻手為雲，覆手為雨。袁爺的寬袍大袖，手揮目送，想捧誰捧誰，豈不是談笑間的瑣務？萬紅呢，是著名的交際花，雲雨際會，風月無邊。在學術位置上，還抱有一些不切實際的幻想，自然懂得如何同袁爺交好。據說，儘管袁爺閱盡人間春色，萬紅卻以一當十，依然是獨擅專寵。圈子裡，誰不知道，萬紅是袁爺的女人？萬紅。老費把毛筆一擲，去洗手。

手頭還有萬紅的一篇稿子。坦率地說，萬紅的文章，實在是不敢恭維。可話又說回來，自古以來，有幾個先機占盡才貌雙全的？嫣然百媚的萬紅，縱有風情萬種，卻根本就沒長著做學問的腦子。把學術文章寫得像抒情散文，動不動就潸然淚下，就心疼肝兒疼，滿紙都是小女子的矯情和裝腔作勢，同那正大嚴肅的論文題目對照起來，有一種強烈的戲劇效果，簡直讓人哭笑不得。也不知道，她當年的博士學位是怎樣拿下來的。真是難為了她。當然了，會者不難。在某些方面，萬紅自有其過人之處。圈子裡，凡是有頭有臉的人物，有幾個不曾領教過萬紅的厲害？私下裡聊起來，仗著酒蓋著臉兒，大家不免就有些忘形，編排一些個七葷八素的段子，句句都語義豐富，讓人浮想聯翩。也有人喝多了，越性兒做起了排列題，剛起了頭兒，便被年紀長些的喝止了——都是讀書人，風雅固然重要，但斯文還是要緊的。自然了，這種玩笑，一定不能當了袁爺。袁爺的面子，大家還是顧忌的。

其實呢，萬紅也曾經向老費有過這樣那樣的暗示。老費一面假意周旋著，心下卻清楚得很，兔子不吃窩邊草。跟萬紅在同一個單位，一旦稍有不測，後患無窮。這是其一。其二，萬紅是誰？她背後的裙帶關係，纏纏繞繞，剪不斷理還亂，弄不好就牽了這個，絆了那個——都是朋友，老費不想惹麻煩。更何況，還有袁爺。即便是袁爺襟懷闊大，攬盡天下，可袁爺是男人。這世上，有對女人不介意的男人嗎？眾人覺得神不知鬼不覺，誰知道會哪一天東窗事發？倘若是袁爺對這個女人不認真也就罷了，若是真的有那麼一點真心，或者是，僅僅是男人的嫉妒心亦或是自尊心，就完了。為了一個女人，不值。當然了，對萬紅，老費不是沒有想法。英雄難過美人關。何況老費不過是一介凡夫俗子。萬紅是一個騷貨。這世界上，有哪一個男人不喜歡騷貨呢？

這些年，雖則是倚馬立斜橋，滿樓紅袖招，但老費有一個原則，圈子裡的女人，不動。老費這個人，好就好在有底線。一則是，老費不喜歡送上門的女人。在女人方面，老費喜歡征服感。圈子裡那些個投懷送抱的，老費不過是礙著面子，敷衍一下罷了。二則是，老費謹慎。哪怕是在外面如何歡場跌宕，圈子裡的清名，他還是要顧及的。他年紀還輕，前程正長，這種事，放下去四兩，提起來卻有千斤。不說那些暗中的對立面，單是那些覬覦這個位子的人，他數得過來嗎？還有，這幾年，他是太順了一些。從學術地位到仕途升遷，幾乎是青雲直上。太過則損。他深通此道。如此說來，離婚一事，竟是他生活中唯一的瑕疵了。也好。如此也好。結婚的念頭，卻不曾有過。對婚姻這東西，他是有些膽怯了。這些年，老費不是沒有遇上過鍾情的女人。比方說，易娟。老費真是迷戀得很。然而，易娟不同。兩個人雖在一個城市，可隔行如隔山。中間橫著千山萬水呢。這其間的行止進退，老費懂。

浴室裡的頂燈壞了，老費也懶得換。只有一個鏡燈，兀自發出昏黃的光。老費洗完手，轉身拿毛巾的時候，腳下打滑，趔趄了一下，幸虧還算敏捷，扶住了浴缸的邊緣，卻被大理石檯面的稜角碰了胳膊肘。老費覺得一陣痠麻，低頭一看，竟然破了皮。媽的。老費心裡惱火。到臥室裡找藥。

劉以敏的小藥箱，老費基本上沒有動過。劉以敏在的時候，輪不著他動。小藥箱是劉以敏的專利。劉以敏不在的時候，老費也很少想到它。有個頭疼腦熱，扛一扛也就過去了。老費身體還不錯。有時候，老費想，劉以敏為什麼要把她這個寶貝留下來呢？她幹嘛不帶走？但是，老費沒有問過。在離婚這件事上，老費的話不多。劉以敏說，她要女兒。老費就把女兒給了她。劉以敏說，她不要房子。老費就把房子留下來。劉以敏說，她把家中的存款拿走一半。老費就讓她拿走一半。劉以敏說，女兒的撫養費，老費不用管。這一回老費沒有答應她。他老費的女兒，憑什麼不讓老費出撫養費？當時，老費還憤憤地想，劉以敏如此剛硬，八成是準備結婚了。可是，很久之後，也沒有聽到劉以敏結婚的消息。老費想，怎麼回事？難不成——

十

據說，劉以敏照例每個週末都去看父母——而今，應該是前公婆了。劉以敏卻沒有改口。依然是一口一個爸，一口一個媽，又親熱又自然。倒是有一回老費聽見了，覺得頗不自在。那一回，老費一進門，便覺得家裡的氣氛不一樣。熱鬧的，擁擠的，有一點紛亂，卻是安寧的，家常的，世俗日子的氣息。門口一大一小兩雙鞋，大大咧咧的，是那母女倆的。劉以敏紮著圍裙，挽著袖子，整個人熱騰騰的，在廚房裡進進出出。劉以敏胖，愛出汗。看見老費，說來了。是陳述句。也不等他回答，就又忙去了。老費想起了紅樓夢裡那句話，體豐怯熱。是寶玉說寶釵的，一不小心，痴公子惹惱了寶姐姐，還招來林妹妹的笑話。老費曾經跟劉以敏說起過，劉以敏哦了一聲，說什麼亂七八糟的。老費討個無趣，知道是雞同鴨講。劉以敏是藥劑師，只精通藥理——怪不得她。廚房裡傳來高壓鍋噗噗噗的響聲，還有鍋鏟在炒勺裡乒乓的碰撞。老費把文件放在迎門的小茶几上。旁邊是一兜贛南臍橙，一只蜜柚，一大盒金施爾康，兩瓶深海魚肝油。劉以敏的手套在旁邊胡亂躺著。費老太太見了兒子，高興地朝屋裡喊，甜甜，看誰來了？女兒正在電腦前忙碌，根本沒有時間理會大人們的一驚一乍，眼皮抬了抬，敷衍道，爸。就沒了下文。費老太太嗔道，這孩子——看不把眼睛看壞嘍——張羅著把兒子的外套掛起來，給兒子倒水，把兒子毛衣上的一個線頭仔細擇去。然後，朝著廚房的方向使了個眼色，壓低嗓音說，小敏在——不去看看？老費心裡有些怨母親的嚕嗦，離都離了，還這麼撮合。看著母親眼巴巴的樣子，倒不忍心了。當初，離婚的時候，是瞞著老人，先斬後奏的。費老爺子為此大病一場。好長一段日子，不讓老費進家門。老費也不解釋。費老太太夾在父子兩個中間，怕氣著老伴，又心疼兒子。兒子輕易不來，來了呢，就有那麼一點上趕著巴結的意思了。人老了，在兒女面前，是不是都是這樣？老費問，爸呢，怎麼不見爸？費老太太拿下巴頦指了指陽台，說那不是，伺候他那小烏龜呢。劉以敏把一盤菜端上餐桌，說，開飯了。老費本來不打算吃飯的，這時候倒不好走了。後來，老費總是想起那一天的情景。一家人圍著吃飯。女兒嘰嘰喳喳地說著學校的那些事兒。費老爺子就著紅燒肉，慢悠悠地喝他的二鍋頭。費老太太一個勁地給劉以敏夾菜。老費把臉埋在碗裡，偷眼看劉以敏，倒是坦然自在。老費就恍惚了。

十一

週末，北京的交通簡直讓人發瘋。老費趕到的時候，一干人早已經到了。袁爺一身布衣，叼著菸斗，在主位上，斜靠著，照例是那一種散淡風度。見了老費，說，費老，恭候多時了。其他幾個人連忙立起來，叫老弟，費兄。老費說遲到了遲到了，有勞諸位久等。在座的都鬧起來，說是要罰酒。老費仔細一看，袁爺身旁坐的那一位，不是萬紅。正心下納罕，見那女人已經立起來，顫巍巍向他敬酒了。老費連忙乾了。周圍一片叫好。原來那女人也一飲而盡。老費心想，果然又是個厲害角色。袁爺只管笑咪咪地吸著菸斗，從旁看著。那女人生得十分標緻，端正，清雅，有那麼一種讓人心動的書卷氣。說話的時候，微微的有一些羞澀。他媽的老袁，真是豔福不淺。關於袁爺的風流帳，圈子裡都心知肚明。自古風流多文士。讀書人，尤其是，有點名氣的讀書人，有哪個不是柳暗花明滿天星斗的。袁爺那腆胸疊肚腦滿腸肥的樣子，真是白白玷汙了這些個女子了。正胡思亂想，聽見袁爺在接電話，軟聲軟語，涎著一張臉，糾纏不休，是調情的意思了。老袁這廝，也不知道避人。偷眼看那女子，波瀾不驚，倒是鎮定得很。這女人，說不定也是久經歡場磨礪，百毒不侵了。眾人都湊趣地說笑，大談時局政治，時不時地語出驚人。細看時，每一位身旁，都帶了一個女子。粉白黛綠，各有風姿。再看在座的眾人，都是圈子裡的核心人物，知道是小範圍聚會，百無禁忌。老費就有些後悔，怪自己思慮不周，這種場合，唯獨自己一個孤家寡人，不合群不說，倒顯得生分了。有一個女孩子過來，替老費斟酒。一雙手嫩蔥一般，翹著蘭花指。老費待要仰面細看時，只聽袁爺在對面笑道，老費，這美人兒賞你了。眾人笑。老費順勢大大方方握住那隻手，湊趣道，美人若如斯，何不早入懷？大家都起鬨，逼著他們這一對兒立時三刻喝了交杯酒。袁爺握著菸斗，笑吟吟地看著。身旁的那標緻女子周到地為他布菜，一對鐲子在腕上叮噹亂響。老費趁著酒意，仔細端詳那女子，不覺得呆了。比起萬紅，這女子嬌而不媚，更多了一種風流旖旎，眉目如畫，明豔不可方物。都說風月無邊，怪不得眾人身在此中，沉醉不知歸路。吃完飯，大家照例去銀櫃。袁爺興致很好。看樣子，同這女子，尚是新交。

中途的時候，老費出來透口氣。歌房裡嘈雜得厲害，封閉的空間讓人窒息。人們唱的唱，跳的跳，光影投射在如醉如痴的人們身上，有一種末日般的狂歡的氣息。走廊裡燈光幽暗。有侍應生端著托盤，魚兒一般穿行。喧囂的聲浪隔了一重門，顯得遙遠而虛幻。老費抽著菸，看著中廳裡那個巨大的魚缸出神。喝了不少酒，腦子裡昏沉沉的。回想方才那女子被袁爺擁著跳舞的樣子，心裡不由得嘆一聲。有人從旁邊走過，一面走，一面對著手機說話。老費聽那聲音，腦子裡彷彿劃過一道閃電。劉以敏！

幽暗的燈光下，老費還是看清了劉以敏的背影。劉以敏穿一件黑色小禮服，改良的中式設計，含蓄典雅，襯了雪樣的肌膚，真當得起珠圓玉潤這幾個字了。高高挽起的髮髻，銀色的高跟鞋，銀色的手袋，走起路來，稱得上婀娜了。劉以敏對著手機自顧說著話，並沒有注意魚缸後面的老費。劉以敏。人靠衣裳馬靠鞍。劉以敏打扮起來，竟真的是不一樣了。這個時間，週末，劉以敏應該在家陪女兒做功課。她在這裡做什麼呢？

劉以敏那冗長的電話還在進行。她走走停停，後來索性在走廊盡頭的沙發上坐下來。雪白的一雙腿優雅地交疊著，把手機從左手換到右手。老費悄悄躲進洗手間，給女兒撥電話。剛響了一聲，就通了。女兒在那頭淡淡地說，有事嗎老爸？老費拐彎抹角地嚕嗦了半天，才裝作無意間問起女兒的媽媽，女兒說，媽媽有事。老費說，媽媽有事，妳做完功課就早點睡覺。明天還上學呢。

老費再過來的時候，劉以敏已經不見了。

十二

窗子半開著。薄紗的窗簾微微拂動，有植物的氣息瀰漫開來，潮濕的，蓬勃的，帶著一股子微微刺鼻的腥氣。老費住的是一樓。當初，買房子的時候，是老費執意堅持的。為了這個，還同劉以敏起了爭執。劉以敏嫌一樓潮，採光不好，又雜亂。金三銀四，這是樓房的常識。老費呢，私心裡，是喜歡窗外那一小片空地，可以用籬笆圍起來，侍弄些花花草草。巴掌大的一小片地，說出來，就沒有那麼冠冕堂皇。可劉以敏還是妥協了，儘管事後常常忍不住把這件事拿出來，掛在嘴上。但抱怨歸抱怨，老費把新鮮蔬菜水靈靈地摘回來，送進廚房的時候，劉以敏的嘮叨就明顯地軟弱了許多。這個季節，應該是小蔥和菠菜的季節，還有韭菜，春韭嘛。春捲，韭菜盒子，韭菜餃子，都是劉以敏的新功課。韭菜這東西，生發陽氣，是這個季節的時令菜。老費下班回來，往廚房裡探一探，說，韭菜盒子——好啊。劉以敏兩隻手占著，就飛起一腳，啐道，去。劉以敏紮著那條細格子圍裙，越顯出窈窕的腰身，頭髮胡亂挽起來，有一縷掉在額前。那個時候，是他們新婚不久。還沒有甜甜。

劉以敏。公正地講，以一個男人的眼光，銀櫃夜晚的劉以敏，還是有動人之處的。劉以敏怎麼就魔幻般地，瘦了？這真是莫名其妙的事情。還有那氣質風度，竟完全是陌生的。劉以敏，這個跟自己耳鬢廝磨了半輩子的女人，什麼時候脱胎換骨了？老費很記得，劉以敏喜歡安靜。那麼，喜歡安靜的劉以敏，她在銀櫃做什麼呢？

十三

這一片小區，是上世紀八十年代的樓房。灰藍的色調，舊是舊了，倒讓人覺得有一種老派的踏實。偶爾遇上一兩個老鄰居，不免要寒暄幾句。學術上的事，人們自然不懂，也不關心，倒是聊起劉以敏來，都興致勃勃的。直誇老費家兒媳婦孝順懂事，老費家真是上輩子修來的福啊。老費嘴上嗯嗯啊啊地應著，謙虛不是，不謙虛也不是。他拿不準，這個樓裡的老鄰居們，有多少人知道他的婚變。自從離婚以後，每次回來，老費都有些躲躲閃閃。是怕人家關心。離婚嘛，終究不是什麼好事。自然了，也算不得什麼壞事。這年頭，還有什麼值得大驚小怪的呢？

一進門，屋子裡靜悄悄的。門廳的桌子上，放著那只蛋青色的麵盆。往客廳裡張一張，也是靜悄悄的，沒有人聲。老費正納悶，往地上一看，拖鞋都在。知道是都出去了。老費心下不由鬆了一口氣。看看錶，四點十分。老費就把外套脫了，去客廳裡翻報紙。

翻了一回報紙，覺得無聊。老費點了一支菸，慢慢踱到門廳，掀起那麵盆上的濕布，一塊麵團正餳著。廚房裡，韭菜洗好了，攤在箅子上瀝水。蝦仁煸得紅紅黃黃的，盛在一只玻璃碗中。看這架勢，八成是要包餃子。

易娟的短信發過來的時候，老費正在陽台上，看著那一對紅嘴兒發呆。易娟說，念。老費心裡一動，身上便毛躁起來。卻並不著急回覆。這女子實在可恨。要煞一煞她的性子才好。

一出樓門，遠遠地，看見一幫人正往這邊走。費老爺子照例是倒背著兩隻手，費老太太牽著甜甜，劉以敏手裡大包小包，時不時換一下手。老費想躲，已經來不及了。只好硬著頭皮迎上去，接劉以敏手裡的東西。劉以敏閃避了一下，並沒有給他。老費就訕訕的，問甜甜一些廢話。費老太太見了兒子，笑得合不攏嘴，說怎麼要走，晚上包餃子——讓小敏做兩個菜，你們爺倆喝兩盅。

老費一面跟母親敷衍著，一面看著劉以敏拎東西上樓。劉以敏還是那一條牛仔褲——她實在是不適合穿這種緊繃繃的褲子。平底涼鞋，簡單樸素得近乎中性。上身呢，是一件體恤，鬆鬆垮垮的，完全沒有形狀。頭髮隨意挽起來，用一根黑色的橡皮筋紮住。老費心裡感嘆了一聲。銀櫃夜晚的那個劉以敏——莫非是他看錯了？手機在口袋裡震動，老費拿出來看了一眼。易娟問，在哪裡？

十四

窗子半開著。暮色一點一點湧進來，屋子裡的一切模模糊糊，彷彿一個縹緲的夢。老費歪在沙發上。方才，排山倒海的激情已經完全退潮了，人便好像一隻被擱淺的魚，感到一種前所未有的絕望，還有空虛。空氣裡流蕩著一種東西，黏稠的，微甜的，夾雜著一種類似槐花的微腥的味道。老費懶懶地躺著，想起易娟的某個神情，心裡不由得蕩漾了一下。個小妖精。當真是厲害。

易娟是被手機叫走的。按照原本的打算，老費要請她去吃酸湯魚。樓下那家菜館，酸湯魚十分鮮美，是易娟的最愛。但看到她對著電話支支吾吾的樣子，就一下子索然了。他看著易娟麻利地穿衣服，梳洗，整理那只小巧玲瓏的包，在床上翻來覆去地找那只水晶耳針，急三火四的，有點亂了陣腳。老費半閉著眼睛，想聽她如何解釋。卻沒有解釋。老費只覺得額上被潦草地碰了一下，門吧嗒一聲，人就不見了。豈有此理。真是豈有此理。易娟她敢這樣對他。她竟然也敢。

窗外的天色已經完全暗下來了。屋子裡黑漆漆的。落地枱燈就在沙發一旁，但他懶得伸手。想著易娟的不辭而別，老費胸口悶悶的。然而，話又說回來，易娟因何不敢呢？易娟又不是圈子裡的那些個女人，她憑什麼不敢？況且，易娟是有夫之婦不假，也或者，老費之外，她還真的有情可寄也說不定。可是老費，何曾對她有過半點真心呢？床上輾轉跌宕的那一點真心，在堅硬的現實世界中，彷彿陽光下的薄雪，美麗是美麗的，卻虛幻得很。即便是空頭支票，也從來未曾開過。老費是懶得開了。易娟呢，是不是也從來沒有過任何期待？願得一心人，白首不相離。是誰發過這樣的短信？彷彿是易娟，也彷彿不是。孔夫子說得對，近之則不遜，遠之則怨。看來，自己也算得是小人心態了。

手機屏幕一閃一閃的，彷彿是撲閃撲閃的眼睛。手機咿咿呀呀地唱著。這個時間的電話，左不過是那些個不鹹不淡的飯局，無聊得很。這些年，老費算是看清了，熱鬧鬧一場飯局下來，說了一籮筐，有幾句話是真心的呢？天下之大，知我者幾何？圈子裡，沒有永恆的朋友，只有永恆的利益。利益關係勾連的同盟，兄弟，師生，甚至情人，是最真摯可靠的。有時候，仗著酒意，也說過一些個激情血性的大話，糞土這個，糞土那個，彷彿平日裡那些孜孜以求的東西，都不過是糞土一堆。而富貴壽考，功名利祿，全是他媽的浮雲一片。當真是醉話，不過是吹吹牛而已，又有哪句能夠當真？即便真的喝醉了，也不過是借他人的酒杯，澆自家胸中的塊壘罷了。縱有千年鐵門檻，終須一個土饅頭。在很多事情上，老費還是是看得破的，可是，這世間很多東西，即便是看破了，又如何放得下呢？

記得有一回，袁爺喝高了，坐在那裡指點江山，說著說著竟破口大罵，什麼他媽的學術，狗屎！袁爺我在圈子裡縱橫多年，什麼沒有見過？旁邊的一幫人看他口無遮攔，急得直說醉了，袁爺醉了。趕忙著人來伺候袁爺去醒酒。座中都是官方的頭面人物，聽由袁爺放肆，不呼應，也不勸止，顧左右而言他，倒是個個面不改色。只有袁爺，一面被人扶著往外走，一面大聲吟道：有情風萬里卷潮來，無情送潮歸。問錢塘江上，西興浦口，幾度斜暉？眾人都說，這是真醉了。袁爺今天高興！老費想著袁爺那天的醉態，莫名其妙地，覺得那悲慨豁達背後，竟是滿懷蕭索。在袁爺這個位子上，竟也有這麼多不足為外人道的？圈子裡，袁爺是誰？袁爺就是一個傳說。袁爺的文章，不說前無古人，也算得後無來者了。袁爺學問大，為人又通透。脾氣也大，但那要看對誰。此前，袁爺是從來不醉酒的。老費總覺得，從來不醉酒的人，是可怕的。滴水不漏，不露絲毫破綻。這是老費頭一回看見袁爺醉酒。

老費呢，酒量很好，卻知道節制。酒這東西，有時候，即便沒有酒量，也不得不喝。有時候呢，就算是酒量再好，也不得多喝。有多少回，老費在人前喝得氣壯山河，背了人吐得翻江倒海？黑暗中，摸到了一個冰涼的小東西。遺落的水晶耳針。看來，易娟今天是真的心神不寧。易娟這一對水晶耳針，還是他從法國帶回來的。易娟當時就戴上了。晚妝初了明肌雪。這水晶耳針，令整個夜晚都璀璨起來了。那真是一個迷人的夜晚。

水晶耳針在手掌心裡捏來捏去，小水鑽一粒一粒的，有些扎手，但是老費猶自把玩著，讓那不規則的小東西在手掌心裡輾轉地疼，仍不捨得鬆開。

電話鈴忽然響了。老費嚇了一跳，本能地跳起來去接，剛拿起話筒，卻又斷掉了。

老費呆呆地在黑影裡立著。手掌心裡惻惻地疼，大約是被那耳針扎破了。

老費茫然地發了一會子呆，打開燈，去床頭找劉以敏那只小藥箱。藥箱裡琳琅滿目，全是藥。老費一個個挨著看過去，直看得眼花繚亂。說明書上，有各種各樣的標記，曲線，直線，三角，方框，補充說明，著重號，有藍色，有紅色，是劉以敏的筆跡。藥瓶子都是新的，沒有開封。奇怪了。老費把一瓶酒精挑出來，打開，用棉籤塗在傷口上。他激靈靈抖了一下，打了個寒噤。這一點小傷，想不到還真疼。

CD機裡放著一首曲子，是八十年代的老歌。八十年代，那時候，他還在讀大學。青枝碧葉般的年紀，那真是他的錦繡年代。詩萬卷，酒千觴，幾曾著眼看侯王？玉樓金闕慵歸去，且插梅花醉洛陽。他始終相信，書齋裡的那一盞孤燈，是能夠照亮整個世界的。十年窗下，他對未來有多少想像和期待？年少輕狂，年少輕狂啊。

老費半臥在床上，莫名其妙地，忽然就想喝酒。吧台上有各種各樣的酒，紅酒，洋酒，白酒，都是上好的品質。老費挑了一瓶紅酒，自斟自飲。燈光把他的影子映在牆上，有一些超現實的虛幻。床頭是一本他的新書，題目大得嚇人，裝幀卻是十分樸素大氣，厚厚的，比裝飾牆上的仿古青磚還要厚些，一下子扔過去，想必也能砸出人命。算起來，早已經年過不惑，快要知天命了。書出了一大摞，不說是著作等身，也稱得上成果頗豐了。半生熟讀書卷，自詡勘破了人間正道，怎麼還是這樣困在局中，不得自在呢？老費把杯子裡的酒一飲而盡，忽然間悲從中來。

床頭櫃的盤子裡躺著一只蘋果，被從中間切開了，沒有削皮。老費對著那蘋果看了好一會兒。那被切開的傷口，是不是還是甜的？

一覺醒來的時候，窗子已經透出了淡淡的晨曦。腦子裡昏沉沉的，是那種宿醉後的鈍痛。房間裡的家具漸漸顯出了模糊的輪廓。彷彿有市聲隱隱傳來，喧囂的，遙遠的，繁華的，仔細聽時，卻又是一片岑寂荒涼。手機忽然唱起來。老費想掙扎著起來拿，卻一時動彈不得。只好任它唱。看來，這回是真的醉了。

小米開花

說實話，很小的時候，小米就想像過自己有朝一日坐月子的情景。小米這麼想完全是因為受了嫂子的啟發。嫂子自從有一天從村南碰有家回來，一句話不說，就軟綿綿歪在炕上了。碰有是庄上的先生，開著一間藥鋪子。這地方的人管醫生不叫醫生，也不叫大夫，叫先生。小米至今記得嫂子慢悠悠走進院子的情景。娘跟在後頭，樣子看上去又著急，又歡喜，著急又歡喜。她的身子往前撲著，腳步走得挺淩亂，挺沒章法，嘴裡念念有詞，像是在罵人。小米愣了半晌，才從東屋門檻上咚的一聲跳下來，她聽見娘罵的是哥哥。兔崽子，臭小子，街門上的柴禾也不收拾好，辦事一點都不牢靠，還想當爹哩……小米看見這個時候嫂子的臉是紅的，眼皮子向下耷著，下巴頦卻是朝上揚著的。當天晚上，家裡的那隻蘆花雞就變成了熱氣騰騰的湯，盛進了嫂子的碗裡。

那時候，小米在旁邊一邊咽著口水一邊想，懷娃娃真好。也就是從那個時候開始，小米對未來的坐月子充滿了憧憬。

小米人不醜。這是娘給她下的評語。小米對這個評語不滿意。怎麼說呢，娘就是這樣，對自家的閨女橫挑鼻子豎挑眼，怎麼看都不對。對人家的呢，倒是寬宏的，厚道的，不吝讚美的。比方說吧，在街上見了人家抱的孩子，就說，看這小子，生得多排場！說著還湊上去捏捏人家的臉蛋子。村西頭娶了新媳婦，跑過去看了，回來稱讚，這媳婦，眼睛毛茸茸的，歡實得很。小米有時候就不大服氣，覺得娘的眼光有問題。

就說嫂子吧。嫂子是從司家庄嫁過來的。嫂子從進門的那一天起，就讓小米不大痛快。其實，這事還得從娘說起。早在嫂子嫁過來之前，娘就一口一個俊子掛在嘴上。人家一隻腳門裡，一隻腳門外，還指不定是誰家人哩。看把娘美的。俊子其實也不俊，只是人生得豐滿，皮膚又白，就像剛出鍋的白饅頭，熱騰騰，透著一股子喜氣。娘私下裡說，媳婦就要娶這樣的，興家呢。爹聽了這話沒吭聲，只是很不自在地把菸鍋在腳底板上磕了幾下。

嫂子娘家家境不錯，這一來，就多少有些下嫁的意思。嫂子倒還好，娘就有些沉不住氣。在媳婦面前心虛得很。說話，做事，都覷著媳婦的臉色。小米很看不慣娘這個樣子。後來嫂子生了侄子，娘在媳婦面前就越發低伏了。鄉間有這麼一句話，媳婦越做越大，閨女越做越小。看來是對的。有時候，飯桌上，看著爹娘親親熱熱地逗侄子，小米心裡就沒來由地酸起來。娘是一個粗枝大葉的人，愛說笑話。在孫子面前，更是容易忘形。她擠著眼睛，做著各種各色的怪樣子，嘴裡不停地叫著——也聽不出是在叫什麼，然而嫂子懷裡的胖小子卻笑了，露出一嘴粉紅色的牙床子。娘的興致更高了。爹也笑。爹是一個木訥的人，平日裡總是沉默的，這個時候，那張被日光晒得黑紅的臉膛就生動起來，有了一種奇異的光芒。此時，小米心裡是委屈的。覺著爹娘不是自己的爹娘了。家也不是原來那個家了。原來那個家，溫暖，隨意，理所當然。她是爹娘的老閨女，撒嬌，使性子，耍賴皮，怎麼樣都是好的。還有哥哥。哥哥一向疼她，可自從嫂子進門，哥哥就不一樣了。無論在哪裡，什麼時候，哥哥的眼睛老是離不開嫂子。有一回，哥哥和嫂子正說著話，嘰嘰咕咕的，嫂子沒來由地紅了臉。哥哥抬起手，把嫂子額前掉下來的那綹碎髮抿到耳後。只這一下，小米心裡就酸酸地疼起來。

侄子出世了。家裡更多了一種歡騰的氣息。到處都是小孩子的東西。捏起來吱吱叫的小鴨子，小撥浪鼓，五彩的氣球，花花綠綠的尿片子。小米覺得家裡簡直沒有了她的位置。嫂子餵奶的時候，娘和哥哥一邊一個，給正在吃奶的小人兒喊著號子鼓勁。小米把簾子啪地一下摔在身後，珠串的簾子就驚慌失措地盪過來盪過去，半天定不下神來。娘在身後罵了一句，這死妮子，看把孩子給嚇著。

陽光滿滿地鋪了一院子。風一吹，蟬鳴就悠悠地落下來，雞籠子旁，豆角架上，半筐籬豆子裡，擠擠挨挨的，都是。小米把眼睛瞇起來，無數個金粒子在她眼前跳來跳去。她忽然感到百無聊賴。就去找二霞。

二霞正在午睡。聽見動靜就睜開眼來，用手拍拍身旁的涼蓆，招呼小米躺下。小米就躺下來。二霞穿一件窄窄的小衫子，仄著身子躺著。小米忽然發現她跟以前不一樣了。她的胸前突出來，腰是腰，屁股是屁股。讓人看一眼就心慌意亂。小米看著二霞，覺得眼前這個二霞不是原來那個二霞了。這個二霞是陌生的，讓她感到莫名地慌亂和忸怩。

晚上，洗澡的時候，小米偷偷察看了自己的胸脯。她驚訝地發現，它們不知道什麼時候開始微微腫起來了，像花苞，靜悄悄地綻放。小米看一回，又看了一回，心裡漲得滿滿的，彷彿馬上就要破裂了。

家裡照常是一片歡騰。小傢伙咿咿呀呀地嘟噥著，會咯咯笑了。笑得口水都流下來，亮晶晶地掛在嘴角。可是小米不關心這個。

這些日子，小米只關心一件事：去二霞家。

二霞在縣城的地毯廠上過班，在小米眼裡，算是見過世面的人。其實滿打滿算，二霞在縣城才待了半年。後來地毯廠倒閉了，她的上班歲月也就倉促結束了。可是這並不妨礙二霞的眼光。小米一直認為，二霞是有眼光的。二霞給小米講了很多新鮮事。這些事小米以前都沒有聽過。二霞問小米來了嗎？小米困惑地看著她，不知道她在說什麼。來了嗎——誰？二霞就吃吃笑起來，笑得小米心裡有些惱火。剛要發作，二霞又說，不來，就生不了孩子。小米心裡格登一下子。看來坐月子也不是那麼簡單的事。

夏天的中午，寂靜，悠長。小米和二霞歪在炕上咬耳朵。二霞了不得，知道的真多。小米聽得臉上紅紅的，一顆心跳得撲通撲通的。後來，小米就把臉埋在被單子裡，一雙耳朵卻尖起來，聽二霞說話。聽著聽著，小米就走了神。二霞拿胳膊肘戳戳她，她才猛地吃一驚，把漫無邊際的一顆心思拽回來。

回到家，娘剛把飯桌擺出來。哥哥嫂子還在屋裡磨蹭。爹蹲在臉盆旁嘩啦嘩啦地洗手。娘衝著東屋喊了一聲哥哥，說快別磨蹭了，吃飯。小米看了一眼東屋的窗子，裡面靜悄悄的，孩子大約是睡了。娘又小聲嘀咕一句，磨蹭。小米的心忽然就跳了一下。幸好是傍晚，院子裡，天色已經暗下來了。小米知道自己走了神，在心裡罵了自己一句，狠狠地咬了一口饅頭。哥哥嫂子吃完飯，就一前一後地回屋了。小米想，剛才磨蹭，現在，倒走得怪急。娘叮叮噹噹地洗著碗，一邊敷衍著在腳邊轉來轉去的大黃狗。爹站在絲瓜架下面，察看著絲瓜的長勢。小米又看了一眼東屋的窗子，窗簾已經拉上了，水紅的底子上撒滿了淡粉的小花，白天看倒不起眼，晚上，經了燈光的映射，竟有幾分生動了。小米輕輕嘆了口氣。

晚上，小米就睡不著了。外屋，爹娘還在說話，有一句沒一句的。有時候，好長一陣子靜寂，忽然爹咳嗽起來，娘就嘟噥一句，像是抱怨，又像是心疼。月光透過窗戶照過來，水銀一般，半張炕就在這水銀裡一漾一漾的。小米閉眼躺著，一顆心像雨後剛開的南瓜花，毛茸茸，濕漉漉，讓人奈何不得。小米腦子裡亂糟糟的。她想起嫂子剛進門的時候。那時候，娘最常說的一句話就是，別有事沒事往東屋裡鑽。小米心裡就忿忿的。憑啥？東屋多好！裡裡外外都是新的，滿眼都是光華。東屋。現在，夜深了，東屋……小米不敢想下去了。

這些日子，小米忽然就沉默了。她常常一個人呆呆地坐著，望著某個地方，一坐就是半天。有好幾回，她擇菜，好豆角扔了，把滿是蟲眼的倒留下來。摘西紅柿，低頭一看，籃子裡都是青蛋蛋。娘沒看見。她不會注意這些。爹也是。那個胖小子一天一個樣子，家裡的氣氛是歡騰的，喧鬧的，熱烈的，大家的心都被成長的喜悅漲滿了。小米默默地把豆角撿回來，把一籃子青蛋蛋剁碎，扔給雞們。雞們神情複雜地啄了一下，跑了。小米拿起一個青蛋蛋咬了一口，酸，而且澀。小米不由地咧了咧嘴。

那天，是個傍晚吧。小米去二霞家。二霞家早吃過了晚飯。她爹娘都不在，一定是去聽戲了。村東六指家老了人，從鎮上請了戲。這地方紅白事都要唱戲。戲台子上，盛裝的幾個人咿咿呀呀地唱著，台下，是熙熙攘攘的村人。戲腔，小孩子的銳叫，咳嗽聲，葵花子的叫賣，此起彼伏，把兒孫們的悲傷都給淹沒了。也有小孩子不願意看戲，他們寧肯看電視。二霞也在看電視，見了小米，也不打聲招呼，只管自己看。小米站了一會兒，就想走。二霞忽然說，別走啊小米。小米就停下來，等著二霞的下文。二霞說，咱玩個遊戲吧——電視也沒意思。

剛打過麥，麥秸垛一堆一堆的，像一朵朵盛開的蘑菇，在夜色中發出暗淡的銀光。空氣裡流蕩著一股子莊稼成熟的氣息，濕潤，香甜，夾雜著些許腐敗的味道。二霞走在前面，小米在後面跟著。小米的後面，是胖濤。胖濤是二霞弟弟，小時候胖得不成體統，人們都叫他胖濤。小米聽見胖濤呼哧呼哧的喘氣聲，二霞，去哪兒啊？胖濤從來不叫二霞姐姐，他叫二霞。二霞不說話，只是低頭走路。小米說，二霞……這時候二霞在一個麥秸垛前面站住了。麥秸垛像一只大饅頭，已經被人掏走一塊。二霞指揮著小米和胖濤鑽進那個窩窩裡，她說，現在，遊戲開始了。小米看了一眼懵懂的胖濤，心裡有什麼地方呼拉一下子亮了一下，她的心咚咚地跳起來。二霞說，來，這樣。她讓胖濤把褲衩脫下來，胖濤很不情願，嘟囔了幾句。二霞就勸他，許諾把自己那只電子錶給他玩幾天。胖濤就依了。

夜色朦朧，小米還是看清了胖濤的小雀子，它瘦小，綿軟，青白，可憐巴巴。小米心裡想笑，卻不敢。一陣激烈的鑼鼓聲隱約傳來，唱的是《捲蓆筒》。一個女聲正在哭唱：兄弟——兄弟——呀——小米不敢看二霞，她瑟縮地低下頭，說回家了——天……不早了……

小米躺在黑影裡，看著風把窗簾的一角撩撥來撩撥去，心裡亂糟糟的，煩得很。她老是想著晚上的事。麥秸垛。濃郁的乾草味。二霞閃閃發光的眼睛。胖濤的小雀子，可憐巴巴的小雀子。兄弟——兄弟——呀——《捲蓆筒》裡嫂嫂的唱腔悲切動人……小米心想，二霞是不是生氣了。私心裡，她對二霞有那麼一點——叫懼怕也好，二霞是成熟的，吸引人的，在言語和行為上，有主導性的。而且，二霞有見識。在二霞面前，小米願意服從。可是，今天不一樣。小米感覺今天的二霞有點陌生。二霞的聲音，神情，甚至，二霞的沉默，都有一種令她感到陌生的東西，陌生，然而又有一種無法抗拒的吸引。還有恐懼，因為陌生帶來的恐懼，以及對未知事物的天然拒斥。小米想起二霞的話。那些個午後，寂寞，肥沃，遼闊，無邊無際。二霞的話像一粒粒種子，撒下去，就開出花來了。空氣裡是一種很特別的氣息，嬌嬈，濕潤，黏稠，蓬勃，讓人喘不過氣來。黑暗中，小米的臉一點一點燒起來了。她拿手捂住臉，發覺手心裡濕漉漉的，都是汗。這時候，她才感覺兩隻手由於緊張用力而痠麻了。風掀起窗簾的一角，夜空幽深，黑暗。月亮不知躲到哪裡去了。

第二天早上，小米起得很晚。爹娘叫了幾遍，見沒有應答，就由她去了。太陽都一房子高的時候，小米才蒼白著一張臉出來。嫂子已經吃完了，正在給孩子餵奶。想必又是娘抱孩子，讓嫂子先吃。這時候娘正端了一碗粥，一邊喝一邊逗孩子。見了小米，說這閨女，長懶筋了。小米不說話。她拿起一塊饅頭，慢慢地咬起來。孩子在嫂子懷裡奮力地吃著奶，吭哧吭哧，能清晰地聽見吞咽的聲音。嫂子的奶水真足。小米想。這聲音令小米很難堪。她看了一眼哥哥，哥哥正把頭湊過去，輕輕刮著小傢伙的鼻子。小米注意到，嫂子的乳房飽滿，肥白，奶水充盈，一條條淡藍色的血管很清晰地現出來。有時候孩子不留神，紫紅色的碩大的乳頭就會從那張粉嫩的小嘴裡滑出來，只一閃，又被孩子敏捷地逮住了。小米看了一眼爹。爹坐在絲瓜架下抽菸，一副目不斜視的樣子。小米把一片萵苣葉子捲起來，蘸了一下碗裡的醬。小米喜歡萵苣，碧綠，水靈，看一眼就想吃。這時候，嫂子忽然驚叫一聲，說這壞小子，疼死人了。一邊說，一邊作勢拍了一下孩子的屁股。哥哥嘴裡絲絲地吸著冷氣，娘卻笑了，說這小子。語氣分明是自豪的。爹劇烈地咳嗽起來，止也止不住。一隻白翎子雞涎著臉湊過來，明目張膽地啄著南瓜葉子。爹嘴裡哦秋哦秋地趕著，一時忘了咳嗽。

陽光從樹枝的縫隙裡漏下來，一點一點地，在地上畫出不成樣子的圖案。小米把手伸出去，讓一個亮亮的光斑落進手掌心裡，然後，忽然把手掌合攏來，像是怕那個光斑溜走了。拳頭上就亮閃閃的，像一隻眼睛，眨呀眨。影壁前面傳來索拉索拉的聲音，娘在簸玉米。如今，玉米是稀罕物，通常是不吃的，只是有時候饞了，白麵饅頭也吃得不耐煩了，人們會仔細挑了糧食，細細磨了，蒸餅子，或者打白粥，都是新鮮的。娘簸玉米的樣子很嫻熟，一下一下，節奏分明。影子在地上一伸一縮，大黃狗從旁半臥著，看著看著就出了神。嫂子抱著孩子串門去了，家裡一下子安靜下來。爹去打棉花杈子。哥哥也不知到哪裡去了。哥哥向是這樣。用娘的話說，是個媳婦迷。村裡的壯勞力們大都出去打工了，哥哥沒去。當然，也可能是嫂子不讓去。總之，哥哥不去，做爹娘的也不好說什麼。小倆口整天黏在一處，人們都說，看人家小伏，歲數不大，倒懂得疼媳婦。一陣風吹過來，有一片陽光掉進小米的眼睛裡，小米閉了閉眼。娘在簸玉米。這時候她停下來，擦了一把額頭的汗。院子裡很靜，小米很想跟娘說點什麼，可是想了想，又不知道說什麼。小米看了一眼娘的臉，一綹汗濕的頭髮掉下來，隨著她的動作一跳一跳。

吃完飯，小米睡午覺。小米躺在炕上，電扇嚶嚶嗡嗡地唱著，把身上的單子吹得一張一翕。小米閉上眼睛，醞釀著睡覺的事。

這是一明一暗的房子，爹娘睡外間，小米睡裡間。平日裡，小米是個頭一沾枕頭就睡的人，雷打都轟不動。可是現在不行了。現在，小米發現，睡覺是一件很折磨人的事情。有時候，小米會突然驚醒過來，尖起耳朵。周圍一片靜寂，整個村莊彷彿都睡去了。外間屋傳來爹的鼾聲，偶爾，娘也磨牙，模模糊糊地說一句夢話。小米躺在黑影裡，感到自己的臉慢慢燒了起來。

已經有陣子不見二霞了。其實，有好幾回，小米的腳都開始往二霞家的方向走了，心底裡忽然就探出一個東西，像纏人的瓜蔓，把腳給絆住了。小米拿自己沒辦法，想了想，就去地裡摘甜瓜。

這地方，人們把甜瓜種在棉田裡，叫套種。收花和吃瓜，兩不耽誤。村外的土路上坑坑窪窪的，深深淺淺的車轍把路面切割得不成樣子。機器收割的麥茬齊嶄嶄的，已經有潑辣的玉米苗在風裡搖頭晃腦了。路兩旁，田地裡搭起了各式各樣的簡易房，它們在鄉村的風中站立著，簡單，潦草，漫不經心。房前房後抻起了繩子，晾晒著各色衣物。這是村裡人家的養雞場。周圍很靜，偶爾有母雞咯咯地叫兩聲，引得一片雞鳴，熱烈地應和著。小米抬頭看了一眼天邊，太陽正慢慢地向西天墜下去。淺紫色的雲彩在樹梢上鋪展開來，房子，樹木，田野，人，都被染上一層深深淺淺的顏色。田邊的壟溝上，零星開著幾處野花，多是很乾淨的淡粉色，也有深紫的，吐著嫩黃的蕊子，很熱烈，也很寂寞。小米不由得蹲下來，想掐一朵在手裡，躊躇了一時，終於沒有忍心。

天色漸漸暗下來了。遠遠地，一個人影慢慢從河堤下面升上來。逆著天光，小米只能看清來人的輪廓。這個人高大，黝黑，像黃昏中一座移動的鐵塔。小米——妳在這裡，做什麼？小米這才看清鐵塔是村西的建社舅。建社舅是外地人，村裡的上門女婿，論起來，算是娘的堂兄弟。小米看了一眼建社舅，他背了一只大筐，裡面是堆尖的青草，顫顫巍巍的，很危險的樣子。建社舅小心地把草筐卸下來，放在地上，有幾蓬青草掉下來，滾到小米的腳邊。建社舅說熱，真熱，一邊把身上的背心脫下來，快速地扇著。小米看了一眼他的肚子，圓鼓鼓的，像扣了個大面盆。小米就笑起來。小米穿了一條布裙子，淺米白的底子，上面撒滿了鵝黃色的花瓣。建社舅看了她一眼，說，米啊，建社舅給妳打個謎，看妳猜出猜不出。小米說那你說。建社舅把汗淋淋的背心甩在肩膀上，從筐裡拽出一根草，把它彎成一個圓，說這是啥？小米說還用問，傻瓜都知道。建社舅又從筐裡拽出一根草，說，這個呢？小米撲哧一下笑了，草唄。建社舅也笑了一下，說傻。他把這根草從那個圓裡穿過去，說，這個呢？小米想了想，說，這個，啥都不是。建社舅把那根草在圓裡來來回回地穿進來，穿出去，穿出去，穿進來。他看著小米的臉，手下的動作越來越快。這個呢？小米感覺他的樣子很滑稽，忍不住笑了。天色正一點一點黯淡下來，田野裡，漸漸騰起一層薄薄的霧氣，夾雜著莊稼汁水的青澀氣息。遠遠地，村子上空升起淡青色的炊煙，和茂密的樹梢纏繞在一起。建社舅，回家了。建社舅不說話，他站在那裡，手裡拿著那兩根青草。建社舅今天有點怪。小米想。她不想理他了。她要回家了。

暮色從四面八方湧過來，一點一點把小米包圍。小米看了一眼樹樁一樣的建社舅，轉身往回走。小米。小米。樹樁的聲音從暮靄中穿過來，小米聽得出他聲音的不平常。她忽然有些害怕，撒腿就跑。

小米醒來的時候已經很晚了。太陽透過槐樹的枝丫照過來，在窗戶上描出婆娑的影子，畫一般。小米聽見院子裡有人說話。

姐，吃了？

建社舅！小米感覺自己馬上變得僵硬起來。娘說吃了，建社你坐。

這天，也不下雨。

可不是，乾透了都。青改還壯吧？幾個月？

八個多。

快到時候了。

可不。

這一晃。

建社舅打了個哈欠，問米哩？

這閨女，長懶筋啦。娘在嘩啦嘩啦地洗衣裳。還睡哩。米——小米——

建社舅說睡唄，有啥事。

小米忽然一下子就從炕上坐起來。拿手指攏了一把頭髮，噌噌兩步就打開門，把簾子撩起來。院子裡的人都沒防備，吃了一驚。小米靠在門框上，一隻腳門裡，一隻腳門外，陽光打在她的臉上，一跳一跳地，看不清她的表情。這閨女。娘嘟噥了一句，又低下頭擺弄盆裡的衣服。建社舅臉上訕訕地，一時沒了話題。一只板凳橫在門口，小米飛起一腳，把它踢個仰八叉。正在閉目養神的蘆花雞嚇了一跳，嘴裡咕咕叫著，張惶地走開去。招妳惹妳了，這閨女。小米不吭聲，往盆裡舀了水，豁朗豁朗洗臉。建社舅說那啥，待會子說是收雞蛋的來，我回去盯著點兒。娘說你忙，也叫青改過來坐坐，老悶家裡。建社舅答應著往外走，小米洗完臉，抓起臉盆，嘩啦一下潑出去，建社舅的褲腳就濕了半截。這閨女，怎麼就沒個譜。娘歪著頭，使勁擰著衣裳，嘴巴咧得很開。老大不小了都。

這程子，小米心裡老想著建社舅的那兩根青草。想著想著就走了神。有一回，一家人吃晚飯，電視開著，是一個沒頭沒尾的電視劇。男人和女人在說話，說著說著就抱在了一起，開始親嘴。他們親得很慢，很細緻，像是要把對方的五臟六腑都吸出來。小米心裡有些緊。她盼望電視裡的人快點停下來。電視裡的人卻越來越有耐心，他們像兩株蔓生的植物，彼此纏繞在一起，越纏越緊。小米不敢看了，她感覺手心裡濕漉漉的都是汗水。屋子裡的氣氛也慢慢變了。有那麼一會兒，大家停止了聊天，誰都不說話。電視裡的人繼續親著，男人開始脫女人的衣服。屋子裡靜極了，只聽見電視裡的喘息聲和模模糊糊的呢喃。小米感覺時間像是凝滯了，她木木地吃著飯，全然吃不出一點滋味。這時候爹終於站起來，他重重地咳嗽了一聲，說這蚊子，挺厲害。他準備去拿蚊香了，可是又停下來，對著娘說，還有吧？蚊香。娘回頭看了爹一眼，就起身到抽屜裡找蚊香。抽屜乒乒乓乓開合的聲音，把電視裡的聲音淹沒了。哥哥回過頭來，看了娘一眼，小米注意到，這一眼裡似乎有些慍怒。趁著亂，小米走出屋子，裝作上廁所的樣子。一陣風吹過，院子瀰漫著樹木和蔬菜的氣息，夾雜著人家的飯菜的香味。小米一直找不到藉口出來，她怕大家知道她的害羞。害羞，就是懂了的意思。小米不願意讓家裡人知道。她不好意思。回到屋裡的時候，電視上一切都過去了。畫面上，是繁華的城市街道，陽光明媚，來來往往的行人，車輛，還有輕鬆的音樂。小米心裡像有一根緊繃的弦，一下子鬆弛下來。一家人也恢復了正常，有一搭沒一搭地聊著天，氣氛輕鬆。黏稠的空氣開始慢慢流動。大家都暗暗舒了一口氣。爹終於沒有把蚊香點上。此刻，他神情自在，不慌不忙地捲著旱煙。

鄰村四九逢集，一大早，娘就張羅著趕集的事。青改拖著笨重的身子走過來，娘見了，趕忙讓她坐。青改卻不坐，她站在那，一手扶著腰，一手扶著已經顯山露水的肚子。兩隻腳分開來，像一個志得意滿的將軍。娘說累吧？青改說還好，就是腳腫得厲害，說著就讓娘看她的腳脖子。小米看著青改艱難彎腰的笨拙樣子，心裡忽然有個地方疼了一下。她想起了建社舅的那兩根青草。我懷小米那會，腿都腫了，一摁一個坑。小伏就沒事。都說閨女養娘，這話也不能全信。青改說噢，建社倒是盼小子呢。娘去趕集了，青改並不走。小米正不知道該怎麼辦，嫂子抱著孩子出來了，叫青改姨，親親熱熱地打著招呼。小米趁機溜出來，把青改留給了嫂子。

小米發現自己來事是在快中秋的時候。有一回，也是吃飯，小米站起來盛粥，回來看見板凳上有暗紅的顏色，她心裡一驚。她想起了二霞的話。這是來了。小米想。她裝作若無其事的樣子，繼續吃飯，心裡卻是慌亂的，撲通撲通跳得厲害。她不想把這事告訴娘。娘正專心致志地拿勺子一點一點把蛋黃往孫子嘴裡抹，小傢伙吧嗒吧嗒地吃得很香。小米故意磨磨蹭蹭吃到最後，等大家都走開了，趁著娘去水缸舀水，小米飛快地把板凳面靠牆放好，跑進自己屋子裡。

對於這件事，小米不是沒有思想準備。該知道的，二霞都說給她聽了。可是事到臨頭，小米還是有點措手不及。有一回，嫂子在廁所裡喊她，她知道嫂子是忘了帶紙，就撕了手紙送過去。嫂子卻說不是，不是這個。小米歪著頭想了一回，也沒想明白嫂子要什麼。嫂子說，妳去我屋裡——抽屜裡有。小米在嫂子抽屜裡翻了半天，裡面只有一包東西，還沒有打開，淡粉色的底子上，有一個女人。女人很好看，一雙眼睛似睡非睡。小米就拿了這包東西給嫂子送過去，嫂子接過來，忽然紅了臉。小米就對這東西留了心。後來她才知道了那東西的用處。

小米關在屋裡，費了好長時間才把自己收拾妥當。娘在外面喊她，小米，囫圇饅頭啃成這樣——還吃不吃了？

天氣說冷就冷了。農曆十月，有個十月廟，這地方的人很看重這個十月廟。廟就是村東的土地廟，其實是一間不起眼的小房子。香火卻盛。說是土地廟，在村人眼裡，就有了象徵的意思。鄉下人，對這種事是很虔誠的。誰家有了坎坷，都要來廟裡拜一拜。求醫問藥，占卜吉凶，測問禍福，少不了要來燒一炷香。逢年過節，廟裡就更熱鬧了。每年的十月廟，排場是很大的。村裡請了戲班子，唱戲，七天七夜，引得鄰村的人們都過來看。一些小攤子就在廟會上擺出來，主要是吃食：瓜子花生，新鮮果木，餜子豆腦，驢肉燒餅，油炸糕。到處香氣撲鼻，熱氣騰騰，整個村子像過年一樣熱鬧。

只有小米例外。

怎麼說呢？無論如何，小米是有些變了。小米是個有祕密的人了。小米的祕密不僅僅在二霞和胖濤，也不在建社舅，還有他手中的那兩根草，當然也不僅僅是她「來了」。小米的祕密在於，她眼睛裡世界不一樣了，或者說，她看世界的眼光不一樣了。從前，在小米的眼睛裡，世界是簡單的，清澈，透明，一眼看到底。可是，現在不一樣了。有一天，小米出門看見大黃狗正在和建社舅家的黑狗糾纏，纏著纏著就纏到一處了，腿對著腿，不可開交的樣子。小米的臉騰地一下就熱了。她看看四周無人，撿起一塊土坷垃就扔過去。兩條狗卻不理會，仍專心致志地做事。小米氣得走過去踢了大黃狗一腳，大黃狗吃了一驚，身子並不分開，瞪著一雙無辜的眼睛看著小米，嘴裡嗚嗚地叫幾聲，表達自己的委屈。小米無法，跺一跺腳，就由牠們去。回到家，小米心裡恨恨的。她把門一下子關上，咣噹一聲，把自己都嚇了一跳。

小米歪在炕上，看著牆角那個小小的蜘蛛網發呆。蜘蛛網很小，但很精緻，蜘蛛去了哪裡呢？小米想不出。可能蜘蛛趁小米不注意的時候，就會回來。這說不定。小米看著那個蜘蛛網，心裡想，這個世界，總是有人們不知道的祕密。

鄉下人憨直，嘴巴少有顧忌。尤其是男人們，他們總有說不完的俏皮話，葷的素的，黑的白的，熱鬧得很。逢這個時候小米就扭身走開了。她知道，男人說葷話是無妨的，女人卻聽不得，閨女家，尤其不能。其實，在內心裡，小米是願意聽聽這些葷話的。鄉村的葷話，簡單，卻豐富；含蓄，卻奔放，它們充滿了無窮的想像力，耐人尋味。鄉下人，有誰不是從這些葷話中接受了最初的啟蒙？小米把這些話裝進心裡，沒人的時候就拿出來想一想，想著想著就把臉想熱了。

大人們都有祕密。小米想。哥哥和嫂子，建社舅和青改，爹和娘。想到這裡小米心裡顫了一下。她用最難聽的話罵了自己。她不該這麼想。尤其不該，這麼想爹和娘。爹沉默，甚至有點木訥，勤快得像頭牛。娘呢，粗枝大葉，心直口快。爹和娘——小米艱難地想，究竟是怎樣的呢？人前，爹和娘是不相干的。有時候，一天也說不上兩句話。更多的時候，他們通過旁人進行交流。爹往往這樣說，問你娘白娃家的砍刀還了沒有。娘最常說的一句話是，叫你爹吃飯。在鄉下，越是一家人，人前倒越是生分的，甚至是冷淡的。比方說，父子們在街上見了，彼此之間並不理會，也不打招呼，同旁人倒親熱地扯上幾句，有時候乾脆停下，熱烈地聊起來，聊著聊著就嘎嘎笑了。爹和娘也是這樣。走在街上，不知情的，誰能猜出他們是夫妻呢？這真是奇怪的事情。有時候，小米從父母屋子裡穿過，心裡是緊張的，她有些擔心。擔心什麼？她說不出。可這緊張裡又有一點期盼。期盼什麼呢？小米也說不出。這真是一種折磨。為此，小米的一顆心就總是懸在那裡。越是這樣，小米就越覺得爹和娘之間的不磊落。她懷揣著很多紛亂的心思，想過來，想過去，就有些生氣。究竟生誰的氣呢？她也說不好。

十月廟，村子裡是熱鬧的，人們的心都被大戲吸引了去，說話，做事，心不在肝上。娘是個戲迷，這機會更不能錯過。爹醉心於戲台下面的事。幾個人圍在一起，擲骰子。哥哥嫂子也出去了。小米歪在炕上，把電視頻道劈哩啪啦地換來換去。換了一會，小米啪地一下關了電視，跳下炕來。

街上人來人往，空氣裡蒸騰著一股子熱騰騰的喜氣，彷彿發酵的饅頭，香甜，帶著些許微酸。小米喜歡這種味道。她有些高興起來。

村南的果園子旁邊有一個草棚子，這地方人叫做窩棚，是看園子的人住的地方。如今，果園子早已經過了它的盛季，窩棚也就閒下來，顯得寂寞而冷清。小米對身後的胖濤打個手勢，說過來呀。十月，鄉下的風終究是有些寒意了。胖濤的清鼻涕一閃一閃的，隔一會，他就慌忙吸一下。

小米是在家門口碰上胖濤的。胖濤手裡舉著一串糖葫蘆，一邊走，一邊吃。小米說，胖濤，二霞哩？胖濤說二霞去看戲了。小米說噢，就轉身走，沒走幾步，又停下了。胖濤——小米說，你跟我來。

周圍很靜。有風掠過果園子，樹木簌簌地響著。窩棚裡瀰散著一股乾草的氣息，有點澀，有點苦，還有一點芬芳的穀草的腥氣。小米和胖濤面對面躺著，誰也不說話。胖濤說，咱們，幹啥？小米說，不知道。胖濤說，那，去看戲了。小米說，看戲有啥意思。胖濤說，那妳說，幹啥？小米說，你說呢？一陣風吹過，有絲弦的聲音隱約飄過來，細細的，游絲一般，若隱若現。……姹紫嫣紅開遍，似這般都付與……這斷井殘垣……胖濤吸了一下鼻子，說，不知道。要不，看戲去？小米白了他一眼，說，傻。就知道看戲。

冬天是鄉下最清閒的時節。莊稼都收進了屋，人們也就放了心。爹專心擺弄自己那匹牲口，有時候也去給人家當廚子。爹的手藝不錯，在村子裡是有些聲名的。冬天，辦喜事的人家多起來，爹常常被請去，出了東家進西家。娘原是喜歡玩紙牌的——也不玩大，一角兩角的，一晌下來，也分不出輸贏，白白磨了手指頭。如今娘卻不怎麼玩了。孩子正是淘的時候，不肯在屋子裡待，娘和嫂子就輪流抱著出去，孩子在寒冽的空氣裡手舞足蹈，臉蛋子凍得通紅。

這些日子小米總是鬱鬱的。有時候，小米也會想起窩棚裡的事。她的慌亂，胖濤的委屈，麻雀在窩棚的地上跳來跳去，瞪著一雙烏溜溜的小眼睛，好奇地看著他們。

月事照常來，一步都不差。小米的一顆心就放回肚子裡，又有些悵悵的。小米想起了二霞的話，越想越感到煩惱。娘抱著孩子回來了，嘴裡呼嘯著，孩子的笑聲像碎了的白瓷盤子，亮晶晶撒了一地。

小米——娘喊她。小米不答應。娘就教著孩子叫，姑姑——姑姑——不聽話——小米還是不答應。孩子的小手肉乎乎地，一把把她的辮子抓在手心裡。小米剛想回頭，眼淚就在眼窩裡打轉。娘說，臭小子，看把你姑姑弄疼了。小米的眼淚終於撲棱棱落下來，怎麼也收不住。

燈籠草

要下雨了。小燈抬眼望了望門外，院子裡霧濛濛的，像是籠了一層薄薄的煙，偶爾有風過來，就恍惚了。門前那棵梨樹，已經綻出微微的乳白，一點一點，剛醒來的樣子。小燈坐了只板凳，勾著頭剝花生。一地的花生殼子，張著嘴。瓠子把一隻腳試探著踩上去，劈啪響。小燈看了一眼簸箕裡的花生，紅褐色的果實，飽滿，結實，擠在一處，很繁華了。一隻雞走過來，看看小燈，再看看簸箕裡的花生，躊躇著，一時拿不穩主意。小燈嘆了一口氣，揚揚手。雞就會了意，委屈地叫了一聲，走開去。

天慢慢黑下來了。小燈把手上的碎屑拍一拍，準備做飯。這地方的人對吃飯這件事都很上心。一天三遍，想不放在心上都難。服侍瓠子吃完飯，雨就下起來了。小燈豁朗朗地洗著碗，一邊往門外張了張。

雨點子不大，密密地織下來，映了屋裡的燈，像是一張閃閃發亮的網，扯天扯地。瓠子在地上跌跌撞撞地走來走去，把手裡的一把笤帚當成了兵器，口中咿咿呀呀地說著，也不知道在說什麼。小燈已經洗好碗，依然坐下來剝花生。花生是要做種子用。多出來的，留下來自己吃。椒鹽花生米，瓠子頂愛吃。五椿也愛。五椿愛用花生米佐酒。喝了酒，五椿就不是五椿了。五椿會哭，會笑，哭過笑過之後，五椿就會把小燈摁倒在床上。逢這個時候，小燈總是由著他。

瓠子的兵器打中了一只毛線球，線球在地上滴溜溜滾動，扯著長長的毛線，同兵器糾纏在一處。瓠子覺出了其中的趣味，格格笑了。小燈趕忙奔過來，恨了一聲，繳了瓠子的械。瓠子就哭了。小燈把亂麻似的毛線收拾清楚，收進針線笸籮裡，想了想，又踮著腳，把笸籮放在衣櫃的高處。瓠子覷著一雙淚眼，看著她做這一切，看著看著，竟忘記了哭泣。待到小燈扭頭看他時，才把鼻子聳一聳，抽噎起來。小燈知道他是睏了，就順勢把他攬過來，哄他睡。窗外的雨還在下，落在樹木上，簌簌的響。不知道誰家的電視，聲音開得很大，依稀是新聞聯播，主持人侃侃地說著，總有滿把理攥在手裡。小燈抬頭看了看錶，竟然是七點四十了。瓠子的眼睛已經闔上了，還是不甘心的樣子，睫毛微微地抖動，一顫一顫。小燈把他往懷裡緊了緊。這個季節，夜裡還是有些涼的。電燈的下方有一隻蛾子，跌跌撞撞地飛，燈泡上的灰塵就落下來，一粒一粒的，在暖黃的光暈裡細細地游走。小燈瞇著眼睛看了一會，蛾子一遍一遍地撞著，只是不死心，那樣子看上去既悲壯，又愚蠢。小燈把手握住嘴，讓一個長長的哈欠慢慢打出來，眼睛裡便有了淚水。

昨天夜裡沒睡好。整個白天，人都是恍惚的，彷彿在做夢。做飯，洗衣，剝花生，跟在瓠子後面收拾屋子，偶爾瓠子一聲喊，倒把她嚇了一跳，半天都省不過來。小燈知道自己是走神了，心裡暗暗地罵一句，努力把一顆晃悠悠的心捺住。瓠子把一只凳子放倒，當了坐騎，半閉著眼，嘴裡叫著，彷彿已經策馬飛奔起來了。瓠子長得惹人疼，人們見了，都說這小子，跟五椿簡直一個模子。

懷裡的瓠子是睡著了，眼睫毛濕漉漉的，倒越顯得濃密。小燈拿手把那睫毛順一順，嘆了口氣。她把瓠子放在床上，剛要起身，卻發現一個手指被瓠子握著，她試著往外抽一抽，瓠子就動一動。小燈就索性任他握著，在旁邊歪一刻。雨還在下。淅淅瀝瀝，不疾不徐，到底是春天的意思了。小燈枕著自己的一隻胳膊肘，歪著頭聽了一時，就恍惚了。

當初嫁過來的時候，二椿剛從部隊上回來。穿著家常的衣裳，站在那裡，只是比旁人顯得不同。到底有哪裡不同呢，小燈也說不出。拜天地的時候，管事的喊，給妳哥磕一個——小燈被人攙著，微微把頭啄了一啄，這時候她看見二椿的臉倒漲紅了，把手裡的拜錢遞過去。管事的高唱，大伯子哥——大洋一百——人群裡嘩地一聲，沸騰了一下。這地方，排場小，一百塊，算是大禮了。

入夜，客人散盡。小燈坐在燈影裡，打量著自己的新房——家具，電器，大紅的喜字，什麼都是簇新的，生澀，新鮮，處處透出一種淩亂的喜悅和模糊的不安。小燈朝床上瞥了一眼，滿床的綾羅綢緞，桃紅柳綠，在燈下一閃一閃，把屋子都照亮了。小燈卻不由在這光芒裡縮了一下。

早晨，小燈醒來的時候，聽見五椿在院子説話。小燈想起夜裡的事情，臉上慢慢就燒起來。她把被子捂住臉，身子卻是軟軟的，動彈不得。她在心裡把五椿罵了一句。院子裡傳來叮噹噹的響聲，這地方，紅白喜事，都要去鄰村的老萬家賃碗盤。遠親近戚，吃飯的人，總有幾十口子。平日裡，誰家都不會準備那麼多的碗盤，逢事情，就只有賃。小燈在枕上聽了一會，知道是五椿在張羅著送碗，就慢騰騰地起床。小燈敢這麼放肆，是家裡沒有公婆。五椿爹娘早早過世了，兄弟兩個跟著叔嬸長大。打開門，小燈一眼看見二椿也站在院子裡，正彎了腰把碗一只一只摞起來。小燈沒防備，心裡就突的跳了一下。低頭瞅了瞅身上的衣裳，並沒有什麼不妥，又疑心自己的頭髮毛了，剛要抬手理一理，卻看見二椿恰好直起身來，朝她這邊看。小燈忽然就覺得無措起來，手腳一時找不到合適的地方。幸而這時候有人過來，叫二椿哥，小燈就轉身掩了門，站在地下，看著鏡子裡那個穿著大紅喜襖的小媳婦，怔忡了半晌。

正月說完就完了。二月二，在這地方是一個很重要的節氣。家家戶戶都要攤煎餅。小米麵，同白蘿蔔絲和成糊，在一種平底的鐺子上攤。小燈很記得，小時候，娘把一勺麵糊澆在鐺子上，只一轉，就成了薄薄的圓餅，鐵鍋孜孜叫著，香氣一蓬一蓬地，慢慢浮起來。小燈從旁守著，簡直饞得很。如今，人們對攤煎餅這事不那麼上心了。攤煎餅只是這個節氣的一種象徵，一個符號——有倒還是有的，終究不再是必不可少的了。小燈站在爐子邊上，攤煎餅。二椿和五椿在飯桌旁圍坐著，吃飯。在娘家，小燈向是做慣了的。廚房裡的事，更是難不倒她。她的袖子高高挽起來，碎花的圍裙，手裡拿著鍋鏟，很嫻熟地翻弄著鍋裡的煎餅。兄弟兩個靜靜地吃煎餅，幾乎不說話。偶爾，五椿問一句，二椿只是簡潔地點點頭，算是回答。屋子裡瀰漫著熱的蒸汽，小小的灶間越顯得侷促，狹窄。小燈忙著爐子上的事，透過蒸汽，間或拿眼睛看看桌旁的兄弟倆，越看越生出很深的感慨。怎麼說呢，五椿是她相親相中的，高大，結實，走起路來，似乎能聽見他周身骨骼裡面發出的新鮮而粗俗的尖叫。蓬勃的，漲滿的，彷彿一棵青壯的莊稼，汁水飽滿，有一種藏不住的鄉俗的野性。小燈是習慣這野性的。在鄉下，隨便走一走，看到的多是這樣的男人。小燈的爹也是。他們大聲地咳嗽，吐痰，嘴邊時常掛著粗話，讓人臉紅，也讓人感到親厚。很小的時候，小燈就認為，男人應該是這個樣子。直到她看見二椿。二椿是當過兵的。這個地方，幾乎不曾有人去當兵。對於村人們，當兵，簡直是遠在天邊的事情。在小燈，當兵，幾乎意味著遙遠的城市生活。儘管沒有穿軍裝，二椿的身上，卻有那麼一種說不出的英氣。無論是站立，還是走路，二椿都是英挺的，完全沒有鄉下人慣有的那種畏縮。這是真的。公正地講，五椿生得不錯，在鄉間，算是排場的男子漢了。可是，同二椿站在一起，就不一樣了。就有了那麼一種寒縮的村氣，遠不及二椿的大方和篤定。還有，二椿是文雅的。他吃飯，閉著嘴巴，靜靜地咀嚼，喝湯的時候，從來不弄出聲響。偶爾也抽菸，慢慢地吸一口，再徐徐吐出來，他的臉就在這青白的煙霧中模糊了。即便笑，也是不一樣的，從容，安靜，雪白的牙齒一閃，甚至有那麼一點羞澀了。一滴熱油濺起來，落在小燈的手背上。小燈疼了一下，她這才發現，二椿已經吃完飯，出去了。只留下五椿，絲絲哈哈地喝著熱粥，一腦門的汗。

小燈是從五椿那裡知道，過了寒食節，二椿就要走了。這一回，二椿不是回部隊。他是去城裡。據說，二椿的戰友在城裡開了一家飯店，請他去幫忙。小燈說，家裡這麼多地——去城裡——五椿把一隻手在小燈腰間摸一摸，說，我哥他，不是種莊稼的人。小燈心裡忽然就生氣了。誰是種莊稼的人？有誰生下來，就甘心種地？五椿的手又試探著伸過來，被小燈一巴掌打回去。

上門提親的人就多起來。二椿比五椿大三歲，既不準備再回部隊，無論如何，也該成家了。小燈從集上買了很多吃食，糖，瓜子，點心，裝在紅白相間的方便袋裡，用來招待媒人。也提著去相親。看得出，大多數時候，二椿是有些心不在焉的。他聽憑小燈指揮著，穿哪件衣裳，提哪樣東西，去哪裡，說哪些話。諾諾的神氣，倒像一個小孩子了。逢這個時候，小燈的話就稠起來，絮絮的，稱讚這家姑娘的能幹，那家姑娘的潑辣，說著說著，就笑起來。二椿只是不開口。小燈知道他的意思，輕輕地說，哥的眼光，怕是高了。二椿就漲紅了臉，並不辯駁，只是把一隻手捏住另一隻手的指關節，發出輕微的嘎巴聲。也有例外的時候。有一回，村東的三嬸過來，說的是她娘家的侄女。三嬸這樣描述那個女孩子，白淨，高挑，那個俊，嫩蔥似的。更重要的是，念過高中。小燈專心聽著，把一壺開水小心地灌進暖瓶裡，一面在心裡慢慢描出那姑娘的樣子。相親那天，小燈穿一件黑呢大衣，戴一條玫紅的紗巾。在鄉下，女人們大都喜歡鮮豔的衣裳，左不過大紅大綠。小燈的黑大衣，反顯出一派低調的洋氣，配上玫紅的紗巾，簡直是出類得很。把五椿都看得呆了。說，妳看妳——又不是妳去相親。小燈往鏡子裡張一張，轉一轉身了，咬著唇，笑，只是不說話。這一回，二椿對穿著倒是舉棋不定，左右拿不穩主意。小燈歪著頭想了一回，到底替他做了主張。

終究是沒有成。回來的路上，二椿在前面騎車，小燈和三嬸被遠遠地落在後面。陽光很好，大片大片地鋪下來，溫暖，熨帖，卻到底不是那麼潑辣。風吹在臉上，帶著薄薄的涼意。

兩邊的田野正在慢慢甦醒過來，能隱約感到泥土深處的氣息，有不安，也有躁動。小燈慢慢騎著車，一面敷衍著三嬸的絮叨。前面，二椿已經騎得很遠了。她很想看看他的表情。可是，她看不見。只看見他筆直地坐在車座上，兩條長腿有力地踩著腳蹬子，一下，又一下。地上的影子一伸一縮，同輪子糾結著，到底是掙不脫的。

那回以後，仍是有人來提親。卻明顯少了。人們都說，這二椿，眼睛長到天上了。小燈照例熱烈地張羅著，招待客人，禮尚往來，偶爾，也跟著去相看。逢人說起來的時候，總要代二椿分辯，說這種事，都是緣分——五椿也焦慮。夜間，有時候，跟小燈糾纏完，喘吁吁地仰面躺著，看著黑暗中的屋頂，或者趴在枕頭上，慢悠悠抽一口菸，五椿會輕輕嘆一聲，說，哥的事，妳上心些。小燈把臉埋在枕頭上，嗤的笑一下，帶著濃重的鼻音，說，我倒是想管——

鄉下的風俗，寒食是燒紙的日子。這些天，小燈得空就捏錫包。錫包紙是現成的，裁成小的方塊，一面是金色，一面是銀色，帶著亮閃閃的金粒子，一碰就沾一手。小燈把兩張錫紙對折，金色朝外，銀色朝裡，三下兩下，便捏成一只錫包，金燦燦的，是元寶的模樣，堆在籃子裡，很壯觀了。明天，給老人上墳。上過墳，二椿就該走了。小燈停下來，看著滿手掌的金粒子，星星點點，想撣，卻撣不掉。

家墳在村北。早年間，原是一片松柏環繞的墳地，如今，卻成了人家的麥田。麥苗剛剛返青，猶猶豫豫的，不那麼明朗，熱烈，然而，終究是綠了。遠遠看去，那新綠染成一片，讓人煥然一振，也讓人莫名地憂傷。壟溝裡，長著燈籠草，細細的葉子，春天的時候，開一種粉色的小花，像燈籠。燈籠草在鄉野極常見，田間，地頭，壟上，滿眼都是。小燈見了，總想把那小燈籠打開——它細碎的花瓣深處，藏著什麼？有風從麥田深處吹過來，帶著泥土和植物的氣息，濕潤，溫涼，有些許青澀的腥氣。二椿跪在最前面，膝蓋沒在簇簇麥苗裡。小燈跪在一旁，拿一根棍子，慢慢照料著燃燒的紙灰，把厚的散開，把沒燒透的重新投進火裡。四下裡寂寂的，只有五椿的抽泣，斷續，沉悶，甚至有些吃力。小燈被煙嗆著了，咳嗽著，把頭偏向一邊。這時候，她驚訝地發現，二椿臉上淌滿了淚水，沒有一點聲息，就那麼無聲地、迅即地流淌著，滾落在面前的麥田裡。小燈感到心裡有個地方疼了一下。對於公婆，小燈沒有見過。只是偶爾從旁人的談話裡，聽過隻言片語。因此，即便是現在，跪在墳前，悲傷是有的，然而終究隔膜。不是那種切膚的哀慟。陽光照下來，煌煌的，紙灰漫飛，彷彿黑色的大鳥，在頭頂起起落落。小燈的心又疼了一下。

回來以後，包餃子。小燈擀皮，兄弟倆包。中途，五椿的手機一直響著，是短信。五椿不時地把手機從兜裡掏出來，很認真地看。小燈看了一眼他滿是麵粉的手，在黑色的手機上留下白的跡子。五椿看一回，發一回，都顯得有些吃力，又有些不安。小燈眼皮朝下，待看不看的，把擀麵杖擀得碌碌響。五椿翹著指頭，把手機塞回衣兜裡，咕噥了一句，真煩。小燈不說話。大家都沉默，只有擀麵杖在案板上碌碌地碾過。忽然，五椿的手機唱起來，這回是來電。五椿躊躇了一回，咧咧嘴角，把高唱的手機拿出來，一路喂喂地說著，出去了。中午的太陽光從門縫裡漏進來，一格一格的。有一片落在小燈的手上，隨著手的動作，一晃一晃，灼人的眼。二椿說，我來吧——這活兒費力。小燈把擀麵杖遞給他，抬起肩膀擦了一下額頭的汗。的確費力。小燈感到她的胳膊都痠疼了。

小燈把餃子端上桌的時候，五椿才回來。小燈把第一碗餃子遞給二椿，自己又盛了一碗，坐下吃。五椿在桌前坐了半晌，沒等來餃子，看了一眼小燈，小燈埋頭吃飯，只是不理他。五椿的臉上就有些掛不住。他把面前的一只空碗噹的往桌上一頓，起身就走了。二椿剛要叫住，小燈把醋碟子往二椿面前推一推，說，哥，你蘸些醋。

晚上，小燈收拾妥當，早早歇了。歪在床上看了一會電視，覺得沒興味，就關了。五椿還沒有回來。小燈心裡恨恨的。錯了錯牙，想罵一句，終於沒罵出口。其實，平日裡，五椿倒是很知道體貼的，今天，竟當著他哥的面給她摔臉子，五椿他也敢！當然，自己也有點任性了。可是，話說回來，剛過門的新媳婦，臉嫩，怎麼擱得住自家男人的冷落。尤其是，還當著他哥。這讓小燈很惱火。要是在平常，小夫妻關上房門，小燈或者會把五椿的手機奪過來，半是嬌嗔，半是霸道。說不定兩個人還會趁勢親熱一回，也未可知。究竟新婚燕爾，怎麼樣都是好的。可是，偏有二椿在旁邊。這讓小燈有些下不來台。檯燈罩子歪著，燈光斜斜地打過來，照在衣櫥的玻璃上，閃爍成一片。小燈想起了白天包餃子的事。二椿和她，一個擀，一個包。默契得很。常常，二椿剛把一個皮擀好，遞過來，小燈正好接住。兩隻沾滿白麵的手，一遞一接，呼應得滴水不漏。蓋簾上的餃子一排一排，像展翅的白鵝，漸漸熱鬧起來。小燈在枕上想著，心裡就笑了一下。當時，自己整個人像繃緊了，卯著勁，有些分秒不讓的意思。何至於。真是。她把被子緊一緊。五椿回來，她是打定主意不理他的。不管他如何哀求。怎麼說呢，有時候，五椿簡直是賴皮。簡直是——不要臉。小燈把頭埋進被窩裡，兩條胳膊抱在胸脯上，鼓脹脹的熱。

過了寒食節，天氣就慢慢暖起來。麥子澆過一水，地裡就沒活兒了。村子裡，歇了一個正月的人們，又開始蠢蠢欲動。大多是出去做工。如今，世道早變了。再不能靠著幾畝田地，得過且過了。二椿是已經走了。偶爾有電話來，說一切都好。五椿在家延挨了些日子，雖說是戀著媳婦，也只好忍住，開始張羅走的事了。五椿先前一直在省城的建築工地上，做小工。小工這活，累是累，可五椿年輕，有的是力氣。比起工地上那些花白頭髮的同行，總歸不那麼讓人覺得淒慘。私心裡，小燈也不願意二椿走。小燈倒不是貪戀夜間的事。五椿生猛，如狼似虎的，有時候，小燈倒寧肯躲一躲。記得新婚三天，回門——這地方的風俗，是要新媳婦在娘家待上些日子的。一則是把小夫妻隔一隔——來日方長呢，身子可不能虧了。二則是，做父母的心疼閨女。在娘家，再大，也是小孩子，怎麼樣都是好的。嫁到人家，就不同了。又是新人，處處都要拿捏著分寸，難免受了委屈。雖說是家裡沒有公婆，到底要少些拘束，可是，怎麼能跟娘家比？小燈原是準備在娘家多住些時日的，帶了一大包換洗的衣裳。不想，剛過了兩天，五椿就來了。五椿吃好喝好，不說走，也不說不走，就坐著，有一搭沒一搭地閒扯。父母就有些明白了。小燈看看父母，又看看五椿，臉上訕訕的，自顧低著頭勾毛衣。心裡卻是惱得很。五椿讓她在父母面前丟了臉，她恨他。後來，她到底還是跟五椿走了。這種時候，耽擱越久，越是難為情。尤其是爹。進進出出的，從這個屋子，到那個屋子，一直不肯好好坐下來。吸著菸，咳嗽著，咳著咳著就嗆出了眼淚。晚上，新女婿來接閨女，讓做父親的怎麼辦呢？這架勢，真不好端。回去以後，小燈到底是給了五椿些顏色。在這方面，小燈還是拿得住他的。怎麼說，攻守，進退，她心裡全有數。如今，小燈想的是另外一回事。剛嫁到這個村子，人情世故，滿眼都是新的。老實說，沒有五椿在家，小燈心裡是有些怯的。可是，若是不讓五椿走呢？小燈把頭搖一搖，否定了自己。村子裡，凡年輕力壯的，都走了。五椿一個大男人，天天在眼皮底下晃來晃去，不像樣。再者，也不能坐吃山空。結婚的排場鬧大了，往後的日子，還得打算一些。

家裡一下子空曠起來。有時候，從外面回來，打開街門，院子裡寂寂的，花貓挨過來，妙烏叫著，把腦袋在小燈的褲腳上蹭來蹭去。貓是二椿託人要的。小小的，秀氣的臉，一雙媚眼，溫良得很。小燈伏下身，把花貓抱起來，摩挲一會，就放了牠。小燈在院子裡盤桓一回，看看菜畦裡的菜。在院子的西牆根，小燈闢出一塊地，種了蔬菜。這些地裡的事情，小燈還是很在行的。

有時候，小燈也串門。旁人也不熟，就是月釵家。論起來，月釵算是堂妯娌，年紀又相仿，離得又近，就很說得來。月釵的男人慶子，也在城裡做工。月釵娘家是本村，很自在了。從小長到大，她摸得透這村子的脾性，知道村裡的很多掌故。有時候，兩個女人坐在院子裡，說閒話。說著說著，就說起了男人。月釵說，這村子裡，都算上，就數妳家大伯子哥。小燈說誰？月釵說，二椿啊。人樣好，又有見識。聽說在城裡發了？小燈說，哪啊。月釵笑，還瞞我。都知道，二椿是發了。小燈就不好辯解了。二椿在城裡究竟怎樣，她不清楚。二椿倒是偶爾有電話來，說還好，不錯。讓家裡放心。小燈的理解，只是套話罷了。也不好細問。月釵又說，只是有一條，這二椿，心性是高了些。鄉下的閨女，怕是不入他的眼——誰知道呢，說不定哪一天，領回個城裡媳婦。說著就笑。小燈也咧咧嘴，剛要跟著笑，月釵卻把話題一轉，說，五椿走了這些天，想了吧？小燈就臉紅了，說胡扯。月釵說，想就想，還嘴硬。小燈就把手上的毛線團擲過去，說，我把妳這壞腸子的嫂子——

端午節前後，幾場熱風吹過，麥子就泛黃了。村子裡，比平日熱鬧起來。外面的人們，離家近的，匆匆趕回來，過節，麥收。五椿在電話裡說，回不來。小燈知道，五椿在省城，是太遠了一些。況且，五椿說，正在趕工期。小燈嘴上說好，心裡卻還是有那麼一點委屈。五椿在電話那頭說，想我嗎？小燈心裡就蕩漾了一下，說不想。為什麼想你？五椿說，真不想？我可是想妳了——小燈剛要開口罵，卻聽見電話那邊有人叫喊，五椿說，不說了——看我回去怎麼制妳——小燈放下電話，呆了半晌。午後的陽光明晃晃地鋪了一院子，烘烘的，很有些熱了。透過簾子，有一大片光陰漫過來，在門旁拐了個彎，靜靜爬上半面粉牆。小燈看著那片亮斑，久久地看著，看得她不得不半瞇起眼，彷彿被晃著了。

二椿來電話的時候，小燈剛剛吃好晚飯。七點多，電視裡正在播新聞。小燈倒不怎麼關心那新聞，她是等著看天氣。每天，她都要看天氣。雖然，她極少出門，天氣對她幾乎沒有影響。看天氣，在她只是一種習慣。吃飯的時候，把播音員的聲音當作一種背景。一個人對著碗，實在索然得很。偶爾，電視裡提到省城，五椿做工的地方，她就停下來，側耳聽一聽。也只是聽一聽，就過去了。能怎麼樣呢，那麼遠，遠在天邊，彷彿想一想，小燈都要累了。電話鈴響起來的時候，她吃了一驚，忙把電視聲音調成無聲，跑過去接電話。是二椿。二椿說，他這兩天回來。幫她把麥子收一收。二椿說，五椿回不來，妳一個人，忙不及。小燈拿著話筒，眼睛盯著電視屏幕，主持人的嘴巴一張一翕，卻發不出一點聲音。

第二天，四九逢集，小燈和月釵相伴著，去趕集。陽光很好。風從麥田深處吹過來，拂上人的臉，空氣裡瀰散著麥子成熟的氣息，乾燥，飽滿，熱烈，帶著微醺的醉意。藍天下，成片的麥田都黃了，黃得耀眼，有一種逼人的鋒芒。小燈看著麥田，聽月釵一路抱怨著，抱怨著自己的男人。城裡好，索性就別回來了。月釵恨恨地說，自己倒先笑起來，說，妳看，好像離了他就活不成了。小燈歪頭聽著，不說話，只是笑。小燈買了粽子葉，紅棗，江米，還割了豬肉，稱了茴香。月釵說，怎麼，我記得，妳愛吃韭菜餡。小燈說，茴香，也行。隔了一會，小燈才說，哥他回來。月釵就啊了一聲，說，是來幫妳麥收的吧。二椿這人，我知道，仁義。

麥收轉眼就過去了。如今不比從前。有聯合收割機，再沒有從前那麼辛苦了。累倒是累的。三畝地，幾乎是二椿一個人。小燈只管做飯，端茶送水，地裡的事，幾乎插不上手。眼見得二椿就黑了。麥天的太陽，究竟是厲害的。每天，收工回來，小燈給二椿準備好一大盆溫水，放在院子的梨樹後面。小燈躲在屋子裡，看電視，耳朵卻尖起來，聽著院子裡的動靜。忒刺刺的水聲，一下一下落進她的耳朵裡，撩得她的心裡濕漉漉的。她把電視聲音擰得再響些，很努力地看。通常，吃過飯，二椿點上一支菸，慢慢地吸著，看一會電視。偶爾跟小燈說一句。等小燈收拾好碗筷，他幫著把飯桌搬走，靠在屋角，就回自己屋了。小燈笑著送他出屋，聽他走到東廂房，推門，開燈，拉窗簾。小燈把背抵在門上，心裡忽然就黯淡下來。他這是在避嫌了。大伯哥和弟妹，真是一對矛盾，奇怪的矛盾。在鄉間，尤其如此。在她面前，二椿處處端凝，方正，甚至漠然，他的眼睛看著別處，臉上幾乎看不出表情。可是，小燈分明看到，有一回，在地裡，二椿和月釵說話，不知說了句什麼，月釵的臉就紅了，笑著，帶了點撒嬌的意思。二椿也笑，活潑潑的笑容，整個人都是生動的。看見小燈，就不笑了，又是一臉的端正，把眼睛看向田野的深處，一隻腳把乾硬的麥茬子踩來踩去。無數的蟬聲從樹葉的縫隙裡落下來，密密地鋪了一地。小燈低著頭，把綠豆湯慢慢地倒進碗裡，心裡恨恨的。卻不知道該恨誰。

收完麥子，又該點玉米了。二椿幫著種上玉米，就要走了。城裡還有一攤子事，也不好老在家裡耽擱。小燈到集上割了肉，稱了茴香，包餃子。吃飯的時候，天又下起雨來。二椿喝了兩盅酒，話就稠了些。小燈笑吟吟地聽著。二椿愛酒，這她知道，雖然酒量不大。這些天，幹活累，小燈倒也想買瓶酒，犒勞他一下，可是終歸罷了。酒這東西，說好便好，說壞——誰知道呢。不想，今天，他卻自己喝上了。這可不關她的事。雨點子打在窗玻璃上，啪啪響。二椿說，小燈，這餃子，茴香餡的，我頂愛吃。小燈說，那就多吃些。二椿慢慢抿了一口酒，說，妳包的，我——愛吃。小燈心頭跳了一下，看來，二椿是喝多了。電視裡，一個豔妝的女人正在唱歌，軟軟的調子，把人唱得心慌意亂。外面，一窗的風雨。屋子裡，燈光明亮。在這明亮的燈光下，一切都是那麼觸目。小燈站起身，準備去廚房裡燒水，沏茶。二椿是喝多了。該沏些濃茶，醒醒酒。走到門口，就被二椿叫住了。小燈——小燈背對著他，身子僵了一僵，也只有那麼一剎那，她撩開簾子，出去了。

雨點子落下來，抽在她的臉上，像鞭子，火辣辣地疼。小燈在雨地裡站著，站了很久。夜空烏沉沉的，像墨。空氣裡有一股植物汁液的氣息，濕漉漉的，新鮮得有些刺鼻。雨水順著瓦簷潑辣辣流下來，濺起一陣陣水花，濺到她的身上，霎時就透了。她靜靜地打了個寒噤。

牆上的鐘錶噹噹響了，小燈嚇了一跳，知道方才是恍惚了。看了看懷裡的瓠子，瓠子睡得正熟，小嘴吧嗒吧嗒咂著，像在吃東西。這一點，也像五椿。窗外，雨還在下著。五椿去了城裡。今天，是二椿的喜日子。小燈的娘上個月過世，如今還算熱孝在身，鄉間的風俗，不宜見喜。小燈就沒有去。

怎麼說呢，如今，小燈年紀長了，都平靜了。鄉村的日子，像流水一樣，嘩嘩流過去。

她在這流水中慢慢沉下去，沉下去，一直沉到最深處。她跟五椿生了兒子。這輩子，還能怎樣呢。再不像年輕時候，枝枝杈杈的小心思，瘋長起來，猛省的某一個瞬間，把自己都驚出一身冷汗。可是，有時候，小燈也不免想起什麼，只是那麼一閃，就過去了。就像方才。方才，她也不知道，怎麼就想起了那些舊事。後來呢——後來，她都忘記了。這是真的。

牆上，掛著他們的全家福，一家三口，站在自家院子裡，迎著太陽，瞇起眼睛，笑著。眼睛深處，有幸福，也有茫然。現在，她在等五椿——自己的男人，回家。這樣的春夜，這樣的雨，她卻什麼都不想了——偶爾，也會想起有一年，春天，新綠的麥田，壟溝上，那棵燈籠草，細細的葉子，開一種粉色的小花。很熱烈，也很寂寞——然而，終歸是凋敗了。

那雪

一

傍晚的時候，下了一點雨。空氣有點濕，有點涼，瀰漫著一種植物和雨水的氣息。那雪把手插在衣兜裡，抬頭看了看天。週末。又是週末。在北京這些年，那雪最恨的，就是週末。大街上，人來人往，也不知道，哪裡來的那麼多的人。還有汽車。各種各樣的汽車，在街上流淌著，像一條喧囂的河。那雪在便道上慢慢地走，偶爾，朝路邊的小店裡張一張。店裡多是附近大學的學生，仰著年輕新鮮的臉，同店主認真地砍著價。當年，那雪也是這樣，經常來這種小店淘衣服。那時候，多年輕！那雪喜歡穿一件洗得發白的牛仔褲，細格子棉布襯衫，頭髮向後面盡數攏過去，編成一根烏溜溜的辮子。走在街上，總有男孩子的目光遠遠地飄過來，像一片片羽毛，在她的身上輕輕拂過，弄得那雪的一顆心毛茸茸的癢。

怎麼說呢，那雪算不得多麼漂亮。可是，那雪姿態美。長頸，長腿，有些身長玉立的意思。偏偏就留了一頭長髮，濃密茂盛，微微燙過了，從肩上傾瀉下來，有一種驚人的鋪張。從後面看上去，簡直驚心動魄了。為了這一頭長髮，那雪沒少受委屈。很小的時候，母親給她梳頭，她站在一個小凳子上，剛好到母親的胸前。母親的胸很飽滿，把襯衣的前襟高高頂起來，使得上面的一朵朵小藍花變形，動盪，恣意，有點像醉酒的女子。那雪的鼻尖在那些恣意的小藍花之間蹭來蹭去，一股甜美的芬芳洶湧而來，那是成熟和絢爛的氣息。那雪喜歡這種氣息。多年以後，當那雪長成一個汁液飽滿的女人，她總是會想起那些扭曲的小藍花，那種氣息，熱烈而迷人。母親命令她轉過身去。她戀戀不捨地把鼻尖從那些綻放的小藍花中挪走，背對著母親。早晨的陽光照過來，她感到梳子的尖齒在頭皮上划來划去，忽然就疼了一下。這麼多的頭髮，像誰呢？母親的抱怨從頭頂慢慢飄落，堆積，像秋天的樹葉。這樣的話，那雪是早就習慣了。也不知道怎麼一回事，母親對她的頭髮，總是抱怨。也不全是抱怨。是又愛又恨的意思。童年時代的那雪，被人矚目的焦點，便是她的頭髮。母親總能夠一面抱怨，一面在她的頭髮上變出各種花樣，讓看到她的人眼睛一亮。一根頭髮被梳子單獨挑起，有一種猝不及防的疼。那雪的鼻腔一下子酸了，一片薄霧從眼底慢慢浮起來。直到現在，她還記得當年那種感覺。早晨。陽光跳躍。母親胸前的小花恣意。梳子在頭髮裡穿越。細細的突如其來的疼痛。淚眼模糊。窗台上一面老式的鏡子，龍鳳呈祥，纏枝牡丹，花開富貴的梳妝匣。陽光濺在鏡子的邊緣，在某一個角度，亮晶晶的一片，閃爍不定。

一滴水珠飛過來，落在那雪的臉頰上。一個男孩子，正把一支深藍的傘收好，衝她笑一笑，露出一口雪白的牙齒。那雪看著他的背影發了一會子呆。這個男孩子，大約有二十歲吧。想必是B大的學生。在這一條街上，總能夠看到這樣的男孩子，陽光般明朗，青春逼人。當然，也有神情悒鬱的，留著長髮，渾身上下有一種頹廢的氣息。然而，終究是青春的頹廢。有了青春做底子，頹廢也是一種朝氣。那雪把頭髮向耳後掠一掠，心裡忽然就軟了一下。她是想起了杜賽。這個人，她有多久沒有想起來了？那個男孩子的背影瘦削，但挺拔。每一步都有一種勃發的力量。這一點也像杜賽。那雪看著街上一輛警車呼嘯而過，閃電一般。雨後的空氣濕潤潤的，新鮮得有些刺鼻。那雪把兩個臂膀抱在胸前，深深地吸了一口氣。

街上的燈光漸次亮起來。城市的夜晚來臨了。兩旁店鋪的櫥窗裡人影浮動，看上去繁華而溫暖。那雪在一家內衣店前遲疑了一時，慢慢踱進去。老闆很殷勤地迎上來，也不多話，耐心地立在一旁，看她在一排內衣前挑挑揀揀。漫不經心地選了一套，正拿在手裡看，手機響了。是葉每每。她踱到窗前僻靜的地方，接電話。老闆從旁看著她，臉上一直微笑著。葉每每的聲音聽起來很熱烈。她問那雪在哪裡，做什麼，吃飯了嗎——我跟妳講啊——那雪看了一眼旁邊的老闆，他真是好涵養。依然微笑著，沒有一絲不耐。葉每每在電話那頭叫起來，在聽嗎妳——七點，曖昧。不許遲到啊。

從地鐵裡出來，那雪穿過長長的通道，往外走。風很大，浩浩的，把她的長裙翻捲起來。她騰出一隻手按住裙角，忽然想起那一回，夜裡，從外面回來，地鐵口，也是浩浩的風，直把一顆心都吹涼了。那雪不喜歡地鐵的原因，究其實或許是因為這風。那種風沙撲面的感覺，讓人止不住地心生悲涼。地鐵外面是另一個世界。紅的燈，綠的酒，衣香鬢影。城市的夜生活才剛剛開始。

曖昧是一家茶餐廳。葉每每喜歡這名字。曖昧。那雪不明白，為什麼非要叫曖昧。遠遠地看見葉每每坐在那裡，埋頭研究菜單。看見她，一面指錶，一面叫道，遲到八分零三秒。那雪坐下，看葉每每點菜。葉每每今天滿臉春色，兩只眸子亮晶晶的，水波蕩漾。那雪和葉每每是同學，碩士時代的同學中，幾年下來，在北京，也只有她們兩個一直保持著很好的私交。葉每每是那種非常闖蕩的女孩子，膽子大，心野。人倒是生得淑女相，長髮，細眉，一雙丹鳳眼，微微有點吊眼梢。葉每每最喜歡的，就是一個人單槍匹馬去旅行。用葉每每的話，旅行是一場冒險，靈魂的，還有身體的。葉每每是一個喜歡冒險的人。有時候，那雪一面聽著葉每每驚心動魄的奇遇，一面想，這樣嬌小的身體裡，究竟潛藏著多麼巨大的能量？

怎麼，又有豔遇？

葉每每笑，此話怎講？那雪把嘴撇一撇，說自己照鏡子吧。葉每每果真就拿出一面小鏡子照了照。那雪說，今年桃花氾濫啊。葉每每把鏡子收起來，幽幽嘆了一口氣，說，我可不是妳。清教徒。有音樂從什麼地方慢慢流淌過來，是一首經典英文老歌，憂傷纏綣的調子，讓人莫名地黯然。那雪低頭把一根麥管仔細地拉直，一點一點，極有耐心。薄荷露很爽口，清涼中帶著一絲微甘，還夾雜著一些淡淡的苦，似有若無。那雪尤其喜歡的，是它蔥蘢的樣子，綠的薄荷枝葉，活潑潑的，在杯中顯得生動極了。還有薄的檸檬片，青色逼人。葉每每把杯子裡的酒一飲而盡，說，人生難得沉醉的時刻。那雪，不是我說妳——那雪看了一眼葉每每，知道她是有些醉了。葉每每愛酒，量卻不大。而且，逢酒必醉。這一點，就不如那雪。那雪是能喝酒的。可是那雪輕易不露。在人前，那雪更願意保持一種淑女的儀態。酒風也好。不疾不徐，十分的從容。葉每每呢，上來就是一心一意要喝醉的樣子，氣焰囂張，惹得人家都不好意思勸她。那雪知道，這一回，葉每每又要故技重演了。那雪把她的酒杯拿過來，替她倒酒。葉每每口齒含混地說道，滿上。那雪，滿上。今晚不醉不歸。那雪——

二

從出租車上下來，那雪在街頭立了一會。夜色蒼茫。大街上一片寂靜。偶爾，有汽車一閃而過，彷彿一條魚，游向夜的河流深處。夜涼如水。那雪把兩隻手臂抱在胸前，抬眼望一望樓上。這一幢居民樓，是上世紀八十年代的房子，老而舊，一眼看上去，總有一種滄桑的歲月風塵的味道。那雪喜歡這味道。尤其是，這一帶有很多樹，槐樹，還有銀杏，很老了，蓊蓊鬱鬱的，讓人喜歡。當初來這裡租房的時候，那雪只看了一眼，就定下來了。她甚至都沒有問一問價格，也沒有看一看裡面的格局。那時候，那雪研三，剛剛答辯完，馬上面臨著畢業。有一度，那雪對這所小小的房子簡直是迷戀。這是她的小窩。在偌大的北京城，這是她的家。那雪用了整整一週的時間，把這個家收拾得情趣盎然。她買來壁紙，把牆壁糊起來，淺米色，飛著暗暗的竹葉的影子。家具是現成的，一色的原木，只薄薄地上了一層清漆，裸露著清晰的紋理。那雪養了很多植物。龜背竹，滴水觀音，綠蘿，虎皮掌，孔雀蘭。那雪喜歡植物。植物不像人。植物永遠是沉默的。你給它澆水，它就給你發芽，甚至開花，甚至結果。植物永遠善解人意。而且，植物永遠在你身邊，不離不棄。那雪最喜歡的，是每天早晨，到陽台上給它們澆水。陽光照過來，植物的綠葉變得透明，可以看見葉脈間汁液的流淌，甚至可以聽見流淌的聲音。那雪舉著噴壺，仔細地給植物們澆水。它們需要她。每一天下班回家，那雪都有點迫不及待。這一點，即便是葉每每，她都從來沒有告訴過。葉每每一定會笑她吧。然而，這是真的。至於杜賽，更是無從說起。在她的眼裡，杜賽就是一個孩子。儘管杜賽只比她小兩歲。儘管，杜賽不止一次向她抗議，甚至威脅。杜賽喜歡把她抵在那個小吧台上，慢慢咬她的耳垂。其實是窗子的位置，被主人設計成一個小巧的吧台，完整的黑色大理石檯面，蕩漾著活潑的水紋。杜賽的唇濕潤柔軟，在她的耳垂上慢慢輾轉。他知道她受不了這個。杜賽一面咬她一面逼問，誰是孩子，說，到底誰是孩子？杜賽的身上有一種青草般的氣息，清新襲人，在他的懷裡，彷彿躺在夏夜的草地上，蓬勃而濕潤，帶著露水的微涼。杜賽。大理石般涼爽的觸感，年輕男人的火熱和硬朗。那雪在一瞬間有些恍惚。

已過午夜，整個樓房黑黢黢的，只是沉默。偶爾有誰家的窗子裡透出燈光，是晚睡的溫情的眼。那雪在樓下踟躕了一時，掏出鑰匙開門。

也不知從什麼時候開始，那雪有點害怕回到這個小屋了。有時候，她寧願在外面延宕，延宕多時。那雪還記得剛搬過來的時候。那時候，她是多麼依戀這個安靜的小窩啊。她依戀它，就像孩子依戀母親。她喜歡一個人待在家裡，看書，寫字，或者，什麼都不做，搬一把小折疊椅，坐在陽台上，晒太陽。陽光吐出一根根金線，密密地織成一個網，溫柔的網，將她罩住。

她躲在這網裡，發呆，想心事。這樣的週末，她甚至可以兩天不下樓。

當然，那時候，她還沒有認識孟世代。

那雪這個人，怎麼說呢，天真。用葉每每的話就是，有點傻。在男人方面，尤其沒有鑑別力。葉每每把這個歸因於那雪的家庭。那雪姐妹兩個。從小，她生活在缺乏異性示範的世界裡。父親不算。父親是另外一回事。葉每每嘲笑她，那雪，妳簡直是——不懂男人——簡直是——

葉每每說得對。像孟世代這樣的男人，那雪再傻，也是看得出他的一些脾性的。可是，那雪執拗。其實從一開始，那雪就知道，孟世代是一個浪蕩子，久經情場，在女人方面，更是閱盡春色。當然，這樣形容孟世代也不盡準確。孟世代在京城文化圈裡名氣很大，文章寫得聰明漂亮，是可以一再捧讀的。孟世代為人也通透，在大學教書，卻沒有一絲書齋裡的迂腐氣味，長袖善舞，人脈極廣。孟世代喜歡那雪。這一點，是可以肯定的。用葉每每的話說，那雪這樣的女人，有哪一個男人見了不喜歡呢？問題在於，從一開始，那雪就不該對這一場感情抱有太多的期待。孟世代是一個有家室的人。可是，也不知道為什麼，那雪對孟世代的家室倒沒有太多的醋意。當然，那雪知道，孟世代的家在另外一個城市，遠離京城，那一個家，對孟世代來說，只是一個象徵罷了。他極少回去。而且，據他講，對家裡的那一個，他是早已經心如死灰了。那雪聽這話的時候，心裡有一點得意，也有一點感傷。有時候，聽著他在電話裡對著那一頭認真地敷衍，莫名其妙地，她會生出一種難以言說的悲涼。更多的時候，孟世代得拿出時間來應付身邊的鶯鶯燕燕。這些年，一個人在北京，想必也少不得花花草草的事。孟世代向來不大避諱那雪。他當著她的面，接她們的電話，看她們的短信。那雪聽他們在電話裡纏纏繞繞地調笑，全是一些無關緊要的精緻的廢話。孟世代一面說，一面衝著那雪眨眼睛，有炫耀，也有無辜，還有幾分甜蜜的無可奈何。那雪那種熟悉的疼就洶湧而來，從右手腕開始，一點一點，慢慢向心臟的深處蔓延，像鈍的刀尖。對這種疼痛，那雪有些迷戀。這真是奇怪。用葉每每的話，有自虐傾向。那雪笑，也不分辯。自虐傾向，或許是有吧。要不然，她怎麼會千里迢迢從家鄉的小鎮來到北京，吃了那麼多的苦，還願意在這個舉目無親的城市裡輾轉，掙扎。她記得，還是剛來北京的時候，有一回，在一條小胡同裡迷了路，懵懵懂懂撞進一戶人家，正是隆冬，天陰得彷彿一盆水，空中偶爾飄下細細的雪粒子。門簾挑起一角，油鍋颯颯的爆炒聲傳出來，還有熱烈的蔥花的焦香。那雪慌忙退出門去。一股熱辣辣的東西湧上喉頭，硬硬的，直逼她的眼底。一個小孩子舉著糖葫蘆跑出來，光著頭，也沒戴帽子，很狐疑地看著她。屋子裡有大人在喊，快回來——冷，外面冷——風很大，把人家的舊門環吹得格朗朗亂響。

浴室的蓮蓬頭壞了。那雪勉強洗了澡。心裡總是疙疙瘩瘩的，感覺不暢快。要是有孟世代在，她根本不會為這種事煩心。孟世代這個人，在世俗生活裡一向是如魚在水中。他活得舒暢，滋潤，在物質享受上，從來都不肯令自己受半分委屈。這一點，那雪一直很是欽佩。同時，又有那麼一點不屑。那雪向來是清高自許的。同物質比較起來，她更願意讓自己傾向於精神。當然，那雪也喜歡名車豪宅，喜歡華服，喜歡美食，喜歡定期到美容院，做皮膚護理，做香薰SPA。喜歡在各種各樣的場合，男人們驚豔的一瞥，當然，還有女人們欣賞中的嫉恨。那雪承認自己的虛榮。可是，有哪一個女人不虛榮呢？只不過，那雪把這虛榮悄悄地藏起來，藏在心底，讓誰都識不破。包括孟世代。

當初，孟世代追那雪的時候，簡直是用盡了心機。糖衣炮彈自然是少不得的。孟世代這個人，在女人方面，總是有著無窮的智慧和勇氣。更重要的是，孟世代有著雄厚的經濟基礎。經濟基礎決定上層建築，這話是真理。有時候，那雪跟在孟世代身旁，在堂皇的商場中慢慢轉，售貨小姐恭敬地陪侍左右，笑吟吟地恭維，先生的眼光真好，太太這麼好的身材，穿我們這新款，再合適不過了。先生。太太。那雪心裡跳了一下，臉上有些燙。她們這些人，閱人無數，一眼就可以看出裡面的山重水複。她們只是不說破罷了。孟世代的手在她的腰上輕輕用了一下力，臉上卻依然是波瀾不驚。他讓她試裝。走過去。走過來。轉身。回頭。他把眼睛瞇起來，兩隻胳膊抱在胸前，遠遠地看。他有時候點頭，有時候搖頭，有時候，什麼也不說，只是久久地盯著她看，直看到的她的眼睛裡去。那雪的心就輕輕地蕩漾一下，把身子一扭，說不試了。卻被他拉住了。他對售貨小姐說，這些，都包好。眼睛卻看著那雪。那雪呆了一呆。她怎麼不知道，這個牌子的衣服，貴得簡直嚇人。眼看著一件件衣服被包好，裝進袋子，遞到自己手裡，只有垂下眼簾，輕聲說，謝謝。孟世代在她耳邊說，怎麼謝？鼻息熱熱的，撲在臉上。那雪的心裡又是一跳。

窗簾垂下來，把微涼的夜婉拒在窗外。或許，雨還在下著。也或許，早已經停了。可是，無論如何，這是一個雨夜。那雪喜歡雨夜。雨夜總給人一種特別的感覺，迷離，幽深，低迴，憂傷，充滿神祕的蠱惑力。

知道嗎？妳就像——這雨夜。那一回，杜賽擁著她，在陽台上看雨。細細的雨絲，打在窗玻璃上，瞬間形成大顆的雨滴，亮晶晶的，像夜的淚。

妳的身上有一種味道，雨夜的味道。杜賽說。我喜歡。

三

孟世代這個人，怎麼說呢，南方人，卻是南人北相。然而剛硬中，到底還是有屬於南方的纏繞溫潤。這兩種品性，使得孟世代有一種很奇特的氣質。奇怪得很，按理說，這種老少配，應該是一邊倒的姿勢。當然是向著那雪這邊。雖不是白髮配紅顏，卻實實在在是相差了十五歲。有了這十五年的歲月，任孟世代在外面如何叱吒風雲，在紅顏面前，總該是不惜萬千寵愛的。然而不。在孟世代的寵愛背後，那雪卻分明感受到一種威壓，莫名的威壓。有時候，那雪心裡也感到惱火。憑什麼呢？沒有道理。難不成就是憑了那幾兩碎銀子？正要把臉子撂下來的時候，卻見人家分明是微笑著的。孟世代的微笑很特別。嘴角微微地翹起來，臉上的線條柔軟極了，眼神是空茫的，彷彿濛了一層薄霧，有些游離世外的意思，又有一些孩子般單純的無辜。當初，就是這微笑，讓那雪心裡怦然一動。這是真的。有時候，那雪不免想，以貌取人，是多麼幼稚的事情啊。可是，人這一生，有誰敢說不犯這種幼稚的錯誤？

夜，是整幅的絲綢，柔軟，絢爛，有著芬芳的氣息和微涼的觸感，讓人情不自禁地想淪陷其間。那雪把鼻尖埋在枕頭裡，任鬆軟的棉布把一張臉淹沒。恍惚間，依稀彷彿有一種熟悉的味道。怎麼可能。床上的東西是全部換過的，雖然，那雪極喜歡那一套開滿淡紫色小花的臥具。單位募捐的時候，她咬一咬牙，把它們抱了去。辦公室的人都圍過來，看那華貴的包裝。嘴裡一片惋惜，說她大方，這麼漂亮的東西——那雪笑一笑。漂亮。這世上有的是金玉其外的東西。當初，孟世代帶她逛商場的時候，她一眼就喜歡上了這一套。家居區域的氣息很特別，一張一張的床，美麗的臥具，薄紗的帷幔深處，隨意散落著毛絨玩具，嬌憨可愛，是浪漫溫馨的家的味道。那雪慢慢地流連，看一看，摸一摸，認真地詢問，仔細地比較。孟世代從旁看了，捏了捏她的手。那雪感到心臟深處有一點痛，漸漸瀰漫開來，迅速掣動了全身。孟世代這是在提醒她了。或者說，警告。有必要嗎？她怎麼不知道，同眼前這個男人，他們沒有未來。他們只有現在。至於家，更是她不曾奢想的。在北京，她的家，就是她自己的那一個小窩，簡單，卻可以容納她所有的一切，包括傷痛，包括淚水，還有一個個全副武裝的白天，以及無數個潰不成軍的夜晚。就像今夜。那雪也不知道為什麼，忽然就想流淚。不僅僅是因為孟世代。杜賽，也不是。她是為了她自己。

記得來北京那一年，正是秋天。走在校園的小徑上，梧桐樹金黃的葉子落下來，偶爾踩上去，發出擦擦的聲響。池塘裡，荷花已經過了盛期，荷葉倒依然是碧綠的。有一對情侶，坐在荷塘邊的椅子上，頭碰著頭，唧唧咕咕地說著悄悄話。那一本厚厚的線裝書，不過是愛情的幌子。那雪抬頭看一看天，蒼茫遼遠，讓人心思浩渺。秋天，真是北京最好的季節。那雪是在多年以後才知道，那最初的秋天，在她異鄉的歲月裡，是多麼地絢爛迷人。而以那個秋天開始，之後三年的讀書生涯，又是多麼地寧靜而珍貴。那時候的那雪，心思單純。當然了，在葉每每的詞典裡，單純這個詞，並不是褒義，相反，單純的同義詞是，傻，迂，呆，沒有腦子，沒心沒肺。可不是。同葉每每比起來，那雪簡直就是一個傻丫頭。誰會相信呢，那雪不會談戀愛。竟然不會談戀愛！葉每每一回說起來，都是恨鐵不成鋼的口氣，簡直白白讀了一肚子的書，簡直是——葉每每把那雪的一頭長髮編了拆，拆了編，心裡恨恨的，手下就不由地用了力，那雪絲絲地吸著冷氣，罵道，狠心的——也就笑了。葉每每說得對。三年間，那雪身邊從來都不乏追求者，其中，有的是鑽石黃金品質的男孩子，至少，是很好的結婚對象。可是，那雪呢，硬是一個都不肯要。也不知道怎麼一回事。直到遇到孟世代。葉每每冷眼旁觀了許久，長嘆一聲，這一回，這個心高氣傲的丫頭是在劫難逃了。

葉每每是北方姑娘，卻生得江南女子的氣質顏色，骨骼秀麗，嬌小可人，皮膚也是有紅有白，水色極好。性格竟是北方的。在對待男人的態度上，最是有鬚眉氣概，殺伐決斷，手起刀落，十分地豪放爽利。這一點，令那雪不得不服。當初在學校的時候，有幾個痴情種子，軟的硬的，使盡了手段，把那雪糾纏得萬般無奈，其中有一個，在網上貼了致那雪的公開情書，配上那雪的玉照數張，都是從那雪博客上下載的，點擊量暴增，跟帖者無數，一時鬧得滿天星斗。最後到底是葉每每出馬，把這個痴狂小子徹底搞定。直到現在，那雪也不知道，當年，葉每每究竟使了什麼計，把那小子一劍封喉，從此風煙俱淨。問起來，葉每每便說，什麼計，美人計嘛。那雪嘴裡絲絲地吸著涼氣，說那犧牲也太大了點。葉每每大笑，又傻了吧，兩性之間，哪裡有什麼犧牲？

四

彷彿還在下雨。並不大，零零落落的，落在一層的鐵皮房頂上，叮叮噹噹的響。這一帶老房子，主人大都是老北京人，最知道地皮金貴，一樓的人家，便依著窗子，搭起簡單的平房，用籬笆圍起來，便儼然是一個小的院落，種上一些花花草草，瓜瓜茄茄，便很有幾分樣子了。這種平房當然是有用場的。租出去，每個月就是一筆不小的進項。小民百姓的日子，最能顯出民間的智慧。當初，就是在這樣的小平房前，那雪認識了杜賽。那時候，同孟世代正是如膠似漆的蜜糖期。那雪幾乎很少去孟世代的別墅。都是孟世代過來。為了這個，葉每每不止在那雪面前感慨過多少回。葉每每的意思，那雪應該去住孟世代的別墅。那麼大的房子，孟世代一個人住，資源浪費是其一，二則呢，也可以把孟世代周圍的花花草草清理一下。清君側嘛，這是謀略。還有更重要的一條，跟這個已婚男人一場，圖的是什麼？如果不是婚姻，那麼至少，也該有必不可少的物質享受。否則的話，豈不是虛擲華年？那雪呢，到底不脫讀書人的迂腐，人又固執，聽不得勸。直把葉每每氣得咬牙。其實，那雪有自己的小心思。這一來和一往，不一樣。孟世代來，而不是她那雪去。當然不一樣。其間的種種微妙，她都在心裡細細琢磨過了。去年北京房價回落的時候，那雪也動了買房的心。月供倒不怕，好在薪水還算不錯。只是單這首付，就讓人不得不把剛生出的心思斬草除根。葉每每問過好幾回，孟世代，就沒有一點說法？那雪不說話。她不知道該說什麼。沒錯，孟世代有錢。區區一棟房子，在孟世代，不過大象身上的一根毫毛。可是，孟世代要是有這份心，也用不著她親自開口。而且，即使孟世代願意給，受與不受，受多少，如何受，那雪也一時躊躇不定。這不是衣裳首飾。這是房子。房子意味著什麼？在這樣的男女關係當中，房子意味著太多。直到後來，那雪也不願意承認，當初，她是給自己留了退路。她深知自己不是葉每每。有很多東西，她還沒有看破。

那一回，好像是個週一，那雪記不得了。應該就是週一。一般情況下，孟世代週末過來。卻從來不住。週一早晨，那雪去上班。鎖門，下樓。路過籬笆牆的時候，見一個男人站在那，一下一下地刷牙。看見那雪，嘴裡嗚嗚啊啊地說了句什麼，看那手勢，似乎是有事。那雪就站住了，看一眼手錶。男人三下五除二漱口完畢，走過來，欲言又止。那雪這才看清他的模樣，年輕，稱得上俊朗，由於剛洗漱完的緣故，整個人看上去十分地清新，空氣裡有一股淡淡的薄荷味道。早晨的陽光很明亮，有些晃眼了。那雪又看了一眼手錶，等著他開口。有上班上學的人從旁邊走過，一路搖著鈴鐺。那個人遲疑了一時，說，你們——以後能不能安靜點——吵得人睡不著。那雪怔了一下，臉一下子就紅了。那是她第一次見杜賽。

後來，那雪想起這一段的時候，總是情不自禁的臉紅，心裡恨恨的，卻又不知道該恨誰。杜賽倒彷彿把這回事忘記了，從來也不曾提起過。那時候，杜賽在一家品牌諮詢公司做設計師。那是一家很厲害的公司，在業界名頭十分響亮。杜賽的樣子，倒不像是那些光頭或者小辮子的藝術家，戴耳釘，穿帆布鞋和帶洞的破牛仔褲。杜賽也穿牛仔T恤，喜歡黑白兩色，站在那裡，說不出的乾淨清爽，一眼看上去，就是好人家的子弟。那雪是在後來才知道，杜賽是地道的北京人，胡同裡長大的孩子，在京城，算是中等人家，卻難得地有一種清揚之氣。也不知道為了什麼，長到這麼大，那雪總覺得，即便是再衣冠整潔的男人，身上都有一股——怎麼說——一股濁氣。杜賽一直沒有解釋，他為什麼要出來租房住，而且，還住這樣簡陋的小平房。杜賽不說，那雪也不問。那雪不是一個刨根問底的人。對孟世代也是。後來，有時候，那雪不免想，孟世代這樣一個看慣風月沒有長性的人，能同她走過這麼久，除去容貌心性，大約就是喜歡她的這一條吧。用葉每每的話說，那雪妳這個傻瓜，大傻瓜，天生就是他媽做情人的料。葉每每說這話的時候又是喝多了酒。餐廳裡的人們都朝這邊張望，搞不清到底哪一個女人是人家的情人。那雪低頭把碰翻的酒杯扶起來，潑灑出來的紅酒在桌面上慢慢流淌，迅速把潔白的餐巾紙洇透。絳紅色的酒在紙上變淡了，有一些汙。那雪從來沒有見過那樣一種曖昧的粉色。

現在想來，那一回，葉每每是一定受了重創。直到後來，那雪也不知道，一向銅頭鐵臂所向披靡的葉每每，怎麼就不小心把自己傷了。

孟世代照例地忙。大江南北飛來飛去。是那種典型的會議動物。有一回，那雪在孟世代的電腦上查資料。看見桌面上有一個文件夾，名稱叫做西湖。那雪猶豫了一下，還是打開了。全是照片。孟世代和一個女人。那郎情妾意的光景，看來正是你儂我儂的良辰。看日期，正是最近這一回出差。那雪對著那些照片看了半晌。關掉。網速很慢。那雪坐在電腦前，安靜地等待。孟世代的聲音從客廳裡傳過來，一聲高，一聲低，忽然朗聲大笑起來。顧老——您放心——當然，當然——這件事，一言為定——

五

老居民區的好處是，樹多。春夏兩季，蓊蓊鬱鬱的，到處都是陰涼。那一回以後，再也沒有碰上過杜賽。有時候，從樓下經過，那雪就忍不住朝小院裡看一眼。房門緊閉，美人蕉開得正好。籬笆上爬滿了喇叭花，紫色，粉色，藍色，還有白色，挨挨擠擠，很喧囂了。窗台上晾著一雙耐克鞋，刷得乾乾淨淨。一條藍格子毛巾，掛在晾衣架上，已經乾透了，在風中飄啊飄。

有一天下班回來，那雪發現廚房裡的水管壞了，跑了一地的水。正手足無措間，有人敲門。是杜賽。水漫金山了。杜賽說。一面就往廚房走，彎腰察看了一下，說，沒事。管道老化，換一段新的就好了。那一回，為了感激，那雪留杜賽吃飯，杜賽竟一口答應了。那雪做了清蒸魚，軟炸里脊，拌了素什錦，煲了蘑菇湯。那雪的廚藝還是可圈可點的。酒是好酒，孟世代送她的法國葡萄酒。那雪喜歡紅酒。那一段時間，那雪下決心要跟孟世代了斷。她不接他的電話，也不回他的短信，即便是孟世代親自上門來求她，她也決不會再次妥協。當然了，她也知道，以孟世代的為人，怎麼可能呢？人，有時候就是這樣的殘忍，尤其是，對在愛情的戰場上赤膊上陣而手無寸鐵的人。也不為別的。只因為成竹在胸。杜賽端著酒杯，眼睛一瞬不瞬，盯著她看。那雪臉頰熱熱的，知道自己是喝多了。燈光搖曳，杜賽的影子映在牆上，高高下下，把整個房間充得滿滿當當。那雪有些恍惚。酒從喉嚨裡咽下，慢慢地湧流到全身。整個人就化作一池春水，柔軟而動盪。後來的事，那雪不大記得了。只記得，她哭了。杜賽的身上有一種青草的氣息，清新醉人。她感到自己滾燙的身子在青草地上不停地輾轉，輾轉。草木繁茂，把她一點一點淹沒。夜露的微涼慢慢浸潤她。彩雲追月，繁星滿天。她的指甲深深掐進杜賽結實的肩頭，她叫了起來。不知道是汗水還是淚水，濕漉漉的，流了一臉。

那雪也不知道，那一晚，杜賽是什麼時候離開的。她是真醉了。後來，聽杜賽不止一回嘲笑她。一忽哭，一忽笑，梨花帶雨，百媚千嬌。杜賽在她耳邊說，妳知道嗎，妳那個樣子——要多端莊有多端莊。杜賽。這個壞孩子。

有一度，那雪以為，或許同杜賽，他們是能夠攜手走過一段很長的人生的。那段日子，那雪對廚房充滿了熱愛。每天下了班，她做好飯菜，等杜賽過來。像一個十足的賢慧的妻子。吃完飯，他們做愛。杜賽是一個多麼貪得無厭的孩子啊。然而那雪喜歡。他們一起上街，買菜，做家務。對生活，杜賽總是充滿了靈感。杜賽把一個樹樁子拿回家，左弄右弄，自己動手製作了一盞落地燈。杜賽把一個斷柄的勺子做成漂亮的花插。杜賽。把暖氣管用美麗的棉布包起來，那是什麼呢，是令人心旌搖曳的「春凳」。杜賽喜歡即興發揮。沙發上，書桌旁，陽台上，處處憐芳草。杜賽還喜歡在廚房裡糾纏她，就那麼站著，吻她。魚在鍋裡掙扎，喘息，呻吟，尖叫。烈火烹油。鮮花著錦。一屋子的香氣，一屋子的俗世繁華。杜賽。杜賽。這一切，全都是因為杜賽。

可是，誰會想得到呢。那一回，做俄式紅菜湯的時候，發現鹽沒了。杜賽放下手頭的事，出去買鹽。此一去，再也沒有回來。

杜賽不見了。

有時候，那雪會看著書架上那個沒有完工的水果托盤發呆。那是杜賽隨手放下的。用淘汰下來的筷子，巧妙地拼起來，已經有幾分樣子了。杜賽說，放洗乾淨的水果，頂合適。瀝水，還透氣。

後來，從樓下平房經過的時候，那雪會朝那籬笆牆裡再看一眼。偶爾，一個女孩子張著濕淋淋的雙手出來，警惕地看著她。那雪有些恍惚。杜賽。她沒有找過他。從來都沒有。那雪一直沒有搬家。她想，如果他願意，總會回來找她。他又不是不知道回來的路。

六

夜色空明。那雪在枕上轉了轉頭，只聽見耳朵裡嗡嗡的鳴叫，讓人心煩意亂。渾身的不適。彷彿枕頭不是先前的枕頭，床也不是原來的床。總之，翻來覆去，怎麼都不對。那雪知道，這是又失眠了。時令過了白露，是秋天的意思了。夜間，已經有了薄薄的寒意。窗子關著，依然可以聽見秋蟲的鳴叫，唧唧，唧唧，唧唧唧，唧唧唧唧。樓下的牆根裡，草叢還是綠的，潑辣辣的，一蓬一蓬。那些蟲子，想必就藏在草叢中間。彷彿也不睡覺。也或者，是在夢裡，也不知道夢到了什麼，就情不自禁地叫兩聲。那雪把被子緊一緊，閉上眼睛。她也想不到，今天，竟然遇上了孟世代。從「曖昧」出來，葉每每接了個電話，說有事，要先走一步。那雪看她心神不定的樣子，知道是有情況，就說好，路上當心——最好是讓他來接妳。葉每每笑，醉眼朦朧。當然——必須必。

燈火闌珊，城市已經墜入夢的深處。從地鐵裡出來，那雪站在大街上，一時有些茫然。離家還有兩站地。那雪決定走回去。街道兩邊的店鋪，有些已經打烊了，有一些，依然燈火輝煌。那雪在大街上慢慢走，在一家咖啡館門口，有兩個人剛剛走出來，在路邊等出租車。那雪看那身形，心裡一跳。竟然是孟世代。孟世代也看見了她，便把身旁女人的手鬆開，佯作從口袋裡掏手機，口裡打著招呼，妳好，這是剛回來？那雪說你好。身旁的女人像一隻小獸，很警覺地看著她。那雪心裡一笑。看上去，這女人總有三十歲了，水蛇腰，大屁股，單眼皮，嘴唇飽滿，是那種十分性感的熟女。孟世代咳了一聲，彷彿打算介紹一下身旁的女人，話一出口，卻是，好久不見——還好吧？

夜風吹過來，爽利的，帶著薄薄的輕寒。那雪也不知道怎麼一回事，幾年後的邂逅，竟然這樣雲淡風輕。看來，有時候，人最拿不準的，不是別人，倒恰恰是自己。

有一輛出租車呼嘯而過。那雪走在便道上，還是下意識地往裡面靠一靠。裙子卻被吹得飛起來。那雪下意識地把一隻手按住。不遠處，路燈的昏黃裡，有一個女子扶著樹幹，把額頭抵在胳膊上，長裙，長髮，看上去是十分講究的妝扮，無奈醉酒的人，再得體，也不免露出人生的落魄。那雪忽然有些擔心葉每每。她邊走邊寫短信。寫好了，看了一會，想了想，到底刪掉了。

七

國慶放假，那雪回老家。從京城到省城再到小鎮，一路輾轉，卻也算順利。一進門，卻發現走錯了。怎麼回事，分明是那條街，卻找不到那個爬滿絲瓜架的院子。問人家，都搖頭。那雪慌了，我是那雪，那雪啊。那家的老二——

醒來的時候，天還沒有大亮。那雪感覺臉上濕漉漉的，渾身是汗。卻原來是一場夢。

外面的天陰沉沉的，看樣子，想必還有雨。一場秋雨一場寒。或許，就真的這樣涼下來了。

鷓鴣天

一

一進五月，春天就算差不多過完了。楊樹的葉子小綠手掌一樣，新鮮地招搖著。槐花卻開得正好，一串一串，一簇一簇，很熱鬧了。槐花這東西，味道有些奇怪。不是香，也不是不香；不是甜，卻是甜裡面帶著一股子微微的腥氣。也不知道怎麼一回事，這槐花的味道，總讓覺得莫名的心亂。

香羅把車停在村口，掏出手機打電話。

香羅說，我到村口了。大全說噢，馬上。

香羅噗哧一聲笑了，說看你，急什麼。

陽光軟軟地潑下來，遠遠近近，彷佛有淡淡的煙靄，細看時，卻又彷佛沒有。車窗半開著，香羅靠在駕駛座上，遠遠地看見有人過來，趕忙把車窗搖上。

這次回來，香羅琢磨著，先去一趟莨家庄，回娘家看看。娘在電話裡的意思，是想跟她去城裡住。那怎麼成！每一次回來，娘嘮嘮叨叨的，都是嫂子的不是。香羅怎麼不知道，娘這個人，不好伺候。芳村人的話，叫做刁。刁的意思，不止是性子烈，嘴不饒人，除了貶義，還有那麼一點稱讚的意思在裡面。娘就是一個刁人。爹呢，卻是個老實疙瘩。在爹面前，娘的氣焰大得很。很小的時候，香羅就知道替爹抱不平。看著爹在娘跟前低三下四的樣子，香羅是又氣又恨。

遠遠地，看見大全急匆匆過來。香羅笑罵了一句，無端端地，臉上卻滾燙起來。大全一隻手拎著一箱酒，另一隻手拎著一個大大的塑料袋子。香羅趕緊打開後備箱。放好東西，大全開門坐在副駕駛座上，呼哧呼哧地喘粗氣。香羅說啥呀那是？大全也不說話，伸手就在香羅的腰間捏了一把。香羅打開他手說，問你哩。大全仍舊不說話，只管一下子把香羅抱住，嘴就蓋了下來。香羅恨得咬牙道，也不看地方。這人來人往的！

天色忽然就暗下來，是一片雲彩，把太陽遮住了。轉眼就是芒種。這個時節，怎麼說，一塊雲彩飛過，指不定就是一陣子雨。一陣子風呢，說不好就又是一塊雲。這個時節，這種事情，誰能說得清？

麥子們已經秀了穗，正是灌漿的時候。風吹過來，麥田裡綠浪翻滾，一忽是深綠，一忽是淺綠，一忽呢，竟是有深也有淺，複雜了。有黃的白的蝶子，隨著麥浪起伏，上上下下，左左右右，殷勤地飛。偶爾有一兩隻，落在淡粉的花姑娘上，流連半晌不去。不知什麼地方，傳來鷓鴣的叫聲，行不得也哥哥——行不得也哥哥——

二

蒖家庄便小多了。當初，嫁到芳村的時候，儘管一百個不樂意，想想卻還是高攀了。怎麼說呢，香羅的娘，在十里八鄉名氣很大。人稱小蜜果。小蜜果長得俊，而且，小蜜果騷。蒖家庄的男人們，有幾個不想小蜜果的？也不僅僅是在蒖家庄，整個青草鎮，誰不知道蒖家庄的小蜜果呢。做娘的名氣大，做閨女的就難免受牽連。人們都說，上梁不正下梁歪。有什麼樣的娘，就有什麼樣的閨女。很小的時候，香羅走在街上，就有不三不四的男人們，拿不三不四的眼光打量她。香羅先是怕，後來呢，略解了人事，是氣，再後來，待到長成了大姑娘，便只剩下恨了。恨誰？自然是恨她的娘小蜜果。娘讓自己的閨女在人前抬不起頭，做不成人，她竟然還天天打扮得油光水滑去街上浪——她怎麼不去死！有時候，香羅也恨爹。在娘面前，爹簡直是個沒嘴的葫蘆。自己的女人都治不了，還算什麼男人！為了這個，香羅穿得素淨。花紅柳綠的全不愛。辮子呢，也是烏溜溜黑鴉鴉的一穗，花花草草的修飾，竟從來沒有。姑娘時代的香羅，怎麼說，好像是一棵乾淨淨水滴滴的小白菜。可是，有什麼辦法呢，小白菜一樣的香羅，偏是生得惹人疼。提起香羅，人們都眨眨眼，說，小蜜果的閨女。很意味深長了。

晚春初夏，鄉下的黃昏來得漸漸慢了些。夕陽把西天染成深深淺淺的顏色，粉紫，金紅，淺妃，淡金……麥田裡騰起一片淡淡的暮靄，有蜻蜓在草稞子裡高高下下地飛，振動著淡綠的透明的翅膀，嚶嚶嗡嗡，也不知道在唱什麼。香羅把車開得很慢，心裡琢磨著娘家那一籮筐破事兒。

難得回來一趟，娘倆又吵了一架。倒也不是為了什麼。也不知怎麼回事，說著說著就不對了。小蜜果拿一根依然白嫩的指頭，一點一點地，直點到親閨女的額頭上。小蜜果罵閨女沒良心，忘了親娘。罵閨女不孝順，白眼狼一個。香羅也不回嘴，淚珠子卻急雨一樣，劈哩啪啦往下掉。爹在一旁急得什麼似的，只知道跺腳嘆氣。罵著罵著，小蜜果嘴裡的白眼狼竟變成了小騷貨，小蜜果彷彿吃了一嚇，愣住了，忽然就噤了聲。爹呢，也把一張臉嚇白了，緊張地瞅著閨女的臉色。香羅哭著哭著，便給給給給笑了，眼淚卻更歡快地淌下來。香羅一面哭，一面笑，一面咬牙根道，好啊！罵得好！小騷貨！我就是一個小騷貨！沒有妳這個老騷貨，怎麼會生出我這個小騷貨！小蜜果聽了這話，氣得一張臉煞白，一根指頭點著閨女，卻是胡亂抖著，怎麼也點不住，趁勢撒潑道，老天爺呀！我養的好閨女！長大成人，翅膀硬了！會指著鼻子罵自己的親娘老子了！爹急得團團亂轉，竟說不出一句囫圇話來。

一桌子的菜，娘倆誰都不動一口。香羅賭氣摔門出來，小蜜果追到院子裡，罵閨女不要臉，養漢老婆，叫閨女一輩子別登她的門邊子。香羅回頭看了親娘一眼，竟是鎮定得嚇人。有什麼辦法呢，這就是自己的親娘。快六十的人了，也算是兒孫滿堂，卻還是像年輕時候那樣，張狂得緊。黑色香雲紗裙褲，奶白色軟綢短衫，都是香羅給她挑的。頭髮梳得光光的，在腦後綰成一個圓圓的纂。臉上倒是乾乾淨淨的，但那一雙眼睛，哪裡管得住！那眼神，怎麼說，又風騷又毒辣，好像是帶了鉤子——自然了，香羅不願意這樣說自己的親娘，可是，這親娘總得像個親娘的樣子！年輕時候的荒唐事，且不去說了。誰還沒有年輕過？但老了老了，怎麼也不見半點長進！去城裡去城裡。香羅那地方，哪裡能讓她沾邊！她竟還嫌鬧得不夠！

當年，她要不是小蜜果的閨女，恐怕也不會嫁給根生吧。老實說，根生這個人，倒是真心待她，鳳凰蛋一般，捧在手裡怕摔了，含在嘴裡怕化了。剛嫁過來那兩年，她真的是想把牙一咬，把心一橫，好好跟他過了。可是，世事就是這樣難料。根生的性子，實在是太軟了一些。香羅是膽子又小，腦子呢，又鈍。也不知道怎麼一回事，這些年，根生竟變得越來越不夠了。香羅是誰？香羅到底是小蜜果的閨女。人們的眼光真毒啊。真毒！不管她怎麼裝，人們還是一眼便看穿了她。

天色到底是暗下來了。遠遠近近，都是蟲子的叫聲，唧唧唧，唧唧唧，閣閣閣閣，閣閣閣閣。好像是，那叫聲就在身邊，待要停下來仔細聽聽，卻又沒有了。遠遠地，芳村的燈光搖搖曳曳，隱在濃一陣淡一陣的霧氣中，彷彿是小時候的黑白電影，屏幕被夜風吹著，上面的樹木啊房子啊，起起伏伏，像是真的，又像是假的。快到村子的時候，香羅的一顆心，已經慢慢靜下來了。香羅是個好面子的，寧可叫人家罵十句，也不肯叫人家笑一聲。

香羅把車停在村口。抬頭便看見村頭的那棵老槐樹。莫名其妙地，心裡卜卜卜卜地亂跳起來。槐花的味道，經了暮色的浸染，越發濃郁了。不是香，也不是不香；不是甜，是微甜中帶著一股子淡淡的腥氣。香羅把鼻子緊一緊，莫名其妙地便飛紅了臉。這槐花的味道，不知怎麼，竟然讓她想起了大全那個該死的。

三

院子裡亮著燈。燈光從樹葉的縫隙中漏下來，金沙一般，鋪了一地。聽到汽車喇叭響，根生早已經迎了出來，在院門口立著等。香羅把車停好，根生趕忙去後備箱拿東西。大包小包，根生出出進進跑了兩三趟。香羅也不去管他，自顧去洗手。

屋子收拾得窗明几淨。香羅伸手在茶几上摸了一把，也不見一星灰塵，便輕輕嘆了口氣。剛端起杯子喝了口水，根生早把飯菜端過來。香羅說不吃了，不餓。根生一面把箸子擺好，一面說那怎麼行？人是鐵，飯是鋼。香羅看了一眼那飯菜，一個小蔥拌豆腐，青是青白是白。一個香椿煎雞蛋，金黃碧綠，十分好看。一個銀絲花卷，一碗麥仁豆粥，一小碟辣油筍絲，一小碟鹹鴨蛋，淋了香油，紅紅黃黃，香氣撲鼻。香羅看著看著，不由得就拿起箸子，一面抱怨道，這個時候了，還弄這些吃的——準得長二兩肉。根生看她吃得有滋有味，便斗膽說了一句，還是胖點好——太瘦了，不好看——香羅從碗上面抬起眼睛，賭氣道，怎麼，嫌我不好看？香羅說那你有本事，有本事你去找個好看的。根生知道說錯了話，趕忙賠笑道，這是哪裡話？我的意思妳還不懂？香羅說，你的意思，我怎麼不懂？就你那兩根半腸子！根生嘴笨，知道是惹了她，便不敢再開口。踱過去把電扇開了，又覺得不妥，慌忙關掉了。想了想，又去廚房洗水果。

香羅吃罷飯，叫根生。根生早把水果洗好削好，切成塊，插上牙籤，端到茶几上。香羅看著他手忙腳亂的呆樣子，噗哧一聲笑了，嗔道，傻樣。餵小豬哪！根生也就咧嘴笑了。在旁邊看著香羅吃水果。電視裡正在演著一個肥皂劇，沒頭沒尾的。香羅一面吃一面看。吃著吃著，忽然問起了根蓮。根蓮是根生的妹妹，就嫁在芳村。根生知道這姑嫂倆一直不睦，便有些警惕。香羅說，根蓮家幾個月了？根生說有五個月吧？香羅說，五個月該出懷了，看樣子不像。根生把手抓一抓頭，嘿嘿乾笑了兩聲，有點不好意思。我也說不好——怎麼？香羅說，沒事。這不是扯閒篇麼。根生看她笑得柔軟，便鬆了一口氣，趁機問道，這回，待幾天？香羅笑著看他一眼，說怎麼，才進門，就盼著我走？根生說，妳看妳這人。我不是問一句嗎——香羅說，店裡忙——今兒個好天兒，熱水挺好吧。根生忙說，好，好著呢。洗個澡，早點睡。香羅飛他一眼，說傻樣！

早晨醒來的時候，根生已經不見了。蜜色的陽光從窗子裡潑進來，淌了半個屋子。想起夜裡的事，香羅心裡蕩漾了一下。真是可恨。也不知道，自己情急中亂叫了些什麼。根生他，沒有聽出來吧？

根生。根生這個人，實在是太木了一些。人呢，長得倒還算周正，清清爽爽的，有一些女兒氣。心又細，嘴呢，又拙。據芳村人說，很小的時候，根生迷唱戲。蘭花指尖尖翹著，直戳到人們心裡去。一塊手帕，也能被他舞得兒女情長。人們都說，這個根生，恐怕前世是個女子。當然了，這都是香羅嫁過來以後聽說的。如今的根生，是早就不翹蘭花指了。田裡的莊稼們可不認這個。手帕呢，也不知丟到哪裡去了。香羅跟他鬧過多少回？她自己都已經記不清了。尤其是，這些年，村子裡一天一個樣，簡直是讓人眼花繚亂。根生呢，卻依舊是老樣子。眼看著他那不溫不火的自在勁兒，香羅恨得直咬牙。芳村有句話，好漢無好妻，好妻無好漢。有時候，香羅不免恍惚，都說人各有命。難不成，這樣的姻緣，便是自己的命？

正胡思亂想著，聽見院子裡有人說話。姐姐回來啦？是彩霞。彩霞是香羅的堂妹子。莨家院房大，遠親近支也多。這彩霞的爹，是香羅的堂兄弟，算起來，該是出了五服。香羅在屋裡應著，一面趕忙坐起來，兩隻腳在地上找鞋穿。彩霞一腳跨進來，見香羅蓬著頭，穿著肥肥大大的睡袍，半邊臉上被壓出了清晰的涼蓆印子，便笑道，姐姐剛起來？香羅看她笑得曖昧，心下有些惱，臉上卻笑著說，可不是。妳早啊？彩霞說，我呀，早趕趟集回來了。啥人啥命。香羅知道她又要念她那本難念的經，便趁早剪斷她，趕集？今天哪裡集？彩霞說，好我個姐姐！真是城裡人了。香羅掐指算了算說，咳，四九逢集，小辛庄。糊塗了。香羅問集上人多不多？彩霞不說多，也不說不多，幽幽嘆了口氣，說姐姐呀，我這日子，真是沒法過了。香羅知道又是老一套，便故意按捺著不問。彩霞見她忙著梳妝打扮，沒有要問的意思，便忍不住自己說了。香羅聽彩霞說得顛三倒四，心裡便有些不耐煩，又不好不理，就自顧在臉上塗塗抹抹。

沒成想，說著說著，彩霞竟然掉下淚來。香羅淚窩子淺，見不得這個，便停下來，耐著性子聽她說。彩霞抽抽搭搭的，淚人一般。聽了半晌，香羅算是聽清了。她看著彩霞那鬆鬆垮垮的腰身，想這彩霞，真是有意思。都胖成這樣了，還動這念頭。香羅聽她絮絮叨叨地說，撿了個空當兒，說這樣吧，我那裡眼下還真不缺人。過了麥季吧。過了麥季，入了秋，估計有個小妮子該回家結婚了。香羅說看吧，我看情況。彩霞琢磨著她的口氣，也不好再囉嗦，只有收了淚，東拉西扯，說一些閒話。香羅心裡有事，哪裡肯再敷衍她。想了想，順手從梳妝台上挑了一瓶防晒霜給她，說韓國貨，名牌哩。彩霞口裡奉承不迭，捧著那精巧的小瓶，歡天喜地走了。

香羅看著她的背影，心裡真是百般滋味。同彩霞，算是從小一塊玩大的。彩霞的爹在村子裡教書，算是文明人家。彩霞那時候有多狂！眼皮子耷拉著，正眼都不看人。當年的彩霞，也是身長玉立，好模好樣的好閨女。這才幾年！

太陽已經升得老高了。五月的陽光，是淺淺的琥珀色，閃閃爍爍，鋪了一院子，讓人沒來由的心情明亮。晨風吹過來，把絲綢睡袍漸漸漲滿，漲滿，忽然又嘩啦一下，凋謝了。香羅立在台階上，長長地伸了個懶腰。雞冠子花已經開了，潑辣辣的火紅一片。矮牽牛也開得熱鬧，有紫的，有粉的，也有的是，紫裡面帶著一點藍，看上去，簡直就是藍的了。那一種藍，可真是豔，豔得不可比方。瓜葉菊呢，花瓣上好像是撒上了金粒子，星星點點的，有一種亂紛紛的好看。美人蕉是將開未開，羞答答的樣子。大紅的美人蕉最是尋常，嬌滴滴的黃花就有一些特別了。幾隻蜜蜂營營擾擾的，飛來飛去。

有短信進來。香羅掏出來一看，不由笑罵了一句。大全在短信裡問她，怎麼樣，昨天？香羅看著那一個壞壞的表情，恨得不行，決心不理他。

正心猿意馬，根生騎著摩托一溜煙進來。摩托突突突叫著，爬上高高的台階，一直開進院子裡來。根生穿一件白襯衣，牛仔褲，一眼看上去，也算得一個倜儻的人兒。然而，怎麼說呢，說不好。真的說不好。見根生手裡提著一個塑料袋，香羅早已經猜出了幾分。根生一大早出去，是去集上買餜子豆腐腦。芳村這地方，管油條不叫油條，叫餜子。香羅看男人滿頭大汗的樣子，心裡又是氣，又是嘆，滿肚子巴心巴肝的話，竟是一句都說不得。就只有拿起一根餜子，狠狠地咬了一口。又端起豆腐腦，也不管燙不燙，也是狠狠的一大口。不知道是嗆住了，還是燙著了，香羅使勁咳著，彎著腰，淚珠子大顆大顆滾下來。根生慌得什麼似的，又是替她拍背，又是幫她端水。正亂作一團，聽得門口有人叫。

香羅扭頭一看，竟是翠台。香羅趕忙把臉上的淚水擦一擦，強笑道，嫂子來了？叫根生去屋子裡搬凳子。翠台看她淚痕滿面，不知就裡，也不敢深問。只有東家長，西家短，把一些個閒話淡話車軲轆話，盡著說來說去。香羅揣測她的神色，心下早明白了八九，想著自家堂妯娌，比起旁人，又近了一些，這樣拐彎繞圈的，真是不應當。

說起來，同翠台的芥蒂，也不知道是什麼時候種下的。想當年，她們妯娌兩個，多麼的要好！論樣貌，兩個人都是一等一的人尖子。若是一定要說誰更好看，還真是叫人為難。怎麼說呢，翠台是那樣一種女子，清水裡開的蓮花，好看肯定是好看的，但好看得規矩，好看得老實，好像是單瓣的花朵，清純可愛，叫人憐惜。香氣是單純的，好看呢，也是乾乾淨淨，一眼見底的。香羅呢，香羅卻是另外一種了，有著繁複的花瓣，層層疊疊的，你看見了這一層，卻還想猜出那一層，好像是，叫人不那麼容易猜中。香羅的好看，是沒有章法的。這就麻煩了。不說別的，單說香羅那眼神，怎麼說呢，香羅的眼神很豔。男人們，誰受得了這樣的眼神呢。私下裡，人們都說，這香羅，也不知道會野成什麼樣子。有人就眨眨眼，說，小蜜果的閨女麼。

香羅和翠台，這妯娌兩個，走在一起，真是招人得很。那時候，兩個人還都是新人。香羅是剛嫁過來。翠台呢，卻是熟門熟路，娘家就是本村嘛。對翠台，香羅就有那麼一些巴結的意思。翠台的男人根來，生得高高大大，不料卻是個極細緻的。那些年，芳村鬧洞房鬧得厲害。那些個混帳男人們，都想趁機為難一下新媳婦。根生木訥，哪裡應付得了。倒是根來，寬肩長腿，再加上一張嘴巴靈活，直把兩個羞怯怯的新媳婦護得風雨不透。香羅自然是感激。也不全是感激，還有依賴。也不全是依賴，本家的大伯子哥嘛，對根來，香羅還有那麼一點自家人的親近。翠台呢，也夥同著香羅，有時候，甚至是慫恿著她，把個根來支使得滴溜亂轉。也有時候，翠台竟把一些閨房裡的體己話，悄悄說給香羅聽。香羅紅著一張臉，直聽得心裡砰砰亂跳。假如正好根來從外面進來，兩個女人就掩了嘴，吃吃吃笑起來。根來被她們笑得莫名其妙。待要多問一句，卻被翠台沒頭沒腦轟出去了。

事情是從什麼時候發生變化的呢？說不好。後來，也不知道怎麼一回事，翠台對她慢慢遠了些。自然了，要好還是要好的。但是，兩個人之間，好像是，有一點什麼看不見的東西，隔著。看不見，卻感覺得到，薄薄的，脆脆的，一捅就破。可是，這兩個人，誰都不肯去碰它，寧願就那麼影影綽綽地看著，猜疑著，試探著。不肯深了，也不甘淺了。好像是，兩個人都有那麼一點隱隱約約的怕。其實呢，也不是怕，是擔心。也不是擔心，是小心，小心翼翼。

陽光從樹葉縫隙裡漏下來，亂紛紛的，落了人一身一臉。誰家的孩子在撒潑，嗚嗚哇哇地哭著，哭得人心煩意亂。香羅叫根生，根生不知道什麼時候出去了。就自己去冰箱裡拿喝的。一面問翠台，冰的怎麼樣？行不行？翠台慌忙說，喝不了，太涼。這兩天——又說妳別忙，我又不渴。香羅把一罐露露遞給她，說這個不涼。又端出來一盤炒花生，放在小茶几上。兩個人喝東西，剝花生，一時無話。香羅看著她吞吞吐吐的樣子，忍不住說，嫂子有事吧？翠台彷彿吃了一驚，一顆花生豆掉在地上，骨碌碌滾遠了。翠台說沒事，沒事，聽說妳回來了，過來說會兒話。香羅怎麼不知道翠台，最是個臉皮薄的，死要面子活受罪，便把話題一轉，問起了大坡。大坡是翠台的心頭肉，年前剛娶了親。說起大坡，翠台的話便稠了。大坡長，大坡短，話裡話外，大坡竟不像是七尺高的漢子，倒還像是當年，在她懷裡拱著吃奶的那個奶娃娃。張狂！生個小子就張狂上天了！香羅笑咪咪地聽著，一面卻在心裡盤算，根蓮的這一胎，得想辦法抱過來。屋子裡沒人可不行。一輩子，自己就短在這上頭。年輕時候不覺得，待到有了年紀，竟是越來越想了。有錢幹什麼？還不是要人來花。有時候想想，有錢啊，真不如有人。當然了，最好是兩樣都有。可這世間的事，誰能保個圓滿？

就說翠台吧，也不知道怎麼一回事，竟然把日子過成了這樣子。根來哥這個人，人樣子好，嘴巴又好，不想卻是個中看不中用的。這年頭，還真得像大全這樣。能文能武，能上能下，葷的素的，黑的白的，十八般武藝，樣樣都行。這是什麼年頭！看翠台說得眉飛色舞的樣子，香羅有點不耐煩，便狠狠心，直截了當點破她，嫂子今兒來，是為大坡的事吧？翠台又是一驚，一時不知是不是該點頭承認。香羅說，大全那裡，我這兩天給他遞一句話。翠台捏著一顆花生，半張著嘴，怔在那裡。香羅又說，好像是，沒聽說他這個廠裡缺人。看翠台半晌說不出話，心裡便笑了一下，把一根香蕉慢慢剝了，遞到翠台的手掌心裡，可話又說回來，從小看著大坡長大，大坡叫我一聲嬸子，大坡的事我就得管。自家孩子麼。翠台看著那大半截白白嫩嫩的香蕉肉，從金黃的香蕉皮裡裸露著，這才好像省過來，趕忙說，他嬸子！妳看這！妳看這！趕明兒我叫大坡他們過來，當面謝他嬸子！香羅把手擺一擺，說可使不得。我這門檻子，可不是正經孩子邁的。翠台急得紅頭脹臉，忙著賭咒發誓，香羅依舊笑咪咪的，說好了好了，說著玩呢。看把妳急的。妳還不知道我這張嘴？

四

鄉下的夜，到底要來得晚一些。月亮出來了，是一眉新月，怯生生的，好像是害羞，又好像是有一點怕人。風從村莊深處吹過來，溫涼的，潮濕的，夾雜著草木繁茂的味道。雞啊鴨啊鬧逛了一天，都早早歇了。偶爾，有兩聲狗吠，虛張聲勢的，也不怎麼當真。香羅的高跟鞋崴了一下，不由得罵了一句。這路說是柏油路，但坑坑窪窪的，實在難走。香羅深悔沒有穿雙平底鞋出來。

超市裡燈火通明。秋保看見香羅進來，趕忙招呼道，嬸子來了？香羅說，好小子，發財啊。秋保笑嘻嘻的，說嬸子笑話我。這小本生意，將將夠吃口飯，哪裡有嬸子發財？秋保說誰不知道嬸子在城裡，高樓住著，轎車開著，老闆當著？哪天沒飯吃了，去給嬸子當牛馬都心甘。香羅笑罵道，你這壞山藥！誰敢用你？秋保說沒事，國欣她沒事，嬸子妳放心。香羅恨得要去撕他的嘴，被旁邊的人勸住了。香羅這才看清楚，超市裡的人三三兩兩，光看不買，大都是閒人。香羅說，這不年不節的，怎麼這麼多人？秋保說，是老九。老九家的二小子。秋保說老九家二小子娶媳婦。秋保看了看四周，壓低嗓子，聽說是網友。東北的。好傢伙！如今這些孩子，本事忒大！香羅哦了一聲，就去挑東西。一箱酸奶，一箱六個核桃，兩盤雞蛋，一隻白條雞，半斤鹹驢肉，又挑了一些雜七雜八的零嘴。秋保樂顛顛地算帳，收錢，又慌著幫她裝袋子，一口一個嫂子，恨不能親自去送。到底顧著生意，就轉頭叫他媳婦國欣。香羅忙說不用不用，秋保哪裡肯依。一面囑咐媳婦把嬸子送到，一面拿了一個保溫杯出來，塞進香羅的袋子裡，說這是贈品，嬸子要是不稀罕，回頭就把它扔得遠遠的。

出了超市，老遠看見老九家張燈結綵，門口停著幾輛車，人們出出進進，十分熱鬧。秋保媳婦說，都是舔屁股的。香羅笑，哦了一聲。秋保這人滑得泥鰍似的，這個媳婦卻是個老實人。老九是村裡的書記，威風得緊。書記家娶媳婦，自然是大事。光顧著忙，事先怎麼就沒聽到一點信兒呢。也不知道，根生這個榆木疙瘩，是不是也隨了禮。有心想繞開那大門走，卻聽見有人叫她。背著光，影影綽綽看不清。待走近了，才知道是素台。素台指了指那大門，悄聲說，六天的流水席！城裡家裡一起開。香羅說噢，趁機問正日子是哪天？素台說，十一到十六，正日子是十六。香羅看她說得興起，不敢耽擱，指了指後面跟著的秋保媳婦，說我還得去根蓮那邊串個門。過來玩呀。

五

一進門，根生正歪在沙發上看電視，見香羅臉色不對，嚇了一跳。也不敢多問，趕忙把電視關了，去給她倒水。香羅啪啪兩下甩掉高跟鞋，光著腳，通通通通直走到臥室裡，一下子撲在床上，嗚嗚咽咽哭了起來。根生端了一杯水過來，不敢勸，也不敢不勸，深怕一句話不對，惹翻了她。

西牆下的菜畦裡，小蟲子們叫得熱鬧。咯咯吱吱，咯咯吱吱，也好像是，在南牆根的花圃裡。夜風吹過來，苦瓜花的香氣只管往人鼻子裡鑽。狗在院門口吠了幾聲，像是受了驚嚇。有汽車喇叭滴滴滴滴亂響著，刷拉一下，從街上開過去了。也不知道誰家的電視，唱的是河北梆子，「我本是貧家女呀名喚李慧娘……」

半晌，香羅哭夠了，依舊趴在那裡，想心事。根生過來給她遞毛巾，她也不理。根生看著她的後背，好像是平靜多了，就試探著問，怎麼了這是？起來擦把臉？香羅不說話。根生拿著濕毛巾，怔怔地立著，走開不是，不走開也不是。不想香羅卻忽的一下坐起來，說怎麼了？在外頭受外人的氣！在家裡受家裡人的氣！我萇香羅橫豎是個受氣的命！根生看她哭得兩隻桃子樣的眼睛，不敢接話茬。香羅說我十九歲進了劉家的門子，你摁著胸脯子想一想，享過一天福沒有？你摁著胸脯子想一想！香羅說，眼下我是好了！我有錢！我有錢是我黑汗白流掙來的！香羅髮廊怎麼了？打量我不知道你們肚子裡怎麼想！我真金白銀地往回拿的時候，怎麼不放一個屁！怎麼不往出扔！我一個娘們家，劉根生！你讓我怎麼辦！指望你？我這輩子還有兩天舒坦日子沒有！根生臉都白了，慌忙看了看窗外。香羅冷笑道，別怕，聽見又怎樣？當真是自己唬弄自己！根生氣得掉頭要走，香羅說，走啊，都走！走了都乾淨！我沒兒沒女，牽掛都沒有！說著說著，眼淚又下來了，哽咽道，我這一輩子，還有什麼過頭！

六

芳村有句話，芒種過，見麥茬。真是節令不饒人。看著吧，幾場熱風過後，麥子們就都黃熟了。如今的麥季好過，都是機器，容易得多了。外面打工的人們，也大都不回來。有的呢，即便是回來，也是來去匆匆，不敢耽擱。耽擱不起嘛。

轉眼間，就是端午節了。人們忙歸忙，節氣還是要過的。香羅一面開車，一面盤算著，端午節怎麼也得回來一趟。今年不包粽子了。這陣子，店裡太忙。天氣漸漸熱起來，就更要忙了。香羅想，就到大發超市去買現成的，鹹的甜的，什麼樣的都有。下回來，先到莀家庄，再到芳村。或者是，先到芳村，回去的時候，再到莀家庄。下回回來，也不敢多待。店裡正是較勁的時候。誰的店？當然不是她那個惹是生非的店。香羅笑了一下，看見路旁的草棵子裡，有個什麼東西，哧溜一下跑過去了。也不知道，根生，還有根來，他們這兄弟倆，是不是幹飯店的料？

才不過兩天，麥田裡飛芒炸穗，很有幾分樣子了。風吹來，叫人不免擔心，那金黃的麥粒子，會不會被吹到地上。香羅身上燥熱，卻伸手把空調關掉，把車窗搖下來。風嘩啦嘩啦注滿車子，帶著麥子特有的焦香，還有濕漉漉的青草的味道。開出好遠了，香羅忽然想，方才，草棵子裡跳出來的那東西，是不是一隻野兔？或者，乾脆是一隻野貓？

前面是莀家庄的老墳，柏子樹鬱鬱蔥蔥的，遮天蔽日。不知道什麼地方，有鷓鴣在叫，行不得也哥哥——行不得也哥哥——

風實在是涼爽。太陽就在頭頂，很大很亮。

小欄杆

從香羅家出來，日頭已經在頭頂了。香羅家門前的台階高，又陡峭，幸虧兩旁有扶手，翠台抓著那亮晶晶的不鏽鋼，一磴一磴往下走，一不小心，還是把腳崴了一下，心裡恨道，個小養漢老婆！錢燒的！

是個好天兒。日頭吐出一千根金絲銀線，把村莊密密地困住。風吹過來，軟軟涼涼，弄著綠幽幽的重重的影子。翠台身上一緊，不由得打了個寒噤，這才知道，方才竟出了一身毛茸茸的細汗，心裡暗罵自己沒出息。

一進院子，幾隻雞就圍過來。雞是半大雞。春上的雞娃，翠台餵得精心，雞們像是被揪著脖子一樣，長得飛快。翠台嘮嘮叨叨數落著雞們，一面弄了大半碗米糠，撒在地下。雞們也顧不得臉面，你推我搡地搶起來。翠台訓斥道，幾輩子沒吃過食兒啦？看把你們饞的！

根來襯衫搭在肩上，一腳踏進院子，見翠台餵雞，就問做飯了沒有，晌午飯吃什麼。翠台指著一隻小花翎子雞便罵，吃！就知道吃！吃了大半輩子冤枉飯，也不見你出息！還有臉吃！根來聽她的口氣，知道又少不了一場口角，便回道，少這樣指桑罵槐的！有話說話。翠台冷笑一聲，那我問你，大坡的事兒，你怎麼打算？根來說，大坡的事兒？大坡不是在城裡幹得好好的麼？翠台說，好好的？虧你這個當老子的！凡事不放在心上！如今大坡娶了媳婦，家裡一個，外頭一個，小倆口老這樣離別著，算怎麼回事兒？根來聽了，半晌不說話。翠台又說，你沒看那愛梨，天天往娘家跑。在芳村一天都待不住。可也是，年輕輕的媳婦家，出來進去，孤孤單單的一個，你叫人家怎麼在這裡待？見根來不吭聲，翠台說，這陣子倒是能上什麼網了，天天趴在電腦上。茶也不思，飯也不想。依我看，這事兒有點不對。網上能有什麼好人？那誰家的媳婦，不是就被網上的勾走了？根生把手摸一摸腦袋，遲疑道，那——妳看？翠台哼了一聲，說又讓我看，這一輩子，你就不打算拿一個主意？根來抓著腦袋想了一會，說，我記得妳提過一句，大全那兒——翠台說，大全那兒？你去找大全？根來說，我？我可跟人家說不上話兒。翠台冷笑道，你說不上話兒，那你的意思是叫誰去說？翠台說難不成是叫我去？你一個大老爺兒們都說不上話兒，我一個娘兒們家，就能跟人家勾搭上？根來說，什麼話！說這麼難聽！翠台說，是我說話難聽，還是你做事難看？大半輩子當甩手掌櫃，家裡這些事兒，你什麼時候上過心？根來一聽又是老一套，也不敢回嘴，只好盡著她絮絮叨叨地數落個沒完。

晌午飯就他們兩口子吃。愛梨去趕集了，順道回田庄娘家一趟。翠台和了塊麵，擀了麵條，蔥花熗鍋，清湯下麵，又從院子菜畦裡拔了幾棵小油菜，在水管子下面洗乾淨，綠生生地扔鍋裡。翠台吩咐根來盛麵，自己騰出手來，從牆上的蒜辮子上揪下來兩頭紫皮蒜，麻利剝了，放在一個半人小碗裡。根來端著一大碗，一口蒜，一口麵，吸溜吸溜地，吃得滿頭大汗。翠台頂看不慣他這樣子，數落道，你慢著點，誰還跟你搶？根來從碗上抬起眼睛來，訕訕地笑道，痛快！我就好吃個滾燙的。翠台橫他一眼。

看他吃得差不多了，這才慢慢說了去香羅家的事。根來擦了一把額頭上的汗，小心問道，這麼說，她應下了？翠台鼻子裡哼了一聲，說，她她她的，說個名字都不忍了？根來急了，妳胡說個啥？翠台笑道，看看看，給我說中了不是？一說中，準跟我急。我還不知道你？根來一聽這話，更是急得臉紅脖子粗的，恨道，就妳這張嘴！針眼兒大的心眼子！翠台說，我針眼兒大的心眼子，你的心眼子可是忒大！有一萬個心眼子！能裝下多少個鬼？根來氣道，我能有什麼鬼？翠台冷笑道，要是心裡沒鬼，怎麼這個人我就說不得？一說就急，一說就急，你當別人都是傻子！根來嘴拙，一時跟不上，氣得把碗往桌子上噹的一頓，說不吃了！氣就氣飽了！翠台笑道，愛吃不吃！我看你是吃飽了。吃著碗裡的，看著鍋裡的！打量我不知道你那一肚子花花腸子！我就是納悶兒，怎麼在咱們家，就不能提那個人？她是千金萬金的嬌小姐？提不得碰不得？根來氣得只會說，妳說，妳儘管說！翠台笑道，我還就是說了，你能怎麼著？誰不知道，她不過是個騷貨，養漢老婆，千人騎萬人操的破爛貨！根來把桌子上的碗嘩啦一下掃下去，霍地站起來，轉身就朝外走。翠台在後面罵，怎麼？拿刀子戳到你心坎子啦？有本事你去跟人家過！有種你甭要這個家！

太陽光透過簾子，在地下印出一道一道的橫格子。幾隻雞在門口探頭探腦，翠台看牠們鬼鬼祟祟的樣子，也無心理會。茶几的隔板上躺著一個喜帖子，大紅的底子，毛筆寫著黑字：定於今年農曆臘月一十八日，劉慶豐之子劉凱成婚大喜，恭請光臨。凱子和大坡同歲，這婚事竟比大坡晚了一年，把凱子他娘瑞花急得什麼似的，生怕這樣一耽擱，生出什麼差錯來。如今好了，凱子的日子也定下了。翠台盤算著，大坡那時候，瑞花出了一百，到時候，凱子的禮錢，也就隨著這個數走吧。要不就再添個綢子被面兒也行，臉面上好看些。正胡思亂想，聽見街上有吆喝賣瓜的。翠台就趿拉上鞋，出去看。

一輛三馬子停在十字路口，車上一個一個圓滾滾地裝滿了瓜。賣瓜的見翠台出來，趕忙招徠，好瓜咪，好瓜！又甜又脆，又麵又香的好瓜咪。翠台過來問，都什麼瓜？賣瓜的說，甜瓜甜，菜瓜脆，大姐妳要哪一種？翠台就看瓜，說讓挑不？賣瓜的說，妳儘管挑。正挑著，喜針騎著車子過來，在瓜車旁邊停下，也打聽這瓜，多少錢一斤？甜不甜？拿麥子換行不行？一面把瓜們挑來揀去地看，手裡忙，嘴上也不閒著，說這個瓜還生著哩，那個瓜有傷，褒貶個不停。那賣瓜的見她把瓜們拿起來又放下，撥拉來撥拉去，又是滿嘴的挑毛病，知道是碰上了一盞不省油的燈，便趕忙笑道，這位大嫂，一看就是個懂行的，又會過日子。依我說也是，還是麥子換合算，自家地裡的麥子，又不用出現錢。哪像如今的年輕人，走動一步都是錢。糧食在他們眼裡算什麼？喜針聽人奉承她，越發來了興頭，跟那賣瓜的一遞一句地攀談起來。翠台知道她是個話簍子，趕緊挑了幾個瓜，撤腳要走，只聽喜針叫她，說讓她等等，一會兒跟她說句話。翠台只好等著。喜針顛來倒去，也不知跟那賣瓜的說到了什麼，一句不投機，又不買了，撂下瓜就走。氣得賣瓜的在後面喊，把瓜們都摸索熟了！又不要了！這人，到底誠心買不誠心買這是？

喜針推著車子，跟著翠台往家走。翠台看她氣得哼哼的，說妳也真是，跟個賣瓜的生哪門子氣，真是閒的。喜針說，這賣瓜的，狗眼看人低。見我買的少，又是拿麥子換，他不痛快了。又嫌我挑——笑話，哪有買東西不挑的？翠台說，這人看上去還老實。喜針說，知人知面不知心。就像我那兒媳婦，看上去還不是性子頂柔軟的？見了人，不笑不說話。可誰知道卻是個嘴甜心苦的？翠台就煩喜針這一條，老是背後宣講兒媳婦的不是，當了人家面兒，又是另一副樣子。何苦？翠台忙岔開話題，說些旁的。喜針卻接著說，我跟妳說，前幾天，拉著我去趕集。本來我忙著洗衣裳，她好說歹說，非得拉著我去。我怎麼不知道她安的哪顆心？還不就是想讓我掏錢。她買東買西，我這個當婆婆的，倒成了她的錢包。妳說說看，這是什麼世道？翠台勸道，什麼妳的她的，還不是一家子？哪能分那麼清？喜針說，花點錢倒是不怕，錢不就是給人花的？可我這倆小子，還有老二哪。老大都把錢扒了去，我拿什麼給人家老二蓋房子娶媳婦？翠台說，老二不是還念著書麼。說不準到時候考出去了，省了妳這一宗事兒。喜針擺擺手說，我倒是沒那麼大指望。他能有那樣的出息倒好了。我只是生氣，這老大媳婦，當面一盆火，背後一把刀，當初我倒是把她看低了。翠台聽她說得囉嗦，心裡又有事兒，便不肯再用心敷衍，知道她也沒有什麼要緊話兒，也不問，由著她說。

那喜針說了半晌，心裡的氣漸漸平了一些，忽然說起了增志的廠子。喜針說增志廠子有個媳婦，是村西黑人的外甥媳婦，莨家庄的，妳見過不？翠台說不留心，怎麼？喜針說，長得倒是挺俊，可惜是紅頭髮。喜針說我的娘！那一腦袋紅頭髮，著了火似的，我真看不慣。翠台笑道，趕明兒你們家兒媳婦也弄個紅頭髮，看妳看慣看不慣！喜針就笑。又把嗓子壓低了，說妳知道不，這媳婦，不是個正經人。翠台說，這個倒沒聽說。喜針朝院門那邊望了望，把嘴貼在翠台耳朵邊上，這話呀，也就是我跟妳說。要是換個二人，我爛肚子裡！翠台急問什麼話，喜針說，我說了妳可別惱，這媳婦，跟那個誰……翠台說，說呀倒是，跟誰？喜針支吾了半晌，才說了。翠台心裡一驚，臉上倒故作鎮定，這事可不是亂說的，這種事。喜針急得要賭咒發誓，這種事，我怎麼敢亂說？廠子裡都傳開了。翠台一下子就火了，罵道，個長舌頭老婆們！捉賊見贓，捉姦拿雙，還沒怎麼著，就紅口白牙地，給人家編排這些個沒味兒的閒話扯淡話！別讓我看見！我撕爛賤老婆們的嘴！喜針見她動了氣，臉上也不自在，走不是，不走也不是，只好怔在那裡，聽她罵糊塗街。

正罵著，喜針忽然把大腿一拍，妳看我這記性，我想起來了，這個媳婦，就是香羅的娘家侄女。翠台如今聽不得香羅這兩字，氣得更是臉都白了，我當是誰家的好閨女，原來是她家的！葚家庄真是不出好人！喜針聽這話說得蹊蹺，便趁機說起了香羅。翠台正有一肚子氣，聽喜針一口一個小婊子，一口一個賣的，心裡竟是十分的痛快解恨。喜針這個娘們，雖說嘴巴瑣碎些，倒是一個正派人。方才自己罵的那些個糊塗街，實在是難聽了些，就從袋子裡拿出幾個瓜，非讓喜針拿走嚐嚐。喜針推讓了幾句，也就歡喜地受了，一面又把先前那些個話罵了一回，也不再提葚家庄那媳婦的事。又感嘆又不平，拿上瓜便走了。

翠台擰開院子裡的水管子，把那幾個瓜仔細洗乾淨，放在一個高粱秸稈編成的淺筐子裡。

也不知道，愛梨今天還回不回來。這個季節，瓜果還沒有下來，這幾個甜瓜菜瓜，也算是個抓撓兒吧。喜針這人大嘴巴，剛才這些個話，也不知是真的還是假的。傳來傳去，不會傳到素台耳朵裡吧？萇家庄！萇家庄能出什麼好娘兒們！翠台想起今兒在香羅家，香羅那個張狂樣子，妖妖嬌嬌的，越想越氣，抄起手邊的一把笤帚，嗖的一下子扔出去。只聽哎呦一聲，那笤帚不偏不倚，正打在來人身上。

翠台抬頭一看，不由噗哧一聲笑了。臭菊捂著左腿膝蓋骨，咬牙罵道，妳還笑！招妳惹妳了？進門就吃一個笤帚疙瘩！翠台趕忙過去，替她搬過一個小凳子，扶著她坐下，說來得早不如來得巧，怎麼偏偏就是妳趕上了？臭菊揉著她那膝蓋，哎呦哎呦地叫喚了一會兒，翠台一面給她拿來一個甜瓜，一面把喜針方才那些個話學了一遍，只說那萇家庄的媳婦，沒提她妹夫增志。臭菊聽了道，萇家庄那媳婦我知道，好像是香羅娘家的什麼親戚。不是侄女就是外甥女。記得有一回，我在小辛庄集上還見她倆作伴買東西哩。翠台說，管她什麼侄女外甥女。有那麼個出了名的風流老娘，底下還能教出什麼好閨女？臭菊見她點名說起了香羅，就不肯再說了。翠台只顧說得高興，見臭菊不搭腔，心裡暗想，看把妳嚇得！小雞仔似的！心裡不平，就越發數說起了萇家庄那媳婦，夾槍帶棒的，也捎帶敲打著香羅。臭菊只是聽著，說到那萇家庄媳婦，倒附和著說幾句，一碰上香羅，竟是半個不字也不肯再說。翠台自說自話了半晌，也覺出了沒味兒，就打開電視，兩個人無話，就看電視。

看了會子電視，臭菊像忽然想起來似的，一拍腦門兒，說，咳，看我這腦子。我找妳有好事兒。翠台問什麼好事，臭菊說，前天晚上，狗菜媳婦來找我，打聽妳家二妞哪。翠台心裡一跳，明知故問，打聽二妞？臭菊笑道，自然是看上咱們閨女了。二妞這孩子我是看著長大的，人又俊，又懂事，百裡挑一的好閨女。還有頂要緊的一條，是正經人家的孩子。翠台妳，還有根來，整個芳村，誰能說出半點不是來？翠台笑道，這倒不敢說，本分人倒是真的。臭菊說，狗菜媳婦想做一個媒。翠台說哪一家的孩子？二妞年紀還小，又念著書。臭菊說，論說也不小了，當年咱們，這個年紀，都是有婆家的人了，我十九歲上過門子，二十歲上，就有了我們家老大。臭菊說我說出這個人家，妳保準願意。翠台問誰家？臭菊說，狗菜媳婦的娘家侄子，莨家庄的。兄弟倆，老大在外頭，這個是老二。家裡開著廠子，二層小洋樓，兩輛汽車，城裡還有一套房子，錢閒得呀，在家裡吱吱亂叫。翠台笑道，這麼好條件，我們可高攀不起。臭菊說，我還沒說完哩。都不是外人，知根知底兒。這狗菜媳婦和妳那堂妯娌香羅，是兩姨姐妹。妳說是不是知根知底兒？翠台笑道，那更不敢高攀了。人家都是有錢人，我們這小門小戶的人家，可夠不上。臭菊還要勸，見翠台臉上變顏變色的，不知道哪句話說得不妥，就說，今兒呢我就是捎個信兒，不著急，妳先琢磨琢磨。咱們往後再慢慢說。

才幾天不管，菜畦裡的草們又長了密密的一層。馬生菜一大蓬一大蓬的，十分茂盛。翠台拿了一把剜勺子，一面薅草，一面想心事。太陽光晒在身上，透過薄薄的衫子，有一點熱了。有一兩片樹葉子落下來，飄飄曳曳的，正好落在她的肩頭上。萇家庄！怎麼橫豎就離不了這個萇家庄，離不了這個賤老婆！翠台一剜勺子下去，竟砍斷了幾棵芫荽，心裡又疼又氣，索性把剜勺子一扔，一屁股坐在地下，看著那幾棵芫荽發呆。

翠台這院子不算大，收拾得卻整齊。根來在家裡是老大，又是獨子，這塊宅基地，是根來他爹留下來的。臨著大街，又開闊，又衝要，是個好地方。根芬出嫁的時候，就是在這個院子上的轎。根來他娘那邊的老房子，一則是在小胡同裡，車輛進出不方便，另一個呢，也太老舊了。翠台是個利索人兒，小小的院子，侍弄得又乾淨，又清雅。栽了花，種了菜，還在菜畦子的周圍，拿玉米秸編了一帶籬笆牆，上面牽藤爬蔓的，又好看，又防備雞們偷嘴吃。愛梨就頂喜歡這個小院子，老說他們新院那邊空曠，翠台在那邊院子裡也開了一片菜畦，如今也有些模樣兒了。大坡不在家，愛梨也還跟著翠台這邊吃飯。怎麼開伙麼，沒法開。把新娶的媳婦一個人扔家裡，再怎麼也不像。大坡的事，還得把臉兒放下。那句話怎麼說來著？人窮志短，馬瘦毛長。今兒個就把這張臉皮撕下來，雙手捧著，捧到人家面前！為了自家孩子，還要什麼裡子面子的！翠台怎麼不知道，那賤老婆，專等著看她的笑話，等著她朝她低這個頭。翠台呢，偏是個要強的，臉兒又熱，面皮又薄，大半輩子了，什麼時候在人前露過軟茬？香羅。翠台想起香羅那假模假式的樣子，還有那不冷不熱不陰不陽的口風，句句都藏著一根刺，叫人有疼說不出。個養漢老婆！

馬生菜一大棵一大棵的，葉片子又肥又厚，肉頭頭的。翠台把它們摘好，洗乾淨，放在箅子上瀝水。又去超市買了半斤豬肉。回來的時候，半道上遇見根生。根生騎著摩托車，後面馱著一個大箱子，翠台趕忙叫住他。扯了兩句閒話兒，摩托車轟轟轟轟響著，也聽不太真切，翠台問香羅哪天走，這回待幾天？根生說她呀，她哪有準兒。高興了多待兩天，不高興了抬腳就走。翠台說有什麼天大的事兒，多待兩天唄。翠台說趕明兒我過去跟她說話兒去。

回到家，翠台忙著把豬肉剁了餡子，把馬生菜細細地磨刀切了，加上熟花生油，加上鹽，加上雞精，又剁了蔥末薑末蒜末，乾炒了花椒大料，磨成粉，統統拌到肉餡裡，又多多地淋上香油，一下一下地拌了，香氣一下子就出來了。想了想，又淋上一股子香油，香氣更大了。招惹得雞們都圍過來，饞眉饞眼的，翠台張著兩隻手，嘴裡哦啾哦啾的，轟也轟不走。

餃子包了快一半的時候，天色漸漸暗下來了。翠台看了看外面的天，心想可別下起雨來，天黑路滑的，就壞事了。腦子裡亂紛紛的，手下就慢了，心裡越發著急。越急越亂，越亂就越慢。翠台索性停下來喘口氣，把心神穩一穩。

馬生菜這東西，別看生得賤，口味還真不錯。從前人們日子艱難，把這個當成金貴的，包餃子，蒸包子，涼殺菜，是頭一等的美味。如今呢，村裡人早不把它們放在眼裡了。正經新鮮蔬菜還吃不完呢。可是人家城裡人口味怪，偏偏愛這一口。這些個馬生菜掃帚苗灰灰菜，被叫做野菜的，在城裡人眼裡，可是稀罕物兒。翠台心裡笑了一下。怎麼說呢，要是單吃，這馬生菜的味道，實在是沒有什麼，可要是加了肉餡，就兩樣了，怎麼說，給肉香逼著，那一種野菜的清香就出來了。真是有意思得很，就像紅花扶著綠葉，也不知道，這馬生菜和肉，哪一個才算是主角兒。正胡亂想著，門簾一挑，愛梨回來了。

翠台見了，趕忙立起來，挓挲著兩隻沾滿麵粉的手，問愛梨怎麼回來了？話一出口，又覺得不妥，好像是不願意人家回來似的，趕忙說，還想著妳會不會在田庄住一宿呢。這話又不對。彷彿是多嫌人家的意思。愛梨一面把包放下，一面看了一眼那些個餃子，說想著把那件毛衣趕出來，忘記帶了，就回來了。愛梨說今晚包餃子？翠台說是啊，包餃子。臉上就有些熱，好像是，趁兒媳婦回娘家，自己這個當婆婆的偷偷包餃子吃，就趕忙解釋說，正要給妳電話呢，讓妳回來吃餃子。話一出口，臉上更熱了，一顆心突突突突地跳得厲害，倒真好像是做了賊一般。愛梨愣了愣，笑道，那什麼，我去洗把臉，一起包吧，還快一點兒。

翠台拿著小擀麵杖，立在那裡，心裡又悔又急，這是怎麼了？真是鬼迷了心竅了！怎麼這一句一句的，都成了自己的不是了？愛梨她，不會多什麼心吧？

愛梨洗手進來，坐下包餃子。也並不說趕集的事。翠台問一句，愛梨答一句，一句話都不肯多說。翠台心裡七上八下的，偷眼看兒媳婦的臉色，愛梨耷拉著眼皮，專心包餃子，長睫毛撲閃撲閃的，也不看出什麼來。翠台只有強笑著，挑起話頭兒說一些個閒話。愛梨倒是也一遞一句地跟她應和著。翠台到底覺得心裡不踏實。

一時間有一會子都不說話，屋子裡十分安靜。只聽見擀麵杖在案板上碌碌碌碌響著，更襯出了屋子裡的難堪。翠台心裡暗想，也真是怪了，頭幾回愛梨回娘家，總是要住上兩宿，今天也不知怎麼，偏就當天回來了。說是趕著織毛衣，又不急著穿，有什麼可趕的。想必是她見自己尷尬，一時情急編的瞎話。回來也就回來了，怎麼偏就碰上了包餃子，按說家裡改善，都是等大家齊全的時候，況且，都知道愛梨是個好吃餃子的，怎麼竟弄得好像是偷偷摸摸，專門避著她似的。自己還趕著問那些個缺心眼兒的傻話，讓人家下不來台。這樣想著，又偷眼看愛梨，見她一心一意地低頭包餃子，並沒有什麼不一樣的神色。轉念一想，不過是個餃子，又不是海味山珍。趕巧弄了馬生菜，忽然一念之間，想包頓餃子，也是有的。正大光明的事兒，這麼鬼鬼祟祟的，反倒叫人覺得疑心。這才心裡略略寬些。因又問起了愛梨，今兒集上人們多不多？那一家賣果木的是不是也在？老洋姜家的豆腐腦攤子出來了沒有？愛梨都一一答了，說集上的人如何多，如何擠，誰跟那個賣鞋的吵起來了，賣肉的肉二今兒個好買賣，有人家過滿月，整個肉案子上的肉，都被包圓了。愛梨說就是那個誰家，咱們村的振科家。翠台問振科？振科家孫子過滿月？愛梨說，就是老九的侄子。翠台啊哦一聲，問他們家添了孫子了？翠台說，妳看我，天天瞎忙，倒沒有聽說。愛梨說，還沒有哩，聽說是快了，快生了。翠台笑道，還沒生哪？那怎麼就說起了過滿月的話？愛梨說，我也納悶呢，聽說是要提前幾天擺酒，要大鬧一下。翠台正要接話，只聽愛梨問她，這和的是多少麵？恐怕不夠吧？翠台看她正掀開麵盆看，麵盆子裡空空的，就剩案板上一小塊了。再看大海碗裡的餡子，知道是弄少了。就那麼兩把馬生菜，肉餡半斤不到，顯然是不夠一家子吃。翠台心裡暗罵自己，怎麼就這麼顧前不顧後的，辦事兒一點章法都沒有。如今倒真好像是，公公婆婆趁著兒媳婦回娘家，偷偷包餃子吃了。有心解釋，卻又一時不知怎麼開口，急得臉上通紅，越看越像是做賊心虛的鬼祟樣兒。

正窘迫著，根來回來了，見婆媳二人一個擀皮兒，一個包，就問，怎麼，晚上吃餃子？翠台一肚子的火，一下子就爆發了，衝著根來喊道，吃餃子吃餃子！就知道吃餃子！我哪裡有這好命吃餃子！根來丈二和尚，不知就裡，說怎麼了這是？當著孩子，妳看妳這是什麼樣子！翠台說，我吃餃子？我就沒有長著吃餃子的嘴！我為了誰？咹？我白操碎了一顆心！當著兒媳婦，根來回嘴不是，不回嘴也不是，只有低聲勸道，好了好了，包吧包吧，看讓人聽見笑話！

翠台的淚登時流下來，罵道，我怕誰笑話！知道她好這一口兒，我巴巴地包了餃子，要給人家送去。我一不偷人，二不養漢！我為了我親小子，我怕誰笑話！根來這才慢慢聽出滋味來，正要勸說，又擔心她越說越來勁，保不準說出什麼不好聽的話來。只有坐在那裡，使勁吸菸。愛梨頭一回看公公婆婆這個陣勢，心裡又急又怕，想要勸解，又不知怎麼勸法。聽了這麼半天，竟也沒有聽出什麼頭緒。情知這餃子裡面有事兒，又一時猜不出，只好一口一個媽地叫著，再難說出別的話來。

不知什麼時候下起雨來了。雨點子落在樹木上，颯颯颯颯，颯颯颯颯，聽起來是一陣子急雨。窗玻璃上亮閃閃的，綴滿了一顆一顆的雨珠子，滴溜溜亂滾著，一顆趕著一顆，一顆又趕著另一顆，轉眼間就淌成了一片。根來濕淋淋地跑進跑出，把院子裡的東西該收的收了，該苫的苫了，又去關東屋西屋的門窗。雞們被這突如其來的雨弄暈了，躲在廊簷下，咕咕咕咕咕咕抱怨個不休。樹枝子亂搖，天黑得像是潑了墨。

屋子裡已經打開了燈。十五瓦的燈泡，流出橘黃的光，朦朦朧朧的，有一些模糊，襯了外面的風雨，倒添了那麼一種靜謐溫暖的意思。翠台忙著收拾桌子上的七七八八，人影子映在牆上，一高一下的。愛梨也幫著收拾，預備著去廚房裡煮餃子，被翠台慌忙攔下了。

鄉下的五月就是這樣。說涼吧，其實已經不涼了。要說熱呢，畢竟還差著那麼一個節氣。可是一早一晚，竟還是有一些微微的涼意。這個季節的雨，已經有了纏綿的意思了。一陣子急，一陣子緩，停停歇歇的，居然下了整整一夜。天快亮的時候，雨才漸漸地止住了。空氣裡甜潤潤的，帶著一股子花木的森森細細的濕氣。菜畦裡滿眼青翠，菜們喝飽了雨水，伸枝張葉的，精氣神兒十足。

廊簷下的台階上，扔著那條沾滿泥水的褲子。還有那一把雨傘，歪歪扭扭地，在一旁仰著。翠台蹲在廊簷下，把那褲子和雨傘看了半晌，心裡堵得滿滿的，硬硬地梗在胸口那兒。鼻子裡酸酸的，辣辣的，一陣子一陣子往上湧。使勁憋著，憋著，莫名其妙地，反倒噗哧一聲笑了。他娘的！辛辛苦苦的，白忙了一場！那狗日的台階，又高又陡，地下呢，又滑得厲害，翠台也不知道怎麼回事，腿一軟，竟一下子跌倒了。周圍黑黢黢的。夜晚的芳村彷彿一口井，又深又涼，叫人害怕。雨點子鞭子似的，劈頭蓋臉地打下來，一陣子冷，一陣子熱。餃子們散落在泥地上，白生生的，在黑夜裡格外觸目，像是一隻隻眼睛，巴巴地盯著她看，直把她盯得又惱又臊。

個養漢老婆！

根來早已經躲出去了。愛梨呢，早晨向來不吃飯，什麼時候睡夠了，什麼時候過來。翠台也無心弄飯，就洗衣裳。

洗著洗著，想起了喜針那些個閒話。增志。照說增志的廠子也不是不行，抓把灰比土熱，畢竟是自己的親妹妹。增志也說過叫大坡去廠裡的話，可不知怎麼回事，翠台還是覺得彆扭。素台倒是沒有提過這個。不說叫去，也不說不叫去。這就複雜了。翠台怎麼不知道她這個妹妹，從小到大，處處跟自己較勁。翠台不願意跟親妹妹張這個口，不光是姐妹兩個脾氣不投——脾氣哪有一樣的？還有一條就是，親戚們越近，倒越不好相處了。自己的親外甥，說輕了不是重了不是，增志這個做姨父的，給孩子開多少錢？況且，跟大全皮革比起來，增志那廠子畢竟小多了，工資也低。不說結婚留下的虧空，光是大坡他們小倆口，花銷也夠嚇人。增志。也不知道，喜針的那張嘴裡，到底有幾句真的。翠台心裡亂糟糟的，起身去屋裡打電話。

接電話的是素台。素台問她吃了不？她隨口說吃了，又說還沒有。支支吾吾地，問素台忙不忙？素台說不忙，正說話呢。翠台聽見那邊唧唧喳喳，有說笑聲，知道是有人在，胡亂扯了兩句，就掛了。

發了會子呆，又撥香羅家的電話。撥了半截，想了想，又作罷了。

淡淡的晨光從窗子裡探進來，好像是要晴天了。屋子裡一半明亮，一半黯淡，竟彷彿是不同的兩番天地。翠台盯著那電話機看了一會子，嘆了口氣，恍恍惚惚往外走。

院子裡已經鋪滿了早霞，彷彿是紫色，又彷彿是粉色，細一看時，竟好像還夾雜了淺淺的橘子黃。有一陣風吹過，樹上的露水珠子紛紛落落地掉下來，如同晴天白日裡又下了一場急雨。雨點子被霞光染過，碎金爛銀一般，十分耀眼奪目。翠台仰起頭，有一滴不偏不倚，正好落在她的眼睛裡。她一面咬牙罵著，一面拿手背去擦。卻是越擦越多，越擦越流，怎麼也擦不清。

琴瑟

這一帶，是老城區。多是那種樸實的平房，帶著一個小小的院落，藏在彎彎曲曲的胡同深處。院子裡，大都種了石榴樹，還有棗樹。窗台上，屋門旁，高高下下擺著幾盆花草，在陽光裡寂寂地盛開。狗在牆的陰涼裡臥著，閒閒的，百無聊賴，偶爾把耳朵支起來，聽一聽門外的響動，往往只是搖一搖尾巴，也就罷了。也有樓房。很老的樣式，原是那種很舊的灰色，這兩年，不知什麼時候，卻被塗上一層很觸目的赭紅，彷彿一個嚴妝的遲暮美人，讓人看去，只有感到莫名的淒涼。一樓，人家的窗下，常有一小片空閒。有心的人家，就拿一道籬笆圍起來，種上些花草，也可以放一些雜物，比如，破舊的自行車，廢棄的木箱子，或者，一隻小馬扎。這些老物件，跟隨了主人大半生，有好幾回，都要咬咬牙扔掉了，卻到底忍住了。這些老物件，就那麼閒置著，漸漸落上一層灰塵。也有一些人家，索性依傍著窗子搭起一間小房。用的是那種極常見的石棉瓦，也有鐵皮的，下起雨來，叮噹響。這種房子簡陋，狹小，像鴿子籠，因為依窗而建，自然就擋住了光線。然而，對這一條，人們卻並不介意。這小房子，可以出租呢。這一戶人家，就住在這樣一間小房子裡。正好在第一個單元，臨著小鐵門。出出進進的人們，就很容易把這一家的生活看得明白。

這一家，其實只有夫妻兩個。男人個子不大，卻結實。留著平頭，紫紅的面皮，想必是常年風吹日晒的痕跡。女人呢，很高，略有些胖，顯得很豐滿。皮膚倒是白淨，留著一頭長髮，在腦後梳起來，一直拖到腰際，走起路來，一蕩一蕩。看上去，這一對夫妻，總有三十多歲了。也不知道，他們有沒有孩子。平日裡，只見他們兩個人進進出出。或者，把小孩子寄養在鄉下了，也未可知。他們住的房子，門前，竟有一片籬笆圍起來的空地，算是小小的院子。院子裡，邊邊角角，種了莊稼，菜蔬。幾棵玉米，幾棵高粱，還有絲瓜，牽牽絆絆的藤，攀著籬笆牆，一路糾纏上去。籬笆旁邊，停著一輛三輪車。裡面裝滿了各種各樣的廢品。礦泉水瓶子，紙箱子，塑料桶，還有舊的書報。這是他們的生計。這夫妻兩個，在這裡，總有五六年了。這一帶的居民，對他們都很熟識。誰家有了廢品，只要推開窗子，喊上那麼一嗓子，男人就笑嘻嘻地上門來收了。不用下樓，也不用擔心斤兩和價錢。態度也好，永遠都是笑臉。也有時候，人們從他們籬笆旁經過，順手捎帶一只飲料箱，兩個空油桶，只管扔在籬笆旁邊的三輪車上。夫妻倆看見了，慌忙要從口袋裡掏錢，卻被攔住了。夫妻倆就衝人家笑一笑，有感激，也有難為情。這一份善意，他們就心領了。

清早，太陽還沒有出來，男人就蹲在院子裡忙碌開了。他把收來的廢品分門別類地整理好，一樣一樣地，很是耐煩。這一帶，多的是各色各樣的樹，往往都有一抱多粗，很老了。樹多，鳥就多。在枝葉間飛飛落落，啁啁叫著。屋門旁有一個小爐子，爐子上坐著一只小鍋，咕嘟咕嘟地冒著熱氣。女人紮著圍裙，忙著往鍋裡攪疙瘩。來城裡好幾年了，早飯的習慣卻改不了。家鄉的人，最喜歡疙瘩湯，有湯有麵，呼嚕嚕兩碗喝下去，出上一身透汗，舒服得很。細細的小疙瘩在湯裡煮沸了，打了兩個滾兒，女人這才把切好的青菜葉子撒進去，關了火。男人還在那堆廢品前忙碌，摸摸東，摸摸西，這些東西，是他的寶貝呢。女人打了一盆水，擰了一個濕毛巾把子，遞過去。男人並不接，只管低頭忙，女人就罵一句，把毛巾打開，給男人擦汗。男人張著兩條胳膊，一隻手裡拿著一個紙盒子，眼睛閉起來，任女人擦，腦袋一抑一仰，很是配合，乖順得像個孩子。女人一邊擦，一邊嘮叨，看，看看，看看你這樣子。擦完臉，男人洗手，女人收拾飯。這時候，太陽正一跳一跳，從樓房的背後爬上來。小院裡一片明亮。

吃完飯，男人就去推他的三輪車。大多時候，男人在小鐵門旁邊，守著攤子，等著人叫他。有時候，他也騎著三輪車轉一轉。人們見了，老遠就招呼，忙啊？男人就笑一笑。人們坐在陰涼裡，搖著扇子，看著男人的背影，汗水正慢慢把他的後背洇透，兩隻穿著塑料拖鞋的腳，一下一下地蹬著三輪車，很有力。人們就嘆息道，勤苦人啊，這大熱天。有人就接過話茬，說，這個小區，全包了——也夠便宜。人們自顧閒聊著，東家長，西家短，待到聊得乏了，正要回家的時候，男人卻騎著車從小區深處過來了。車上，裝滿了各種各樣的廢品，高高地堆著，一顛一顛的。男人滿頭大汗，臉上，卻是眉花眼笑的。人們就說，這一會工夫。看，看看。

女人在家洗衣服。她蹲在院子裡，一面洗，一面留意著外面的動靜。籬笆上，掛著一塊小紙板，上面寫著兩個字，縫補。女人在家做慣了，閒不住。針線活計，她也很是在行。籬笆旁的樹蔭底下，擺著一台縫紉機，蝴蝶牌的，很舊了，可是卻好用。如今，在城裡，縫紉機極少見了。人們都買現成的。可也免不了縫縫補補的事。尤其是，這一帶是老城區，老居民的做派，到底是舊式的，樸素，家常，都是平民百姓的日子。女人的針線好，脾氣又好，在工錢上，也靈活。人們都喜歡把活計拿給她做。院子裡，兩棵樹之間，橫了一根鐵絲，上面已經晾了幾件剛洗的衣服，水滴滴答答淌下來，留下一片濕的跡子。一隻麻雀飛過來，在地上蹦來蹦去，喳喳叫著，冷不防一滴水落在牠身上，嚇得小東西一縮脖子，撲棱一聲飛走了。女人自顧埋頭搓手裡的一件大背心，搓著搓著，也不知想到了哪裡，就走神了。牆角栽了一簇月季，紅紅粉粉開得正盛，引來兩隻蜜蜂，嗡嗡嚶嚶地鬧。

早晨的喧囂漸漸平息了。小區裡重又安靜下來。上學的上學，上班的上班，偶爾也有小孩子，在屋子裡憋不住，由保姆抱著，嘴裡咿咿呀呀說著，也不知道在說什麼，忽然就高興了，咧開嘴，露出粉紅的牙床子。女人衝著那孩子的背影看了好一會，直到看不見了，才戀戀地把目光收回來。這孩子幾歲？看樣子，也不過十來個月，老是躍躍地，企圖掙扎著下地。當真把他放了手，肯定要摔跤了。小孩子，簡直都一個脾氣。女人把頭搖一搖，心裡笑了一下。今天，那個人似乎沒有出去。往常，八點鐘左右，那個人就會準時從她的籬笆旁走過，出了小鐵門，去上班。那個人喜歡穿一件細格子襯衫，白色休閒褲，說不出的清爽雅致。至今，女人還記得第一回見面的情景。那一天，是個傍晚吧，女人端了半盆水，往瓜架上一潑，不料一個人正從籬笆旁走過，待要收回來，已經晚了。女人驚呼一聲，那個人的褲腳就濕了半截。正手足無措，那個人卻扭頭衝她笑一笑，走了。女人立在原地，呆了半晌，方才省過來。心裡想，這個人，倒和氣。從那以後，也不知怎麼，女人總是看見那個人。每天早上，八點左右，出門；傍晚，六點多鐘，回來。女人心裡納罕，怪了，這個人，怎麼以前竟沒有見過？陽光照下來，煌煌的，很熱了。女人抬起胳膊，把額角掉下來的一綹頭髮掠上去，一滴水珠子就飛上來，她慌忙閉一閉眼。

午飯是涼麵。女人的手擀麵，最拿手。在鄉下的時候，進了伏天，女人幾乎天天做涼麵。她知道，男人離不開這個。飯後，男人照例是不睡，坐在陰涼裡，把上午收來的舊書舊報整理好，打捆。女人收拾完，坐在他的對面，把破了邊的蒲扇拿過來，用一個花布條包了，密密地縫上。小區裡寂寂的，人們都在午休。蟬在樹上叫著，一聲疾，一聲徐，在某個瞬間，忽然又停下來。四下裡一片寂靜。陽光從樹葉的縫隙裡漏下來，落在地上，落在花盆裡，落在男人的脊梁上，一跳一跳的。還有一片，落在女人的眼睛裡。女人把眼睛閉一閉。再睜開的時候，眼前竟是茫茫的一片，彷彿剛從夢裡醒來。男人還在埋頭翻檢書報，紙張在他手裡颯颯響著。男人說，怎麼了？女人說，有點睏。男人說，就去躺一會嘛。女人卻不動，仍是低頭縫蒲扇。隔一會，一個長長的哈欠打出來，眼睛裡就有了淚光。男人說，看，看妳。女人就笑。男人站起身，把兩隻手拍一拍，就往外走。女人說，去哪？男人不說話，自顧出去了。不一會，男人抱了只西瓜回來，笑嘻嘻的。女人看見，卻惱了。男人把指頭在瓜上彈一彈，說好瓜。女人不理他。男人把瓜在水管子下面洗了洗，去屋裡拿了刀，剛要切，女人說，多少錢，這瓜？男人也不回答，喀嚓一聲把瓜劈開，露出紅紅黑黑的瓤子。女人說，問你呢。男人把一牙瓜遞過來，說，三伏天，總得吃回瓜。女人就不說話了。兩個人專心吃瓜。蟬聲忽然大起來，像雨點，密密地落了一地。樹葉子在陽光下一閃一閃，灼人的眼。

傍晚時分，小區裡漸漸熱鬧起來。小鐵門旁邊，有一條長的木椅，還有一只舊沙發，不知道誰家淘汰下來的，就放在樹下，供人閒坐。太陽漸漸黯淡下去了，一天中，難得片刻的涼爽。老人們在樹下坐著，聊天，東家長，西家短，更多的時候，是沉默。他們靜靜地打量著來來往往的行人，他們的眼睛深處，有平靜，也有茫然。明天，他們是不再想了。可是，往事，怎麼就總是忘不了。一時清晰，一時模糊，彷彿是一場夢，想起來的時候，總讓人沒來由的惘然。人們從四面八方回來了，陸陸續續，像歸巢的鳥。女人們忙著做飯，男人們呢，不免互相寒暄幾句，相互遞上一支菸，就立住了，談談時局，談談形勢，全是一些男人們的話題。這個時候，是不開玩笑的。老人們就在身旁。還有小孩子，嘴裡呼嘯著，跑來跑去。籬笆牆裡，女人在爐子旁邊忙碌，偶爾朝這邊看一眼，聽一聽男人們的高談闊論。這個時候，她總會想起那個人。男人們的話，她聽不懂，可是，她覺得歡喜。她願意看他們侃侃而談的樣子，自信，篤定，胸有成竹，不待開口，就讓人覺得信服，覺得有理。那個人，她想，談論起來，恐怕也是這個神氣吧。那一回，從菜場回來，剛走到小鐵門旁，一輛汽車悄無聲息地停下來，正擋住她的去路。女人趕忙避在一旁，車門開了，先下來一隻腳，穿著皮鞋，擦得亮晶晶的，接著，女人看見，竟然是那個人。那個人回身砰的一聲關上車門，一抬手，叮的一下，鎖車，動作瀟脫優雅。女人立在一旁，都看得呆了。男人在籬笆旁邊，正把一堆廢品往三輪車上裝。女人看著男人的背影，有那麼一瞬，就恍惚了。天熱，男人打著赤膊，黑黝黝的背上，汗水一道一道淌下來，亮晶晶的。女人心裡忽然就疼了一下。爐子上的鍋沸了，孜孜響著，女人慌忙把一顆心思收回來，努力按回腔子裡去。

暮色漸漸籠罩下來。空氣裡流蕩著飯菜的香氣，是晚飯時分了。不知誰家的電視，正在播著廣告，一個女聲，不厭其煩地宣講著天然皂粉的好處。忽然間，一個小孩子哭起來，夾雜著大人的訓斥聲，另有一個人在勸，諄諄的，勸著勸著就失去了耐心，任他哭。小院子裡，兩個人靜靜地吃飯，誰都不說話。飯食很簡單。饅頭，涼茄，額外加了一道菜，燒豆腐。因了這燒豆腐，男人就想喝一盅。今天好，順，只在一家就收了兩車。兩車，滿滿的兩車，都是書，還有雜誌，很厚，很重，拿在手裡，簡直像一塊磚。男人心裡痛快，就多喝了兩盅。女人也不攔著，只是把菜往男人那端挪一挪。小孩子還在哭，直著個嗓子，明顯沒有了先前的氣焰，卻還是勉力支撐著，有點示威的意思，聲音裡盡是疲憊，又一時下不來台，只有嗚嗚咽咽地堅持下去。女人嘆口氣，說，這孩子——男人抿了一口酒，說，跟民子一樣，犟。女人的眼窩就紅了紅。男人知道她這是想民子了，就說，趕明兒打個電話。女人把頭點一點，說，也該打點錢了。這一時，那孩子的哭聲終於慢慢低下去，低下去，聽不見了。牆角裡，小蟲子在唧唧叫著，高一聲，低一聲，女人收拾碗筷，男人呢，喝得醺醺然，看著女人的身影，就哼起了家鄉的小調。哥哥長妹妹短，歡快而流氣。女人噗嗤一聲笑了。男人趁勢湊上來，把嘴巴附在她耳朵邊上，威嚇她，笑，讓妳笑，讓妳再笑。女人張著兩隻水淋淋的手，只得拿胳膊肘抵擋著，一面嘴裡罵道，看你，讓人看見。男人就按捺不住了，一把把女人抱起來，往屋裡走，一面在她耳朵裡吹熱氣，我讓妳笑，讓妳笑，讓妳笑，再笑。

月光從窗子裡照進來，在木床邊流淌。女人睡不著。男人的鼾聲一起一伏，屋子彷彿一只小船，在水上一蕩一蕩。女人躺在小船裡，身子裡的潮水一浪一浪地湧上來，簡直要把她淹沒了。想起來都讓人臉紅。方才，也不知怎麼，就做了那樣的夢。她把臉埋在枕頭裡，心裡慌慌的，只是跳個不停。直到現在，她還不肯承認，夢裡，那個男人，就是那個人。這怎麼可能。小蟲子在外面唧唧叫著，讓人心慌意亂。方才，在夢裡，那個人，看上去那麼斯文，卻簡直是——簡直是可恨。她在黑暗中錯一錯牙，卻又輕輕嘆了口氣。男人的鼾聲忽然停了下來，她心裡一驚，莫不是他聽見自己叫了？直到這一刻，她才發現，渾身都是汗水，濕漉漉的，彷彿剛剛淋了雨。她想起方才夢裡的事，心裡劇烈地蕩漾了一下。男人翻了個身，模模糊糊地說了句什麼，又睡去了。女人在自己的胳膊上擰了一把，罵了自己一句。

太陽漸漸移到了頭頂，樹下的陰涼越來越小了。女人趴在縫紉機上，噠噠噠踩著機子，手裡的一雙枕套，馬上就好了。女人抬頭看了看天，茫茫的大太陽，毒花花的一片。畢竟是伏天了，真熱。女人忙著手裡的活計，心裡卻計畫著午飯的事。午飯得改善一下。豆角燜麵，對，就是豆角燜麵。豆角得出去買，就用那種豇豆角，要稍老一些才好。還有肉，應該割上一點肉。他們兩個人，有日子不動葷了。

男人回來的時候，午飯已經做好了。男人吸一吸鼻子，說香，真香。女人早把水打好，囑他脫了背心，自己把毛巾濕透了，要給他擦背。男人躬身趴著，把兩條胳膊撐著盆沿，嘴裡哎呦哎呦呻喚著，聽上去，很舒服，又很痛苦。女人只管把水嘩嘩地撩上他的背，然後把毛巾往男人一扔，說自己擦。男人就自己擦，一面說，不管了？女人也不理他，自顧盛飯，剝蒜，又把男人的酒壺拿出來，推到他跟前。男人看著女人的臉，說今天，怎麼了？女人說沒怎麼。男人說，有好事？女人說好事，哪裡有那麼多好事。男人就把臉附過來，一直看到她的眼睛裡，說讓我猜一猜——我知道了。女人臉上就紅了一下，一巴掌打過去，說，吃飯也堵不住你的嘴。兩個人就吃飯，一時都無話。一院子的蟬聲，滿耳朵都是。男人就著燜麵喝酒，喝了兩盅，就被女人勸住了。這比不得晚上。下午，還得幹活。男人就不喝了。吃過飯，男人就有點睏，卻強自撐著，整理那些廢品。女人呢，照例是坐在一旁，給一條褲子扦邊。這種活兒，她向是做慣了的。在鄉下，誰家的姑娘不懂針線，模樣脾性再好，總也算一大短處。女人縫好了，把頭俯下去，拿牙齒咬斷了線頭，一面抬眼看了看男人。男人顯然是睏極了，坐在那裡，腦袋一點一點，像雞啄米似的。這是女人第一次以旁人的眼光打量男人。男人赤著背，背心搭在肩上，穿一條大短褲，光腳上，是一雙灰色塑料拖鞋。此時，他已經睡著了，歪著頭，耷拉在胸前，他的嘴巴微微張開，表情似乎很是驚訝。男人的光腳上，有一些泥點子，怎麼剛才就忘了讓他洗一洗。還有他的短褲，也該換了，褲腰子上已經洇出一片一片的汗漬，像雲彩。男人的額上，眼角邊，已經爬滿了細細的皺紋。女人看了一會，心裡忽然就難過起來。這是當年那個青澀的後生嗎？當年，他們頭一回見面的時候，他多年輕。也不過二十吧。一說話就臉紅，一雙眼睛，簡直都不敢朝她看。可如今，他坐在那裡，睏成這個樣子，疲憊，萎頓，邋遢，彷彿都讓人認不得了。在鄉下的時候，清苦是清苦，然而卻篤定，從容，不論怎樣，都是有根底的。哪像現在。怎麼說呢，來城裡，總也有五六年了。家鄉的人，都知道他們發了財。家裡的房子都翻蓋了，可不是發了財麼？男人呢，又極愛臉面，跟人家辯了幾回，到底是辯不清，也就沉默了。逢年過節回家，就只得打腫了臉，充胖子。為這個，她也同男人嘔氣。可是，能怎樣呢？這樣的日子，無邊無際，總得一天一天過下去。一隻刀螂從玉米棵子裡蹦出來，蹦到她的腳邊，抖動著細的鬚子，朝她試探。女人俯身把這青綠的東西抓住，看著牠掙扎了半晌，就鬆了手。女人嘆了口氣，半闔上眼。遠遠近近，到處都是蟬聲。

週末，日子總比平時慢了半拍。男人一早就出去了。收購站在東城，往返須得大半天。女人身上倦，就在床上多歪了一時。聽見外面有人叫，知道是有人來取活。女人把顧客打發走，剛要回屋，看見那個人從樓門裡出來。路過籬笆的時候，他無意間朝這邊看了一眼，鏡片一閃，女人的心就無端地跳了一下。忽然又想起那天夜裡的夢，呸了自己一口，就發起怔來。滿院子陽光，新鮮而凌亂。

一整天，女人都心思恍惚。男人回來，以為她是病了，摸一摸額頭，涼沁沁的，並沒有發熱，就問她。女人被問得不耐煩，忽然就發了脾氣，把桌上的一條黃瓜掃在地上，咔嚓一聲，摔斷了。男人有些奇怪，女人一向的好脾性，今天，這是怎麼了？也不敢再問，就只有斂了氣息，出去了。女人伏在床上哭了一通，方才慢慢止住了，收了淚，看見床頭放著大半碗糖拌西紅柿，小鍋在門口的爐子上突突響著，屋子裡瀰漫著一股綠豆粥的香氣。院子裡，男人正彎腰把礦泉水瓶扔進大麻袋裡，砰，一個。砰，又一個。女人看著那碗糖拌西紅柿，紅殷殷的，真是好看。女人最愛吃糖拌西紅柿。大熱天，這東西，祛火呢。女人吃了一口，酸酸甜甜，喉頭就哽了一下。哎，她隔了窗子叫。她從來不喊男人的名字，他也是。他們都管對方叫做「哎」。哎，她又叫。男人慌忙放下手裡的活，跑過來。慌什麼？女人橫了他一眼，那個綠豆，你挑一挑沒有？有蟲子了。男人看著女人腫著一雙眼，頭髮睡得毛毛的，因為淚水的沖洗，臉上彷彿更有一種純淨的光澤，就笑了，說，病好了？女人又睃了他一眼，說，誰有病，你才有病。

夏天，日光正長，晚飯過後，天色才慢慢暗下來。老城區的人們，大都有乘涼的習慣。

這一帶，樹多。繁茂的枝葉，把一天的星星都遮住了。小鐵門旁，路燈的光灑下來，敝舊，昏黃，然而卻讓人溫暖。上了年紀的人，歪在籐椅上，東一句，西一句，全是些陳年舊事。稍稍年幼些的，聽著聽著，漸漸就有了鼾聲。遠處，有人氣急敗壞地撳著汽車喇叭，每一聲都是不耐的催促。喧囂了一天的城市，此時沉靜下來，帶著迷離的亂夢，慢慢往幽深的夜裡沉下去，沉下去。籬笆牆裡，兩個人收拾完畢，坐在黑影裡，一遞一聲說著話。風把玉米葉子吹得索索響，還有南瓜花的香氣，這個時候，總是分外的濃郁。蟋蟀在牆角裡唱著，同蟬聲織成一片，在某個瞬間，忽然沉默下來，稍頃，就又繼續了。這一回，卻變換了節奏，然而更熱烈了。女人說，倒像在村子裡了。男人說，怎麼，想家了？女人不說話，只是一手扶腰，另一手握成拳頭，在後腰上輕輕捶著。男人說，這兩天身子倦，就別逞能——跟妳說了多少回了。一面就過來，替女人揉腰。女人說，我才不像你，我心裡有數。半老四十了，還當自己是小夥子。男人說還嘴硬，手下揉著，揉著揉著就揉錯了地方。女人就惱了，卻掙不開。男人低聲說，我倒要妳看看，我還是不是小夥子。女人在黑影裡罵了一句，男人就笑了。一滴露水從樹上落下來，砸在女人熱熱的臉上，涼沁沁的。

夜深了。

六月半

六月半，小帖串。這個風俗，芳村的人都知道。今年閏五月，容工夫，俊省的一顆心就稍稍放寬些。小帖的意思，就是喜帖子，這地方的人，凡當年娶新的人家，都要在六月裡把喜帖子送到女方家，叫打帖子。這打帖子的事情可不簡單。紅紅的喜帖子倒在其次，最要緊的，是票子，硬扎扎的票子。如今，票子之外，還添了很多名目，比方說，三金，比方說，手機，比方說，婚紗照。三金的意思，就是金項鍊，金戒指，金耳環，特別要樣兒的閨女家，還要添上金手鐲。手機這東西，須得有。這時節，在鄉下，有幾個年輕人沒有手機？還有婚紗照。小倆口雙雙去縣城，或者省城，捧回一個大相冊來，一個村子的人都要傳著看一看，評一評。愛顯擺的，還要把其中最得意的，放大了，掛起來。這些錢從哪裡來？當然是男方出。芳村的人們都說，老天爺，這年頭兒，閨女金貴。誰家有兩小子，簡直要把老子吃了。這話，俊省不愛聽。俊省喜歡小子。俊省娘家沒人。這地方，沒人的意思，就是少男丁。很小的時候，俊省便在心裡暗暗發了願。就連嫁給進房，也是看中了劉家的院房大，兄弟稠。算起來，劉家是芳村的大姓，遠族近支，覆蓋了大半個村子。到了進房家這一支，更興旺了。進房弟兄四個，進宅，進房，進院，進田。下面又是一群小子，只進田家有一個閨女，總算是變了變花樣。在鄉下，別的不論，單是紅白事，院房大的人家，就顯得格外排場，格外熱鬧，格外有臉面。俊省早計畫好了，今年，兵子結婚，要好好地鬧上一鬧。兵子是老大，家裡的頭一宗事，總要有點樣子才是。

早在年初，剛開春的時候，俊省就張羅開了。先是請村西的布袋爺看日子。看日子這事，最是要緊。布袋爺耳朵背，心卻是亮的。他微闔著雙眼，把一對新人的生辰八字細細算過了，查了書，還要請上一炷香，叩一叩，問一問。看好日子，接下來，就是訂籠屜，請響器吹打，請廚，請押轎，請娶客。如今，雖說是不坐轎子，可照樣得有押轎。押轎的，自然是男人。娶客呢，則是女人。這娶客有講究。須得是全福的婦人，夫婦和睦，兒女雙全，當然，最好還要容貌周正，有德行有口碑。輩分也要對。鄉親輩，胡亂論。可是在這一條上，一定不能亂，還是要仔細論一論。還有很要緊的一條，屬相要合。跟誰合?當然是跟新人合。這就很難得。夜裡，睡不著的時候，俊省把芳村的女人們在腦裡過篩子，一遍又一遍。除了這些，還有很多瑣碎事。比方說，請管事。管事須得是村子裡的能人，頭腦活，帳碼清。請管事要謹慎。管事的嘴巴一鬆一緊，裡頭的出入就大了。俊省想好了，就請村長建業。建業能，又有身分，一句話掉地上，能砸出個坑。再比方說，雇車。不知從什麼時候開始，結婚都用汽車了。不像俊省他們那會兒，一隊自行車，並不騎，只是推著，慢慢地從村子裡走過。如今，鄉下的汽車越來越多了，再不用到城裡去花錢雇。俊省掰著指頭算了算，村長家算一個，老迷糊二小子家算一個，寶印家算一個，統共需要八輛，足夠了。俊省的意思，既是喜事，要紅色的才好，才喜慶，可是，兵子說了，黑車好，黑車大氣。兵子這話是在電話裡說的。兵子在城裡一個工地上做工。俊省拗不過小子，就用黑車。反正都要用紅綠彩扮起來，倒也醒目。俊省盤算著，就依著芳村的例，管司機一頓酒飯，再每人塞給一條好菸。錢是不必的。鄉里鄉親的，即便給，也未必好意思接。給什麼菸呢？俊省拿不準，就把這事問進房。

怎麼說呢，進房這個人，老實，本分，最沒有主見，倒是種地的好把式。可是，如今，誰還把地當回事？小辛庄有一戶人家，兒女都出息了，家裡只剩下老倆口。想雇一個人，俊省就讓進房去了。活兒也不苦，無非是灑灑掃掃，侍弄一日三餐，還管吃，一個月下來，淨掙五百。俊省覺得挺合算。進房卻不樂意，每回把錢交給她的時候，就好像受了多大的委屈。俊省不理他，她最知道男人的心思。無非自忖一個大漢們家，給人家當老媽子，供人家呼來喝去地使喚，心裡不好受。可是，除了這個，他還能幹些啥？五十多歲的人了，腿腳又不好，總不見得像髒人他們那樣，去城裡給人家賣苦力吧。這樣多好。家裡外頭，兩不誤。月月有活錢。俊省算了算，一個月五百，一年下來，六千，三金的錢，就夠了。俊省的小算盤一響，心裡就止不住的歡喜。一歡喜，就想跟進房念一念。有一回，俊省話到嘴邊，又咽回去了。進房脾氣倔，保不齊會說出什麼不好聽的話來。還有一條，俊省心裡清楚。進房腿腳不好，是那年工地上落下的毛病。寒冬臘月，給人家踩泥，雨靴倒是穿了的，可那一年有多冷！北風小刀子似的，割人的臉。寒氣逼入骨頭縫裡，從此落下個老寒腿。進房心裡惱火。在鄉下，五十多歲，離養老還早著哩。髒人他們，幹勁多足！不像他，只能拖著病腿，在人家幹些女人家的活計。俊省知道他的心事，話頭上就格外的小心。也不知從什麼時候開始，裡裡外外，都是俊省一個人張羅了。頂多，問進房一句，也是模稜兩可的意見。是從什麼時候開始的呢？俊省努力想了想，到底是想不起來了。

有時候，俊省心裡也感到委屈。嫁漢嫁漢，穿衣吃飯。她想不通，自己怎麼就落到了這般光景。建業的媳婦，香釵，是同自己一塊兒穿開襠褲長大的，如今呢，一個天上，一個地下，簡直是差得沒了遠近。憑什麼？還不是憑著人家是建業媳婦，人家的男人是一村之長，芳村的土皇上。俊省長得好模樣，人又機靈，很小的時候，一幫孩子在槐樹下玩泥巴，村西相面的文煥爺就說了，這孩子，長大了有飯吃——看那鼻子長的——當時，這幫孩子中也一定有香釵。如今，文煥爺早就過世了，可是俊省有時候會想起他多年前的那句話，心裡不覺嘆一聲，暗暗埋怨文煥爺的眼光。然而，埋怨歸埋怨，俊省轉念一想，也就把自己勸開了。香釵好是好，高樓大院子，蓋得鐵桶一般，可偏就生了兩個丫頭片子，大家大業的，硬是膝下悽惶。為這個，香釵嘴上不說，背地裡，去了多少趟醫院，喝了多少苦藥湯？看來，老天爺到底是公平的。給了你這一樣，就拿走你那一樣。圓滿。人世間，哪裡能夠有圓滿？

過了端午節，兩場熱風，麥子就黃透了。如今，麥收也容易，都是機器，轟隆隆一趟開過去，就剩下直接拿布袋裝麥粒子了。哪像當年。當年，過一個麥天，簡直能讓人脫一層皮。這一天，俊省在自家房頂上晒麥，陽光從樹縫裡落下來，落在麥子上，斑斑點點，一跳一跳的。這時節，家家戶戶的房子上，都晒滿了新麥，一片一片的黃，散發出好聞的香味。俊省衝著太陽瞇了半天眼，很痛快地打了一個噴嚏。她彷佛聞到了蒸饅頭的微甜，還有新出鍋的烙餅的焦香，她尋思著，這兩天，一定要去老苦瓜家的機子上出半袋子麥仁。新麥，出麥仁最好。把外面的殼子脫去了，只剩下裡面的仁。煮麥仁飯，抓一把豇豆，抓一把麻豆，再抓一把赤小豆，那才叫好吃。俊省知道，進房最愛這一口。孩子們就不大熱心，尤其是慶子，說還是大米飯好。慶子在縣城念高中。俊省的意思，這兩個小子，家裡一個，外頭一個，正合適。要是慶子也在家裡，從蓋房到娶親，加上以後的滿月酒，沒有十幾萬，走不下來。兵子這邊的債台剛壘起來，又該輪到慶子了。這後半輩子，要稍稍鬆一口氣，也是萬難。正胡思亂想，聽見有人叫她，抬頭一看，是小敬。小敬是二震媳婦，正拿了一個耙子，嘩啦嘩啦耙麥子。俊省說，今兒天不錯，火爆爆的大日頭，再有個三兩天，這麥子就該乾透了。小敬說，可不是，這大日頭。小敬說快了啊，這有了日子，梭一樣，真快。俊省說可不，眼瞅著就逼到跟前了。小敬一隻手拿耙子，一隻手屈指算了算，哎呀，閏五月，要不是閏五月，這會子，該打帖子了吧。俊省說，可不，今年閏五月。俊省問小敬知不知道行情，這地方，一年一個樣兒，得先打聽清楚了。小敬是芳村有名的廣播喇叭，消息頂靈通。小敬說，上年是一萬，大家都這麼走著呢。今年麼，就不一定了。今年寶印的小子過事。寶印是誰？那還不得好好鬧一鬧。俊省抓起一把麥子，讓它們慢慢從手指縫裡漏下來。寶印是包工頭，兵子就在他的手下幹活。俊省拿手掌把麥子一點一點攤平了，沒有說話。小敬說，寶印早發話了，十八輛奔馳，整個胡同，紅地毯鋪地，一直鋪到大街上來。請縣城同福居的大廚掌勺，城裡樂團的吹打。寶印說了，上席的都是客。到時候，還不知道排場有多大。俊省把手邊的麥子一點一點攤平了，越攤越薄，越攤越薄。寶印還說了，帖子嘛，盡著女方要。依我看，今年，這個數，恐怕都不止。小敬伸出兩個指頭，在眼前晃了晃。俊省心裡格登一下子，背上就出了一層細汗，癢梭梭的難受。小敬說，也該著今年辦事的人家倒楣。寶印這麼一鬧，大家跟在屁股後面，跑掉鞋子也攆不上。小敬說沒有這麼行的，這世道。俊省捏起一顆麥粒，放在上下齒之間，試探著咬了一下，喀吧一聲，就兩半了，這大日頭，真是厲害。俊省把兩隻手掌拍了拍，細的塵土紛紛揚揚飛起來。寶印這傢伙，牛氣烘烘的，這傢伙，恨，這傢伙。小敬一連說了幾個這傢伙，口氣裡說不清是怨恨，還是羡慕。寶印這傢伙——小敬忽然把嗓門壓低了，這傢伙，和大眼媳婦靠著呢。俊省說誰？大眼媳婦？不是小茅子媳婦嗎？小敬噗哧一聲笑了，說人家是土財主，順手掐個花花草草的，還不是尋常？還不是輕易？錢這東西，誰還怕扎手？俊省就不說話了。院子裡，有誰在喊，小敬，小敬——小敬應著，爬著梯子下去了。太陽越來越熱了，蟬躲在樹葉裡，拼命地唱著。俊省看著一片一片的新麥，發了一會子呆。一隻花媳婦飛過來，停在她的手背上，紅地黑點的身子，兩根鬚子一顫一顫的，忽然，翅子一張，又飛走了。

吃過飯，俊省就歪在炕上。電扇嗡嗡地搖晃著腦袋，把身邊的被單子吹得一掀一掀，只蹭她的臉。珠串的簾子被風戲弄著，簌簌的響。寶印。她怎麼不知道寶印。當年，寶印家託了人來俊省家提親，被回絕了。爹的意思，寶印倒是個機靈孩子，只是，家裡人口單薄了一些。寶印是獨子，上面一個姐姐，嫁到了小辛庄。俊省很記得，有一回，從田裡薅草回來，在村東的那條壩上，她被寶印攔住了。寶印說，我在這裡，等妳半晌了。俊省呢，因為有提親那回事，見了寶印，總是繞道走。這一回，眼看著繞不過了，就低了頭，聽他說話。寶印說，妳——不同意？俊省嚇一跳，她萬想不到，寶印會這樣開門見山地問她。寶印說，那——妳嫌我啥？俊省更是一句話也說不出來，很尷尬了。寶印說，俊省，我，我，妳——妳會後悔的——俊省呆了一時，扭身就跑了。夕陽在天邊很熱烈地燃燒著，整個村子籠罩在緋紅色的霞光中。多少年了，俊省從來不曾回憶起那個黃昏。今天，這是怎麼了？其實，當初兵子走的時候，她也沒有多想。這些年，寶印從芳村帶走了多少人，一茬又一茬，兵子只不過是其中一個。兵子憑著自己的雙手吃飯，又不是仰仗著他寶印的施捨。兵子倒是常常在電話裡提起來，老闆長，老闆短，言語間充滿了敬和懼。老闆指的就是寶印。寶印的小子，民民，跟著他爹幹，儼然是二把交椅。民民和兵子同歲。一樣的孩子，不一樣的命。一個天天吃香喝辣，一個整日裡黑汗白流。俊省想起了寶印的那句話，心頭忽然就莫名地躁起來。

傍晚的時候，進房回來了。車鈴鐺一路響著，一直騎進院子裡。俊省在飯棚裡炒菜，聽到鈴鐺唱，她知道這是發工資了。可是俊省不抬頭，只作聽不見。進房騎在車子上，一腿支地，看著廚房裡熱氣騰騰的媳婦，搖了一會鈴鐺，就止住了，把車支好，立在門口，兩隻手撐著門框。俊省自顧埋頭炒菜。油鍋沙沙響著，俊省的鏟子上下翻飛，又靈巧，又有法度。進房討個沒臉，就去舀水，洗手。這邊俊省已經把炒菜裝進盤子裡，另一只鍋也揭開了蓋子，白色的蒸氣一下子就瀰漫開來。吃飯的時候，兩個人誰都不說話。雞們在院子裡走來走去，百無聊賴的樣子。一條絲瓜從小敬家的牆頭上爬過來，探頭探腦。進房說，發工資了。俊省說嗯。進房說，那老倆口，真會享福。俊省說噢。進房說，孩子們也孝順。進房說小子給安了空調，閨女給買的冰箱。俊省說，那還是有錢。沒有錢，咋孝順？進房說，聽說，小子在城裡當幹部，閨女也不差，婆家是城裡人。俊省不說話。進房說，老倆口，真會享福。俊省還是不說話。進房說，怎麼了，妳這是？看這臉拉得。俊省一下子就爆發了，把碗噹的一下頓在桌上，說怎麼了？你說怎麼了？人家享福，人家享福是人家命好，上輩子修來的，我受罪也是自找的，活該受罪。進房說怎麼了嘛這是，這說著說著就——說開篇哩。俊省說，說開篇，我可沒有心思說開篇，自己的苦鹹，自己清楚。眼瞅著進六月了，帖子的事，我橫豎是不管了。進房這才知道事情的由頭，說不是說好了嗎？他大姨，小姨，我大哥，還有進田他們，大家伙兒湊一湊。俊省哇的一聲就哭開了，要借你去借，這手心朝上的滋味，我算是嘗夠了。進房說妳看妳，妳看妳——俊省說，劉進房，嫁給你，我算是瞎了眼——我的命，好苦哇——

這地方的人，一年裡，除了年節，還有好幾個廟。三月廟，六月廟，十月廟。廟呢，就是廟會的意思。鄉下人，少歡娛，卻是喜熱鬧。正好趁了這廟會，好好熱鬧一番。這六月廟，就在六月初一。六月裡，田裡的夏莊稼都收完了，進了倉。玉米苗子竄起來了，棉田也粉粉白白地開了花，紅薯，花生，靜悄悄地綠著，在大太陽底下，藏在泥土裡，憋足了勁，只等秋天的時候，讓人們大吃一驚。節令馬上就數伏了。節令不饒人。數了伏，天就真的熱起來了。頭伏，二伏，三伏。三伏不了秋來到。眼瞅著，地裡的秋莊稼就起來了。這時節，忙了一季的人們，也該偷閒歇一歇了。六月廟，家家戶戶都燒香，請神。這一回請的是穀神，還有龍王。女人們梳了頭，淨了手，跪在地上，口中念念有詞，心裡悄悄許下願。穀神管的是五穀豐登，龍王管的是風調雨順，鄉下人，年年月月，祖祖輩輩，盼的不就是五穀豐登風調雨順？如今，女人們許的願就多了，多得連她們自己都有些不好意思開口了。就只有藏在心裡。藏在心裡，別人就看不見了。這幾天，俊省忙得團團轉。燒香，請神，最要緊的，是要把人家女方請過來，看戲。這地方的六月廟，總要唱幾天大戲。城裡的戲班子，那才叫戲班子。穿戴披掛起來，台子上一個亮相，不等開口，就贏得個滿堂彩。都是這地方的傳統劇目，《打金枝》，《轅門斬子》，人們百聽不厭。這時候，定了親的人家，就要把沒過門的媳婦請過來，看戲。說是看戲，其實，就是要讓人家過來探一探，探一探家底子的厚薄。好酒好飯自然是少不了的，更要緊的，是臨走時悄悄塞給人家的那一封紅包。往往是，六月廟一過，是非就生出來了。有人哭，有人笑，還有的，因此斷送了一門好姻緣。這些天，俊省格外的忙碌，格外的勞心。怎麼說呢，俊省這個人，心性兒高，愛臉面，這個時候，決不能讓人家挑出半分不是。俊省把屋裡屋外都收拾得清清爽爽，割了肉，剁餡子，炸丸子，煎豆腐，蒸供。這後一樣，是有講究的。芳村的女人，誰不會蒸供？新麥剛下來，新麵粉香噴噴的，女人們拿新麵粉蒸各色各樣的麵食，雞，魚，豬頭，麵三牲，蓮花捲，出鍋的時候，統統點上紅紅的胭脂，熱騰騰擺在那裡，粉白脂紅，那才叫好看。俊省還特意讓進房刮了鬍子，換了件新背心。她自己呢，也去三子家的理髮館理了髮，穿上那件小黃格子布衫。俊省家裡家外打量了一番，略略鬆了口氣。只是，還有一樣。既是人家女方要上門，按理說，無論如何，兵子該回來一趟。俊省盤算著，帖子的事，也該問一問兵子。

這天，吃罷晚飯，俊省就去見禮家打電話。見禮是老迷糊家二小子，論起來，還是本家。俊省家裡沒裝電話，有事，就到見禮家打。傍晚的鄉村，顯得格外靜謐。風從田野深處吹過來，濕潤潤的，夾帶著一股莊稼汁水的腥氣。這個時辰，見禮一家子肯定在吃飯，這樣最好，她正好可以躲在北屋裡，跟兵子說幾句體己話。俊省想好了，她得跟兵子說一說六月廟的事，主要是那一封紅包。還有，這一封紅包，由兵子回來塞給人家，頂合適。小兒女們，什麼話都好說一些。更要緊的一件事，是打帖子。眼瞅著進了六月，可不能讓人家挑了禮。俊省的意思，最好先趁這個六月廟，探一探人家的口風。這些，都離不開兵子。正想著，迎面差點撞上一個人，待細一看，竟是寶印。俊省想躲，已經來不及了。寶印嘴裡叼著一根菸，問吃了？俊省說吃了。寶印說，去哪兒？俊省說串個門兒。寶印頓了頓，說噢，這天熱的，真熱。俊省說是啊，真熱。寶印說，兵子的日子，臘月裡？俊省說臘月十六。寶印說，好日子。正跟民民碰著。俊省一驚，問民民也臘月十六？寶印說可不是，真是個好日子。俊省心裡忽然像塞了一團麻，亂糟糟的。寶印說，妳，還好吧？俊省說，挺好。俊省想什麼意思，寶印你是想看我的笑話了。寶印說，進房他，幹得還順心吧，我是說在小辛庄。俊省說那還能不順心？順心。寶印吸了一口菸，慢慢吐出來，看著那一個個青白的煙圈一點一點凌亂起來，終於消失了。俊省剛想走開，聽見寶印說，兵子在我手裡，你放一百個心。俊省就立住了，等著寶印的下文。寶印深深吸了一口菸，卻不說了。俊省只好說，這孩子實在，就是脾氣倔，你多擔待。寶印就笑了，這還用說？我看著他長大，這還用說？在我眼裡，兵子和民民一樣。俊省臉上就窘了一下，她想起了當年寶印那句話。寶印把菸屁股扔地上，拿腳尖使勁一碾，說，我正思謀著，把兵子的活兒調一調。孩子家，筋骨嫩，出苦力的活，怕把身子努傷了。俊省心裡顫悠了一下，臉上不動聲色，一雙耳朵卻支起來。寶印卻不說了。牆根底下，草叢裡，不知什麼蟲子在高一聲低一聲地叫著，唧唧，唧唧唧，唧唧唧唧。還有蟬，躲在樹上，嘶呀，嘶呀，嘶呀，嘶呀，叫得人心煩意亂。俊省立在那裡，正躊躇著去留，只聽寶印的手機唱了起來，寶印從腰間把手機摘下來，對著手機講話。喂？哦，這件事，我不是說過了嗎，你讓老孫處理。事事都找我，我長著幾個腦袋？少囉嗦，趕緊去辦。掛上電話，寶印皺著眉說，這幫人，都是吃糧不管事的。寶印說幾個工程，攤子鋪得太大了，勞心。俊省看了一眼寶印的手機，心裡就動了一下，她說，那啥，我正要去給兵子打電話呢，看他能不能抽空回來一趟，快六月廟了。寶印說怎麼不能？回來，讓孩子回來。這是大事。寶印說耽誤一點工算啥？孩子一輩子的大事。說著就低頭撥手機，把手機在耳朵邊聽了一會，說找兵子，對，就是兵子，還有哪個兵子？芳村的兵子嘛。好，快去。俊省立在那裡，呆呆地看著寶印的手機，那上面有一個紅燈一閃一閃，很好看。寶印對著手機喂了一句，說，兵子，兵子嗎？六月廟，你回來一趟，對，回村裡。活不要緊。不要光想著活，該想想你的大事了。兵子，你等著，你聽誰跟你說話。俊省緊張地盯著遞過來的手機，看寶印衝她擠擠眼，就猶猶疑疑接過來，叫了一聲兵子，就不知道說什麼了。兵子在那頭喂喂的叫著，俊省只覺得嘴唇乾燥得厲害，手掌心裡卻是汗涔涔的，對著手機說，兵子，我是你娘——

六月廟，說到就到了。村子裡，真彷彿過節一樣，到處都是喜洋洋的。進入頭伏了，太陽越來越烈，像本地燒，兩口下去，胸口就熱辣辣的，頭腦就暈乎乎的，整個人呢，就輕飄飄地飛起來了。六月廟前的芳村，空氣裡，似乎有什麼東西慢慢發酵了，帶著一絲微甜，一絲微酸，讓人莫名的興奮和渴盼。戲台子也搭起來了，在村子中央的空地上，披紅掛綠，上面是高高敞敞的涼棚。這地方的人，幾乎個個都是戲迷。河北梆子，絲弦，不論老少，都能隨口來上兩嗓子。這些天，人們都議論著，這一回，縣裡的賽嫦娥一定要來，賽嫦娥，人家那扮相，那身段，那嗓子，簡直是，簡直是——說話的人一時找不到合適的詞，就動了粗口，說簡直是——他二奶奶的。人們就笑了。說什麼是角兒？人家那才是角兒。台上一站，一個眼風，台下立時鴉雀無聲。這時候，不論你在哪個角落，都能感覺到，人家的眼風是掃到你了，人家賽嫦娥看見你了。娘的。什麼是角兒！

一大早，俊省趁涼快，去趕了一趟集。俊省買了香紙。香紙這東西，不能買早了，伏天裡，最易吸潮氣，吸了潮氣，就不好了。這地方，管專門燒香請神的人叫做「識破」。「識破」可不是一般的凡人。在鄉下，逢初一十五，女人們少不得要在神前拜一拜，即便是吃頓餃子，也要盛了頭一碗，供在神前。為的是圖個吉祥如意。「識破」就不同了。「識破」都是沾了神靈仙氣的人，他們能夠領會神旨，甚至，直接跟神靈對話。鄉村裡，有了災病坎坷，總要請「識破」叩一叩，破一破。「識破」都會看香火。香點燃了，「識破」跪著，看香火燃燒的走勢。有時歡快，有時沉悶，也有時，忽然就霍的燒了半邊，剩下另一半，突兀地沉默著。這時候，「識破」就開口了，說，這是東南方向，有說法了。因此上，俊省知道，香紙這東西，最不能受潮，受了潮，就不好了。六月廟，俊省是想請「識破」問一問。問什麼呢，俊省心裡計畫著，就問一問家道，問一問光景，還要問一問兵子的親事。怎麼說呢，直到這個時候，俊省還是懸著一顆心。六月半，這第一道關坎兒，還不知道該如何邁過呢。俊省嘆了一口氣，把香紙收好。籃子裡東西還多。二斤雞蛋。等兵子回來，得補一補，窮家富路，出門在外，苦了孩子。二斤五花肉。肉滷子麵，兵子一口氣能吃三大碗。這些，都得放到老迷糊家，老迷糊家裡有冰箱。天熱，可不能糟蹋了東西。俊省還買了綠豆粉。往常，一到伏天，俊省都要攪涼粉。在芳村，俊省的涼粉攪得最地道。涼粉攪好了，用冰涼的井水鎮上，吃的時候，澆上調好的汁兒，蒜要多多的放，還有醋，還有辣椒，還有芫荽，吃一口，那才叫過癮。兩個孩子都愛吃。只是，如今，沒有井水了，都是自來水，又沒有冰箱，俊省就只好一遍一遍地換水。水愈來愈熱，粉就一點一點涼下來了。慶子的補習班還要五六天，俊省掐著指頭算一算，還是兵子回來得早。寶印說了，活兒有什麼要緊？這是大事。可兵子還是要等到月底才回來。小子是怕誤了工，怕誤了工要扣錢。兵子的心思，俊省怎麼不懂？俊省嘆了口氣，看著院子裡一鐵絲的衣裳，在風中飄飄揚揚。

晌午，俊省收拾完，剛歪在床上，小敬挑簾子進了屋。俊省讓她坐，起身把電扇調快了一檔。兩個人扯了一會子閒話，小敬說，帖子的事，人們都看著寶印呢。俊省說噢。小敬說，寶印這傢伙！寶印這傢伙不出手，人們就都等著。俊省說，可不。小敬說，寶印這傢伙！這傢伙！俊省想起那大寶印的樣子，像一頭豹子，真是凶猛，讓人害怕，又讓人歡喜。就那樣把她抵在老槐樹上，粗糙的樹皮，把她硌得生疼。樹上的露水搖晃下來了，還有蟬聲，落了他們一身一臉。寶印在她耳朵邊，熱熱地叫她，小省小省小省小省。一天的星星都黯淡下來，月亮也不知道躲到哪裡去了。後來的事，俊省都記不起來了。俊省只記得寶印那一句話。寶印說，兵子的事，妳放心——放心好了。小敬說，寶印這傢伙！這個寶印！妳，怎麼了？俊省這才省過來，知道自己是走神了，忙說，有點睏——昨夜裡一隻蚊子，鬧了半宿。小敬說蚊子？是隻大蚊子吧。俊省罵了一句，小敬就嘎嘎笑了。屋子裡寂寂的，電扇嗡嗡叫著，把牆上的月分牌吹得簌簌響，一張一張掀起來，紅的字，綠的字，黑的字。日子飛快，眨眼間，六月廟就到了。

三十這一天，俊省起了個大早。進房已經走了，他得趕著去給人家做早飯。俊省把甕接滿水，澆了菜，潑了院子，把香紙供享裝進籃子裡，打算去村南彎扭家。彎扭媳婦是個「識破」，方圓幾十里名聲很響。晚上，兵子就要回來了。俊省想請「識破」問一問。這事，得瞞著兵子。青皮小子，嘴上沒毛，倘若說了什麼話，衝撞了仙家，就不好了。鄉村的早晨，太陽剛剛露頭，就按捺不住了。風裡倒是有些涼意，悠悠地吹過來，臉上，胳膊上，絨毛都微微抖動著，癢簌簌的，很適意了。遠處的田野，彷彿籠著一層薄薄的青霧，風一吹，就恍惚了。遙遙的，偶爾有一聲雞啼，少頃，又沉寂下來。俊省心裡高興起來。走到建業家門口的時候，聽見院子裡有人說話。俊省想，這個香釵，起得倒早。忽然，聽見有人說兵子。俊省就停下腳步，在牆外邊立住了。

誰知道就那麼寸？狗日的。建業罵道。一下子仨！活蹦亂跳的小子！狗日的！香釵說，命，命裡該。香釵說可惜了的，看俊省這命！兵子都要娶媳婦了。建業說，狗日的！狗日的寶印。鑽到錢眼裡了！狗日的！

俊省立在牆外面，整個人都傻了。兵子！兵子！她拼盡全身的力氣，竟然一句話也喊不出來。兵子！兵子！她想挪動腳步，卻忽然眼前一黑，身子就軟下去了。

天真熱。明天，就是六月廟了。

無衣令

一

快過春節的時候，小讓有點坐不住了。

北京的這個冬天格外冷。卻沒有雪。真是怪了。要在往常，一進冬天，雪就像春天的情書似的，一場又一場，把整個城市都給覆蓋了。小區門口總有一些閒人，袖著手，穿得鼓鼓囊囊的，吸著鼻子，跺著腳，說說閒話，偶爾，仰臉看一看天色，說，這天。看這天乾得。就有人搭腔了，聽預報說，下週，怕是要有雪了？是商量的口氣。有人嗤的一聲，笑道，預報也敢信？如今的事，誰說得準？就都不說話了。

小讓站在窗前，看著風把地上的枯葉吹起來，一揚一揚地，落在不遠處的一個自行車筐裡。一隻麻雀在地上蹦來蹦去，倒是肥嘟嘟的，喊喊喊，喊喊喊，很是耐煩。這一個小區，都是上世紀八十年代的樓房，舊是舊了。樹卻多。大片的綠蔭籠著，讓人覺得安寧。當初，小讓搬過來的時候，一眼就喜歡上了這裡的樹。房子不大，是一套小兩居。老隋的意思，先過渡一下。過渡嘛，肯定是簡陋一些。小讓嘟著嘴，不說好，也不說不好，只顧低頭玩手機。老隋說那什麼，晚上，我們去喝老鴨湯，要不，先去新光天地？小讓就不好再不說話了。小讓知道，老隋這是討好她。沒辦法，老隋會這個。小讓覺得，老隋是那種會討女人歡心的男人。這讓小讓喜歡之餘，又有那麼一點擔心。

老隋並不算老。四十多歲。四十六？還是四十七？小讓到底沒有搞清楚。每一回問起來，老隋總是調侃，怎麼，嫌我老了？要不就是自嘲，老嘍，真老嘍，奔五了都。小讓就不好再問。管他！四十六，或者四十七，有什麼區別呢。總之是，老隋比自己大。當然得比自己大。小讓這個年紀的女人，二十八歲，按芳村的眼光，不年輕了。即便在偌大的北京城，也彷彿是一粒浮塵，茫然地飄來飄去，一霎眼的工夫，就被湮沒了。有時候，從報社下班回來，走在喧鬧的大街上，小讓總是感覺特別的茫然。大街上那麼多人，車，像潮水，一浪又一浪，是要流向哪裡呢？

小讓在一家報社做保潔。活兒倒是不累，從三樓到五樓，走廊，樓梯，衛生間，都是她的工作範圍。不過是灑灑掃掃，和甄姐兩個人，輪流值班，一週還有那麼兩天休息。小讓對這份工作還算滿意。

說起來，這份工作，還得感謝人家老隋。要不是老隋，小讓做夢也想不到，自己還能夠在這麼堂皇的大樓裡上班。剛來北京的時候，小讓在一個老鄉的小飯館幫忙。飯館的門面不大，專賣驢肉火燒。生意倒是十分的火爆。小本薄利，只雇了一個人，就是小讓。另外一個，是老闆娘。忙碌起來，簡直是四腳朝天，沒有片刻的閒暇。有一回，小讓給旁邊小超市送外賣，一進門，同一個低頭往外走的人撞了個滿懷。驢肉火燒滾了一地，驢雜湯也碰翻了，淋淋瀝瀝灑得到處都是。小讓一下子懵了。那個人罵道，怎麼走路，沒長眼睛啊？小讓一時氣結，這人怎麼不講理？正要同他理論，那個人卻笑了，說真不好意思，妳看這事——沒燙傷吧？

小讓是在後來才聽老隋說，她生氣的樣子，真是可愛極了。這話小讓聽了有一些難為情，心裡卻是喜歡的。小讓從來沒有問過，老隋喜歡她什麼，但小讓知道，自己長得好看。在芳村的時候，小讓就是讓人眼饞心癢的小媳婦。為了這個，石寬的一顆心老是懸著，放不到肚子裡。小讓就逗他，乾脆，你把我拴褲腰帶上算了。石寬說，妳當我不敢？

二

老隋第一回請小讓吃飯，是在一家川菜館。小讓不能吃辣，一張臉紅噴噴的，血滴子相似。嘴唇也是鮮豔的，眼睛裡波光流轉。老隋在對面都看得呆了。小讓不停地舉杯，大口喝啤酒。冰爽的啤酒，讓她覺得痛快。來北京之前，小讓沒有沾過酒。喝酒從來都是男人們的事。芳村的女人們，有幾個會喝酒呢？可是今天，她高興。真的高興。這麼大一個餡餅，咣噹一下砸自己頭上了。說出去，誰會相信呢。老隋倒是不怎麼喝。只是不停地給她夾菜，讓她多吃些魚。老隋說這家的湘水活魚很地道，肉嫩，湯鮮，鐵獅子墳附近，獨此一家。小讓看著老隋仔細地幫她擇刺，把魚肚子夾到她面前的小碟子裡。老隋的手白皙肥厚，像女人。小讓舉起酒杯，說，謝謝。謝謝隋大哥。老隋把身子向後面靠一靠，呵呵笑，這話說得，見外了。小讓說隋大哥，你是我的貴人。老隋說小讓，看妳，這麼客氣。小事一樁。小事一樁。

三

電話安靜地趴在桌子上，沒有一點動靜。手機也一直靜悄悄的。小讓拿著一塊抹布，不停地擦擦這，抹抹那。小讓愛乾淨，用石寬的話，衣裳穿不破，倒讓她給洗破了。陽光透過窗子照過來，像一個蒼白的笑臉。暖氣倒燒得還算好。可是小讓只覺得屋子裡清冷。原先，陽台是敞開式的，老隋請人做了一下改裝，更嚴實了。小區裡都是老北京居民，生活各方面都很方便。小區裡有菜市場。週末的時候，小讓經常買了新鮮蔬菜魚肉，下廚給老隋做飯。老隋呢，對小讓的廚藝總是讚不絕口。小讓受了激勵，菜做得越發好了。小讓驚訝地發現，在做菜方面，自己是有天分的，怎麼說呢，幾乎是無師自通。每一回，老隋都吃得十分滿意。也不知道是從什麼時候開始，老隋就幾乎不帶她出去吃飯了。為什麼要出去呢，家裡有這樣好的廚娘。還有，家裡也方便。關起門來，就是一個安靜溫馨的小天地。老隋喜歡在飯後靠在沙發上，看著小讓裡裡外外地忙碌。茶水早已經沏好了。老隋喜歡碧螺春。時不時地，老隋就拎過來幾筒茶，都是禮品包裝的上好茶。老隋是報社的二把手，大小也是一個副局，好酒好茶自然是少不了的。有時候，喝不過來，小讓就自作主張了。給甄姐兩筒，寄回老家兩筒。老隋見了，也不在意，卻說這東西有什麼好寄的，寄點錢，啊，多寄點。小讓就有點不好意思。老隋這個人，還是不錯的。

樓下傳來汽車的喇叭聲。小讓慌忙跑到陽台去看。不是老隋。老隋的車是一輛黑色奧迪。陽光照過來，把老槐樹的影子印在窗子上，參差的枯枝，一筆一筆的，彷彿畫在上面，很清晰。小讓攥著手中的抹布，看得出了神。老隋在做什麼呢？她想給老隋打電話，到底是忍住了。老隋跟她有過約定。老隋說，一般情況下，不要給他打電話。他會打給她。小讓當時還開玩笑，說，那，二般情況呢？老隋看著她的小酒窩，忍不住在她的臉蛋上捏了一下，說，小傻瓜。

小讓是在後來才知道，老隋有家室。老隋的老婆是大學老師，女兒上初中。有一回，小讓在老隋的錢夾子裡發現了一張照片，是他女兒的。小女孩生得清秀可人，不像老隋。想來，孩子的媽媽，模樣應該也不錯吧。

小讓倒是沒有拿了這張照片找老隋鬧。在芳村，自己不是也有一個石寬嗎？雖然，石寬的腿壞了，基本上就是一個廢人。可石寬是她的男人，她是石寬的媳婦。她和石寬是兩口子。這一條，能改變嗎？石寬的腿是在工地上壞的。一塊鋼坯掉下來，砸斷了。來北京打工，就是想多掙些錢，給石寬治腿。要不是遇上老隋，她怎麼會有這樣好的工作，又清閒，錢又多，比起在老鄉的飯店裡賣驢肉火燒，強多了。

小讓把那張照片放好，一面洗衣服，一面勸自己。洗衣機訇訇響著，同客廳裡電視的歌聲交織在一起。廚房裡燉著牛肉。陽台外，鄰家的鴿子停在防護欄上，咕咕咕咕叫。有一種紛亂的家常的氣息。老隋過來的時候，她早已經把自己勸開了。她讓老隋洗乾淨手，幫她晾床單。老隋樂顛顛地去洗手，吹著不成調的口哨。

吃飯的時候，小讓有些沉默。老隋照例是有說有笑，一點都沒有注意到她的情緒。好在有電視。電視裡，正在播著一個沒頭沒腦的肥皂劇。男女主人公在吵架。女人的嘴巴像刀子，鋒利得很，一刀一刀飛過去，把男人殺得只有招架之功，沒有還手之力。小讓端著碗，看得入了神。這個時候，老隋的手機響了。老隋猶豫了一下，踱到陽台上接電話。老隋的聲音壓得很低。小讓張著耳朵聽了聽，一句也聽不清。插了一段化妝品廣告，一個明星信誓旦旦地說，你值得擁有。小讓忽然感到莫名的煩躁。

老隋接完電話回到飯桌前的時候，電視裡那一場戰爭早已經偃旗息鼓了。老隋說，單位的破事兒。煩。小讓把飯菜從微波爐裡端出來，沒有說話。

飯後，照例是老隋的茶水時間。小讓削水果。老隋一手端茶，另一隻手從小讓的腋下伸過來，攬住她的腰。小讓沒有像往常那樣，把身子依偎過去。她低著頭，認真地削蘋果。長長的果皮從刀尖上吐出來，蜿蜒起伏，一跳一跳的，像舞蹈，甜美而濕潤。老隋的手躍躍欲試，看樣子打算有些作為。小讓兩隻手給蘋果占著，只好用胳膊肘做些抵抗。怎麼說呢，老隋那天有些急躁，平日裡，大多數時候，老隋是鎮定的。也或者是，小讓的抵抗讓他感到新鮮。小讓從來都是溫順的。老隋喜歡溫順的小讓。可是那一天，老隋喜歡抵抗的小讓。老隋一把將小讓抱起來，把她橫在沙發上。小讓手中的水果刀噹啷啷掉在地上，削了一半的蘋果，在地板上骨碌碌滾動。小讓忽然起了滿腔的怒火。後來，老隋不止一次回味起那一個夜晚，那一場沙發上的戰爭。老隋提起來的時候，神情愜意，口中嘖嘖有聲。小讓不理他。把臉卻飛紅了。也不知道怎麼回事，那一回，她簡直是瘋了。

床頭的鬧鐘克丁克丁響著。濕抹布攥在手裡，冰涼。梳妝台上臥著一隻小白兔，紅褲綠襖，笑容滿面，是老隋送她的。今年是兔年。老隋說，讓這隻小白兔給她帶來好運。小讓衝著那隻兔子發了會子呆，不知為什麼，總覺得它笑得有點高深莫測。小讓把兔子來了個向後轉，讓它那根短尾巴的屁股掉過來。手機突然響了，把小讓嚇了一跳。是石寬。

石寬在短信裡問她，票買上沒有，幾時回去。石寬說家裡都忙得差不多了。掃了屋，掛了彩，糕也蒸了，肉也煮了，豆腐也做了，單等著她回去過個團圓年呢。小讓不喜歡石寬這樣嚕哩嚕蘇的短信。大男人，婆婆媽媽的。原先的石寬可不是這樣。原先的石寬當過兵，念過高中，人生得也排場，在芳村，算是體面的小夥子。勤快，能幹，對小讓呢，也知道體貼。石寬沒有在短信裡說想她。可是小讓怎麼不知道，石寬恨不能給她插上翅膀，讓她立刻飛回芳村，飛到他的炕上，飛到他的懷裡。有時候，石寬這個人，怎麼說呢，簡直是！小讓想起石寬那個死樣子，心裡恨恨的，輕輕罵了一句，飛紅了臉。小讓沒有立刻給石寬回短信。回家的事，還沒有定下來。

隔壁傳來油鍋爆炒的聲音。老房子就是這一條，隔音不好。小讓看了一眼鬧錶，十一點十分。隔壁的這位老太太，一日三餐都特別準時。老太太生得矮胖，人倒富態，有北京老太太典型的熱情，在門口碰上了，總會停下來，搭訕兩句。她問小讓老家哪裡，多大，在哪上班，這房子，一個月多少租金。小讓都一一回答了，心裡卻不舒服。她沒有說自己做保潔。只是說，在報社。她總覺得，老太太問話的口氣，神情，話裡話外，有一種掩飾不住的優越，還有狐疑，這讓她感到難受。老太太一定是見過老隋了，而且，也一定猜測過她和老隋之間的關係。怎麼說呢，老隋長得還算面嫩，只是禿了頂，看上去便顯得有年紀了。不過，老隋的風度好。男人總是這樣，成熟加上自信，風度便出來了。還有老隋那輛嶄新的奧迪，在這個老舊的小區，還是很顯眼的。怎麼說呢，老北京人，也不過是蘿蔔白菜地過日子。鑽在鴿子籠似的樓房裡，遠不如鄉下的高房子大院，又敞亮，又開闊。報社附近的胡同裡，小讓是經常去的。那些胡同深處的平房，傳說中的老北京四合院，竟然是那麼侷促破舊。當年的朱門大戶，如今早已經被許多人家瓜分了，圍起簡單的籬笆，各自為政。小讓從敞開的門縫裡，看到過那些鍋碗瓢盆，雞零狗碎，鐵絲上晾著花被子，門楣上垂下來一辮紫皮大蒜，老石榴樹下晒著一小攤綠豆。偶爾，有一個老太太出來，穿著家常的肥大背心，端著半盆淘米水，懷疑地看著門外的路人。誰會相信呢，這是在北京。過兩條馬路，就可以看見中南海。有時候，小讓不免想，在這些老北京人眼裡，祖祖輩輩住在皇城根兒，天子腳下，大約也都見慣不驚了吧。平民百姓，在哪裡不是過日子？可是，為什麼就有那麼多人熱愛北京呢，想留在北京，誓死不走。比方說，賣驢肉火燒的老鄉。比方說，小讓自己。不懂。真的不懂。

四

太陽掛在半空中，淡淡的，把人的影子投在地上，有點恍惚。空氣裡流蕩著燉排骨的香氣，高壓鍋吱吱響著，一陣疾，一陣徐。誰家的電視機正在唱京戲，是老生，鏗鏘亮烈。有小孩子的尖叫，夾雜著生澀的風琴聲。是個週末。小讓似乎從來沒有發現，小區裡的週末這麼熱鬧。這個時候，老隋在做什麼呢？紮著圍裙在廚房裡做菜？老隋似乎說過，在家裡，他很少進廚房。他老婆是個賢妻良母。從來都是衣來伸手飯來張口的。那麼，他一定是在輔導女兒功課了。或者，他們一家三口正坐在熱騰騰的桌前，共進午餐？小讓掏出手機，按了重撥鍵。無人接聽。還是無人接聽。老隋從來不這樣。當然了，小讓也從來不這樣。小讓從來不主動給老隋電話。短信也很少。小讓懂事。小讓還知道，老隋頂喜歡的，容貌之外，就是她的懂事。小讓從來不問老隋家裡的事，老隋的老婆，老隋的女兒，她從來不問。倒是老隋，偶爾提起來，說上一兩句。老隋的手機，小讓也從來不看。有時候，老隋洗澡，或者在衛生間，小讓寧願讓手機在茶几上響個不停，也絕不會拿起來代老隋接了。老隋也抱怨。說她不管事。說她不貼心貼肺。小讓也不分辯。她怎麼不知道，老隋的抱怨中，只有一分是認真，餘下的那九分，便盡是男人的撒嬌了。

怎麼說呢，老隋這個人，頂會撒嬌。男人撒起嬌來，像小孩子，又嬌橫，又軟弱，那種賴皮樣子，最能夠激起女人洶湧澎湃的母性了。當然，老隋在單位的派頭，小讓是見過的。走到哪裡，都是一群人簇擁著，眾星捧月，一口一個隋總，那分恭敬謙卑，自不必說了。還有那些女編輯女記者，平日裡像驕傲的孔雀，在老隋面前，都爭先恐後地把屏打開，展示著美麗的羽毛。老隋臉上淡淡的，心裡卻不知道有多麼受用。有一回，小讓在走廊裡擦地，就親見記者部那個漂亮的女名記跟在老隋後面，替他把外套的衣領整理好，那神態，那舉止，不像是部下，倒像是溫柔賢慧的妻子了。老隋呢，也並不停下來，一臉的風平浪靜，只顧昂首朝前走。小讓就藉故躲開，到開水間旁邊的休息室裡去。走廊裡傳來老隋爽朗的笑聲，小讓心不在焉地擦手，心裡卻是有些得意。老隋在外面再怎麼叱吒風雲，在她小讓面前，也是一隻溫柔的老虎，懶洋洋地閉了眼，任她撫弄。憑什麼呢。小讓問自己。夜裡睡不著的時候，悄悄地問，一遍一遍地問。小讓怎麼不知道，老隋喜歡她。是真的喜歡。老隋在她面前，可就不是人前那個老隋了。百煉鋼成繞指柔，就是這個意思吧。有時候，小讓就不免想，在家裡，在他的老婆孩子面前，老隋會是什麼樣子呢。

從地鐵裡出來，小讓站在十字路口，看著來來往往的人群，有點茫然。太陽明明就在天上掛著，卻是十分的冷。風不大，像小刀子，一下一下，割人的臉。她也不知道是怎麼一回事，竟然就跑到了這裡。馬路對面，那一片咖啡色和奶黃色交錯的住宅樓，便是老隋的家。小讓很記得，有一回，老隋開車帶她經過這個十字路口，正是紅燈。老隋順手一指，說，那兒，看見了吧，我就住那兒。小讓不說話。沒說看見，也沒說沒看見。可是小讓卻暗暗記下了。她還記下了地鐵口。A口。在北京這幾年，小讓最熟悉的，怕就是地鐵了。真是神奇。人在地底下來來去去，穿越整個城市，說出來，芳村的人，誰會相信呢。小讓上班，下班，購物，出去見老鄉，都是坐地鐵。有時候，小讓也不免擔心，擔心北京城被那些縱橫交錯的軌道掏空了，忽然間陷落。小讓常常站在車廂裡，看著巨大的廣告牌飛速地掠過，一面這樣擔心，一面笑自己。

走到小區門口的時候，小讓才發現，自己是被眼睛欺騙了。看上去並不遠的路程，卻走了足足有二十分鐘。靴子是新的，鞋跟又高，走起路來，更是格外艱難一些。她也不明白，自己怎麼就穿了這麼高跟的靴子，還有，今天，她把那件羽絨服換下來，穿上新買的大衣。羊毛大衣是老隋買的，酒紅色，帶著毛茸茸的兔毛領子。看上去像一團火，可這個時節，穿在身上，哪裡比得上羽絨服？小讓把兩隻手攏在嘴上，哈著熱氣，一面看著眼前的小區。黑色雕花鐵藝大門，氣勢很大。不停地有人進進出出。還有私家車，嘀嘀地鳴著喇叭，出來，或者進去。那個高大的保安，很有禮貌地衝人們點頭微笑，訓練有素的樣子。小區門口，已經掛上了大紅的燈籠，還有彩旗，沿著甬道兩旁，一路招展下去。是過年的意思了。小讓遠遠地站在門口，感覺腳被硌得生疼。這雙皮靴，精緻倒是精緻的，卻有著新鞋子的通病，夾腳。凍得麻木的一雙腳擱在裡面，簡直無異於一種刑罰。小讓交替著把腳跺一跺，細細的高跟和水磨石地的摩擦聲，讓人止不住的牙根發酸。這便是老隋的家了。那一扇鐵門，不知道老隋已經走過多少回了。還有那一個保安，側面看去，微微有點鷹勾鼻，想必也是熟悉得很吧。風吹起來，那兩只大紅燈籠在午後的陽光中一曳一曳。還有那些彩旗，快樂地飄揚著。小讓站在風裡，鼻子被吹得酸酸的，臉蛋子凍得生疼。也不知道怎麼回事，鬼使神差一般，就大老遠跑到這裡來了。自己這是來做什麼呢。來找老隋？怎麼可能。她甚至不知道老隋住哪一棟樓。老隋的手機一直都打不通。從昨天晚上，一直打不通。短信也不回。老隋從來沒有這樣過。這個老隋，不會出了什麼事吧。

怎麼說呢，其實，最開始的時候，對老隋，小讓並沒有太多的想法。只是覺得，老隋人還不錯，也懂得疼人。同石寬比起來，簡直是兩個世界的人。老隋說話的時候聲音很低，輕輕地，像耳語，溫柔得都讓人不好意思了。不像石寬。也不單單是石寬。芳村的男人們，個個粗聲大氣的，即便是再柔軟的話，一到他們口中，便也顯得硬邦邦的，有些硌人了。老隋人溫和，又有學問，言談舉止，有那麼一股子書卷氣。小讓雖然念書不多，卻是頂景仰有學問的人。後來，老隋幫她找了工作。她的一顆心，才真的漸漸安定下來。還能怎樣呢，一個人在北京，孤零零的，有一個老隋這樣的男人依靠，也算是自己的好命吧。那一回喝多了酒，就是在川菜館那一回。她是真的喝多了。她高興。老隋許諾她，先委屈一些，做做保潔，等過一陣子，有機會把她弄到資料室。資料室事情不多，薪水呢，就跟那些沒有進京指標的大學生一樣，是聘用，也算是坐辦公室了。報社裡年度競聘的時候，他會把這件事認真操作一下。老隋說妳這樣一個嬌嫩的小人兒，怎麼可以老是跟拖把打交道呢。小讓半信半疑，行嗎，我一個臨時工。老隋說，行。有什麼不行？老隋說我是老總，有什麼事情不行。小讓真喜歡老隋這個時候的神情，有點跋扈，有點強悍，有點不容置疑。老隋說這話的時候，一隻手攬住了她的腰。小讓只掙扎了一下，就由他去了。

所有這些，小讓都不曾跟石寬提起過。石寬的脾氣，小讓是知道的。石寬這個人，臉皮兒薄，耳根子軟，又頂愛面子。自從腿壞了以後，脾氣也漸漸變得壞了。倒都是小讓，處處做小伏低，陪著一千個小心，為了不讓他摔碟子砸碗。有時候，看著石寬拖著高大的身坯，在自家院子裡蹣跚著走來走去，小讓就難受得不行。一個硬錚錚的漢子，生生給拘在家裡了。也難怪他脾氣大，他是覺得憋屈。也許，慢慢就好了。天長日久，上些年紀，脾性就慢慢地磨平了。還有一點，兩個人沒有孩子。這讓石寬更是放心不下。芳村人的話，過日子過日子，過的是什麼？是兒女。沒有兒女，過的還是什麼日子！沒有兒女的一家人，算是一家人嗎？芳村人，大多是早婚早育。跟石寬年紀相當的，都是兒女成行了。兩個人偷偷到醫院看過。看過之後，石寬就蔫了。問題出在石寬身上。小讓不說話，只是長舒了一口氣。總算是，再不用喝那些苦藥湯了。還有，婆婆的臉色，也再不用看了。婆婆心眼倒不壞。年輕守寡，苦巴巴地拉扯了獨養兒子，到頭來卻落了個空。石寬出事以後，脾氣變得更加暴烈了。倒彷彿是，小讓欠了他的。貧賤夫妻百事哀。這話真是對極。小讓再想不到，她和石寬的日子，會變成這個樣子。想當初，他們也是甜蜜過的。是芳村讓人眼紅的一對兒。可是，這世間的事，誰會料得到呢？

剛來北京的時候，小讓和石寬的短信，都是長長的，一篇又一篇，沒完沒了。小讓告訴石寬，北京有多大。北京的樓有多高。北京的大街上，有多少人和車。北京的地鐵，在地下四通八達，一頓飯的工夫，就能穿越半個北京城。小讓在短信裡用了很多感嘆號。石寬最常用的一句話是，真的嗎？小讓最常用的一個詞是，真的。小讓還在短信裡給石寬講驢肉火燒店裡的種種趣事。那個開店的老鄉，石寬是認識的。兩個人的短信裡，因此更多了共同的話題。可是後來，後來小讓認識了老隋，小讓離開了驢肉火燒店，小讓在外面租了房子，小讓去了報社。這些，小讓就沒有再告訴石寬。短信呢，是照常有。可是卻越來越短了。

一霎眼，在北京已經有兩年多了。北京的一切，小讓已經漸漸習慣了。想起當初的大驚小怪，小讓有一點不好意思。現在，小讓也是在北京的大樓裡上班的人了。或許，要不了多久，小讓還會調到資料室，跟那些神氣活現的女編輯女記者一樣，坐辦公室了。這些，石寬怎麼會相信呢？不要說石寬，就是她自己，有時候想起來，也總覺得彷彿是一場夢。掐一掐自己的胳膊，卻是疼的，才知道，這的確是真的了。

北京的冬天，像是籠了一層薄薄的霧靄，灰濛濛一片。樹木的枝幹也是嶙峋的，映了淡灰的天空，也別有一番味道。太陽明亮，卻一點都不耀眼。住宅樓旁邊，是一家咖啡館。很現代的裝潢，設計也特別，是一只咖啡杯的形狀，有點誇張，卻趣味盎然。透過明亮的落地窗，可以看見裡面的情形。身穿咖色滾粉邊工裝的服務生，盛開著職業化的微笑，靜靜侍立著。這個小區的環境不錯，周邊設施也齊全。想必，該是價格不菲吧。老隋是一個懂得享受生活的人。這家咖啡館，還有旁邊的書吧，飯店，都應該有老隋無數的腳印吧。老隋是和誰一起呢，當然不是和小讓。和朋友？或者，和家人？通常，老隋什麼時候出來消遣呢？老隋生活的另一面，對於小讓來說，像冰塊隱藏在水下的部分。她看不到。她所看到的老隋，只是在那間出租屋裡。或者，在報社的走廊，驚鴻一瞥，總是浮光掠影的。小讓忽然覺得，老隋這個男人，好了這麼久，怎麼竟像是陌生人一般，讓人捉摸不定。老隋的生活，難道真的如他所描述的，一塌糊塗嗎？不，老隋從來沒有這樣描述過。甚至，老隋對自己的生活，幾乎沒有過任何評價，更不用談負面評價。老隋對自己的現狀，從來沒有說過半個不字。那麼，一切都是出自小讓的想像了。小讓看著那大紅的燈籠在風中搖曳，紅得真是好看。明黃的流蘇，動盪飄搖，有些凌亂。小讓的一顆心也被風吹得亂糟糟的，一時收拾不起。

有汽車在後面摁喇叭，連續地，持久地，一口氣摁個不停，是不耐煩的意思。小讓方才省過來，慌忙躲到一旁。定睛看時，一顆心別別地跳了起來。奧迪A6。車牌號也熟悉。分明是老隋。車在大門口稍稍停滯了一下，便箭一般駛向小區的深處，只留下淡淡的汽油味，在寒冽的空氣中漸漸消散。

看開車的氣勢，應該是老隋。車裡坐著誰呢？莫非老隋一家，這是外出剛回來？看來，老隋的心情不錯。當然了，也或許，正好相反。難道老隋竟沒有認出是她？老隋為什麼不接電話呢？如果不是故意，那麼就是他不方便了。至少，短信應該回一個吧。小讓算了算，一共給他發過九條短信。老隋他，究竟是怎麼回事呢？

那一回，也就是上一週，週末。吃晚飯的時候，老隋喝完湯，說起了競聘的事。老隋的意思，是想讓小讓進資料室。可是，資料室聘人，也是對學歷有要求的。只這一條，就把小讓排除在外了。老隋說，每年年底，報社總是會經歷一場大亂。競聘是自上而下，關係到方方面面，牽一髮而動全身，也難怪大家都人心惶惶。小讓聽了不免有些擔憂。說老隋，你——不會——老隋愣了一下，就哈哈大笑起來。我不會什麼？妳擔心什麼？妳這個小傻瓜——老隋點上一支菸，深深吸了一口，又緩緩吐出來，說這幫兔崽子，都不是省油的燈。小讓有些緊張，他們，要害你？老隋又深深吸了一口菸，看著灰白的煙霧在眼前慢慢繚繞，消散，說他們也敢！借給他們八個膽子。小讓看著老隋的臉，在煙霧中忽隱忽現。那，學歷——老隋說，別急。辦法總比困難多。老隋問她怎麼打算，過年？小讓沒有回答。湯有些淡了，沒有滋味。小讓埋頭喝湯。只聽老隋說，那什麼，我得回一趟浙江。哦，是她老家。老爺子病了。小讓說嗯。老隋說，我都好幾年不回去了。小讓說嗯。老隋說妳呢？妳什麼時候回？

小讓一面洗碗，一面留意著電熱壺的動靜。水是溫水。老隋在廚房裡也裝了一個小熱水器，專門洗碗洗菜的。有熱水真好啊。小讓想起鄉下，在芳村的時候，冬天，水甕裡都結了冰。洗碗洗菜，都是冷水，帶著冰碴子，冷得刺骨。小讓的一雙手，凍得紅通通的，簡直就是胡蘿蔔。人這東西，真是。有享不了的福，沒有受不了的罪。溫熱的水流奔湧出來，潑刺刺的，十分受用。她提了電熱壺，到客廳裡沏茶。老隋正把菸蒂摁到菸灰缸裡，一面摁，一面說，妳把時間定下來，我找人給妳弄票。小讓說嗯，一面仔細地燙茶杯，老隋的手機又響了。老隋看了看手機，又看了一眼小讓。小讓不理會，依然專注地燙茶杯。老隋便把身子往後一靠，衝著手機說喂？哦，我在外面呢，噢，談點事。小讓起身到陽台上拿水果。

窗外黑黢黢的，是冬天的夜。透過窗簾，有燈光流瀉出來，是寒夜中溫柔的眼睛。老隋的聲音一聲高一聲低，從客廳裡傳過來。小讓聽出來了，是家裡的電話。老隋在跟他老婆商量回老家的事。風吹過樹梢，發出嗚嗚的聲響。窗櫺上，有什麼東西被掛住了，一掀一掀的，映在窗子上，像欲說還休的嘴唇。陽台上到底是冷的。小讓覺得身上涼颼颼的，彷彿抱了一塊冰。

回到客廳的時候，老隋的電話還在繼續，看見小讓進來，說先這樣，等回去再細說——好了，好了，先這樣——正談事呢這——小讓低頭削水果。老隋湊過來，說這蘋果不錯，還有嗎，回來再讓他們搞兩箱。小讓不說話。老隋把手伸過來，替她接著彎彎曲曲的蘋果皮。老隋說，蘋果是好東西，得多吃。老隋說我這心臟就多虧了蘋果，一天一個，特別管用。老隋說那什麼，票的事，妳別急。妳定好了時間，我就讓他們給妳買。老隋說，怎麼了，問妳話呢——

怎麼了嘛這是——小讓把水果刀一扔，忽然就爆發了。怎麼了？沒怎麼！不就是想讓我趕快滾回老家嗎？我回老家！你好安心過你的團圓年！

積水潭橋下一片混亂。來來往往的人，還有車，潮水一般，在這裡匯合，然後分流，流向北京的四面八方。小河上結著厚厚的冰。有小孩子穿著鼓鼓囊囊的羽絨服，在河邊小心翼翼地試探。大人立在一旁，很緊張地叮囑著，不時地喊兩聲。小讓慢慢往回走。這一回，老隋怕是真的生氣了。她也不知道自己是怎麼回事，發了那麼大的脾氣。當初遇上老隋的時候，她從來就沒有想過，要和老隋如何如何。可是，事情怎麼會變成這個樣子了呢？即便是後來，和老隋好了之後，小讓也從來沒有對未來有過任何野心。有時候，跟老隋纏綿的時候，小讓也會問，喜歡我嗎？願意娶我嗎？老隋總是氣喘吁吁地說，願意，當然願意。小讓怎麼不知道，有些話，老隋不過是說說罷了。尤其是，床幃之間的甜言蜜語，更是作不得真。老隋這個年紀的男人，什麼沒有經歷過？可是，那一回，自己怎麼就沒有忍住呢？說起來，老隋在她面前跟家裡通話，也應該是習以為常的事了。通常是，她乖巧地躲開，等老隋過意不去了，會扔下手機來哄她。那之後的下午，或者晚上，老隋都會軟下身段，極盡溫柔諂媚之能事。老隋雖然嘴上不說，小讓怎麼不知道，老隋這是向她賠禮呢。禁不住他再三再四的央告，也就慢慢開顏了。然而那一回，究竟是怎麼一回事呢？門在老隋背後碰上的時候，發出輕微的聲響。小讓卻是渾身一凜。在那一個冬夜，那聲音彷彿一聲炸雷，令她頓時怔住了。

五

石寬的短信發過來的時候，小讓正忙著搞衛生。年底了，單位要比平時雜亂一些。各個處室都在清理廢品。報社，有的是報紙，各種各樣的舊報紙，廢棄了的報紙大樣小樣，稿件，成堆的廢稿件。那兩個收廢品的人興興頭頭地忙進忙出，一頭熱汗，卻是樂顛顛的，見誰衝誰笑。走廊裡零零落落的，難免有一些廢紙落下。小讓就跟在他們後面收拾。手機在口袋裡震動，小讓就偷個空兒，到一旁看短信。

走廊的拐角處，三層和四層之間，是一盆肥碩的巴西木，枝葉招展，映著雪白的牆壁，十分的蔥蘢。小讓看四周無人，便把那些短信翻出來。石寬在短信裡問，快過年了，她什麼時候回家。還有，這兩天的一些瑣事，他也都一一彙報給她。比方說，大舅家娶媳婦，是親戚，綢緞被面之外，還有禮錢。斗子他爹七十大壽，斗子是村長，整個芳村的人家都隨了禮，他們自然也不能落後。還有，彪三回來了，又招人呢，要是有看門的差事，他想去求人家給了他。當然了，求人也不是好張口的，總不能空著手……巴西木肥厚的葉子映在窗子上，靜靜地綠著。小讓感到有一個人影一閃，她嚇了一跳。卻是甄姐。甄姐問她怎麼了。小讓趕忙把手機裝進衣兜裡，說沒事。那什麼，收廢品的那邊，妳甭管了。甄姐說，我都收拾俐落了，他們今天死活也收不完，先走了，說明天再來。甄姐問沒事吧，看妳的臉色不太好。小讓說沒事，昨天看一個電視劇，搞得晚了。說著和甄姐一塊上樓。甄姐看著她，想要說什麼，卻什麼都沒有說。

甄姐是北京人，早年在服裝廠，後來下了崗，到報社來做保潔了。怎麼說呢，甄姐這個人，倒是極熱心，老北京人那種特有的熱心。又正是四十多歲，更年期，有點話癆。當然了，小讓當然能夠感受得到，甄姐的熱心裡隱藏著的那種居高臨下的優越感。甄姐說話快，一口一個外地人，是正宗的京腔兒。說好好的北京，都讓外地人給搞亂了；說外地人皮實，什麼活人都肯幹；說要是沒有那麼多外地人，北京房價怎麼這麼高？雖然甄姐很快就會補充說，我可不是說妳啊小讓。妳別往心裡去。小讓嘴上說沒事，可是心裡卻還是不太舒服。聽多了，就自己勸自己，本來就是外地人嘛，還能不讓人家說。甄姐老公是出租司機，偶爾順路，也會過來接她回家。甄姐總是說，我倒寧願坐地鐵——北京這交通，真的沒治了。小讓看著她那神情，心裡暗笑。至於嗎，都這麼大個人了。有時候，小讓在心中猜測，她和老隋之間的關係，甄姐應該不會想得到吧？甄姐倒是不止一回問過她，北京有沒有親戚？什麼親戚？親戚幹什麼的？小讓明白，她是不相信，或者說不甘心——憑什麼小讓一個鄉下人進京城，居然能找到跟她甄素芳一樣的工作？這是她的北京！剛開始的時候，小讓說沒有，後來，被盤問得多了，她有點惱火，索性就逗逗她。小讓說親戚啊，倒沒有。認真算起來，應該是朋友。甄姐說朋友？小讓說是啊，朋友。小讓當然懂得甄姐的言外之意，一個鄉下人，在北京還有朋友？小讓故意含糊其辭，這個朋友呢，也算是個人物。心腸好，又仁義。甄姐的好奇心就被逗起來了，閒下來說話，總要有意無意地問候小讓的朋友。甄姐人胖，身材已經走了形，眉眼卻是耐看的。想當年，大約也是一個美人。像所有這個年紀的女人一樣，甄姐喜歡回顧往事，當然是青春時代的往事。甄姐最常說的一個詞，便是想當年。想當年，甄姐是閥門廠的廠花，被眾星捧月般地捧著。那是她的全盛時期。甄姐還會絮絮地說起自己的婚姻。年紀輕，不懂事，竟然以為愛情是可以拿來作飯吃的。不管不顧地嫁了。哪裡料得到，兩個人雙雙下崗，日子會有這麼煎熬。這世上什麼都有，就是沒有後悔藥。當初如果稍微清醒一點，怎麼會落到現在這種境地。這一番話，小讓聽得多了。看甄姐的神情，是感嘆自己的淪落。和一個鄉下來的女人一起做保潔，恐怕讓她更有一種落魄之後的感慨吧。如果，如果甄姐知道了她同老隋的關係，她會怎麼想？那一回，她接過小讓送給她的茶葉，仔細研究了一番，稱讚道，好茶啊，好茶！小讓怎麼不知道，她的潛台詞是，妳怎麼會有這樣的好茶？

臨近中午，走廊裡漸漸熱鬧起來。報社的自助餐廳在頂層。人們都張羅著吃飯了。服務人員的飯是單開的，吃得早。小讓拿了一塊抹布，心不在焉地擦拭洗手盆。不斷有人過來洗手，說說笑笑的，享受午餐前的放鬆和愉悅。洗手盆前面的牆上是一面巨大的鏡子。來洗手的女人們，都情不自禁地在鏡子面前流連片刻，整理整理頭髮，檢查臉上的妝是不是需要修補，在鏡子面前旋身一轉，左右顧盼。小讓聞到一股淡淡的香氣，脂粉夾雜著香水，很好聞。老隋也送過她香水，小巧的一瓶，價格竟是驚人的。上班的時候，小讓從來不用。一個做保潔的，身上香噴噴的，讓人家笑話。只是跟老隋在一起的時候，小讓才仔細用上一點。老隋喜歡這種香味。老隋喜歡就好。想起老隋，小讓心裡黯淡了一下。到底是怎麼回事呢？老隋一直沒有消息。本來想，今天上班，說不定會碰上老隋。可是到現在，她也沒有見到老隋的影子。她在老隋辦公室外面徘徊了半天，裝著擦地的樣子。老隋辦公室緊閉著，也不見有人進出，看樣子，好像是不在。又不好張口問人。再怎麼，一個做保潔的臨時工，跟報社的老總，都是不相干的。有人同她笑一笑，算是打招呼。小讓趕忙回人家一個笑臉，嘴裡說，吃飯啊。對於這一分友好，小讓是感激的。她總是力所能及地，把人家這一分善意回報過去。比方說，看見人家提著熱水瓶過來打水，卻空著手回去，知道這是水還沒有燒開，便替人家留了心。等水燒開了，替人家灌滿。比方說，有人吃飯不小心弄髒了衣服，在洗手盆旁邊束手無策的時候，她總是把自己的肥皂拿出來，給人家用。時間長了，大家都喜歡這個俊眉俊眼的保潔工。人長得好看，又熱心。就有人同她閒聊兩句，問她老家哪裡，多大了，有沒有男朋友。小讓聽出來了，這是人家要幫她介紹對象，就紅了臉，說了實話。聽的人嘴裡就連著哦哦兩聲，是惋惜的意思。小讓的臉更紅了。她這個年紀，在北京，有多少人還沒有朋友呢。哪裡像她，早早地把自己嫁了出去。好好的人也就罷了，偏偏遇上了事。這不是命，是什麼呢？想起石寬那些婆婆媽媽的短信，小讓心裡就煩得緊。想來，娘的話自有她的道理。嫁漢嫁漢，穿衣吃飯。如今可好。倒是得小讓背井離鄉的，撐起這個家。小讓怎麼不知道，娘是心疼閨女。天底下，哪一個做娘的，不心疼自己的閨女呢？

整個午休時間，小讓一直心神不寧。往常，老隋喜歡在午休的時候給她發短信。老隋在短信裡問她吃飯了嗎，做什麼呢，想不想他？小讓喜歡這樣的短信。在北京，在報社，還有哪一個人像老隋這樣牽掛她？也有時候，老隋的短信是另外一種，纏綿熱烈，都是讓人臉紅心跳的句子。小讓看一眼，便慌忙刪掉了。這個老隋，該死！怎麼說呢，老隋這個人，到底是念過很多書的。知情識趣，又溫柔體貼，對小讓，簡直是貪戀得不行。倒是小讓，常常軟言勸慰著，像哄小孩子。私心裡，小讓也會忍不住想起石寬。心裡便暗罵自己的壞，狠狠地罵。這個時候，她總是主動發短信給石寬。石寬的短信照例是那些雞零狗碎的瑣事，一個意思，左右離不開錢。小讓也總是十分耐心地一一回覆。手指頭在手機鍵盤上飛快地摁著，摁著。摁著摁著，心裡就起了一重薄薄的怨氣，身上也躁起來，熱辣辣地冒出了一層細汗。石寬的短信不斷地發過來。小讓看著那一堆雞毛蒜皮，心裡只覺得委屈得不行。當年的那個石寬呢，到哪裡去了？

下午，報社裡很熱鬧。甄姐打聽來的消息，是在發年貨。甄姐抱怨一社兩制，正式工和臨時工，一個親生，一個後養，懸殊得太厲害。小讓嗯嗯啊啊地敷衍著，有點心不在焉。老隋辦公室的門依然緊閉著，門把手上塞滿了報紙大樣，小樣。看來，老隋這是真的不在。走廊裡人來人往，大家都喜氣洋洋的，有點過年的意思了。外面兵荒馬亂，她們正好可以偷閒緩口氣。甄姐正在塗護手霜，侷促的空間裡溢滿了略帶甜味的香氣。甄姐說，剛才聽見幾個編輯聊天，有意思。小讓說噢。甄姐說，知人知面不知心。小讓說嗯。小讓知道，甄姐這是有話要說。而且，她似乎在等著小讓興致勃勃地發問。小讓卻沒有問。熱水器發出輕微的聲響，讓人想起冬天爐子上坐著的水壺。溫暖，家常，有一種沒來由的安寧妥帖。甄姐把聲音壓低，說桃花眼，就是財務室那個出納——妳猜跟誰？小讓說，這哪猜得出。跟誰？甄姐把手攏在嘴上，附在她耳朵邊說，隋總。小讓的一顆心別別跳起來。這話可不敢亂說。誰敢亂說？甄姐說都讓人給親眼看見了。我早就說過，那個桃花眼，一看就不是安分的。還有那個隋總——看上去倒還正派——男人真是，沒有不偷腥的貓。

六

冬天的黃昏，總是來得早。暮靄越積越濃，彷彿怕冷的人，在冷風中微微顫抖。遠遠近近，有燈火次第亮起來，一閃一閃，是夜的眼神。從過街天橋上看下去，車流和人流，匯成一條璀璨的河，在北京的冬夜奔湧，浩浩蕩蕩。小讓在天橋上慢慢走過。冷風吹過來，一點一點把她吹徹。過道兩旁擠滿了小攤販，扯開嗓子，不屈不撓地向路人招攬生意。賣水果的，賣手套襪子的，賣碟片的，手機專業貼膜的，還有烤紅薯的。行人們大都匆匆而過，像是躲避瘟神。也偶爾有人停下來，狐疑地看一眼那一地的零零碎碎，帶著挑剔的神情。這就是北京的夜了。繽紛的，雜色的，斑駁的，彷彿是一個畫板，誰都可以在上面塗抹幾筆。只要你願意。

路邊有一家牛肉麵館。小讓進去，撿了個暖和的位置坐下來。一個女孩子趕忙過來招呼，滿臉都是小心翼翼的微笑。這女孩子二十來歲，模樣倒算得上清秀。神情卻是侷促生澀的，一看便知道是鄉下來的孩子。小讓想起了當初，在驢肉火燒店的日子。那時候，她剛來北京。這一晃，都兩年多了。也不知道，老鄉的生意現在怎麼樣了。還有那老闆娘。當初小讓離開的時候，她簡直羨慕得很。一迭聲地哎呀呀，哎呀呀，說小讓，哎呀小讓，妳怕是遇上貴人了。想來，那老闆娘該不是看出了什麼端倪了吧。當時，小讓只是笑。也不便多說。弄不好，經她的嘴巴傳出去，等傳到千里萬里的芳村，傳到石寬的耳朵裡，不知道會傳成什麼樣子了。後來，一直到現在，小讓一直沒有跟他們聯繫。小讓不是薄情。她到底是心虛。在偌大的北京，這兩位老鄉之外，剩下的人，全是不相干的。他們知道她什麼？她是好是壞，是冷是暖，說到底，跟旁的人有什麼關係？在人前，小讓倒很願意偽裝一下，裝一裝大尾巴狼。就像剛才。小讓進到這麵館裡來，乾淨，體面，矜持，甚至有那麼一點小小的傲慢。有誰能夠猜出這個漂亮女人的來路呢？小讓很斯文地吃麵，一小口一小口，吃得很仔細。不斷地有客人進來，夾裹著一股股冷氣。那個女孩子跑前跑後，有些手忙腳亂了。一個胖女人立在櫃檯後面，冬瓜臉，口紅鮮豔，看樣子，應該是老闆娘，目光像刀子，一下一下地剜在那個女孩子身上。吃完麵，小讓結帳。那女孩子慌忙跑過來，伸手接錢的時候，卻不小心碰翻了桌上的調料盒，紅紅綠綠地散了一地。女孩子嚇呆了。老闆娘走過來，剛要發作，小讓擺了擺手，不關她的事。我賠。

回到家，小讓洗澡。洗了一半的時候，彷彿聽見電話響。小讓趕忙把水關了。果然是電話。這個座機號碼，幾乎沒有人知道。除了房東，也就是老隋了。石寬也不知道。小讓擔心石寬會不管不顧地把電話打進來，尤其是老隋在的時候。電話很執著，一直響個不停。小讓匆忙洗好，跑出去接的時候，電話卻不響了。來電顯示是一個陌生的號碼。小讓看著那號碼發了一會子呆。頭髮濕淋淋的，水珠子淋淋瀝瀝滴下來，把睡衣的前襟濡濕了一片。該不會是老隋吧。直到現在，她才忽然發現，跟老隋這麼久，她竟然一點也不了解這個男人。她所認識的那個老隋，溫柔，隨和，體貼，善解人意，有時候，在她面前，有那麼一點孩子氣的賴皮和霸道。曾經，她對他是那麼熟悉。可是，現在，她卻覺得他竟像一個陌生人了。甄姐的話，也不知道是真是假。要是在以前，她聽了這話，一定要找到老隋，當面問他，跟他使性子，鬧脾氣，撒嬌，弄得他束手無措，只好軟下身段百般哄她。雖然，她並不敢奢望，老隋會喜歡她一輩子。她也從來不敢奢望，老隋會離了婚娶她。可是，她是女人。她像天下所有的女人們一樣，喜歡吃醋。然而現在，她卻忽然沒有這樣的好興致了。這真是莫名其妙。老隋跟她忽然玩起了失蹤，大約不過兩個原因。他煩了。或者是，他認真了。小讓回想起他們最後一次在一起的情景，每一個細節，每一個句話。難不成，老隋是想把這次吵架作為藉口，趁機分手？或者是，老隋對她的吃醋認了真，他想把這個問題解決一下？不像。都不像。煩了，倒是有可能。認真是絕不會的。他怎麼會認真呢。老隋這樣年紀的男人，還有什麼看不透？

睡覺前，小讓做了面膜，歪在床頭給石寬回短信。電話忽然響了，把她嚇了一跳。是老隋。老隋的聲音聽上去有點含混，彷彿是喝多了酒。小讓，我馬上到樓下了。小讓握著聽筒，沒有吭聲。老隋說，小讓，我沒帶鑰匙。一會給我開門。小讓不說話。小讓，有話，有話見面說——

屋子裡煙霧瀰漫。老隋坐在沙發上，一支接一支地抽菸。小讓幾次被嗆得要咳嗽出來，卻都忍住了。老隋顯然喝了酒，漲紅著臉，舌頭發硬，說起話來，有點語無倫次。可小讓卻還是聽明白了。老隋是在向她訴苦。老隋老婆覺察到了他們的事。老隋老婆正在跟他鬧。女人鬧起來，妳是知道的。老隋說，根本沒有理性可言。老隋說他倒不怕她跟他離婚——要不是為了女兒，他們可能早就離了。他是怕她到單位去鬧。報社的馮大力，就是一把手馮社長，他們兩個一向是面和心不和，對他早有戒心，甚至殺心，一心想找他的軟肋。這種事，一旦鬧到馮大力那裡，結果可想而知。不光是他的仕途從此埋下後患，就連小讓的工作，都會受到影響。老隋說這些天，他一直在為這件事焦慮。他得想個萬全之策。

暖氣很熱。小讓感覺，剛剛洗過澡的背上熱辣辣地出了一層細汗。牆上的鐘敲了十一下，在寂靜的夜裡聽起來有點驚心動魄。老隋說，思來想去，這件事，恐怕還得委屈妳一下——小讓說，我？老隋說，這也是萬不得已。她那個人的脾氣，我知道。要想讓她不鬧，就得委屈我們。我們假裝分手。當然了，只是假裝。這一段，我們最好少見面。小讓看著老隋的臉。幾天不見，老隋明顯憔悴了。還有他的鬢角，星星點點的，是灰白的顏色。先前，怎麼沒有注意到呢？

一屋子菸味。小讓打開窗子換氣。冷冽的夜風吹進來，她靜靜地打了個寒噤。老隋一口一個她，是在稱呼他老婆了。這些天，在他老婆面前，恐怕老隋是吃夠了苦頭吧。吵架之外，一定還有很多別的橋段。賭咒。發誓。表忠心。跪地板。寫保證書。一把鼻涕一把淚。悔不該當初。自己呢，就是他老婆口中的狐狸精，賤貨，野女人，混跡在她的口水中，被她任意辱罵。在老隋的陳述和辯白裡，他們之間的故事，該是怎樣一種情節呢。小讓猜不出。小讓能夠猜出的是，老隋應該是個會編故事的人。他一定最知道，什麼樣的故事才能讓他老婆滿意。

菸味漸漸散去了。原先溫暖的屋子，已經變得冰冷。小讓站在窗前，看著外面點點燈火，從一扇扇窗子裡流瀉出來。一點燈光，就是一個家吧。可是，溫暖是別人的。她什麼都沒有。剛洗過的頭髮還濕著，現在已經凍上了，硬邦邦地頂在頭上，她也不去管。奇怪的是，她竟然沒有眼淚。找了老隋這麼久，她焦慮，難受，為這個男人擔心，生怕他出了什麼事。她原以為，等到見了老隋，一定會抱著他，大哭一場，委屈，撒嬌，釋然，像小孩子，找到丟失的玩具之後，愛恨交織，倍加珍惜。可是沒有。她倒是平靜得很。在這個他們曾經的小窩裡，她只是感覺冷，徹骨的冷。

七

是個陰天。天空灰濛濛的，太陽不知躲到哪裡去了。風不大，卻很冷。從樹梢上掠過，發出低低的聲響。路邊，有報亭老闆在分報紙。一張紙片不小心掉在地上，被風吹得一掀一掀。一輛自行車駛過，照直軋了過去。旁邊路過的人便張大了眼睛，看著那淺白色的紙上留下清晰的輪胎的印子。路邊的拐角處，是一家早點鋪。炸油條的油鍋支在外面，灶頭師傅也不怕冷，一雙紅通通的手，啪啪地拍打著麵團，頭上卻冒著熱騰騰的白氣。旁邊，卻是一家壽衣店。黑底白字的招牌，不大，卻很醒目。食客們吃完早點，甚至不朝那招牌看一眼，即便是偶爾看到了，也是漠不關心的神情，只管匆匆地去旁邊的公交地鐵搭車。早高峰，正是擁堵的時候。人們都忙著心急火燎地趕路，暫時還顧不上別的。偶爾，抬腕看一看錶，心裡默默算一下時間，還好，差不多能夠趕得上。

從地鐵裡出來，小讓收到老隋的短信。這些天，他們很少聯繫。只是偶爾，老隋有短信過來，也是十分簡潔，再不似先前的纏纏繞繞，濃得化不開了。老隋在短信裡說，有事要跟她商量。晚上六點鐘，京味齋。小讓把短信又看了一遍。有事跟她商量。能有什麼事呢？難不成，是競聘的事？這些天，報社裡兵荒馬亂的，人心浮動。一把手馮大力看來是要大動干戈，重整山河了。改革的力度很大。部門之間優化組合，牽扯的人事眾多。這種時候，有人哭，就一定有人在笑。幾家歡樂幾家愁，大約就是這個意思吧。小讓不懂，也不多問。只是偶爾從甄姐那裡聽來一些小道消息，東一句西一句，全是作不得真的。小讓心中惦記著自己的事，又不好深問。只有把一顆亂糟糟的心按住，耐心聽甄姐八卦。跟老隋呢，又是如今這種狀況。小讓更不會把身段軟下來，去問老隋。本來，當初來北京的時候，小讓也沒有什麼想法。不過是打一份工，掙一份錢罷了。至於後來的事，她真的沒有想過。老隋，還有老隋的許諾，都在她的想像之外，讓她有點措手不及。怎麼可能呢，全當是一個夢吧。這些天，她早想好了，等這邊一放假，領了薪水，她就回老家。回芳村。快過年了。回去好好過年。至於和老隋，再說吧。能怎麼樣呢？她怎麼不知道老隋。老隋再貪戀，也斷不會下狠心娶了她。

中午的時候，小讓在走廊裡給那些盆栽澆水。遠遠地，看見老隋和馮大力從會議室出來，往這邊走。小讓拿著噴壺正要走開，只聽見馮大力說，這綠蘿長得不錯——妳是新來的吧？小讓說社長好，拿著噴壺一時怔在那裡，走開不是，不走開呢，也不是。正窘著，聽見老隋說，老馮，這件事就這樣，回頭我們再斟酌一下。小讓趕快趁機去走廊那頭灌水。

京味齋就在小讓住處附近。從前，也跟老隋來過兩回。裝修倒是古色古香，有老北京的味道。小讓點了一壺菊花茶，一面喝，一面等老隋。老隋在短信裡說，單位還有一點事情沒有處理完，讓她稍等。他馬上到。小讓看著對面屏風上那精緻的雕花，心裡猜測著，究竟是牡丹呢，還是月季？這是一個小包間，滿堂的仿紅木，牆上掛了一幅字，小讓看了半晌，也沒有看出名堂。據老隋說，他也喜歡寫字，閒暇的時候，常常一個人關在書房裡塗抹幾筆。當然了，小讓沒有看過老隋寫字。老隋。小讓慢慢喝了一口茶。老隋家裡的戰爭，也該已經平息了吧。老隋不說，她也不問。老隋這個人，她怎麼不知道呢，最是懂得討女人歡心。說不定，經過了這場戰爭，兩個人又回到了從前的恩愛，也未可知。雖然，據老隋的講述，他們夫妻，從一開始，就是被亂點的鴛鴦。怎麼可能呢。小讓又不是傻瓜。老隋，只不過是說給她聽罷了。也不知道怎麼回事，小讓心裡某個地方還是細細地疼了一下。仔細想來，跟老隋，算是怎麼一回事呢。其實，私心裡，小讓也不免做過一些不著邊際的夢。比方說，像老隋在纏綿之際所說的，小讓是他的。他隋學志的。他要她。他要娶她。他要她做隋太太。這話聽多了，小讓就生出一些美麗的幻想。跟了老隋，在北京生活，做北京人。就像她那個老鄉說的，做不了北京人，也要做北京人他爹。那麼，她就做北京人他娘好了。至於石寬，她倒沒有多想。石寬。有時候，小讓覺得，芳村是石寬的。而她小讓，卻應該屬於北京。她也知道，這幻想沒有道理。可是，她還是忍不住。房間裡暖氣很熱，她把外套脫下來，掛上。從單位回來，她特意彎回家裡一趟，換了一套衣服。上班幹活，她們是要穿工作服的。那樣的衣服，怎麼能見老隋呢。尤其是，在這樣一家堂皇的飯店裡。小讓還淡淡地化了個妝。她很記得，老隋說過，晚上，燈光下，是應該有一些顏色的。今天這個約會，小讓有點措手不及。她掏出小鏡子察看了一下，還好。乾淨，俊俏，是從前的小讓。

老隋急匆匆進來的時候，已經過了六點半了。老隋一面脫外套，一面一迭聲地不好意思，說單位裡的破事兒，沒完沒了。燕莎橋又堵車——小讓靜靜地聽他抱怨，替他把杯子仔細燙了，倒上茶。有服務生過來，請老隋點菜。看上去，老隋氣色還不錯，眼睛微微有些腫，眼袋似乎是明顯了一些。低頭看菜單的時候，禿頂在燈下閃閃發亮。老隋每點一道菜，都要抬頭看一眼小讓。是徵詢的意思。小讓輕輕點頭，說隨你。小讓不用照鏡子也知道，自己的樣子有多麼溫柔。小讓還知道，溫柔是她的殺手鐗。跟老隋這麼久，她怎麼不知道他？小讓穿了那件緋紅色毛衣，是老隋喜歡的那件。等菜的時候，兩個人默默地喝茶。小讓不說話，她在等著老隋開口。玻璃茶壺中的菊花很好看，一朵一朵，滿滿地綻放開來。枸杞經了浸泡，紅得可愛，有細細的哀愁的味道。老隋說，妳怎麼樣？還好吧。小讓說嗯。老隋說是這樣，小讓，有一件事，哦，還是那件事，我想跟妳商量一下。小讓說哪件事？老隋嘴巴咧了一下，說，就是，那件事——小讓看著老隋欲言又止的樣子，心中早已經揣測了八九分。老隋說，我也沒有想到，哦，我也曾經想到的，她果然去找了馮大力。老隋說女人鬧起來，妳是知道的。她居然找了馮大力。沒腦子！真是沒有腦子！老隋說馮大力是什麼好東西！現在好了，現在，最高興的人，就是馮大力！這次競聘，如果馮大力想在這件事上做文章，我一點辦法都沒有。老隋說所以，想來想去，他只好來跟小讓商量。菜上來了。清蒸鱸魚，藍莓山藥，木瓜雪蛤，都是小讓的菜。這家京味齋，號稱新京派，看來，也早已經名不副實了。老隋說，這個馮大力，我了解。心思縝密，生性多疑——當然，也不是刀槍不入——我沒有別的意思，小讓。我的意思是說，如果，我是說如果啊，去見馮大力一下——小讓坐在那裡，看著老隋吞吞吐吐。包間裡燈光明亮，溫暖，細細的音樂隱隱傳來，是纏綿的梁祝。小讓只覺得背上有寒意漫過，簌簌地起了一層清晰的小粒子，心中卻如電閃雷掣一般，一時怔在那裡。

八

一連陰了幾天，到底是下雪了。雪不大，是細細的雪粒子，紛紛落落的，還沒有到地面就化了。大街上濕漉漉的。汽車鳴著喇叭，脾氣很大的樣子。人們呢，急匆匆地趕路，偶爾抬頭望一望天，皺著眉頭，自言自語，這雪下得——也不知道是在批評，還是在讚美。可是無論如何，簌簌的雪粒子落下來，給這一冬無雪的城市帶來一些新鮮的躁動。畢竟，快要過年了。這點小雪，來得倒是時候。過大年，怎麼能沒有雪呢。這是芳村人的話。也不知道，這會子，芳村下雪了沒有。芳村的雪，那才叫雪。紛紛揚揚的，真的是白鵝毛一般。整個村莊都被這大雪催眠了，還有樹木，田野，河套，果園。大紅的春聯，窗花，燈籠，彩，襯了白皚皚的雪，真是好看。小讓很記得，那一年，她剛嫁到芳村。也是大雪。她坐在炕頭上，看石寬在地下忙個不停。爐子燒得旺旺的。金紅的火苗，勾著淡藍的邊，突突地跳躍著，舔著壺底。水壺吱吱響著，白色的水蒸汽不斷冒出來。花生在爐口周圍排著隊，偶爾發出輕微的爆裂聲。還有紅棗，瀰漫著微甜的焦香。大雪天，又是新人，她用不著出門。石寬也不出門，在家守著她。人們都說，石寬是個媳婦迷。石寬也不惱，嘿嘿傻笑。她卻臊了。趕石寬出去，卻總不成。少不得反倒又被他乘機欺負了。雪粒子落下來，落在她發燙的臉上，涼沁沁的。她也不去擦一擦。也不知道怎麼回事，這些陳年舊事，她以為早都忘記了。如今，在北京，在這個雪紛紛的清晨，倒都又想起來了。

甄姐遲到了一會，進門就抱怨這壞天氣。抱怨了一會兒，看小讓不大熱心，就把話題換了。小讓聽她說起年底單位發獎金的事。三六九等，那是肯定的。年年如此。甄姐又抱怨了一會兒頭兒。說這個馮社長，也不是等閒人物。才幾年，把報社整治得，火炭一般。一個字，紅。那一句話怎麼説的？不管白貓黑貓，抓到老鼠就是好貓。小讓説噢，可不。甄姐壓低嗓門説，聽説，今年動靜挺大。小讓知道她説的是競聘的事，正不知道怎麼開口，看見甄姐朝她使了個眼色，回頭一看，卻原來是司機小馬從旁走過。甄姐笑咪咪地説，今天領銀子，下刀子也得來啊，這點兒雪！甄姐説這點兒雪算什麼！

午休的時候，小讓收到老隋的短信。老隋在短信裡東拉西扯，顧左右而言他。老隋説，吃飯了嗎？在做什麼？老隋説，鬱悶。爭來鬥去的，沒意思。老隋説，人活著，究竟是為什麼呢？老隋説，牢籠。一隻鳥困在牢籠裡，什麼感受妳知道嗎，小讓？老隋説，人生有很多時候，不得已。老隋説，豈曰無衣？與子同袍。……小讓把這些短信看了一遍，又看了一遍。有的話，她看不懂。老隋這個人，就這毛病。酸文假醋的。小讓沒有回覆。

下午到財務室領獎金。年終獎。前面有兩個人排隊。桃花眼坐在辦公桌後面，沙拉沙拉地點鈔票，一面騰出一張嘴來，跟旁邊的男同事調笑。看上去，桃花眼總有三十多歲了吧，是那種很豐腴的女人。一雙眼睛，水波蕩漾。老隋是什麼時候溺在裡面的呢？房間裡到處都是盆栽，綠森森的，樹林一般。桃花眼那火紅的披肩，彷彿一簇火苗，把整個樹林都灼燒了。空調很熱。小讓感覺手掌心裡濕漉漉地出了汗。

火車站亂糟糟的。快過年了，外面的人們辛苦了一年，都急著往家趕。小讓拉著拉桿箱，背著鼓鼓囊囊的行李，費了半天勁，總算在候車室找到一個立腳的地方。她給石寬發了一條短信，豈曰無衣？與子同袍。

石寬讀過高中，石寬懂得這句話的意思嗎？

小讓不知道。

後記——忽相遇

整理這本集子的時候，北京的暑熱將盡，是秋天了。風也是新秋的風，清朗乾淨，把天上的閒雲吹得一忽遠了，一忽近了。陽光卻是蜜色的，在書桌上淌得到處都是，教人疑心，那蜜色的流光，也是甜的。

再一次翻看自己的文字，只覺得耳熱心跳，彷彿是，走著走著，一不小心，竟然同過去的那個自己邂逅了。似曾相識，又有一點微妙的陌生。彼此對視，有慌亂，有茫然，也有一種說不出的且驚且喜。欲詢問前事，卻終究是情怯。那一種複雜滋味，道不得。

算起來，弄小說總也有七八年了。那時候，還在北京語言大學讀碩士，專業是中國現當代文學。原是立志要做批評家的，也頗為勤勉地讀了一些書。卻陰錯陽差的，寫起了小說。當然，關於寫作的舊夢，也依稀是有的。追溯起來，怕是要到少年時代了。那時候，年少輕狂，也學著寫詩——倘若還能稱作詩的話。究其實，不過是分行的文字，同青春期的胡愁亂恨糾結在一起。〈愛情到處流傳〉出來的時候，是二〇〇九年底了。這大約算是我的成名作。其時，已經年過而立了。出名要趁早。張愛玲這話真是肺腑之言。也不知道，早些年的大把光陰都揮霍到哪裡去了。而今，老大至此，才僥倖浪得些許的薄名，都不好意思說一聲慚愧。然而，依然是喜悅的。也並不覺得有多少辛酸。骨子裡是個悲觀主義者，表現出來的卻相反。總覺得，前路大約是一大片錦繡。即便是死，也要把自己埋在這錦繡裡面。悲壯也罷，矯情也罷，卻都是認真的。

這篇小說給我帶來了一些聲名，也帶來了一些困惑。這麼多年過去了，直到現在，說起付秀瑩的時候，人們還總是說起〈愛情到處流傳〉。這篇小說，似乎成了我的一個標籤，也成了我的一個魔咒。有時候，不免憤憤地想，我還有更好的小說啊。在一些訪談裡，也總是被問到〈愛情到處流傳〉，被追問得急了，也會說一些賭氣的話，像是小孩子，總願意得到更多的讚美。人家誇獎這件衣裳好看，你一定要給人家羅列出別的。有一點委屈，也有一點不甘，還有小孩子的天真的虛榮心。想來實在是幼稚得緊。好在，這些年一直在寫著。我不願意用「堅持」這個詞。這個詞的後面，似乎總有著艱難和煎熬的意味。老實說，寫作之於我，到底是一件快樂的事情。人生苦短，走著走著就到了盡頭。在自己的文字裡活一遍，再活一遍，想活幾遍，便活幾遍。這世上，還有比這更美妙的事情嗎。

想起前年出的一本集子，叫做《朱顏記》，封面上是一個女子，浪漫的古典的情致，有一點落花人獨立的意味。只可惜人是正面的，雖然低著眉。私心裡想，倘若是一個背影，便好了。一個女子的背影，總能給人更多的想像吧，旖旎的，綺麗的，縹緲的，蠱惑人心，卻又拒人門外。打量她的時候，便有了忐忑和緊張，擔心她不期然偏過頭來，回眸一笑。也或許，因為是背影，便多了迂迴和曲折，沒有了短刃相接的兵氣，還有戾氣。——這大約也是我關於小說的審美理想罷。

新近養了滴水觀音，這幾天，有新的尖芽不斷冒出來，發出嬌嫩的葉子。寫字的間隙，老想著跑過去看看。覺得，那尖芽就像是靈感，閃閃發亮，總給人帶來莫名的驚詫，還有歡喜。秋天，不是收割的季節麼，怎麼竟彷彿和春天誤會了，還在不斷地萌芽，不斷地生長，不斷地惹人做著綠樹成蔭的好夢？

關於這本書的名字，聽從了朋友們的建議，索性就叫做《愛情到處流傳》。這是魔咒的力量，亦或是命運的暗示？無論如何，走了這麼多的路，我到底是有了一些變化。少了激烈和執拗，多了平常心。

去年年底，大陸作家赴台灣訪問，手續都辦妥了，卻因為俄羅斯之行，錯過了。今年四月，在杭州，兩岸作家會議，見到了一些台灣的同行，從他們的言笑行止，依稀可以想見台灣的情味種種。便越加惘然了。不想，這一回，台灣人間出版社，帶來這樣一個機緣，實在是教人心生歡喜。

至今還沒有去過台灣。然而，誰會想到呢，我的小說，將要代我去和台灣的讀者相見。倘若能夠心有靈犀，一見如故，該是多麼美好和幸運的事。

二〇一四年九月　京華秋初

付秀瑩創作年表（按發表日期排列）

作品名稱	刊物（或出版社）
〈我是女碩士〉（中篇）	《特區文學》（雙月刊）2008年第2期
〈翠缺〉（短篇）	《陽光》2008年第7期；《文藝報》2011年2月轉載
〈大青媳婦〉（短篇）	《長城》（雙月刊）2008年第6期
〈空閨〉（短篇）	《山花》2008年第12期
〈小米開花〉（短篇）	《中國作家》2009年第2期；收入《新實力華語作家作品十年選》（時代文藝出版社）
〈百葉窗〉（短篇）	《西湖》2009年第4期
〈燈籠草〉（短篇）	《山花》2009年第7期
〈當你孤單時〉（短篇）	《山花》2009年第7期
〈跳躍的鄉村〉（短篇）	《黃河文學》2009年第9期
〈遲暮〉（短篇）	《黃河文學》2009年第9期
〈愛情到處流傳〉（短篇）	《紅豆》2009年10期；《小說選刊》、《中華文學選刊》、《新華文摘》、《名作欣賞》、《世界文藝》等刊選載，收入《2009短篇小說》（人民文學出版社）、《2009中國年度短篇小說》（《小說選刊》主編，灕江出版社）、《2009中國小說排行榜》（《小說選刊》主編，北京工業大學出版社）、

	《2009中國文學年鑑》，《21世紀文學大系・短篇卷》，《全球華語小說大系》（21世紀主潮文庫，張頤武主編），《小說選刊十年選本》，《中國當代文學經典必讀》（吳義勤主編）
〈傳奇〉（短篇）	《鍾山》（雙月刊）2009年第5期
〈現實與虛構〉（短篇）	《青年文學》2009年第11期
〈九菊〉（短篇）	《朔方》2009年12期
〈對面〉（短篇）	《朔方》2009年12期；《小說月報》2010年第1期選載
〈舊院〉（中篇）	《十月》（雙月刊）2010年第1期
〈出走〉（短篇）	《十月》（雙月刊）2010年第1期；收入《2010短篇小說》（人民文學出版社）
〈你認識何卿卿嗎〉（短篇）	《大家》（雙月刊）2010年第1期
〈苦夏〉（短篇）	《大家》（雙月刊）2010年第1期
〈琴瑟〉（短篇）	《文學界》2010年第1期
〈世事〉（中篇）	《朔方》2010年第1期；《北京文學・中篇小說月報》2010年第3期選載
〈幸福的閃電〉（短篇）	《鍾山》（雙月刊）2010年第2期
〈花好月圓〉（短篇）	《上海文學》2010年第3期；《小說選刊》2010年第4期選載；《中華文學選刊》2010年第5期選載；收入《2010中國年度短篇小說》（《小說選刊》主編，灕江出版社），《2010中國短篇小說精選》（中國作協創研部選編，長江文藝出版社），《中國文學年鑑》（陸建德、白燁主編），《2010年中國最佳短篇小說》（林建法主編，遼寧人民出版社），《21世紀中國最佳短篇小說（2000—2011）》（賀紹俊主編，貴州人民出版社）

〈火車開往C城〉（短篇）	《廣州文藝》2010年第7期；收入《21世紀中國文學大系，2010短篇小說》（賀紹俊主編）
〈說吧，生活〉（短篇）	《廣州文藝》2010年第7期
〈如果·愛〉（短篇）	《作品》2010年第10期
〈藍色百合〉（短篇）	《山花》2010年第10期
〈六月半〉（短篇）	《人民文學》2010年第12期；《小說選刊》2011年第2期選載；收入《2011年度中國短篇小說》（《小說選刊》主編，灕江出版社），收入《2010中國短篇小說年度佳作》（何向陽主編，貴州人民出版社），《中國當代文學經典必讀》（吳義勤主編）
〈錦繡年代〉（短篇）	《天涯》（雙月刊）2011年第1期；《中華文學選刊》2011年第3期選載；收入《中國短篇小說年度佳作2011》（賀紹俊主編，貴州人民出版社）
〈風中有朵雨做的雲〉（短篇）	《朔方》2011年第2期
〈紅顏〉（中篇）	《十月》（雙月刊）2011年第2期，收入《2011中國中篇小說年選》（謝有順主編，花城出版社）
〈蜜三刀〉（短篇）	《紅豆》2011年第5期
〈三月三〉（短篇）	《中國作家》2011年第6期
〈如意令〉（短篇）	《江南》（雙月刊）2011年第4期
《愛情到處流傳》（中短篇小說集·簡體中文版）	2011年11月作家出版社出版
〈秋風引〉（中篇）	《江南》（雙月刊）2012年第1期，《中華文學選刊》第4期、《中篇小說選刊》第1期選載
〈笑忘書〉（中篇）	《十月》（雙月刊）2012年第2期

〈當時明月在〉（短篇）	《芒種》２０１２年第３期
〈有時歲月徒有虛名〉（短篇）	《光明日報》２０１２年２月１０日
《朱顏記》（中篇小說集）	２０１２年４月二十一世紀出版社出版
〈夜妝〉（短篇）	《文藝報》２０１２年７月９日
〈無衣令〉（中篇）	《芳草》（雙月刊）２０１２年第４期，《小說選刊》２０１２年第８期選載，《小說月報》第９期選載，《作家文摘》７月３１日始連載
〈舊事了〉（中篇）	《芳草》（雙月刊）２０１２年第４期，《中華文學選刊》２０１２年第９期選載
《愛情到處流傳》（中短篇小說集・英文版）	２０１２年９月美國全球按需出版集團出版
〈那雪〉（短篇）	《天涯》（雙月刊）２０１２年第５期，《小說月報》第１１期轉載，收入《中國短篇小說年度佳作２０１２》（孟繁華主編）
〈如何紀〉（中篇）	《大家》２０１３年第１期
〈韶光賤〉（短篇）	《文學界》２０１３年第３期
〈醉太平〉（中篇）	《芒種》２０１３年第７期《小說月報》２０１３年第８期轉載，收入《２０１３年度小說》（胡平主編）、《２０１３中國短篇小說年選》（洪治鋼主編）
〈刺〉（中篇）	《芳草》（雙月刊）２０１３年第５期
〈小年過〉（短篇）	《芳草》（雙月刊）２０１３年第５期，《作品與爭鳴》２０１３年第１１期選載
〈曼啊曼〉（短篇）	《芳草》（雙月刊）２０１３年第６期，《小說選刊》２０１３年第１２期選載，收入《２０１３中國年度短篇小說》（小說選刊主編），《２０１３中國小說排行榜》（小說選刊主編），《中國短篇小說年度佳作２０１２》（孟繁華主編），《２０１３中國短篇小說排行榜》（賀紹俊主編）
〈鷓鴣天〉（短篇）	《天涯》（雙月刊）２０１４年第１期，《中華文學選刊》２０１４年第３期選載

〈繡停針〉（短篇）　《長江文藝》2014年第7期

〈小欄杆〉（短篇）　《十月》（雙月刊）2014年第4期

〈蛾眉一種〉（短篇）　《作品》2014年第10期

《花好月圓》（中短篇小說集）　2014年1月中國言實出版社出版

〈惹啼痕〉（短篇）　《北京文學》2014年第11期

國家圖書館出版品預行編目資料

愛情到處流傳 / 付秀瑩作. -- 初版. --
臺北市：人間, 2014.12
367面；14.8×21公分
ISBN 978-986-6777-81-3（平裝）

857.63 103022436

愛情到處流傳

作者 付秀瑩
責任編輯 蔡鈺淩
校對 高怡蘋、蔡鈺淩、黃淑芬
封面設計 蔡佳豪
內文版型設計 黃瑪琍

發行人 呂正惠
社長 林怡君
出版 人間出版社
台北市長泰街五十九巷七號
電話 （02）23370566
傳真 （02）23377447
郵政劃撥 11746473・人間出版社
電郵 renjianpublic@gmail.com

定價 三六〇元
初版一刷 二〇一四年十二月
ISBN 978-986-6777-81-3

排版 龍虎電腦排版股份有限公司
印刷 中原造像股份有限公司
總經銷 聯合發行股份有限公司
新北市新店區寶橋路二三五巷六弄六號二樓
電話 （02）29178022
傳真 （02）29156275